Martha Grimes · Die Treppe zum Meer

MARTHA GRIMES

DIE TREPPE ZUM MEER

Roman

Deutsch von Cornelia C. Walter

GOLDMANN VERLAG

Die Originalausgabe erschien unter dem Titel
»The Lamorna Wink« bei Viking, New York

1. Auflage
Copyright © der Originalausgabe 1999 by
Martha Grimes
All rights reserved
Copyright © der deutschsprachigen Ausgabe 2000
by Wilhelm Goldmann Verlag, München,
in der Verlagsgruppe Bertelsmann GmbH
Satz: Uhl + Massopust, Aalen
Druck und Bindung: GGP Media GmbH
Printed in Germany
ISBN 3-442-30815-1
www.goldmann-verlag.de

Meinen Kusinen Joanna und Ellen Jane
und zum Andenken an George und Miles

Oh!
My name is John Wellington Wells,
I'm a dealer in magic and spells,
In blessings and curses,
And ever-filled purses,
In prophecies, witches, and knells.

GILBERT & SULLIVAN,
The Sorcerer

INHALT

TEIL I

WEISST DU NOCH?

1

Auf dem Kopf hatte er immer noch seine Taxifahrerkappe – eigentlich müsste er sie in seine Nummer einbauen, dachte Johnny, weil sie für einen Zauberer so ungewöhnlich war. Er saß am Spieltisch und ließ die Karten geschickt in der Hand verschwinden. Immer wieder gelangte die Herzdame nach oben. Sie bewegte sich fast wie von selbst dorthin.

Es war total einfach. Er staunte immer wieder, dass die Leute nicht dahinter kamen. Beim Zaubern ging es etwa um das Gleiche wie bei einem Mord oder in einem Kriminalroman: Ablenken, falsche Fährten legen – so einfach war das. Hier eine Spur legen, und gleichzeitig die Aufmerksamkeit auf etwas ganz anderes ganz woanders lenken. Es kommt darauf an, wie ein Zauberer seine Hände einsetzt. Sieht er die eine Hand scharf an, dann tut es das Publikum auch. Dadurch ist die andere frei und kann hinter den Kulissen agieren.

Er schloss die Augen und stützte sich mit dem Ellbogen auf den Spieltisch. Abgesehen von der Truhe in der Fensternische hinter ihm war der Spieltisch das interessanteste Möbelstück im Cottage. Seine Tante Chris hatte ihn – zusammen mit einigen anderen Stücken – aus dem Nachlass ihrer Tante geerbt. Er war faszinierend, er verlieh dem Haus jenes gewisse »Las Vegas«-Flair, wie Chris immer gern betonte. Der Tisch war groß, rund und mit grünem Filzflanell bespannt. Außen herum waren lauter kleine Schubladen angebracht, in denen man Spielkarten, Roulettechips und alles Mögliche aufbewahren konnte.

Nun rieb Johnny die glatte Karte blank, *la carte glissée*. Der Klang gefiel ihm: *la carte glissée*. Er steckte sie wieder zu den anderen und drückte den Stapel fest mit dem Daumen herunter. Dann breitete er die Karten fächerförmig aus und tastete sie vorsichtig ab. Da war sie, die glatte Karte. Eine nützliche Karte für allerhand Tricks.

Chris sah seiner Mutter sehr ähnlich. Das war auch das Einzige, was er mit ihr gemeinsam hatte. Seine Mutter hatte sich schon vor Jahren aus dem Staub gemacht. Sein Vater war tot.

So ist das Leben, sinnierte Johnny, während er den Kreuzkönig nach oben schob. Leben bedeutet brutale Umkehrungen im Bruchteil einer Sekunde.

Man dreht den Kopf und hat es schon verloren.

Man blinzelt, und schon ist es an einem vorbeigerast.

Man zwinkert, schon ist es weg.

2

»Bringen Sie nur ein Kännchen Gift«, sagte der elegante Herr und legte die Speisekarte des Woodbine Tea-Room wieder behutsam zwischen das Salzfässchen und die Zuckerdose.

Johnny verzog keine Miene, während er sich die Bestellung notierte. »Einmal?«

Der elegante Herr nickte. »Und für mich ein Kännchen China-Tee. Ach ja, und nicht zu vergessen einen Teller mit Scones.« Melrose sah auf seine Armbanduhr. »Sie hat sich wahrscheinlich verirrt.«

China-Tee, Scones, notierte Johnny. »Einen China-Tee, einmal Gift, eine Portion Scones.«

»Na, sagen wir, zweimal das volle Teegedeck. Was sein muss,

muss sein, wir sind schließlich in Cornwall, stimmt's? Sorgen Sie aber unbedingt dafür, dass die Kuchenplatte immer in Reichweite steht.«

Johnny schrieb die Bestellung auf und nickte. »Mit den Scones warte ich noch, die sollen ja nicht abkühlen. Ich meine, bis Ihre Freundin eintrifft.«

»Hmmm, hmmm. Das Gift ist für sie.«

»Sie muss ja eine tolle Nummer sein.«

Während er sich dem Putzen seiner Brille widmete, warf ihm der elegante Herr einen tiefen Blick zu. (Einen tiefen, grünen Blick, hätte Johnny gesagt, wenn er ihn hätte beschreiben sollen. Was der für Augen hatte.)

»O ja, das ist sie.«

Die tolle Nummer kam durch die Tür des Woodbine Tea-Room gefegt, Wind und Regen im Rücken, die sie schoben und schubsten, als hätte das Wetter eine persönliche Abneigung gegen sie.

Die tolle Nummer legte ihre Pelerine ab, schüttelte sie aus, um die Regentropfen von sich höchstselbst auf jemand anderen zu übertragen – mit Erfolg, da eine beträchtliche Menge derselben in Melrose Plants Gesicht landete.

Dann ließ sich die tolle Nummer nieder und wartete darauf, dass Melrose endlich mit der Teestunde in Gang kam.

Melrose brauchte sich keine konversationsmäßigen Verrenkungen mehr auszudenken, denn der schlagfertige junge Kellner war so schnell wieder da, als hätte er ein Skateboard unter den Sohlen. Melrose war dankbar.

Obgleich er sich erstaunt fragte, wer dieser Knabe eigentlich war. Relativ groß, dunkelhaarig, recht gut aussehend, fünfzehn, sechzehn vielleicht? Die Mädchen rannten ihm vermutlich die Bude ein, hängten sich wie die Kletten an ihn. Ganz schön selbstbewusst gab er sich ja, das musste man sagen. Trug die weiße Schürze, ohne sich dabei lächerlich vorzukommen. Guter Gott, die meisten Jungs in seinem Alter würden lieber tot umfallen, als sich dabei ertappen zu lassen, wie sie in einer Teestube bedienten, noch dazu mit umgebundener Schürze.

»Madam?« Er taxierte Agatha mit einem kurzen, prüfenden Blick: graues, zum Nest geschlungenes Haar, braunes Wollkostüm, an kleine Baumstümpfe erinnernde Fesseln. »Der Herr empfahl getrennte Kännchen, das volle Teegedeck, also Scones und diverse Kuchen, extra dicke Sahne und Marmelade.«

Agathas Miene hellte sich auf. »Wieso zwei Kännchen, Melrose?«

Nicht willens, näher darauf einzugehen, zuckte Melrose stumm die Schultern.

Der Junge antwortete an seiner Stelle. »Er dachte, Sie hätten vielleicht gern eine andere Sorte Tee. Statt Schwarztee vielleicht einen Oolong?«

Dieser Knabe, dachte Melrose, verbringt viel Zeit in der Phantasiewelt. Er hätte sich ihm dabei zu gern angeschlossen, nachdem Agatha ja nun eingetroffen war, doch die Jugend hat Schwingen und das Alter ist gefesselt. Wie sie herausgekriegt hatte, dass er nach Cornwall fahren wollte, wer es hatte durchsickern lassen, war Melrose immer noch schleierhaft. Immerhin hatte sie keinen blassen Schimmer, weshalb er hierher gekommen war.

Nachdem ihm die Anzeige mit dem zur Vermietung stehenden Anwesen in *Country Life* aufgefallen war, hatte er spontan beim Maklerbüro Aspry & Aspry angerufen und mit einer gewissen Mrs. Laburnum einen Besichtigungstermin drei Tage später vereinbart. Sodann hatte er ab Paddington Station einen Platz im Erster-Klasse-Abteil des Great Western reserviert und war mächtig stolz auf sich gewesen, weil er zur Abwechslung einmal ganz spontan gehandelt hatte. »Das kommt bei mir recht selten vor«, hatte er Marshall Trueblood gegenüber (selbstzufrieden) geäußert, als sie im Jack and Hammer – dem beliebtesten, besser gesagt, dem einzigen Pub von Long Piddleton – bei einem Drink saßen.

»Sie?« Trueblood roch an seinem Drink, atmete tief ein und fing prompt an zu husten. Als er fertig war, sagte er: »Das sind Sie doch *immer*. Sie treffen doch fast alle Entscheidungen ganz spontan.«

Melrose lehnte sich überrascht zurück. »Ich? Spontan?«

»Na, Menschenskind, war es etwa *mein* Vorschlag, nach Venedig zu fahren, als Viv-Viv den Termin für die Hochzeit mit Graf Dracula anberaumt hatte.«

»Ach du meine Güte, das ist doch was ganz anderes, was *gaaanz* anderes. Das war doch – na, Sie wissen schon, bloß ein kleiner Jux. Was ich meine, ist beispielsweise kurzerhand mal nach Äthiopien zu fahren. Einfach so. Ganz ohne großes Federlesens.«

»Wie viel Federlesens machten Sie, als Sie Vivian verkündeten, Richard Jury würde heiraten, und sie sollte sich besser schleunigst auf die Heimreise machen? Etwa zehn Sekunden, wenn ich mich recht erinnere.«

»Moment mal, Moment. Das war Ihre Geschichte, die haben Sie ausgeheckt.«

»Nein, habe ich nicht. Na gut, vielleicht doch. Also schön. Und was ist mit damals, als Sie –?«

Melrose beugte sich über den Tisch, packte Trueblood bei seiner Armani-Krawatte und zog heftig daran. »Marshall, worauf wollen Sie eigentlich hinaus? He?«

»Auf gar nichts. Auf gar nichts will ich hinaus.«

Melrose schnippte die Krawatte wieder gegen Truebloods blassgelbes Hemd. Der war heute ganz in Rosa und Bernsteingelb gekleidet und sah wie immer aus wie der Traum eines jeden Herrenschneiders.

»Außer natürlich darauf«, sagte er, »dass Sie vollkommen überstürzt handeln. Sie halten sich doch nur deshalb für einen, der seine Schachzüge sorgfältig plant und die Dinge im Voraus ausklügelt, weil Sie dann sowieso nie was unternehmen – was denn, was denn? – ich möchte nur daran erinnern, wie Sie Superintendent R. J. ausgeholfen haben. Das nenne ich mir überstürzt! Ha, ha! Kaum schnippt Jury mit dem Finger, schon rasen Sie los wie ein geölter Blitz.« Trueblood ruckte ein paar Mal mit dem Arm und machte Zischgeräusche. Dann fragte er: »Wo steckt Jury eigentlich?«

»In Irland.«

»Nord? Süd? Wo?«

»In Nordirland.«

»Grundgütiger Himmel, wieso denn?«

»Er wurde wegen eines Falls dorthin geschickt.«

»Ach, wie banal.«

Melrose runzelte nachdenklich die Stirn. »Wovon haben wir eigentlich gerade gesprochen? Ich meine, bevor... Ach ja – Cornwall.« Er zog einen kleinen Notizblock hervor, schwarz und oben mit Spiralheftung, wie Jury immer einen bei sich hatte, und blätterte ein paar Seiten um. »Bletchley. Das liegt in der Nähe von Mousehole. Schon mal davon gehört?«

»Nein. Ich kann mir auch nicht denken, wie ich dazu käme. Sie kann ich mir dort ebenfalls nicht vorstellen. Sie haben überhaupt nichts an sich, was nach Cornwall passen würde.«

»Woher wollen Sie das wissen? Sie haben doch noch nie im Leben einen Fuß in diese Grafschaft gesetzt. Woher wissen Sie, was dorthin passt und was nicht?«

»Nun, zunächst einmal ist man dort alles andere als spontan. Sie würden es dort keine Woche aushalten – *Autsch!*«

Währenddessen wollte Agatha im Woodbine Tea-Room von ihm wissen:»Was ist denn los mit dir, Melrose? Du siehst ja vielleicht aus.«

Was immer das heißen mochte. Er rührte lächelnd in seinem Tee, warf noch ein Stückchen Zucker hinein und dachte an die entsetzliche Zugfahrt von London hierher, die er soeben hinter sich gebracht hatte. Eigentlich hatte er sich darauf gefreut; er genoss die Anonymität von Zügen – niemand weiß, wer man ist, wohin man fährt, gar nichts.

Nun gut, die Anonymität konnte er sich an den Hut stecken. Keine Chance.

Melrose hatte schon seit geraumer Zeit keinen Zug mehr bestiegen. Als Erstes erkundigte er sich beim Schaffner, wo sich der Speisewagen befand. Der Schaffner hatte bedauert, o nein, Sir, Speisewagen gibt's nicht mehr. Aber gleich kommt jemand mit Tee und belegten Brötchen durch. Besten Dank, Sir.

Man hatte ihm damit eine Illusion zunichte gemacht. Kein gemütliches Herumsitzen am weiß gedeckten Tisch mit Brandy, Kaffee und Zigarre mehr. Und die schönen alten Abteile, wo er mit etwas Glück der einzige Passagier war oder – mit etwas mehr Glück – auf ein sonderbares Grüppchen von Mitreisenden stoßen konnte. Der Außengang, wo man sich ans Geländer lehnen und die grüne Landschaft vorbeirasen sehen konnte. Manchmal dachte er, Züge wären nur für Filme erfunden worden. *Mord im Orientexpress*. Es wäre doch sagenhaft, hier in dieser abgeschiedenen, unheimlichen, beinahe klaustrophobisch anmutenden Atmosphäre dabei zu sein, wenn ein Mord begangen wurde.

Oder nur diese beiden jüngeren Herren zu beobachten, die die Köpfe zusammengesteckt hatten und sich gedämpft unterhielten. Etwas ausheckten. *Zwei Fremde im Zug*. Womöglich gaben sie gerade einen Mord in Auftrag.

Oder jene strickende alte Dame mit den grauen Ringellöckchen, an der er vorhin vorbeigekommen war. Vielleicht würde er sie wieder sehen, wenn sie an der nächsten Haltemöglichkeit auf einer Tragbahre aus dem Zug getragen wurde – *Eine Dame verschwindet!*

In letzter Zeit war er furchtbar nostalgisch – nach alten Filmen, alten Songs, alten Fotografien. In seiner Hitchcock-Träumerei sah er sie nicht kommen, bemerkte ihre Anwesenheit erst, als er hörte: »Was sitzt du da und kneifst die Augen zusammen, Melrose?«

Derart gnadenlos aus seiner Träumerei gerissen, ließ er die Zeitung sinken, sein Mund klappte auf, die Nackenhaare sträubten sich. »Agatha!«

Schmeiß die Mama aus dem Zug!

Falls es zu Nostalgie je ein Gegenmittel gegeben hatte, war es soeben durch die Tür des Woodbine Tea-Room gestürzt.

Dabei fiel ihm noch ein alter Film ein mit dem Titel *Der ungebetene Gast,* den er spätabends mal im Fernsehen gesehen hatte. Darin war der »ungebetene« ein Gespenst gewesen, das Türen aufriss, lachte und sang und sich in seiner unsichtbaren Gestalt der entsetzten jungen Heldin offenbarte.

Leider war *sein* Gespenst aber sichtbar.

Während der vergangenen sechsunddreißig Stunden hatte sie ihn im Leihwagen auf seinen Fahrten entlang der Küste von Cornwall begleitet. Immer wieder hatte er die Verabredung mit der Maklerin, die ihm das zu vermietende Anwesen zeigen sollte, verschoben und darauf gewartet, dass Agatha sich statt seiner nach einer anderen Unterhaltung umsah, die sie einen halben Tag bei Laune halten würde. Auf keinen Fall wollte er sie bei der Hausbesichtigung dabeihaben und ihren verwünschten Schatten darüber werfen lassen. Ganz zu schweigen von ihrer unablässigen Nörgelei. *So was willst du doch nicht, Melrose. Sieh dir doch nur mal das Reetdach an; das muss komplett neu gedeckt werden. Und was fängst du mit so einem felsigen Grundstück an? Nein, Melrose, das ist doch nichts.* Und so weiter und so fort.

Zum Glück wurden seine morbiden Betrachtungen von der Ankunft des jungen Mannes unterbrochen, der ein Kännchen hochhielt und fragte:»Den normalen Tee?«, worauf Melrose lächelnd auf sein Platzdeckchen tippte. Das andere stellte der Kellner Agatha hin. Dann holte er die dreistöckige Kuchenplatte aus der Fensternische und stellte sie ihnen ebenfalls auf den Tisch.

Melrose sah, wie er am Nachbartisch stehen blieb, etwas sagte, auf ein paar andere Tische zuging. Das Woodbine war klein, aber gut besucht. Der Knabe bediente den Raum mit der gewandten, glatten Gefälligkeit eines Politikers.

Nach einem Weilchen überließ er Agatha den Scones und der extra dicken Sahne, stand auf und ging zur Registrierkasse hinüber, wo der Jüngling gerade Rechnungen eintippte. (Er bediente nicht nur, er übernahm in diesem Lokal anscheinend auch die Funktion eines Kassierers.)

»Verzeihung.«

Der Knabe lächelte ihn strahlend an.»Ist Ihr Teegedeck okay?«

»Alles in Ordnung. Ich überlege gerade – hätten Sie im Lauf des Tages vielleicht Zeit? Ich suche nämlich jemanden, der für mich etwas erledigen könnte. Er dauert nicht mehr als, sagen wir, drei Stunden.« Er hielt einen Fünfzigpfundschein in die Höhe, den er aus seiner Brieftasche gezogen hatte.

»Dafür mach ich Ihnen einen Kopfsprung von den Klippen bei Beachy Head.«

»Die Sache wird weder so berauschend noch so gefährlich. Die Dame in meiner Begleitung, sehen Sie jetzt nicht zum Tisch hinüber, ich fürchte nämlich, sie kann Gedanken lesen, ist zu allem

Überfluss auch noch meine Tante und klebt wie eine Klette an mir. Ich muss mich ihrer für ein paar Stunden entledigen, und da Sie mir äußerst einfallsreich zu sein scheinen, dachte ich, Sie könnten –«

»Sie Ihnen abnehmen.« Der Junge zuckte lächelnd die Schultern. »Stimmt. Wann?«

Melrose gab ihm den Fünfziger. »Na, sagen wir, so in einer Stunde?«

»Abgemacht.« Den Schein in die Höhe haltend, fügte er hinzu: »Und den vertrauen Sie mir an?«

»Wieso nicht? Sie haben schließlich das Gift gebracht.«

3

Der Wagen war ein funkelnagelneuer, silberfarbener Jaguar mit ochsenblutroten Ledersitzen. Dieses Maklerbüro musste seine Kunden offenbar mit dem Beweis seiner Solvenz beeindrucken. Esther Laburnum war die für das Grundstück namens Seabourne zuständige Maklerin.

Melrose hatte die Abbildung in *Country Life* entdeckt, als er Artikel über Gartenbau und die »Schätze des Lebendigen Nationalerbes« durchblätterte, oder über Kunsthandwerker, die sich noch in äußerst geheimnisvollen Beschäftigungen wie etwa dem Ziselieren von Fingerhüten oder dem Bau von Steingärtchen für Puppenhäuser übten. Außerdem war da noch der Artikel über die Jagd und deren gewichtige Bedeutung für Land und Nation. Die Zeilen trieften förmlich vor aufgesetzter Wichtigtuerei.

Die Beschreibungen der Immobilien nahmen gewöhnlich eine ganz andere Seite ein, wobei in der Regel davon abgesehen wurde, den Kaufpreis zu nennen. Stattdessen wurde im Text darauf hingewiesen, der Preis würde »auf Anfrage« genannt. Derartige Blasiertheit ließ Melrose darauf schließen, dass Geld für die Interessenten dieser Häuser in der Regel keine Rolle spielte. Für ihn auch nicht. Er hatte die Seite aus der Zeitschrift herausgerissen und sich zum Telefon begeben.

Das war vor ein paar Tagen gewesen, und nun war er voller Genugtuung über seinen Entschluss, sich die Sache in natura anzusehen. Als er jetzt davor stand und es betrachtete, stellte er fest, dass die Abbildung Seabourne überhaupt nicht gerecht wurde. Allerdings wäre es fast unmöglich gewesen, die Atmosphäre einzufangen, die subtile Bedrohlichkeit, jene gewisse unruhige Sentimentalität, die der Anblick in ihm wachrief. Deine Phantasie geht mit dir durch, schalt er sich. Es nützte nichts.

Architektonisch gesehen war das Haus nicht gerade beeindruckend. Es war im georgianischen Stil aus grauem Stein gebaut, der als eine Art Tarnung wirkte und das Gebäude mit der umliegenden Landschaft und dem Wald verschmelzen ließ. Es stand oben auf einer Klippe, einem schroffen, geröllübersäten Felsvorsprung über dem Meer. Wahrscheinlich hatte die Lage es Melrose besonders angetan, aber so wäre es sicher jedem ergangen, der auch nur ein Fünkchen Romantik in sich hatte. Aus dem gesamten Anblick – Haus, Wald, Felsen und Meer – schien die Farbe gewichen, was die romantische Stimmung noch steigerte. Hätte eine grimmig aussehende, bis zu den Knöcheln in Schwarz gewandete Schlossherrin die schwere Eichenholztür geöffnet, hätte sich dieser Eindruck noch erhöht. Melrose war ganz und gar bereit, sich überwältigen zu lassen.

Doch es war Esther Laburnum von Aspry & Aspry, die die Flügeltüren zum größten Empfangsraum (insgesamt gab es drei) aufstieß und so selbstgefällig »Voilà!« sagte, dass man hätte denken können, sie hätte soeben per Zaubertrick ein vollständig möbliertes Zimmer heraufbeschworen, komplett ausgestattet bis hin zu den Bildern an der Wand.

Drei Wände waren in einem heiteren Grauton tapeziert, die vierte, in deren Mitte sich ein Kamin befand, nahmen Bücherregale und kleine Alkoven ein, in denen diverse Skulpturen aufgestellt waren: etruskische Köpfe und marmorne Büsten. Ein Büfett aus Mahagoni, flankiert von Sesseln aus Walnussholz, stand unter dem Porträt eines unscheinbaren alten Mannes, dessen mürrische Miene davon zeugte, dass er alles andere lieber täte als hier Modell zu sitzen. Der Jagdhund zu seinen Füßen trug einen ähnlichen Ausdruck zur Schau.

Abgesehen von den Skulpturen deutete nichts auf ein Interesse am Exotischen hin: der Raum wirkte durch und durch englisch. Polstersessel und Sofa waren mit Leinen und Chintz bezogen, mit Mustern von Glockenblumen oder Efeuranken und Stockröschen. Einer der Sessel war vor einen nierenförmigen Schreibtisch mit Intarsien gerückt. An einer Wand stand zwischen hohen Fenstern eine Kampagnentruhe, ein hübsches Exemplar seiner Art.

»Ist es nicht wunderschön?«, trompetete Esther Laburnum, eine üppige Frau mit lauter Stimme, die durch ein ganzes Restaurant trägt und andere Speisegäste dazu verdammt, Ohrenzeugen ihrer Privatangelegenheiten zu werden.

Der Raum wirkte so bewohnt, fand Melrose. Als hätten die Bewohner beim ersten Anzeichen von Mrs. Laburnums herannahendem Jaguar beschlossen, Reißaus zu nehmen.

»Ist der Rest des Hauses ebenso wohnlich eingerichtet?« Als sie seine Frage bejahte, meinte Melrose: »Die Bewohner haben aber viele persönliche Sachen dagelassen.« Er deutete mit dem Kopf zu den Porträts und Fotos hinüber.

Esther Laburnum stimmte ihm zu. Als sie bei Aspry & Aspry angefangen habe, sagte sie, sei das Haus bereits auf dem Markt gewesen. Es stehe nun seit geraumer Zeit zum Verkauf, die Besitzer habe sie aber nie kennen gelernt. Sie sei neu in der Gegend. »Jedenfalls haben die Besitzer nichts dagegen, es zu vermieten oder zu verkaufen oder eine Kombination aus beidem zu vereinbaren. Ich meine, wenn Sie es eine Zeit lang mieten wollen, um zu sehen, wie es sich für Sie anlässt.«

Vom Wohnzimmer gingen sie ins Speisezimmer hinüber, wo ein Esstisch mit Zwillingssockel und an den Wänden einander gegenüber zwei Büfetts standen. Wenn er jetzt Schubladen aufzog und Schranktüren öffnete, fand er bestimmt Silberbesteck, Servietten und Geschirr darin.

Danach erkundeten sie den Rest des Hauses und das Arbeitszimmer (das – wie Esther Laburnum es nannte – »behagliche Nebenzimmerchen«). An drei Wänden reichten die Bücherregale bis zur Decke hoch. Vor einer stand ein Refektoriumstisch aus englischer Eiche auf einem Teppich, den Melrose als Turkestan einordnete (hier machten sich die unzähligen Stunden bezahlt, die er damit verbracht hatte, sich von Marshall Trueblood zum Antiquitätengutachter ausbilden zu lassen). An die vierte Wand war ein großer, mit Schreibutensilien übersäter Sekretär gerückt – Briefe, Geschäftsbücher und Zeitschriften.

Es war ein relativ kleiner, offensichtlich häufig genutzter Raum. Man konnte die Abdrücke der Körper in den Polstersesseln förmlich spüren. Hier passte der Ausdruck »behagliches Nebenzimmerchen« recht gut. Mit einem brennenden Kaminfeuer, insbesondere an Tagen wie diesem (gepeitscht von Regen und Wind, dachte er etwas melodramatisch), verströmte es tatsächlich eine gewisse Behaglichkeit. Melrose ging im Zimmer umher und besah sich die zahlreichen Leder gebundenen Bände oder die neueren, grell eingebundenen Exemplare. Eine recht beachtliche Bibliothek, die ganz unterschiedliche Geschmacksrichtungen ansprach. Am unteren Ende des Refektoriumstisches waren weitere kleine Fotos in Silberrahmen aufgestellt. »Ist das die Familie?«, fragte er, das eine oder andere in die Höhe haltend.

»Das nehme ich an. Sehen Sie nur hier diesen Kaminsims! Was für eine herrliche Schnitzarbeit!«

Melrose hing seinen eigenen Gedanken nach. »Ich verstehe nicht, wie jemand weggehen und derart persönliche Dinge zurücklassen kann. Normalerweise schließt man so etwas doch in einen Schrank oder eine Kommode ein und lässt es nicht offen herumstehen.« Er klang direkt streitsüchtig, als sei ein solches Verhalten unentschuldbar.

Darauf antwortete Mrs. Laburnum aber nur mit einem gleichgültigen »Hmmm« und überließ es Melrose, die kleine Fotosammlung zu durchforsten und über sein kleines Rätsel weiter nachzugrübeln. Vier oder fünf Leute waren zu sehen, alle zwanglos auf Film gebannt. Den Kern der Gruppe bildete ein sehr attraktives Paar in den Vierzigern, dazu kam ein älterer Mann, der dem auf dem Porträt ähnlich sah – ja, da waren sie wieder, diese leicht zusammengekniffenen Augen –, sowie ein hübsches kleines Mädchen von etwa sechs oder sieben Jahren und ein kleiner Junge, vielleicht ein bis zwei Jahre jünger, der mit seinem Vater auf einem Segelboot zu sehen war. An Bord dieses Bootes waren weitere Fotos aufgenommen worden. Melrose überlegte, wie wohlhabend sie sein mochten – sehr, wenn man von dem Haus und der Größe des Bootes ausging. Der eine oder die andere aus der Gruppe war auf den übrigen Aufnahmen mit Verwandten oder Freunden zu sehen. Die Großeltern waren anscheinend ausschließlich durch den alten Mann vertreten.

Es kam selten vor, dass Melrose andere Leute beneidete, da er zu Hause von Freunden umgeben war, die mehr oder weniger so lebten wie er – unverheiratet, kinderlos und praktisch ungebunden –, und falls in seinem Zirkel jemand zu beneiden war, dann er selbst mit seinem Herrenhaus, seinen Ländereien und seinem Geld. Was ihn an der Familie auf diesen Momentaufnahmen so wunderte, war die Tatsache, dass sie wirklich glücklich zu sein schien. Selbst der Alte legte nach und nach seine mürrische Miene ab. Ihr Lächeln galt nicht der Kamera, sondern ihnen gegenseitig. Melrose beneidete sie wirklich unendlich.

»Nette kleine Familie, nicht wahr?«

Die Bilder hatten ihn so gefangen genommen, dass er Esther Laburnum völlig vergessen hatte.

»Das mit den Kindern ist wirklich traurig. Ich glaube, sie sind ertrunken.«

»Ertrunken?« Melrose reagierte auf die schreckliche Nachricht wie auf einen persönlichen Verlust.

»Eine unheimlich traurige Geschichte. Das war – na, vor etwa fünf Jahren. Noch schlimmer war es für die Eltern vermutlich durch die Tatsache, dass sie nicht zu Hause waren, als es passierte. Das war aber vor meiner Zeit.« Dies hatte sie ihm bereits mehrmals gesagt. Es hörte sich an, als wollte sie sich damit von dem Haus und seinen Besitzern distanzieren. »Würden Sie jetzt gern das Obergeschoss sehen?«

Er bejahte. Ungern überließ er Vater und Mutter dem quälenden Bewusstsein, nicht da gewesen zu sein, um die eigenen Kinder zu retten. Gehorsam folgte er Esther Laburnum (an der er inzwischen eine gewisse Ungeduld bemerkte, das Haus endlich »besichtigt zu kriegen«, um abziehen zu können).

Fünf Schlafzimmer gab es, in denen sich Melrose aber nicht lange aufhielt, sondern lediglich von der Tür aus einen flüchtigen Blick hineinwarf. Im Schlafzimmer der Eltern entdeckte er weitere gerahmte Fotos, die er sich gern angesehen hätte, aber wegen der Maklerin, die ihm wie ein Terrier auf den Fersen war, sah er lieber davon ab.

Ein Zimmer faszinierte ihn. Es ging aufs Meer hinaus und war bis auf einen Flügel vollkommen leer. Auf dem Notenständer und über den Boden verstreut waren Notenblätter, als hätte ein Windstoß sie dorthin geweht. Allerdings bemerkte er gar keinen Luftzug, überhaupt war das Haus in Anbetracht seines Alters und seiner Größe erstaunlich gut isoliert.

»Ich *glaube*, er war Musiker, ich *glaube*, er hat komponiert.«

Melrose merkte, wie sie das Wort betonte, als wollte sie nicht für die Verbreitung inkorrekter Daten zur Rechenschaft gezogen werden. Er ging hinüber, um sich die Blätter auf dem Notenständer anzusehen, und musste ihr Recht geben. »Das scheint mir hier ganz frisch komponiert – ich meine, bevor sie von hier fortgingen.« Melrose spielte zwar kein Instrument, konnte jedoch Noten lesen und sich die Melodie mit einem Finger zusammensuchen. Er setzte sich an den Flügel und ging mühsam ans Werk. Auf der zweiten Seite brach die Melodie jedoch mitten im Takt ab. Es war, als sei der Komponist kurz abberufen worden.

»Ich will Sie ja nicht drängen, Mr. Plant. Aber ich nehme doch an, Sie wollen noch einen kurzen Blick auf das Grundstück werfen.«

Eigentlich wollte er, dass sie wegging und ihn hier allein ließ, damit er die Noten zusammensuchen und sich vorstellen konnte, wie ein ganzes Orchester die Hintergrundmusik dazu spielte.

Er stand auf und trottete hinter ihr her.

Es war ein wechselhafter, unbeständiger Tag. Von Zeit zu Zeit setzte der Regen aus, um gleich darauf wieder anzufangen, und im Laufe des Nachmittags wurde es dunstig und wolkenverhangen. Kaum hörte es einmal auf zu regnen, warf schwaches, vom dichten Wald gedämpftes Sonnenlicht einen hellen Schleier über den Kiesweg. Um durch die Äste spähen zu können, hätte man stärkeres Licht gebraucht.

Vom reibenden Geräusch des Wassers angezogen, stellte sich Melrose auf den zerklüfteten Felsvorsprung und sah auf den glatten Wasserfall hinunter, der gegen die Steine klatschte. In die Felsklippen hatte man einen Treppengang geschlagen, der zum Meer hinunterführte. Licht glänzte auf den feuchten Steinen. Während Melrose von oben hinuntersah, war ihm plötzlich, als gelangte er zum Urgrund der Existenz. Unwillkürlich kamen ihm ein paar Gedichtzeilen in den Sinn, in denen es um eine Frau ging, die aufs Meer hinausblickte: *Und immer stand sie, vom Anblick verklärt.* Wer hatte das geschrieben, Hardy? Vielleicht konnte er das Gedicht in der Bibliothek von Seabourne finden. Eine zirpende Stimme ertönte unverhofft neben ihm und riss ihn aus diesen Betrachtungen.

»Die Stufen dort führen zum Meer hinunter, gleich dort drüben, sehen Sie?«

Melrose wandte sich von dem düsteren Anblick ab, der seiner Stimmung weit mehr entsprach als Esther Laburnums Stimme. »Ja, ich habe sie gesehen.«

»Seien Sie bloß vorsichtig. Die Steine sind glitschig.«

»Ich hatte eigentlich nicht vor, dort hinunterzusteigen.« Er hob ein flaches Steinchen auf und ließ es über das Wasser flitzen, wie es die Leute oft tun, wenn sie am Wasser sind. Warum eigentlich, überlegte er und hob noch eins auf.

»Sie müssen ausgeglitten sein, habe ich jedenfalls gehört.«

Sein Wurfarm verharrte in der Luft, während er sie fragend ansah. »Wer ist ausgeglitten?«

»Na, habe ich Ihnen das nicht erzählt? Die Kinder. Dort unten hat man sie gefunden.« Sie seufzte. »Ist das nicht schrecklich? Können Sie sich so was vorstellen?«

»Nein, kann ich nicht.« Er stand am Rand der Klippe und versuchte es. Er versuchte, sich den Schmerz der Eltern vorzustellen, was ihm schwer fiel, da er selbst keine Kinder hatte. Trotzdem konnte er sich ausmalen, wie es wäre, wenn ihn eine derartige Nachricht über einen Freund oder eine Freundin erreichte und er in einer Welt weiterleben müsste, in der sie nicht mehr waren. Obwohl es sich nur in seiner Phantasie abspielte, überraschte es ihn, dass ihm der Verlust so nahe ging. Doch so war es. »Wie alt waren sie, als es passierte?«

»Ich bin mir nicht sicher.«

Anscheinend lag ihr auch nicht daran, es zu raten. Esther Laburnum, am Beginn ihres Rundgangs geschwätzig bis an die Grenze des Erträglichen, hatte nun offenbar beschlossen, die Schotten vollkommen dichtzumachen. Melrose seufzte. So lief es immer ab: Erst ließen sich die Leute wortreich aus, bis man vor Langeweile fast verging, und wenn die Sprache auf etwas so Faszinierendes kam, dass es selbst einen Toten in Bann schlagen könnte, kam ihnen kein Sterbenswörtchen mehr über die Lippen. Nun, vielleicht fürchtete sie, die tragischen Geschehnisse könnten ihr Geschäft gefährden. Oder vielleicht schwieg sie auch deshalb, weil sie wegfahren und anderen Leuten andere Grundstücke zeigen wollte.

»Sind die Besitzer deshalb weggezogen?«

»Schon möglich.«

Aus der Nase ziehen musste man es ihr. Melrose hätte sie am liebsten durchgerüttelt. »Wie lange steht das Haus denn schon leer?«

»Vier Jahre etwa.« Sie schlug ihren Terminkalender auf, um nachzusehen. »Nein, stimmt gar nicht. Vor ungefähr zwei Jahren hat es jemand gemietet. Innendekorateure nannten die sich.«

Esther Laburnum schniefte. Lächelnd wandte Melrose seine Aufmerksamkeit wieder dem Meer zu. Wie er so dastand und hinuntersah, fühlte er sich wie benommen. Es war einfach zu viel – das Haus, das Meer, die Felsen, die Treppe, der Junge, das Mädchen. Zu viel. Der Gedanke missfiel ihm, drängte sich jedoch auf: Dieses Haus war von einer gewissen Unwiderstehlichkeit. Wäre er nicht bereits vorher fest entschlossen gewesen, es zu nehmen, es zumindest anzumieten, dann hätte ihn die Geschichte dieser Familie bestimmt vollends umgarnt. Er warf noch einmal einen Blick auf das graue, windumtoste Gebäude und stellte fest, dass er sich vorhin nicht geirrt hatte: es wirkte wie der Schauplatz für einen Film. Gleich würde das Mädchen im weißen Kleid quer über den Rasen laufen und direkt auf den Rand der Klippe zusteuern. Ach, es war wie im Film alles viel zu perfekt.

Sie starrten schweigend auf die Felsen hinunter. Zumindest er starrte hinunter – ein kurzer Blick zu der Maklerin hinüber zeigte ihm, dass diese soeben auf ihre Uhr schaute. Immer war eine Stand- oder Armbanduhr im Spiel. Melrose wollte das Haus noch einmal von innen sehen: die Fotos, die Porträts. Er schlug vor, noch einmal ins Haus zu gehen.

Wie aufs Stichwort verdunkelte sich der Himmel. Es begann zu nieseln. So ein Haus, überlegte Melrose, sollte eigentlich ausschließlich bei Wind und Regen besichtigt werden.

»Melrose!«

Wenn es eine Stimme gab, die in der Lage war, ihn diesen spukhaften Erinnerungen und romantischen Reminiszenzen zu entreißen, dann diese. Er wandte sich um und sah Agatha zaghaft auf ihn zusteuern. Er trat wohl besser vom Klippenrand weg, bevor sie noch näher kam. Doch sie war stehen geblieben. Nun musste natürlich er auf sie zugehen. Sie würde sich keinen Millimeter weiterbewegen. Wenn er mit ihr sprechen wollte, musste *er* den ersten Schritt tun. Natürlich wollte er nicht mit ihr sprechen, ging als Gentleman aber trotzdem auf sie zu.

31

»Melrose!«, rief sie erneut, als befänden sie sich an zwei weit auseinander liegenden Ausgängen in der King's Cross Station.

Der Wagen, in dem sie angekommen war, gehörte der Taxifirma Cornwall Cabs und wurde – zu seiner großen Überraschung – von demselben Burschen gefahren, der sie im Tea-Room bedient hatte. Melrose fragte sich, wie oft am Tag der Knabe in eine andere Rolle schlüpfte, also das Käppchen wechselte. Momentan trug er ein ziemlich keck etwas nach hinten gesetztes Exemplar. An den Wagen gelehnt sah er Melrose verlegen lächelnd und mit einem theatralischen Schulterzucken an, als wollte er sagen, *was hätte ich denn machen sollen, Kumpel?*

»Melrose«, verlangte Agatha gebieterisch zu wissen, »was um alles in der Welt glaubst du eigentlich, das du hier tust?«

Er machte sich nicht die Mühe, zu fragen, woher sie wusste, dass er hier war. Alle Wege führten nach Rom – außer ihren: die führten zu Melrose. Vielleicht hatte sie ihm eine Art Abhörwanze eingebaut, um ihm nachspüren zu können. Melrose stellte Esther Laburnum seiner Tante vor, womit Erstere sich vor die Aufgabe gestellt sah, Agathas Fragen zu beantworten. Die Maklerin teilte Melrose mit, sie habe jetzt in Bletchley einen Termin und müsse fahren, und gab ihm ihre Visitenkarte. Dann gingen die beiden etwa gleichaltrigen Frauen, sich angeregt unterhaltend, über den Kiesweg davon.

Melrose wunderte sich, dass sie ging, ohne sich seine Unterschrift unter einem Mietvertrag oder einem anderen Dokument gesichert zu haben, nachdem er an dem Objekt immerhin deutliches Interesse gezeigt hatte.

Agatha drehte um und kam noch einmal herüber zu der Stelle, wo Melrose mit ihrem Fahrer stand. Der Knabe stellte sich aufrecht hin und zog die Kappe zurecht, klappte sie gewissermaßen herunter wie ein Chauffeur, der sich seiner Arbeitgeberin präsentiert.

»Sie tauchen ja überall auf.« Melrose lächelte den Jungen an. »Mich zu finden gehörte wohl zu Ihrer Zaubernummer, was?« Der Bursche wollte gerade den Mund aufmachen, um etwas zu sagen, da kam Agatha ihm zuvor. »Wovon redest du eigentlich? Ich habe ihm gesagt, du seist im Wagen einer Maklerfirma davongefahren – und wer kutschiert hier sonst die Leute im Jaguar herum außer Häusermaklern? Also habe ich bei denen im Büro vorbeigeschaut und gefragt, wohin ihre Maklerin – ich meine, Esther – unterwegs war.«

»Verstehe«, sagte Melrose. »Es war also *deine* Zaubernummer. Richard Jury könnte solch eine Spürnase gut gebrauchen.«

»Was soll das hier eigentlich? Wieso bist du hier?«

Er ließ ihre Frage in der Luft hängen, während er sich eine Antwort zurechtlegte. »Es ist ein Familiensitz, Agatha«, sagte er. »Habe ich dir nie davon erzählt? Ich bin rein zufällig darauf gestoßen.«

»Schicksal, sozusagen.«

Melrose sah den Fahrer überrascht an.

Agatha stutzte. »Familiensitz? Was für eine Familie denn? Wessen Familie?«

»Na, offensichtlich meine. Eine Linie, die Onkel Robert vermutlich nie zu erwähnen beliebte, in Anbetracht der Tatsache, dass wir nie besonders stolz waren auf die Ushers.« Melrose schob seine Hände tief in die Hosentaschen und blickte über die Schulter auf den großen, grauen Steinklotz. »Stell dir also meine Überraschung vor, als ich feststellte, dass es zu verkaufen ist.«

Agatha zupfte sich ihren Staubmantel über den Schultern zurecht. »Das denkst du dir nur so aus. Na gut, meinetwegen kannst du hier bleiben. Esther hat angeboten, mich mit zurück nach Bletchley zu nehmen.«

Man sprach sich also bereits per Vornamen an. Das ging aber schnell, selbst für Agatha.

Den jungen Burschen, der sie hergefahren hatte, hatte sie anscheinend bereits vergessen (in der wahrscheinlichen Annahme, Melrose würde ihr Fahrgeld berappen). Agatha machte auf dem Absatz kehrt und steuerte auf den Wagen der Maklerin zu.

»Offenbar«, meinte Melrose, »wechseln wir nun die Mitfahrgelegenheiten.«

Der Junge strahlte übers ganze Gesicht. »Mir soll's recht sein.«

»Ich weiß Ihren Namen noch nicht. Ich heiße Melrose Plant.«

Der Junge streckte die Hand aus. »Johnny Wells. Können wir los?«

Als der Jaguar die Auffahrt hinunterbrauste, streckte Esther Laburnum den Arm aus dem Fahrerfenster und winkte Melrose zu, der zurückwinkte. Agatha verzog natürlich keine Miene.

»Ich würde mich gern noch einmal umsehen, ohne Begleitung.«

Johnny lächelte. »Kann ich gut verstehen. Lassen Sie sich ruhig Zeit.«

»Ich vergüte Ihnen Ihre auf jeden Fall.«

»Schon gut. Ich setz mich ins Auto und lese. Dafür hab ich sowieso nie genug Zeit.«

Melrose stieg erwartungsvoll die Stufen hinauf, um das Haus erneut auf sich wirken zu lassen. Da er die Küche noch nicht gesehen hatte, ging er nach hinten durch eine Art Butlerraum, wo in Weinregalen noch Madeira und Port lagerten. Die Küche war sehr groß, sehr düster und dabei doch sehr wohnlich. Wie beim Rest des Hauses deutete vieles darauf hin, dass sie vor kurzem noch bewirtschaftet worden war. Auf einer Arbeitsfläche in der Mitte des Raumes lagen Kochutensilien, und auf dem Herd stand ein großer Topf.

Das behagliche Nebenzimmerchen hatte er bereits gesehen,

nicht aber die eigentliche Bibliothek. Er spürte, wie dieser Ort ihn bereits gefangen nahm, ihm durch Mark und Bein ging. Wenn er jetzt um irgendeine Ecke biegen würde, wäre er kaum überrascht, sich dem Porträt einer Frau von geradezu unheimlicher Schönheit gegenüberzusehen, die bereits gestorben oder verschwunden war, das Antlitz vom dunstigen Licht beschienen. Laura. Als er die Bibliothek betrat, stockte ihm fast der Atem. Dort sah er sich einem Gemälde von Hühnern gegenüber.

Hühner? Es hing über dem Kamin, das große Aquarellgemälde von einem Bauernhof mit Hühnerställen und einem Hahn, der dazwischen umherstolzierte. Von diesem Bild ging wahrlich nichts Unheimliches aus. Er seufzte auf, unsicher, ob er nun traurig oder erleichtert sein sollte.

Am meisten faszinierte ihn der Raum im darüber liegenden Stockwerk, der bis auf den Flügel leer war. Er fragte sich, ob das Haus als Drehort für den besagten Film benutzt worden war. Er ging zu der langen Fensterreihe hinüber und sah auf das Wasser hinunter, das die Felsen umspülte, aufschäumte, sich zurückzog und erneut hereinströmte. Seine Lippen formten ein paar Gedichtzeilen. Gern hätte er vom *schwermütigen, allmählich* sich *zurückziehenden Rauschen* gesprochen, bloß war Matthew Arnold ihm damit zuvorgekommen.

Er stellte sich vor, hier allein zu sitzen, Notenkaskaden auf und ab zu spielen und sich zur Musik hin und her zu wiegen. Klavier spielen konnte er nicht. Er könnte aber Unterricht nehmen. Ein womöglich lohnendes Unterfangen. Wie lang es wohl dauerte, bis man es lernte? Schon allein um Agatha zu übertönen, würde sich die Sache lohnen. Er verließ den Raum und ging wieder die Treppe hinunter ins Wohnzimmer, den ersten Raum, den Esther Laburnum ihm gezeigt hatte. Als er an dem Porträt des alten Mannes vorbeikam, überlegte er, ob er wohl das Familienoberhaupt war. Irgendwie konnte er ihn mit den anderen aber nicht zusammenbringen. Sie waren so schön mit ihrem Lächeln. Er nahm das Foto im Silberrahmen in die Hand, und erneut betrübte ihn das schreckliche Schicksal der Kinder.

Plötzlich ging die Flügeltür auf. Er fuhr herum.

Der ungebetene Gast!

Nein, nur der Taxifahrer. »Tut mir wirklich Leid, Sie unterbrechen zu müssen. Es ist bloß … Shirley – von der Zentrale – bequatscht mich schon die ganze Zeit, dass sie das Taxi für eine Fahrt nach Mousehole braucht.« Er machte eine entschuldigende Geste und zuckte die Achseln.

»O nein, das ist schon in Ordnung. Ich bin fertig. Fahren wir.«

Beim Abfahren drehte sich Melrose um und warf einen letzten Blick auf das Haus. »Was für ein Anwesen. Ich trage mich mit dem Gedanken, es zu mieten. Sagen Sie, wer ist der alte Mann auf dem Porträt? Er scheint irgendwie nicht recht dazu zu passen.«

»Das ist Morris Bletchley.«

Melrose war überrascht. »Bletchley? Ist seine Familie irgendwie mit dem Dorf verwandt?«

»Ich vermute mal, hier hat's schon immer Bletchleys gegeben. Komisch, er selber ist nämlich eigentlich Amerikaner. Er ist der Hühnerkönig.«

»Der – was?«

»Haben Sie noch nie im Chick'n King gegessen? Die gibt's doch überall. Das ist so eine Kette.«

Melrose überlegte einen Augenblick. »Ach, ich glaube, an der Autobahn habe ich sie schon ein paar Mal gesehen. Seabourne gehörte also ihm, sagen Sie? Mr. Chick'n King persönlich?« Melrose war etwas enttäuscht. Hühner. Wie unromantisch! »Jetzt verstehe ich auch das mit dem Hühnerbild.«

»Hab ich nie gesehen, hört sich aber ganz danach an.« Johnny nahm eine haarscharfe Kurve auf dem heckengesäumten, engen Sträßchen.

Melrose seufzte. »Na, so werde ich wenigstens nicht allzu rührselig. Hühner. Du lieber Himmel!«

»Sie scheinen mir aber überhaupt kein rührseliger Typ.«

Melrose fühlte sich irgendwie geschmeichelt. Er wollte gerade sein Zigarettenetui hervorholen, hielt aber inne. »Stört es Sie, wenn ich rauche?«

»I wo, solange Sie mir auch eine geben. Ich weiß, für meine Lungen ist es das helle Gift, aber ...«

Melrose hielt ihm das Etui hin, und Johnny bediente sich, den Blick auf die Straße geheftet. Melrose zündete beide Zigaretten an, lehnte sich entspannt zurück und ließ den dichten Wald an sich vorüberziehen. »Sagen Sie mal, wie viele Jobs haben Sie eigentlich?«

»Drei, glaub ich. Oder vier, wenn Sie die Zauberei dazurechnen.«

Verblüfft sagte Melrose: »Aber gern rechne ich die dazu. Was soll das heißen?«

»Na, dass ich Hobbyzauberer bin. Es macht einen Riesenspaß. Mein Onkel Charlie war früher Profi. Jetzt hat er in Penzance einen Laden für Zauberbedarf. Ab und zu führe ich eine Zaubershow vor, oben in Bletchley Hall. Das ist so eine Mischung aus Sterbehospiz und Pflegeheim. Ich bin gar nicht so übel.«

»Das glaube ich gern.«

»Die anderen Jobs sind bloß halbtags. Nach der Touristensaison schalten wir jetzt ein bisschen runter.«

»Na, wie sollten Sie es sonst schaffen außer in Teilzeit? Und was ist mit den arbeitsfreien Monaten außerhalb der Saison? Sind Sie da Tutor in Oxford?«

Johnny musste lachen. »Schön wär's. Nächstes Semester

kriege ich hoffentlich ein Stipendium. Darum arbeite ich auch so viel. Damit ich das zahlen kann, was das Stipendium nicht abdeckt.«

»Und Ihre Familie?«

»Da gibt's bloß meine Tante Chris. Chris Wells. Sie ist die Besitzerin der Teestube, Sie wissen schon, das Woodbine. Ach ja, und mein Onkel Charlie, aber den seh ich nicht oft. Chris und Brenda sind Geschäftspartnerinnen.«

»Brenda?«

»Brenda Friel. Die ist wirklich in Ordnung. Ihre Tochter hat früher auf mich aufgepasst.«

»Auf *Sie* aufgepasst? Sind Sie sicher, dass es nicht umgekehrt war?«

Johnny lachte und fügte etwas ernüchtert hinzu: »Das ist schon lange her. Ramona ist gestorben, als sie erst – hmm – zweiundzwanzig oder dreiundzwanzig war. Das war wirklich traurig. Schwanger war sie auch.« Bei dieser Klatschmitteilung errötete er leicht. »Das weiß ich von Chris. Brenda … na, Sie können sich ja vorstellen. Aber Brenda und Chris sind ein gutes Team. Ich kenn sonst niemanden, der so fleißig arbeitet wie Chris.«

Außer dir selbst, hätte Melrose gern hinzugefügt.

»Ich weiß, sie würde mir das Studium auch bezahlen, alles würde sie bezahlen. Aber ich kann ihr nicht dauernd auf der Tasche liegen. Man muss doch auf eigenen Füßen stehen, oder?«

»Was Ihnen offensichtlich bewundernswert gut gelingt.«

»Sie ist auch wirklich hübsch«, spann Johnny seinen eigenen Gedanken weiter. »Und noch gar nicht so alt … vielleicht so etwa in Ihrem Alter.«

Melrose wandte den Kopf zum Fenster. Der Junge sollte ihn nicht lächeln sehen.

Johnny fuhr fort, die Vorzüge seiner Tante aufzuzählen: sympathisch, eine wundervolle Köchin, mit einer Engelsgeduld.

Melrose war noch nie einem Menschen in Johnnys Alter begegnet, der einem anderen Familienmitglied solche Komplimente machte. Nicht, dass er an den Tugenden der Tante gezweifelt hätte – immerhin hatte jemand diesem Burschen ein hervorragendes Vorbild gegeben –, es kam ihm eher vor, als versuchte der Junge, Amor zu spielen. Melrose fühlte sich geschmeichelt. Er glaubte nicht, dass Johnny seine Tante jedem unverheirateten Fremden ans Herz legen würde.

»Das wird nett, wenn Sie Seabourne mieten. Dann könnten wir uns vielleicht alle mal treffen.« Johnny sah Melrose fast flehend an. »Vielleicht zum Hühnchenessen.«

Sie mussten beide lachen.

An die Hühner, dachte Melrose, muss ich mich erinnern, wenn ich wieder einmal drauf und dran bin, sentimental zu werden. *Do you remember* – weißt du noch?

Erinnerungen waren aber nicht gut, wenn man sich vor sentimentalen Attacken schützen wollte.

Denn Erinnerungen provozierten sie geradezu, sie schikanierten einen und ließen einen in die Falle tappen.

4

The Drowned Man war ein typisch ländliches Pub, das zusätzlich Zimmer vermietete. Es war angenehm dunkel und ruhig – von beidem vielleicht ein bisschen zu viel, denn ein Gasthaus, Pub oder Hotel braucht ein wenig geschäftiges Treiben, und es war offensichtlich, dass Mr. Pfinn, der sich endlich bequemt hatte, Melrose ein Zimmer zuzuweisen, nicht zur geschäftigen Truppe gehörte. Klein und spillerig, mit hängenden Schultern und spärlichem, büscheligem Haar, schien es ihm ganz und gar nicht zu behagen, dass Melrose das draußen auf dem Schild versprochene Angebot ZIMMER ZU VERMIETEN wörtlich genommen hatte. Als hätte Melrose, den schwarzen Kranz an der Tür ignorierend, die zärtlich gehütete Sphäre eines Privathauses verletzt. Es war ein trauriges, feierliches Pub. Im Verlauf der zwei Tage, die Melrose nun schon dort logierte, hatte er keine anderen Leute gesehen. *Hunde* gab es allerdings. Sie waren alle an die Vestibültür gekommen, um darüber zu wachen, wie Melrose sich angemeldet hatte und unbegleitet die düstere Treppe hinaufgestiegen war.

Es waren fünf an der Zahl, und wenn Melrose einmal an der Hotelbar saß, kamen sie gern an die Tür. Standen einfach da und glotzten. Dies war offenbar ihr bevorzugter Zeitvertreib, ein bisschen Kabarett, das Melrose ihnen bot. Er versuchte zwar, sie zu ignorieren, doch ist es fast unmöglich, vor so hartnäckigem Glotzen nicht zu kapitulieren – man muss einfach hinsehen. Die Hunde kamen auch nicht etwa alle zusammen an die Tür, sondern einzeln. Einen karamellfarbenen Labrador hatte er bereits ausgemacht, dann einen Schäferhund, einen Hirtenhund und zwei Huskys. Nacheinander kamen sie hervor, so als übermittelte jeder dem anderen, versetzt wie bei einem Staffellauf, die Informationen. Es war höchst verwirrend.

Mr. Pfinn gegenüber hatte er das seltsame Gebaren der Hunde schon einmal angesprochen. Fehlanzeige. Mr. Pfinn war – für einen Schankwirt – merkwürdig schweigsam, ein Griesgram, dem jedes angeschnittene Thema missliebig war, der Wetterbericht eingeschlossen. Smalltalk war in Gegenwart von Mr. Pfinn geradezu mikroskopisch »small«.

Melrose saß da und überlegte, wo er zu Abend essen sollte, kam dann aber zu dem Schluss, dass es hier wahrscheinlich ebenso gut wäre wie sonst irgendwo. Am Vorabend hatte er das andere Pub in Bletchley ausprobiert, The Die Is Cast – Der

Würfel ist gefallen. Als er, über die Vorliebe für Namen mit schlechtem Omen verwundert, den dortigen Stammgästen gegenüber eine diesbezügliche Bemerkung machte, erntete er nicht einmal ein Lächeln. Also gab er eine Runde Getränke aus, was ihm aber immer noch kein Lächeln einbrachte. Melrose hielt sich für einen recht passablen Geschichtenerzähler und einen ziemlich spendablen dazu. Im Die Is Cast bekam sein Selbstwertgefühl einen gewaltigen Dämpfer versetzt. Etwas weiter oben an der Straße in entgegengesetzter Richtung war noch ein Café namens The Poor Soul, doch nachdem er auf der Speisekarte im Fenster gesehen hatte, dass dort hauptsächlich »Fischstäbchen« zur Auswahl standen, entschied er sich dagegen. Bletchley konnte als »Village noir« durchaus zum Wendepunkt in der filmischen Darstellung des Landes bestimmt sein.

Agatha hatte ihm telefonisch die Nachricht hinterlassen, sie sei mit Esther Laburnum essen gegangen. Er würde also allein speisen. Holdseliges Glück! Agatha hatte sich in einem Bed & Breakfast namens Lemon Cottage einquartiert, dessen Besitzerin, Miss Hyacinth Rose, ihnen umgehend mitteilte, dass sie Milch zu dicker Sahne verarbeitete, und auf die Töpfe deutete, die überall im Haus auf den Heizkörpern standen. Dies sei nämlich die echte Art, jene berühmte Spezialität aus Cornwall herzustellen, nach der die Touristen so verrückt waren.

Nach dem Essen hatte Mrs. Laburnum vermutlich eine völlig andere Meinung von (dem liederlichen, verantwortungslosen, dandyhaften) Lord Ardry als die, die sie sich zuvor von (dem gewandten, gutbetuchten, nachdenklichen) Melrose Plant gebildet hatte. In Anbetracht des krassen Unterschieds zwischen Ardry und Plant hätte er genauso gut den scharlachroten Pimpernell abgeben können. Doch ganz gleich, was Agatha sagen mochte – nichts würde Ester Laburnum davon abhalten können, ihm Seabourne zu vermieten. Wenn sie mochte, konnte er ihr das ganze

Geld für die Miete auf einmal auf den Tisch blättern. Davon abgesehen würde sie das Haus, das bereits seit vier Jahren oder länger leer stand, vermutlich schlicht und einfach gern loswerden.

Während er am Kaminfeuer saß, wo züngelnde Flammen die grauen Scheite schwarz werden ließen, und diesen warmen, angenehmen Betrachtungen nachhing, waren die Pfinn'schen Hunde herbeigekommen, nicht um Melrose, sondern um sich gegenseitig Gesellschaft zu leisten, und hatten sich nacheinander wie große, schwere Sitzsäcke neben der Feuerstelle niedergelassen, wo sie nun schnarchten oder im Traum gefangen vor sich hin winselten. Woher kam es eigentlich, dass Hunde innerhalb von fünf Sekunden in Tiefschlaf versinken konnten? Mr. Pfinn hätte ein Hundeheim aufmachen können. Noch ein paar Huskys, und es hätte für das Iditarod-Schlittenhunderennen gereicht. Die Vorstellung gefiel Melrose: Er im pelzgefütterten Parka, wie er die Hunde anfeuerte, während sich der Schlitten eine eisige Schneise durch die Tundra bahnte.

Er gähnte. Zeit für das Speisezimmer im Drowned Man. Hoffentlich gab es auch eine anständige Flasche Wein. Ein anständiges Stück Fisch müsste es ja weiß Gott geben. Er kippte den ausgezeichneten Whisky vollends hinunter und hievte sich aus dem Ohrensessel. Abgesehen von der zänkischen Hirtenhündin, die die Zähne fletschte, pro forma ein bisschen herumknurrte und den Kopf wieder sinken ließ, schenkten die Hunde seinem Abgang keine Beachtung.

»Ist ja nicht zu glauben!«, rief Melrose aus.

»Mr. Plant«, sagte Johnny Wells, schenkte ihm Wasser ein, stellte die Karaffe ab und zog flink Speisekarte und quastengeschmückte Weinkarte unter dem Arm hervor.

»Legen Sie in Ihrem Arbeitsfimmel eigentlich auch mal eine Pause ein?«

»Zu dieser Jahreszeit ist nicht viel los.« Johnny wies mit dem ausgestreckten Arm auf das Speisezimmer. »Sehen Sie ja.«

»Aber trotzdem.« Melrose studierte die Speisekarte. Wirklich nicht schlecht.

»Heute Abend kann ich speziell den Dorsch mit Gurkensauce oder *abricot confit* empfehlen. Das ist eine Art Aprikosenpüree.«

»Danke, das Wort *confit* ist mit lieber.« Die Weinkarte unterzog er einer sorgfältigen Betrachtung. »Ich muss sagen, ganz schön umfangreich. Hier ist ein 85er Côtes-du-Rhône, hier ein 86er Côtes-du-Lubéron und hier ein Bourgeuil aus der Domaine des Raquières.« Melrose sah Johnny über den Rand seiner goldgerahmten Brille an. »Was würden Sie mir empfehlen?«

»Wie wär's mit dem Puligny-Montrachet?« Johnny wischte ein paar imaginäre Krümel vom Tisch.

»Oho, das ist in der Tat eine gute Wahl!« Er klappte die Karte zu. »Hätten Sie vielleicht einen hübschen kleinen Bordeaux? Ich meine natürlich, ein Fläschchen?«

»Sicher. Kommt ganz darauf an, was Sie nehmen.«

»Wozu raten Sie mir denn?«

»Zum Dorsch, keine Frage.«

»Nachdem Sie von nichts anderem reden, werde ich den wohl nehmen.«

»In Ordnung. Und einen weißen Bordeaux?«

»Machen Sie mal.«

Johnny ging in die Küche und war innerhalb von fünf Minuten mit etwas Brot und der Flasche Wein wieder zur Stelle. Und einem ausgeklügelten Korkenzieher, mit dem zu hantieren ihm offensichtlich Spaß machte. Er entkorkte und schenkte Melrose den Wein zum Probieren ein.

Melrose erklärte ihn für einen – in seiner Kategorie – ausgezeichneten Tropfen und erkundigte sich: »Hören Sie, was wissen

Sie, abgesehen vom Hühnerkönig, denn sonst noch über die Bletchleys? Ist das Dorf womöglich nach ihnen benannt?«

»Kann schon sein. Vor Urzeiten gab's mal einen Bletchley, der dem Ort den Namen verpasst hat. Vielleicht sind das seine Nachfahren, keine Ahnung.« Die Serviette über den Arm klatschend, meinte Johnny: »Soll ein bisschen komisch sein, die Familie, hab ich gehört.«

»Alle Familien sind auf die eine oder andere Art komisch. Ich dachte an die Kinder.«

»Ay, das war furchtbar. Ich war nicht hier, als es passiert ist, ich war im Internat. Seither steht das Haus leer. Na ja, die Eltern sind wieder nach London oder Penzance oder sonst wohin gezogen. Eine Zeit lang wohnten ein paar Männer drin, allseits ›die Innendekorateure‹ genannt, huch, huch, klimper, klimper, Sie wissen schon. Ich vermute mal, die waren schwul. Eigentlich waren die ganz nett. Die haben was gemacht aus dem Haus – renoviert, meine ich. Sind dann aber ganz plötzlich ausgezogen.«

Johnny runzelte die Stirn.

Melrose fragte nicht nach dem Grund. Steht alles im Drehbuch. Irgendjemand zieht immer ganz plötzlich aus.

Johnny schüttelte den Kopf. »Mehr weiß ich auch nicht. Ich bring Ihnen jetzt die Vorspeise.«

»Habe ich denn eine bestellt?«

»Die schmeckt Ihnen bestimmt. Avocado mit Roquefort überbacken. Hervorragend.«

»Ich verlasse mich auf Sie. Wie in allem.«

Melrose ließ den Blick quer durch den leeren Raum über ein Dutzend weiß gedeckte Tische schweifen. Auf jedem stand eine kleine Vase mit blauen Alpenveilchen. Gedankenverloren drehte er den Löffel hin und her und dachte über das Haus nach. Es zu kaufen wäre wahnsinnig. Es war zwar nicht direkt baufällig, hatte aber bestimmt jede Menge Macken – mit der Heizung, der Wasserversorgung, dem Strom. Außerdem war da noch diese gespenstische Atmosphäre…

…die er sich selbst zusammenreimte, und zwar von dem Augenblick an, als er es zum ersten Mal betreten hatte. Nein, nicht unheimlich war es, nicht makaber. Sein Problem war, dass er sich in Ardry End langweilte, dies hier aber war Cornwall, Daphne-du-Maurier-Territorium, Manderley-in-Flammen-Gebiet!

Johnny brachte ihm seine Vorspeise und schwirrte wieder davon, während Melrose seinen Spukgedanken nachhing. Würde ein ernsthaftes Gespenst sich für seinen Spuk denn das Haus des Chick'n King aussuchen? Er überlegte, wie Hühnchen hier zu Lande ins Jenseits befördert wurden. Bekamen sie ein Wochenende in Brixton-on-Sea versprochen, bevor man den Kistendeckel über ihnen zuschlug?

Plötzlich verspürte er Mitleid mit den Hühnchen. Stünde nicht diese göttliche Avocado-Roquefort-Speise vor ihm, er brächte nichts hinunter. Wenn er nun schon anfing, sich mit todgeweihtem Federvieh zu identifizieren, war er bestimmt auf dem besten Wege zum Vegetarier. Er müsste seinen Dorsch zurückgehen lassen! Er schlug sich mit der flachen Hand an die Stirn, um die morbiden Gedanken zu vertreiben. Ein wenig Mitgefühl ist ja gut und schön. Zu viel davon jedoch, und schon heißt ein Erbsen- oder Kartoffelgericht »liebes Gemüse«. Am Ende landete er noch mit einem Protestplakat vor dem Laden von Jurvis, dem armen Fleischer. Keine Menschenseele würde Jurvis boykottieren. (»Was? Auf meinen Sonntagsbraten verzichten? Sie haben wohl nicht alle Tassen im Schrank!«).

»Stimmt was nicht, Sir?«

Abwartend stand Johnny mit seinem Essen da, von dem Fisch und der unterteilten Platte mit Kohl, Bratkartoffeln und Erbsen stieg der Dampf empor.

»Nein, nein. Ich versuche nur, das Wasser aus meinem Ohr zu

kriegen.« Er klatschte sich noch einmal herzhaft an den Kopf, während Johnny ihm den Teller hinstellte. Der perlweiße Fisch sah köstlich aus, gerade genug gekocht, dass er sich leicht zerteilen ließ. Die Sauce gab es in einem Extraschälchen dazu.

Gabel und Gespräch von vorhin wieder aufnehmend, meinte Melrose:»Also, John, wenn sie die Erben des Chick'n King-Vermögens sind, wieso sollten sie das Haus verkaufen oder vermieten? Die sind doch wohl kaum auf das Geld angewiesen.«

Johnny ließ es sich durch den Kopf gehen, während er Melrose nachschenkte.»Vielleicht ist das Vermögen dadurch überhaupt erst entstanden.«

»Ich verstehe nicht ganz.«

»Mr. Bletchley ist vielleicht einer von denen, die was von Geld verstehen. Vielleicht, sage ich. Wie ist der Dorsch?«

Der Dorsch war seidig weich und schmeckte wie frisch aus dem Wasser direkt in die Pfanne gesprungen.»Ausgezeichnet. Mein Kompliment an Ihren Küchenchef.« Er sah, wie sich Johnnys Lippen zu einem Lächeln formten, was nur eines bedeuten konnte.»Sagen Sie jetzt bloß nicht… Sie haben sowieso schon die gesamte arbeitende Welt beschämt.«

»Nur, wenn wir bloß ein oder zwei Gäste haben. Mr. Pfinn will den echten Küchenchef erst kommen lassen, wenn mehrere Gäste da sind, was im Herbst und im Winter nicht so oft vorkommt. Im Sommer koche ich nicht, bloß wenn Flaute ist so wie jetzt. Kochen gelernt hab ich, weil ich jahrelang Chris dabei zugeschaut habe. Sie ist sagenhaft. Ehrlich!«

»Chris?«

»Na, meine Tante, von der ich Ihnen erzählt hab.«

»Ach ja, die den Tea-Room besitzt.«

»Mit Brenda Friel. Im Moment bäckt Chris sicher für morgen. Etwa dreimal pro Woche macht sie Meringuen und Scones und solche Sachen. Wenn ich fertig bin, geh ich nach Hause und helfe ihr.«

»Na, hoffentlich halte *ich* Sie nicht auf!« Obgleich Melrose bezweifelte, dass sich Johnny von irgendetwas oder irgendjemanden aufhalten ließ. Er würde sich dessen schon irgendwie entledigen.

»Nein, ganz und gar nicht.« Johnny sah auf seine Uhr. »In ein paar Minuten gibt's noch eine kleine Vorführung.«

»Soll ich fragen, wer –«

»Ich hab doch gesagt, ich bin Zauberer!« Er seufzte bedauernd. »Allerdings hab ich nicht genug Zeit zum Üben. Wissen Sie, wohin ich immer schon mal wollte? Nach Las Vegas. *Da* wird gezaubert! Siegfried und Roy, haben Sie von denen schon mal gehört?«

»Kommt mir irgendwie bekannt vor.«

»Ich denk mir, mit einem Namen wie John Wells kann nichts schief gehen.«

Melrose sah ihn stirnrunzelnd an. »Ich verstehe nicht ganz.«

»Na, Sie sind vielleicht einer, so ein gebildeter Herr, und da sagen Sie, Sie hätten noch nie von John Wellington Wells gehört? Aus dem Musical *Der Hexenmeister* von Gilbert und Sullivan?« Johnny fing an zu singen.

»My name is John Wellington Wells,
I'm a dealer in magic and spells,
In blessings and curses,
And ever-filled purses,
In prophecies, witches, and knells.
If anyone anything lacks
He'll find it all ready in stacks,
If he'll only look in
On the resident Djinn,
Number seventy, Simmery Axe!«

Johnny endete mit einer schwungvollen Gebärde und drapierte sich die weiße Serviette über den Arm.

»Auf die effektvolle Vorführkunst kommt's beim Zaubern an. Nur darauf.«

5

»Chris!«, rief er laut, wie jedes Mal, wenn er nach Hause kam. Als Antwort ertönte kein »Hier!« aus der Küche.

Johnny durchquerte das kleine Vorzimmer. Das voll gestopfte Cottage aus dem 16. Jahrhundert war noch warm vom eben verglommenen Kaminfeuer. In der Küche war es noch wärmer. Auf dem langen Tisch mit der weißen Porzellanplatte und auf dem Herd standen Kuchenbleche mit frisch gebackenen Plätzchen und Scones. Die Backofentür stand offen, ein weiteres Blech mit Meringuen war noch im Ofen. Luftig und süß zergingen sie einem wundersam auf der Zunge. Etwas zu süß für seinen Geschmack.

Johnny sah sich nach Spuren von seiner Tante um und entdeckte über der Rückenlehne eines Stuhls ihre Schürze. Beim Blick auf das Gebäck fiel ihm ein, dass Meringuen eine Stunde brauchten und eine weitere Stunde zum Abkühlen. Dazu schaltete Chris den Ofen immer aus, ließ die Meringuen aber drin. Der Backofen war kühl, aber nicht kalt.

Es war jetzt Viertel vor zehn. Sie war also wahrscheinlich bis neun Uhr hier gewesen, vielleicht sogar länger. Das hieß, sie war eben erst aus dem Haus gegangen.

Aber wohin? Bis auf die Pubs war nirgends mehr geöffnet, doch dorthin ging sie sowieso nicht oft, und so weit er wusste, nie an einem Backabend. Stattdessen ging sie nach oben ins Bett, um noch zu lesen. Sie las für ihr Leben gern. Ihre Routine liebte sie sehr. *Routine ist nur ein anderer Ausdruck für »Ritual«, und ein Ritual hat immer etwas Tröstliches.* Sie hatte Recht – es war tröstlich zu wissen, dass man zu einer bestimmten Zeit an einem bestimmten Ort erwartet wurde. Dass andere mit einem rechneten. Er hätte an jedem beliebigen Tag raten können, wo sich Chris gerade aufhielt und was sie unternahm, und sich höchstwahrscheinlich nie geirrt. Es war beruhigend, dachte er, dass sie so war, immer genau da, wo man sie erwartete, ein Mensch, auf den man sich verlassen konnte.

Johnny versuchte, ihr darin nachzueifern. Wenn er nicht Punkt zehn Uhr morgens oder drei Uhr nachmittags im Woodbine auftauchte, beschwerten sich die alten Damen. Die Mädchen, die dort sonst bedienten, waren etwas schusslig und verstanden es irgendwie nicht so recht, im Woodbine eine Nachmittagsteestimmung zu schaffen.

Auch dies gehörte zu den Ritualen, die Johnny beherrschte. »Weißt du«, hatte Chris einmal gesagt, »es geht nicht nur ums Essen und Trinken, es hat fast schon eine regenerative Wirkung. Ich bin mir nicht sicher, wie es funktioniert, aber ich habe die Gäste schon unausgeglichen und griesgrämig hereinkommen und irgendwie aufgemuntert wieder von dannen ziehen sehen.«

Obwohl er bereits vermutete, dass sie nicht oben war (sonst hätte er sie ja gehört), musste er nachsehen. Er ging die enge, düstere, schief getretene Treppe hoch zu den Schlafzimmern im Obergeschoss. Es gab drei. Von seinem und ihrem Zimmer aus hatte man einen schönen Blick auf Mounts Bay. Obwohl die Tür einen Spalt weit offen stand, klopfte er an. Vielleicht lag sie ja krank im Bett. Doch er wusste schon, dass es nicht so war. Lauter seltsames Zeug ging einem im Kopf herum, an dem man sich festklammerte, bis einen der Mut verließ.

Er sah auf ihrer Frisierkommode mit dem dreiteiligen Spiegel nach, in der Hoffnung, etwas zu entdecken – ein wenig verschütteten Puder, einen offenen Lippenstift, ein unverschlossenes Parfümfläschchen –, das ihm einen Hinweis lieferte, wohin sie gegangen war, was sie tat. Doch dort sah es so ordentlich aus wie immer.

Er ließ sich in einem Schaukelstuhl am Fenster nieder, das auf den Vorplatz hinausging. Unter dem Mond war das Gras silbern, der Vorplatz erstrahlte hell. Er überlegte, was womöglich hätte passieren können. Vielleicht hatte sie sich geschnitten und zum Arzt gehen müssen. Nach Bletchley Hall vielleicht. Dort hatte immer einer Dienst, glaubte er jedenfalls. Oder vielleicht war einer ihrer »Damen« – wie sie sie nannte – etwas zugestoßen, einem von den alten Leutchen, denen sie in Bletchley Hall ehrenamtlich zur Seite stand. Irgendwas musste passiert sein. Oder vielleicht hatte sein Onkel Charlie, der Alkoholiker, sie aus Penzance zu Hilfe gerufen. Es wäre nicht das erste Mal.

Lächerlich. Himmel noch mal, Chris war nicht einfach verreist. Nicht ohne ihm einen Zettel hinzulegen.

»O je, hoffentlich ist sie nicht krank, mein Schatz«, sagte Brenda am Telefon. »Soll ich in Bletchley Hall oben anrufen? Ob sie womöglich –?«

Das hatte Johnny bereits getan. Und die Pubs – dort hatte er auch schon angerufen.

»Was ist mit dem Zeitungsladen?«, fragte Brenda.

»Compton's? Es ist halb elf, Brenda. Und überhaupt, was sollte sie um die Uhrzeit denn dort?«

»Zigaretten holen?«

»Nein. Sie raucht doch nicht mehr.«

Brenda seufzte. »Ach, Schätzchen, ich weiß genau, dass sie sich schon ein paar Mal hingeschlichen hat.«

Johnny musste lachen. Er hatte Chris' plötzliches Verschwinden immer noch nicht ganz begriffen. Die Tatsache war noch nicht ganz zu ihm durchgedrungen. Es war immer noch eine fiktive, etwas beunruhigende Geschichte, die sich natürlich genauso auflösen würde: als etwas Erfundenes. »Hör auf, Brenda. Kannst du dir wirklich vorstellen, Chris würde in der Gegend herumschleichen?«

»Hmmm … nein, eher nicht. Aber du denkst ja immer, bei ihr wäre alles bestens. Sie hätte keine Probleme, meine ich. Hat sie aber. So wie wir alle.« Sie sagte es ohne jede Spur von Sarkasmus, nur irgendwie traurig.

»Damit hilfst du mir nicht weiter, Brenda.«

»Hm, du hast Recht. Was ist mit deinem Onkel Charlie? Vielleicht ist er wieder eingelocht worden, und sie ist hingefahren, um ihn rauszuboxen.«

»Ohne mir was zu sagen? Das würde sie nie tun.«

Brenda seufzte. »Mir fällt einfach nichts ein. Soll ich kurz rüberkommen, mein Schatz, und dir Gesellschaft leisten? Dann können wir uns gemeinsam Sorgen machen.«

Das hätte er eigentlich gern. Doch es zu sagen kam ihm unglaublich kindisch vor. Das gefiel ihm an Brenda: Traurigkeit, Unruhe oder Angst von anderen tat sie nie mit banalen Phrasen ab wie: »Du wirst sehen, es ist gar nicht so schlimm. Du brauchst dir keine Sorgen zu machen.« Er dankte Brenda und sagte, er käme schon allein zurecht. Was nicht stimmte.

»Wenn du willst, brauchst du morgen nicht reinzukommen, mein Schatz.«

»Schon gut, Brenda. Ich schaff das schon. Danke.«

Wie jeder, der schlagartig aufwacht, dachte er, es hätte sich alles geändert; es kann gar nicht so sein wie vorher, als ich eingeschlafen bin. Doch die Gewissheit, dass alles noch genauso wie vorher war, beschlich ihn allmählich, während er immer noch in den

Kleidern vom Vorabend reglos im Bett lag. Er spürte das Morgenlicht eher, als dass er es sah, und fühlte, wie der dichte Dunst vom Meer her gleichsam an sein Fenster drückte.

Er stand auf und tappte barfuß in Chris' Zimmer hinüber. Nichts war verändert, aber das war ihm von vornherein klar gewesen. Vorsichtig ging er die tückischen Treppenstufen hinunter in die Küche, um Teewasser aufzusetzen. Meringuen und Scones machten immer noch den Eindruck, als müsste diejenige, die sie gebacken hatte, jeden Augenblick zurückkommen. Er füllte den Teekessel und steckte ihn ein. *Eine Tasse Tee, eine Tasse Tee, eine Tasse Tee.* Wie ein Mantra (was es ja fast auch war) wiederholte er die Wörter immer wieder leise.

An der Wand über dem Küchentisch hing das Telefon. Er setzte sich hin und nahm den Hörer ab, um Charlie anzurufen. Es war tatsächlich das Letzte, was ihm jetzt noch einfiel.

»John, mein Junge! Wie geht's?«

Es war zwar bloß Charlie, trotzdem wurde Johnny von dessen offensichtlicher Freude, von ihm zu hören, ein bisschen wohler ums Herz. »Gut. Hör mal, ist Chris vielleicht zufällig bei dir?«

Ja, ja, hier ist sie. Sie steht neben mir, ich geb sie dir. Johnny wusste erst, wie sehr er sich wünschte, diese Worte zu hören, als er die anderen hörte.

»Nein, seit sie letztes Mal die Kaution für mich berappt hat, hab ich Chris nicht mehr gesehen.« Charlies Tonfall änderte sich und wurde besorgter. »Wieso? Was ist denn los, Johnny?«

»Sie ist nicht hier. Sie ist weg und hat vergessen, mir zu sagen wohin.« Johnny versuchte zu lachen, doch es klang eher nach einem Würgen.

»Das ist ja echt beschissen. Hast du's schon in dem Heim probiert, wo sie ehrenamtlich arbeitet? Ich kann mich erinnern, dass die alte Lady, die sie immer heimgefahren hat, mal einen

Anfall hatte und Chris dort übernachtet hat. Weißt du das noch?«

Jetzt fiel es Johnny wieder ein. »Dort hab ich schon angerufen, die haben sie aber nicht gesehen.«

Charlie druckste ein wenig herum. »Was ist mit der Polizei?« Diesen Vorschlag, hatte Johnny gehofft, würde niemand machen.

»Die besteht hier aus Wachtmeister Evans. Nicht gerade einer, auf den du den letzten Penny wetten möchtest, Charlie. Trotzdem, danke für den Tipp.«

»Schon gut. Und melde dich, okay? Im Ernst. Ich bin in anderthalb Stunden dort, wenn du mich brauchst.«

»Ja. Okay. Und noch mal danke.«

Er legte auf. Er konnte sich nicht erinnern, Charlie jemals ernsthaft und nüchtern reden gehört zu haben.

6

Am nächsten Morgen saß Melrose um halb elf im Woodbine Tea-Room, ohne Agatha, die durch Abwesenheit glänzte. Sie hatte wohl gestern mit Esther auf den Putz gehauen.

Er trank seinen Tee und sah John Wells von Tisch zu Tisch eilen. Das Gesicht des Jungen, von Natur aus bleich – auf eine schöne, byroneske Art bleich –, wirkte an diesem Morgen noch weißer. Sein Gebaren war jedenfalls deutlich gedämpft. Melrose sah ihn zwischen den Tischen umhereilen – die alle besetzt waren –, aber ohne die gestrige überschäumende Spritzigkeit, eher taumelnd, fast wie betrunken torkelnd, wie ein kleines Boot, das sich auf unruhiger See mühsam vorankämpft. Wenn er stehen blieb, schien er ins Nichts, dann aber (merkte Melrose) doch auf etwas Bestimmtes zu starren: die Tür. Offensichtlich rechnete er damit, dass jemand dort hereinkommen würde.

Melrose winkte ihn zu seinem Tisch herüber:»Wann sind Sie hier fertig, Johnny?«

»Bald. In etwa einer Stunde.«

»Könnte ich kurz mit Ihnen reden? Könnten Sie in den Drowned Man hinüberkommen?« Das Pub lag direkt gegenüber.

Johnny schob sich eine Strähne aus der Stirn.»Klar.« Er seufzte auf. Es klang fast wie ein Seufzer der Erleichterung, dachte Melrose.

»Morgen, Mr. Pfinn«, sagte Melrose aufgeräumt, als er kurz darauf die Bar betrat.»Wunderschöner Tag heute, nicht?«

»Sie haben gut reden«, gab Mr. Pfinn zurück, während er das Pintglas in seiner Hand weiter blank rieb.

Gut reden? Das klang ja so, als könnte Melrose, der Tourist und zufällig Durchreisende, sich an diesem wunderschönen Tag ergötzen und dann einfach weiterfahren, während Mr. Pfinn der Unbill des Herbstwetters gnadenlos ausgeliefert war. Ohne Melrose nach seinem Begehren zu fragen, musterte Mr. Pfinn ihn bloß unter einem Dickicht aus Augenbrauen hervor.

Melrose ließ sich auf einem Barhocker nieder.»Ein halbes Pint Old Peculier, falls Sie das haben.«

»Nur in Flaschen.«

»Na, gut.«

Mr. Pfinn klatschte sich das Serviertuch über die Schulter und zog die Flasche aus einem Regal unter den Zapfhähnen hervor. Öffnete sie verdrießlich, schenkte verdrießlich ein.

»Ich nehme an, zwischen Sommer und Winter ist ein großer Unterschied im Gästeaufkommen, stimmt's?«

»Kommt drauf an.«

Wie das meiste, dachte Melrose.»Worauf?«

»Na, aufs Wetter, Mann.«

Das hatte er doch eben gesagt, dachte Melrose.

Mr. Pfinn fand es zur Abwechslung einmal angebracht, sich etwas ausführlicher zu äußern. »Zu viele Touristen.« Melrose staunte immer wieder über die Begabung von Gaststätten- und Ladenbesitzern, an dem Ast zu sägen, auf dem sie saßen. Er empfahl sich und nahm sein halbes Pint mit zu einem Tisch in der Ecke, wo es noch düsterer als an der Theke war. Schummriges Licht fiel auf die Tischflächen, langsam sich drehende Schatten sammelten sich in den Ecken. Außer der Hand des Schankwirts, die das Glas abwischte, regte sich nichts. Alles wirkte wie unter Wasser.

So verging eine halbe Stunde, während der ein paar Stammgäste eintraten, sich an der Theke niederließen und Melrose nacheinander neugierig beäugten. Johnny Wells trat aus der Altweibersommer-Helligkeit in die kalten düsteren Schatten des Drowned Man herein.

Er sah ziemlich erledigt aus, fand Melrose und winkte Johnny herüber.

»Offenbar stimmt was nicht mit Ihnen. Was ist denn los?«

»Meine Tante.«

Melrose wartete geduldig ab.

»Ich weiß nicht, wo sie ist.« Johnny zuckte die Achseln. Seine Besorgnis war ihm deutlich anzusehen. Er erzählte Melrose vom vergangenen Abend. »Irgendwas ist ihr zugestoßen, das weiß ich.« Johnny vermied es, Melrose anzusehen, als wäre der Anblick eines anderen Gesichts, in dem sich seine eigene Besorgnis spiegelte, womöglich zu viel und er würde die Fassung verlieren.

»Nicht unbedingt. Was Sie beschreiben, klingt eher so, als ob sie *zu* etwas gestoßen wäre.«

»Was meinen Sie damit?«

»Na, zunächst einmal, dass sie offenbar aus eigenem Entschluss gegangen ist. Außer ihr war niemand im Haus, sagen Sie. Dass es kein Notfall mit Ihrem Onkel war, muss aber nicht heißen, dass nicht jemand anderem etwas zugestoßen ist.«

»Dann hätte sie doch angerufen.«

»Schwer zu glauben, aber es gibt immer noch Orte und Leute ohne Telefon, Faxmaschine oder sogar ohne E-Mail.«

»Na ja –«

»Sie kennen sie zwar sehr gut, können aber doch nicht alles über sie wissen.«

»Ich habe fast mein ganzes Leben mit ihr verbracht«, wandte Johnny ein.

Das war es vielleicht, was ihn so wurmte: dass seine Tante womöglich jemanden kannte, der ihr wichtiger war als Johnny. Als er den Blick hob, hatte sich sein Gesichtsausdruck verändert. »In Bletchley Hall war sie auch nicht. Hat zumindest die Krankenschwester behauptet. Ich bin mir nicht sicher, ob sie überhaupt herumgefragt hat.«

»Bletchley Hall. Was ist das eigentlich genau?«

»Eine Mischung aus Sterbehospiz und Pflegeheim auf der anderen Seite des Dorfes. Dort hat Chris immer ausgeholfen, ›ihre Damen‹ herumgefahren, so nannte sie ihre Schützlinge. Und noch andere Sachen gemacht. Das erklärt aber noch nicht, wieso sie nicht angerufen hat.«

»Rufen Sie doch noch mal dort an. Mr. Pfinn« – Melrose erhob die Stimme –, »haben Sie hier ein Telefon?«

Als wäre es zu viel verlangt, holte Pfinn ein schwarzes Telefon unter der Theke hervor und brachte es an den Tisch herüber. »Das kostet dann aber ein Pfund, zusätzlich zu der Gebühr für den Anruf.«

Melrose legte einen Fünfpfundschein auf den Tisch und schob Johnny den Apparat hin.

Diesmal sprach Johnny mit einer anderen Person, die seine Tante schon seit ein paar Tagen nicht mehr gesehen hatte. Johnny bat sie, sicherheitshalber bei ein paar anderen Leuten nachzufragen. Ja. Ach so. Danke.

»Was ist mit der Polizei? Haben Sie mit denen schon gesprochen?«

Johnny nickte. »Die können nichts tun, oder wollen erst was tun, wenn noch mehr Zeit vergangen ist.«

»Soll das heißen, die Polizei von Devon und Cornwall wartet erst vierundzwanzig –« Melrose unterbrach sich. Natürlich. Er zog sich den Apparat her.

Divisional Commander Macalvie sei, teilte ihm der Wachtmeister mit, der sich im Hauptquartier in Exeter meldete, nicht in seinem Büro, er wolle aber mal sehen, ob er ihn finden könne. Kurz darauf war der Wachtmeister wieder dran.

»Er ist nach Cornwall gefahren.«

»Nach *Cornwall*?«

Der Wachtmeister wies ihn darauf hin, dass er immerhin die Polizei von Devon und Cornwall am Apparat hatte.

Melrose ignorierte den Sarkasmus. »Wohin in Cornwall?«

Das wusste der Wachtmeister nicht. Sorry!

»Ist er denn irgendwie erreichbar?«

Der Wachtmeister war merklich genervt. Selbstverständlich war er erreichbar. Aber nicht für private Dinge.

»Könnten Sie ihm etwas ausrichten? Es ist ziemlich wichtig.«

Ja, das ginge.

Melrose übermittelte ihm die Nachricht.

7

Brian Macalvie konnte Melrose' Anruf nicht entgegennehmen, weil er sich in diesem Augenblick auf einem kleinen Spazierweg zwischen Mousehole und Lamorna Cove befand, der sich an den Klippen über Mounts Bay und dem Atlantik entlangschlängelte. Wer diese zwei Meilen zurücklegte, bekam einen Eindruck davon, wie herrlich wohltuend die Seeluft von Cornwall war, eine Luft, die in anderen Teilen Englands ihresgleichen suchte: Sie war so unverfälscht, so sauber, dass sie sogar einen angenehmen leichten Schwindel verursachte.

Für die Frau, die auf dem Fußpfad lag, hatte die Seeluft jedoch nichts Belebendes mehr. Den Ort oder einen leichten Schwindel konnte man für ihren Tod allerdings nicht verantwortlich machen, denn sie war mit einer 22er-Halbautomatik zweimal in die Brust geschossen worden. Der Brustbereich wies ansonsten keine besonderen Verletzungen auf. Das genaue Kaliber der Kugeln würde natürlich erst festgestellt werden, wenn der Pathologe und der Schusswaffenexperte Gelegenheit bekommen hatten, die Leiche zu untersuchen.

Und dies konnte dauern.

»Was ist, sollen wir den ganzen Tag hier herumhängen?«, wollte Gilly Thwaite wissen. Sie war die Tatortspezialistin und war in der Regel als Erste an der Reihe, Leiche und Schauplatz eines Verbrechens zu inspizieren. Besser gesagt, als Erste nach Divisional Commander Macalvie. Bevor er ihr nicht grünes Licht gegeben hatte, durfte sie nicht einmal ihre Kameraausrüstung aufbauen oder ein paar Fotos mit der Handkamera schießen. Als ob Blitzlicht den Tatort verderben könnte.

Es kam äußerst selten vor, dass jemand aus seinem Ermittlungsteam Brian Macalvie gegenüber eine kesse Lippe riskierte –

Macalvie mit den unfassbar himmelblauen, mit den stechend blauen Augen, die einen wehrlos machen konnten. Macalvie war berühmt für seine langen, spröden Schweigepausen, während derer er eine Leiche und deren Umgebung, sozusagen die *mise-en-scène*, zum ersten Mal in Augenschein nahm. Keiner durfte nahe heran und am Tatort irgendetwas untersuchen, bis er mit der Besichtigung fertig war. Keiner bei der Kriminalpolizei konnte so genau hinsehen wie Macalvie. Macalvie schien sich beim Hinsehen praktisch völlig zu verausgaben. Bis er alles gesehen hatte, was es zu sehen gab, mussten am Tatort alle den Atem anhalten.

Fast eine Viertelstunde lang waren sämtliche Anwesenden von einem Fuß auf den anderen getreten, so lange, bis (wie Gilly Thwaite sich ausgedrückt hatte) »der gottverdammte Tatort vollkommen niedergetrampelt war«. Dies hatte ihr einen weiteren tiefen blauen Blick eingetragen.

Der Pathologe, ein Arzt aus dem nahe gelegenen Penzance und offiziell nicht in Diensten der Kripo von Devon und Cornwall, hatte zusammen mit den anderen schweigend abgewartet, bis Brian Macalvie mit Hinsehen fertig war, was ihm gewaltig gegen den Strich ging. Mehr als einmal protestierte er dagegen, hier aufgehalten zu werden, doch stieß sein Einwand auf taube Ohren. Inzwischen hatte sich Macalvie neben der Leiche hingekniet. Die Frau, etwa Anfang vierzig, sah recht hübsch aus, wenn auch auf eine etwas verlebte Art, die vom allzu großzügigen Gebrauch von Schminke über allzu viele Jahre hinweg zeugte. Das Gleiche galt für ihr Haar vom grellen Gold eines Buntstifts. Sie trug ein inzwischen dunkel geflecktes Designerkostüm und eine teure Armbanduhr, ansonsten jedoch keinen Schmuck. Neben ihrer rechten Hand lag ein schwarzes Stück Kunststoff, das aussah, als sei es von irgendeiner Ecke abgebrochen. Macalvie zog eins der Plastiktütchen hervor, von denen er immer welche bei sich hatte, und ließ das Stück darin verschwinden.

Der brave Doktor schwafelte immer noch herum, er habe das Sprechzimmer voller Patienten, schließlich sei Montag, sein arbeitsreichster Tag in der Woche, denn übers Wochenende hätten die Leute Grippe bekommen oder seien aus dem Boot gefallen und hätten sich dabei die Knochen gebrochen. Wochenenden in Penzance, sagte er, seien die reinste Katastrophe.

Macalvie scherte sich nicht um Penzancer Wochenenden oder den vollen Sprechstundenkalender des Arztes.

Die Stelle am Gemeindeweg lag nicht weit hinter Lamorna Cove und etwa dreißig Meter von der nächsten Behausung entfernt. Das wussten sie inzwischen, weil sie die Autos dort auf dem Parkplatz hatten abstellen müssen. Zwei Mann waren zurückgeschickt worden, um sich etwas umzusehen.

»Wir haben aber keinen Durchsuchungsbefehl.«

»Dann sehen Sie sich draußen auf dem Gelände um.«

Nun waren die beiden wieder zurückgekehrt und teilten Macalvie mit, das Haus sei unbewohnt. Keinerlei Lebenszeichen. Sie hatten feststellen können, dass der Kamin im Wohnzimmer in letzter Zeit nicht benutzt worden war und kein Holz dort gestapelt lag. In einer Gegend wie hier, wo es im September recht kalt war, hätte man erwartet, dass die Kamine befeuert wurden.

»Okay, Gilly. Legen Sie los.«

Als hätten sie bisher Standbilder gespielt, verspürten plötzlich alle das Bedürfnis, die Arme zu bewegen und die eingeschlafenen Beine auszuschütteln. Gilly begann mit ihrer Kamera um die Leiche herumzugehen.

»Wenn sie fertig ist, können Sie sie haben, Doc«, sagte Macalvie. »Und dann Sie, Fleming.« Er versetzte dem Arm des Mannes von der Spurensicherung einen aufmunternden Stoß. »Ich bin sicher, Sie fördern was zu Tage.«

»Schon möglich, Chef«, entgegnete Fleming. »Aber nicht das, was Sie da in Ihr Tütchen gesteckt haben.«

Inkompetente Gesellen (von denen es bei der Kripo von Devon und Cornwall mehr als genug gab, wie er immer gern betonte) konnten Macalvie in Furcht und Schrecken versetzen. Fleming gehörte nicht dazu. Ebenso wenig Gilly Thwaite, wenngleich diese seinetwegen oft wünschte, sie hätte die Polizeilaufbahn nie eingeschlagen. Die guten Leute, die erstklassigen Techniker hielt Macalvie sich warm. Reumütig lächelnd reichte er Fleming das Beweismitteltütchen. »Tut mir Leid«, sagte er.

Während er Gilly zusah, die nun die Nahaufnahmen machte, wünschte er, das Opfer könnte ihm durch seinen Gesichtsausdruck etwas verraten. Doch die Gesichter der Toten sind ausdruckslos, ganz gleich, ob sie in einen Gewehrlauf blickten oder einen heranstürmenden Stier vor sich hatten. Außer bei einem krampfartigen Anfall, der das Opfer in sofortige Totenstarre versetzt, gibt der Gesichtsausdruck nichts preis.

Der Tod ist ein großartiger Gleichmacher.

8

An der Theke des Drowned Man gelangte Melrose auf den Grund seines dritten Glases Old Peculier. Es hatte eine ganz kurze Auseinandersetzung mit Mr. Pfinn über die Frage gegeben, ob er noch welches vorrätig hätte, was angesichts der Tatsache, dass er noch einen halben Kasten von dem Zeug in einem Regal unter der Theke stehen hatte, relativ schnell geklärt werden konnte. Ihm, Melrose, war die ganze Geschichte und deren Auswirkung auf den siebzehnjährigen Jungen zuwider, dessen gesamte Familie ja nur aus einem nichtsnutzigen Onkel in Penzance und dieser innig geliebten Tante Chris bestand. Und nun war sie verschwunden.

Wie war er eigentlich in das Leben dieses Jungen hineingezogen worden, den er doch erst seit einem Tag kannte?

Als ob Zeit eine Rolle spielte. Melrose war schon immer der Meinung gewesen, in der Zeit, die man brauchte, um die Hand auszustrecken und Guten Tag zu sagen, könnte man einer Frau begegnen und sich in sie verlieben.

Er fand es höchst verwirrend, dass er sich so schnell in Johnnys Situation einfühlen konnte: verraten und verlassen. Seine Tante hatte den Jungen natürlich nicht im Stich gelassen. Ebenso wenig wie Melrose' Mutter *ihn* im Stich gelassen hatte, das hatte sie natürlich nicht. Und sein Vater auch nicht. Trotzdem verabscheute Melrose Internate und die weit verbreitete Neigung, Kinder dorthin zu schicken.

Zum Beispiel nach Harrow. Was ihm von Harrow noch am deutlichsten im Gedächtnis haftete, war die mitternächtliche Wache. Davor hatte er nie einschlafen können. Meistens lag er in seinem schmalen Bett wach und weinte still vor sich hin. Er traute sich nicht, auch nur einen Mucks zu machen, aus Angst, dadurch seinen Zimmergenossen zu wecken – wie hatte er noch gleich geheißen? Diese Reaktion war ihm nicht ganz klar – ebenso wenig wie er nie verstanden hatte, wieso er von zu Hause weggehen sollte. Unselbstständig wie ein Pinguinjunges war er gewesen.

Harrow war nicht das erste Internat für ihn gewesen. Davor kam, als er acht war, eins in Frankreich. Wieso um alles in der Welt hatten sie ihn damals eigentlich nach Südfrankreich verfrachtet? Es trieb ihm immer noch die Schamröte ins Gesicht, wenn er daran dachte, wie er sich an jenem Tag in Paris an seine Mutter geklammert hatte – ihre Hand, ihren Rock, kühle Haut, warme Wolle. Und wie peinlich berührt sein Vater reagiert hatte:»Menschenskind, Junge, sei doch ein Mann! Pack es an! Nur Mut, mein Junge!«Und obwohl sein Vater es sagte, hatte

Melrose versucht, genau das zu tun: es anzupacken. So sehr versuchte er es, dass die Stimme neben ihm ihn so erschreckte, dass er fast vom Barhocker fiel.

»Plant!«

»Commander Macalvie! Ach du liebe Zeit, wie geht's Ihnen denn?«

»Mir? Gut. Sie sehen aber nicht so toll aus. Wo ist denn Ihr Kampfgefährte?«

Damit meinte er Richard Jury. »In Nordirland. In den Kampf gezogen.«

»Mann, was treibt ihn denn da hin?«

»Keine Ahnung, Kripoarbeit, irgendeine Ermittlung in Verbindung mit irgendeiner Sache in London.«

»Ist Wiggins mit? Wenn nicht, könnte ich ihn hier gut gebrauchen.«

Macalvies Schwäche für Wiggins war Melrose schon immer schleierhaft gewesen und ebenso erging es Richard Jury.

Pfinn kam herüber, womöglich angezogen von Macalvies knisternder Elektrizität, dem kupferroten Haar, den kobaltblauen Augen. Was es sein sollte, wollte Pfinn wissen. Wenn überhaupt irgendwas. Pfinn schaffte es immer, jede Bestellung wie eine Zumutung klingen zu lassen.

Macalvie verlangte ein Lager. »Also, um was für einen Notfall handelt es sich?«

»Eine Frau wird vermisst, hier aus Bletchley.« Melrose weihte ihn ein. »Die erforderlichen vierundzwanzig Stunden seit dem Verschwinden sind aber noch nicht vorbei.«

Bei seinen Worten veränderte sich Macalvies Gesichtsausdruck.

»Wie sah sie aus?«

»Ich weiß nicht —« Erst jetzt fiel Melrose auf, dass ihr Aussehen nie zur Sprache gekommen war, jedenfalls nicht in seinem

Beisein. Braunes Haar? Schon möglich. Halt, da fiel ihm ein, dass Johnny gesagt hatte, sie sei etwa in seinem Alter.

»Ich weiß nie recht, in *welchem* Alter Sie sind, Plant. Sie wollen Ihren Spinat nämlich immer noch nicht essen.«

»Sehr witzig. Ich kann mich ehrlich gesagt nicht erinnern, dass Johnny ihr Aussehen beschrieben hätte, außer dass er sagte, sie sei hübsch.« Melrose hielt inne. »Wieso gefällt mir das Gesicht nicht, das Sie jetzt machen? Und wieso sind Sie überhaupt in Cornwall? Ich glaube kaum, dass Sie sich die Gegend angucken wollen.«

Macalvie räusperte sich. »Wo ist der Junge?«

»Macht einen seiner zahlreichen Jobs.« Melrose sah auf seine Uhr. »Momentan arbeitet er wahrscheinlich als Taxifahrer... andernfalls würde er hier das Speisezimmer herrichten.« Melrose rief Pfinn herüber und fragte, ob Johnny schon gekommen sei. Nein, noch nicht. Vermutlich erst in einer Stunde.

Melrose ließ nicht locker. »Also, was treiben Sie hier in Cornwall?«

»Ich hab mir kurz eine Leiche angeschaut, die nicht weit von hier gefunden wurde. Kennen Sie Lamorna Cove? Liegt etwa fünf Meilen von hier.«

»Eine Leiche. Männlich oder weiblich?«

»Weiblich. Wir haben sie noch nicht identifiziert.«

Melrose schwieg eine Weile. »Wie lange ist sie schon tot?«

Macalvie nahm sein Bier, legte Geld hin, trank etwa ein Drittel aus und sagte: »Noch nicht so lang. Zwölf bis sechzehn Stunden, länger nicht. Der Pathologe muss sie natürlich erst noch obduzieren.«

»Ähm.« Melrose drehte sich der Magen um. So fühlte es sich jedenfalls an.

»Der Neffe hat doch bestimmt ein Foto von ihr.«

»Bestimmt.«

»Das würde ich mir gern ansehen, bevor ich ihm meins zeige.«

»Ihres?« Melrose klang besorgt.

»Können Sie ihn irgendwie erreichen?«

»Ich versuche es bei ihm zu Hause, und wenn er dort nicht ist, rufe ich bei der Taxifunkzentrale an. Die betreiben ganze drei Taxis.« Er bat Mr. Pfinn um einen Telefonapparat und Johnnys Telefonnummer.

Die Telefonnummern seiner Angestellten herauszurücken gehörte nicht zu dessen Gewohnheiten. Die morgendliche Telefonzeremonie wiederholte sich. Ein Pfund würde der Spaß kosten.

»Nein, wird er nicht«, erwiderte Macalvie, fixierte den Mann mit starrem Blick und zog seinen Dienstausweis hervor. »Und jetzt her mit der Nummer. Danke.«

9

Johnny hörte das Telefon läuten, als er gerade den Weg zum Cottage heraufkam. Er flog regelrecht durch die Tür und griff nach dem Hörer, als der letzte Ton in der Luft verhallte.

Verdammt! Er knallte den Hörer auf die Gabel. Das Telefon hatte plötzlich ein Janusgesicht bekommen: einerseits könnte es Chris sein, andererseits eine schlechte Nachricht *über* Chris.

Er hatte keine Ahnung, wie er es in seinem Kummer geschafft hatte, die tägliche Routine im Café, im Taxi, im Pub durchzuziehen und sich vollkommen normal zu geben – oder jedenfalls diesen Eindruck zu vermitteln. Die Angst, die Furcht zu unterdrücken. »Leugnen« – wie Onkel Charlie immer sagte. Leugnen, leugnen, leugnen. Aber diesmal ging es nicht ums Ableugnen, denn sonst wäre er nicht besorgt oder ängstlich.

Er sank in einen Sessel am Spieltisch und ließ den Blick vom Kaminsims über die Bücherregale bis zu Chris' Lieblingssessel wandern, der mit blauem Baumwollstoff, bedruckt mit einem weißen Blumenmuster, bezogen war. Vielmehr, der Untergrund war einmal blau gewesen. Inzwischen war der Stoff so oft gewaschen und so lange vom Sonnenlicht beschienen worden, dass die Blumen kaum noch zu erkennen waren. Mit der Zeit ließ sich Farbe wahrscheinlich aus allem herauswaschen – das Aquamarin aus dem Ozean, das Blau aus dem Himmel…

Schluss jetzt!, befahl sich Johnny. In Selbstmitleid zu versinken hielt einen nur vom Denken ab. Er zog eine von den kleinen Schubladen auf, holte seine Spielkarten heraus und mischte sie ein paar Mal. Wie die Kanten am Daumen rieben, fühlte sich angenehm an. Dann hob er zweimal ab, zog eine Karo-Neun hervor und tat so, als würde er sie auf einen der drei Stapel legen, tat es aber nicht. Er legte die drei Stapel aufeinander und mischte wieder ein paar Mal. *Voilà!* Er zog die Karo-Neun hervor.

Ein simpler kleiner Trick, den eigentlich jeder mitkriegen könnte. Erstaunlich, wie wenig die Leute mitkriegen.

Er ließ die Karten auf dem Tisch liegen und begann ziellos durchs Zimmer zu gehen. Sah zum Kaminschirm hinüber, zu den Büchern, dem Korb voller Zeitschriften und dem anderen mit den Stickarbeiten, die Chris selten zur Hand nahm, weil sie anderweitig so beschäftigt war. Vor einer verglasten Etagère voller Tassen und Untertassen (»Souvenir aus Lyme«, »Zur Erinnerung an Bexhill-on-Sea«), Porzellanfigürchen und winzigen Tieren blieb er stehen und staunte, wo sie schon überall gewesen waren. Nichts Ausgefallenes – weder Paris noch Venedig noch sonst irgendwo –, bloß lauter kleine Seebäder hier in England. Neben der Truhe in der Fensternische blieb er stehen und strich mit der Hand über die Oberfläche. Öffnete sie, sah hinein.

66

Ununterbrochen strömte der Regen herunter, sodass es draußen dunkel, im Zimmer sogar noch dunkler wurde. Er hatte sich im Halbschatten aufgehalten und kein Licht angemacht. Er stand am Fenster und sah aus dem Cottage hinaus, das ihm nun sorgenbeladen vorkam, die Gegenstände darin sinnlos, als hätte Chris' Abwesenheit sie ihres Zwecks und Nutzens beraubt.

Er knipste eine Lampe mit seidener Fransenborte an, die ihren buttergelben Schein über einen Teil des Zimmers warf. Am Kaminsims blieb er stehen und betrachtete die Schnappschüsse und die drei größeren, gerahmten Fotos, die dort aufgestellt waren. Eins von Chris und Charlie, eins von Chris und ihm, eins von ihr und seiner Mutter. Sie sah aus wie seine Mutter, und seine Mutter war schön gewesen. Das Bild war im Fotoatelier gemacht worden und wirkte nicht so natürlich wie die anderen, aber das waren gestellte Fotos ja nie. Eingehend betrachtete er das Bild mit den beiden Schwestern. Er wusste, dass er Chris als seine Mutter betrachtete, er konnte gar nicht anders. Und nun kam es ihm so vor, als würde er seine Mutter ein zweites Mal verlieren.

Johnny ließ den Kopf einen Augenblick auf die Arme sinken, bevor er seine ganze Energie zusammennahm und sich seine Schirmmütze schnappte. Die trug er gern im Taxi. Shirley hatte ihn gebeten, an dem Abend eine Extraschicht zu übernehmen, weil Sheldon krank war. »Im Klartext: Er hat einen Kater«, hatte sie gesagt.

»Im Klartext: Ich kann nicht, Shirley. Tut mir Leid, aber ich muss nach Penzance.«

Das sah Shirley ein. Sie wusste, dass etwas passiert war.

Er setzte die Mütze auf, warf einen Blick in den Spiegel über dem Kaminsims und sang leise:

»My name is John Wellington Wells,
I'm a dealer in magic and spells –«

Doch diesmal munterte das Lied ihn nicht auf. Er griff sich seine Jacke, und schon war er draußen. Als er gerade ins Taxi stieg, klingelte wieder das Telefon, doch diesmal hörte er es nicht.

10

»Wer sonst könnte sie identifizieren?«, fragte Macalvie und kippte sein Bier so gierig hinunter, als rechnete er damit, dass er so schnell keins mehr bekäme.

»Eine ganze Reihe von Leuten, falls es sich tatsächlich um Chris Wells handelt. Fast jeder im Dorf.« Als er sah, dass Macalvie Anstalten machte, sich Pfinn mit der Frage zu nähern, schüttelte Melrose abwehrend den Kopf. »Bei dem würde ich nicht anfangen. Der bringt Sie mit Sicherheit auf eine falsche Fährte. Wenn es in Ihrem Polizeilexikon so etwas wie einen Antizeugen gibt, dann ist er es. Gehen wir rüber ins Woodbine. Chris Wells ist die Besitzerin, zusammen mit einer anderen Frau, einer gewissen Brenda Soundso. Sie könnte ihre Geschäftspartnerin identifizieren.« Melrose warf wieder einen Blick auf das Foto. Wer sie auch sein mochte, sie sah gut aus. Hätte er bloß genauer hingehört, als Johnny seine Tante beschrieben hatte. Nein, falsch, er wollte nicht derjenige sein, der sagte, Ja, das ist sie, das ist Chris Wells. Er wollte nicht der verhasste Überbringer der schlechten Nachricht sein.

Macalvie trank sein Bier vollends aus, stellte das leere Glas hin und betrachtete es so eingehend, als hätte er eine frische

Spur vor sich. Alles, was er tat, tat er eingehend. Er hatte nun mal diese blauen Augen, die ihre ganze Umgebung trübe und trist wirken ließen und alles Unwesentliche in seinem Blickfeld wegsengten. Melrose würde sich nicht darum reißen, als Tatverdächtiger von ihm verhört zu werden. In der kurzen Zeit, die seit Melrose' Einwurf verstrichen war, hatte Macalvie mit durchgestreckten Armen an der Theke gelehnt und die Szenerie angestarrt, die sich vor seinem geistigen Auge abspielte. Falls Melrose sich jemals gefragt hatte, was – wenn überhaupt etwas – Brian Macalvie an seinem Job missfiel, so sicherlich die Aufgabe, Freunden oder Familienangehörigen eines Opfers ein Polizeifoto zeigen zu müssen. Melrose war erleichtert, dass ein ganz bestimmter Familienangehöriger nicht anwesend war.

»Gehen wir.« Macalvie stieß sich vom Tresen ab und fingerte eine Zigarette aus der Schachtel in seiner Brusttasche. Er rauchte immer noch anderthalb ziemlich unzeitgemäße Schachteln pro Tag. Froh, sich am sündigen Tun beteiligen zu können, holte Melrose sein eigenes Etui heraus.

Brenda Friel war eine Frau von so sanftem Gemüt, dass selbst die Anwesenheit der Kriminalpolizei von Devon und Cornwall in ihrer Küche sie nicht aus der Ruhe bringen konnte. Die beiden Männer füllten den Raum aus, der neben dem klobigen Holztisch und dem riesigem Kochherd noch verblieb. Über die Scones und Plätzchen, die sie gerade aus dem Ofen geholt hatte, machte sie sich keine Sorgen, wohl aber über Johnny Wells. In der Annahme, die Polizei wäre wegen Chris ins Woodbine gekommen, sagte sie, sie sei froh, dass sie keine Zeit verloren hätten.

Brenda schob sich mit dem Handrücken eine braune Locke aus der Stirn, während Macalvie ihr von der Toten in Lamorna Cove berichtete. Ihr Gesicht wurde absolut reglos, von jener versteinerten Reglosigkeit, die man annimmt, wenn eine schreckliche Mitteilung die eigene Welt ins Wanken zu bringen droht und die geringste Bewegung dies auslösen könnte. Als Macalvie das Foto hervorholte, schloss sie erst die Augen, öffnete sie wieder und stieß vernehmlich den Atem aus. »Nein«, flüsterte sie nur. »Nein, das ist nicht Chris.« Von der Erleichterung beinahe überwältigt, taumelte sie rückwärts und lehnte sich gegen den Tisch, auf dem die Scones und Plätzchen ruhten und einen Ingwerduft verströmten, der in seiner behaglichen Alltäglichkeit die panische Angst, die sich in ihr breit gemacht hatte, zu verlachen schien.

Melrose atmete ebenfalls auf, überrascht, dass er so lange die Luft angehalten hatte. Chris und Johnny konnten ihre Mitmenschen offensichtlich sehr für sich einnehmen. »Ach, übrigens«, sprach Melrose seinen Gedanken plötzlich laut aus, »wo steckt eigentlich Chris' Neffe? Wir versuchen ihn schon die ganze Zeit zu erreichen. Er geht nicht ans Telefon. Ich weiß, dass er mehrere Jobs hat, aber —«

»Ich glaube, er ist nach Penzance gefahren. Ein Verwandter von ihm dort weiß womöglich Bescheid. Es ist das erste Mal, dass Johnny freigenommen hat. Er ist so zuverlässig. Wie ein Fels in der Brandung.« Sie riss ein paar Plastiksäckchen von einer Rolle und hielt sie in der Hand, während sie fortfuhr: »Diese Frau, die passt nicht so richtig nach Lamorna Cove —« Brenda schwieg. Stirnrunzelnd sagte sie dann: »Lassen Sie doch das Foto noch mal sehen, ja, mein Lieber?«

In der Annahme, mit dem Lieben sei er gemeint, holte Macalvie das Foto noch einmal heraus.

»Wissen Sie, an wen die mich erinnert: an eine Frau, die als Kind mal in Lamorna Cove gewohnt hat. Sadie May hieß sie. Hat auch mal hier gearbeitet. Aber dann hat sie ja geheiratet. Sada Colthorp heißt sie jetzt, seit ihrer Heirat. Ob Sie's glauben oder nicht, die Kleine hat was Adliges geheiratet. Einen Grafen oder Viscount, was weiß ich, so einen von der Sorte.« Das Lächeln, das sie Melrose zuwarf, qualifizierte ihn als »so einen von der Sorte«. Obwohl das Lächeln, fiel ihm auf, eine winzige Spur zweideutig war.

»Haben Sie schon im Wink rumgefragt? In dem Pub droben? Dort ist es jetzt vermutlich *das* Gesprächsthema.« Auf Macalvies Nicken hin fuhr sie fort. »Die haben sie als Erwachsene wohl nicht erkannt. Und wenn, muss das noch lange nicht heißen, dass sie der Polizei was drüber sagen. Manche Leute kriegen den Mund ja nicht auf, stimmt's?«

»Stimmt«, erwiderte Macalvie. »Wieso haben Sie sie denn erkannt?«

»Weil sie wieder hier war.« Sie wirkte etwas überrascht, als hätte die Polizei es wissen müssen. »Vor vier oder fünf Jahren etwa tauchte sie in Bletchley auf. Hatte wohl Heimweh nach den alten Zeiten. Sie hat mal für uns gearbeitet. Fünfzehn, zwanzig Jahre muss das her sein. Ramona, meine Tochter, war damals noch ganz klein.« Brenda lächelte bei der Erinnerung. »Ich kannte Sadie nicht so gut, aber Chris. Wir mochten sie beide nicht besonders.« Brenda zuckte die Achseln.

»Und?«, fragte Macalvie.

Ihre Augen weiteten sich erstaunt, Augen von einem blassen, wässrigen Blau. »Wie bitte?«

»Sie mochten sie beide nicht besonders. Ich habe das Gefühl, am Ende dieser Bemerkung hängt noch ein *und* oder *aber*.«

Sie schüttelte den Kopf. »Gar nicht, außer dass Chris sie wirklich nicht leiden konnte.« Vielleicht um Macalvies Aufmerksamkeit auf das Foto und von der darauf abgebildeten Person wegzulenken, bat sie ein drittes Mal darum, die Aufnahme sehen zu dürfen. Es schien ihr nichts auszumachen, eine Leiche zu betrachten, solange es sich dabei nicht um ihre Geschäftspartnerin handelte. Mit den Keksen in der einen und dem Foto in der anderen Hand stand sie da und sagte: »Hier passiert nie was, und Lamorna liegt bloß fünf Meilen von hier, und dort passiert auch nie was. Und dann wird auf einmal hier eine Frau vermisst und dort eine ermordet aufgefunden. Als Sie mir das Foto zeigten, war ich sicher, ich würde Chris drauf sehen.«

»Gott sei Dank ist sie es nicht«, warf Melrose ein, der bisher geschwiegen hatte.

»Dann wäre Ihre Tochter also heute Mitte zwanzig, ja? Vielleicht kann sie uns sagen –«

Es kam Melrose vor, als würde sich ihr Gesicht mit einem Schlag verdunkeln. Wie betäubt schien sie von den Worten.

»Ramona ist tot.«

»Das tut mir Leid«, sagte Macalvie. »Sie muss noch sehr jung gewesen sein.«

»Zweiundzwanzig. Es war Leukämie. Sie war schon lange krank, bevor wir erfuhren, was ihr fehlte.« Brenda hielt inne und holte tief Luft. »Sie war auch im siebten Monat schwanger.« Dabei warf Brenda Macalvie einen vorwurfsvollen Blick zu, als wollte sie sagen, wenn die Polizei schon nicht verhindern kann, dass Frauen verschwinden und ermordet werden, hätte sie dann nicht wenigstens einer sterbenden werdenden Mutter helfen können?

»Es tut mir Leid«, wiederholte Macalvie und hatte das deutliche Gefühl, dass es nicht reichte. »Es tut mir aufrichtig Leid.«

Brenda schüttelte abwehrend den Kopf und überreichte jedem eine kleine Plastiktüte. »Ingwerplätzchen. Die sind am beliebtesten.«

Sie waren noch warm. Melrose nahm sofort einen Bissen. Er sah, dass Macalvie seine Tüte mit einem merkwürdigen Blick musterte, als hielte er alles, was ihm gegeben wurde, für Bestechung. Dann warf der Commander Brenda ein herzerweichen-

des Lächeln zu.»Danke. Und wenn Ihnen noch etwas einfällt…«
Er gab ihr seine Karte.»Melden Sie sich.«

»Ja, in Ordnung. Aber was ist mit Chrissie, mein Lieber? Durch diese Lamorna-Geschichte wissen wir jetzt immer noch nicht, wo sie steckt.«

»Nein, aber wir wissen todsicher, wo sie nicht steckt.«

11

JETZT AUFGEPASST. Das weiße Schild mit den blauen Buchstaben war über die Tür von Charlies Zauberladen in Penzance genagelt. Johnny mochte Charlie wirklich gut leiden, was laut Chris für ihn sprach, nachdem sie doch so verschieden waren. Doch er fragte sich, ob sie damit Recht hatte, immerhin hatten sie beide viel für Zauberei und Sinnestäuschungen übrig. Den Laden fand Johnny jedes Mal faszinierend, sogar jetzt, wo seine Stimmung ziemlich im Keller war.

Die Wohnung war damals als »Apartment mit Meerblick« angeboten worden, doch einen Blick aufs Meer hatte man nur, wenn man den Hals verrenkte und sich direkt ans Fenster stellte, den Kopf seitwärts drehte und durch die Bäume spähte: Auf diese Weise konnte man einen kleinen Ausschnitt vom Meer sehen.

Vom Wesen her hatte Charlie viel von Chris, wenn auch nicht vom Charakter her. Auf Chris konnte man bauen, sie würde einen nie im Stich lassen. Versuchte man, auf Charlie zu bauen, fiel man auf die Nase. Er war nicht besonders zuverlässig; er war Alkoholiker, weshalb Chris bei ihm »ein Auge zudrückte«. (»Der arme Charlie, er kann ja nichts dafür, Liebes.«) Andere sähen es jedoch genau umgekehrt und würden Charlie zur Rechenschaft ziehen und streng mit ihm abrechnen.

73

Die begreifen einfach nicht, was Sucht heißt, sagte Chris dann immer. Allerdings begriff Johnny es eigentlich auch nicht. Er überlegte, wie man sich als Süchtiger wohl *fühlte*, abhängig von billigem Fusel, Crack oder Heroin. Näher als durch Lou Reeds Song war Johnny an Heroin noch nie herangekommen.

Charlie hatte Johnny ein paar neue Zaubertricks beigebracht – meine Herrn, was der für flinke Hände hatte! Nachdem er die Spielkarten wieder eingesammelt hatte, griff er unter den Ladentisch und brachte einen Revolver zum Vorschein. Johnny fuhr taumelnd zurück.

»Ach, John, alter Junge, der ist doch nicht echt. Der gehört zu einer Nummer, die sich ein Freund von mir ausgedacht hat. Sieht aber echt aus, was?« Er knallte ihn auf den Ladentisch und meinte: »Du weißt ja, was Tschechow sagte, ›Wenn im ersten Akt ein Revolver auf den Tisch kommt, muss er im dritten Akt losgehen.‹«

Johnny nahm ihn in die Hand. »Ich bin froh, dass der hier nicht losgeht.«

»Dann ist es ein lausiges Stück. Na, komm.«

Sie hatten den Laden dichtgemacht und saßen nun im Lamb, Johnny hatte ein Ginger Ale vor sich, Charlie ein Club Soda. Wie schwer es für Charlie wohl sein mochte, überlegte Johnny, so dicht an der Quelle zu sitzen und keinen Alkohol zu trinken. In Johnnys Gegenwart trank Charlie jedenfalls nie. Das zeigt doch, dass er dich respektiert, hatte Chris immer behauptet. Mehr als vorher wusste Charlie über Chris inzwischen auch nicht. Doch verstand er Johnnys Bedürfnis, mit ihm zu reden, schließlich waren er und Chris seine einzigen Angehörigen. Er erkundigte sich, ob Johnny die Polizei schon benachrichtigt hätte.

»Ja, aber die lassen erst vierundzwanzig Stunden verstreichen, bevor sie was tun.«

»Damit sie all die unglücklichen Ehemänner und Ehefrauen

von der Liste streichen können, die in voller Absicht Leine gezogen haben.« Charlie half ihm, die verschiedenen Möglichkeiten durchzuspielen. »Okay, entweder sie ist aus eigenem Entschluss gegangen oder aber entführt worden.«

»Oder eine Mischung aus beidem, nicht? Dass sie glaubte, sie ginge aus eigenem Entschluss, und wurde in Wahrheit reingelegt. Zum Beispiel hat vielleicht jemand angerufen und gesagt, ich sei im Krankenhaus, so was in der Art. Und unterwegs wurde sie dann entführt.«

»Hmm, hmm.«

Johnny seufzte. »Das klingt ganz schön melodramatisch.«

»Melodramatisch kommt aber vor. Du sagst, sie hat dir keine Nachricht hinterlassen, aber denk mal an Tess.« Charlie hatte viele Bücher gelesen und sprach über deren Protagonisten, als wären es alte Bekannte von ihm. Als der Name bei Johnny keine Reaktion auslöste, fuhr er fort: »Thomas Hardys Tess, *Tess von den D'Urbervilles.* Die ganze Tragödie wäre abzuwenden gewesen, wenn der Zettel, den ihr Freund unter der Tür durchgeschoben hatte, nicht unter den Teppich gerutscht wäre. Sie hat ihn nie entdeckt. Bist du sicher, dass sie *tatsächlich* keine Nachricht hinterlassen hat? Hast du unter dem Teppich nachgeschaut?«

»Nein.« Johnny lächelte. »In der Nähe der Türen sind keine Teppiche.«

»Ich mein doch im übertragenen Sinn. Hätte sie *irgendwo* eine Nachricht hinterlassen können, die dir vielleicht entgangen sein könnte? Hat sie vielleicht jemanden beauftragt, es dir unbedingt auszurichten? So was meine ich.«

Johnny nickte. »Kann sein, aber dann hätte die oder der es mir doch gesagt.«

»Also gut, gehen wir die Sache mal anders an. Vergiss das mit dem Zettel.« Als Johnny schon den Mund aufmachte, um zu protestieren – so etwas hätte Chris *nie* getan, wegzugehen, ohne

75

ihn zu benachrichtigen –, hob Charlie beschwichtigend die Hand.»Ich spiele ja bloß die einzelnen Möglichkeiten durch. Sagen wir, jemand, der sie von früher kennt, kommt an die Tür und redet ihr ein, dass sie sofort mitkommen muss. Nun kann ich mir zwar nichts denken, was so extrem wichtig sein könnte, aber du –«

Johnny schüttelte den Kopf.

»Tu das jetzt nicht so schnell ab. Chrissie hatte ein ziemlich hartes Leben, härter als sie dir vermutlich je gesagt hat.« Charlie hatte sich inzwischen anders hingesetzt und der Theke zugewandt die Füße übereinander geschlagen.

Johnny beobachtete ihn argwöhnisch.»Wenn du was trinken willst, Charlie, nur zu. Lass dich von mir nicht stören.«

Charlie lächelte.»Danke, aber ich teste gerade meine Willenskraft.«

»Chris behauptet, es hat nichts mit Willenskraft zu tun. Den Fehler machen die meisten in Bezug –« Achselzuckend brach er ab.

Charlie sah zum Tresen hinüber und schüttelte bewundernd den Kopf.»Typisch Chrissie.«

Und irgendwie traf er es damit: Es war *tatsächlich* typisch Chrissie, die niemals vorschnell urteilte, niemals etwas gedankenlos verdammte, die ein gutes Herz und unendlich viel Fairness besaß.

Dabei war sie aber nicht nachgiebig, hatte nicht diese süßliche Art, die man bei so jemandem vielleicht erwarten mochte. Chris konnte auch boshaft und ironisch sein und wurde von manchen deshalb für ziemlich spröde gehalten. Was für ein irreführender Eindruck! Wenn sie etwas überreichlich hatte, dann Geduld. Wie sie beispielsweise mit Charlie umging. Nein, Chris konnte man alles sagen, ohne missverstanden oder falsch beurteilt zu werden oder gesagt zu bekommen, man solle doch so was nicht denken.

»Was meinst du damit, Chris hatte ein hartes Leben? Inwiefern hart?«

»Sie hat viel durchmachen müssen. Nachdem ihre Mutter gestorben war, lastete die ganze Verantwortung mehr oder weniger auf Chris, sie war schließlich die Älteste. Allerdings glaube ich, dass es auch sein Gutes hat. Wenn man einmal Verantwortung übernommen hat, verlernt man es nicht mehr.« Niedergeschlagen starrte Charlie in sein Glas.

Es entstand eine Pause. Johnny überlegte, dass Charlie sicher einem Pint nachtrauerte. Schließlich war er davon abhängig, wie Alkoholiker sagen, »wie von einem Freund, dem allerbesten Freund«. Es konnte durchaus sein, dass Bier und Whisky Charlie ebenso fehlten, wie Chris Johnny fehlte. »Sie war noch nicht lange weg«, sagte Johnny. »Sie hatte kurz davor noch die Sachen aus dem Ofen geholt.«

Johnny klang so bekümmert, dass Charlie über den Tisch langte und dem Jungen die Hand auf den Arm legte. »Das klingt jetzt vielleicht wie ein schwacher Trost, aber ich möchte wetten, wenn sie wieder da ist und wir wissen, was passiert ist, fragen wir uns, wieso wir nicht drauf gekommen sind.«

»Es ist, als hätte sie sich – einfach so in Luft aufgelöst. Wie durch einen Taschenspielertrick, wie durch gigantische Zauberei«, sagte Johnny.

Charlie lächelte. »Na, Taschenspielertricks gehören bei uns doch zum Repertoire. In Anbetracht der Ereignisse nimmst du den da besser mit.« Er zog den falschen Revolver aus der Tasche und legte ihn auf den Tisch.

»Du sagtest aber doch, den braucht ein Freund für seine Nummer.«

»Ich habe noch einen.« Charlie lächelte ihm aufmunternd zu. »Zum Teufel mit Tschechow.«

12

Er hatte den Mietvertrag in allen Details bis aufs letzte i-Tüpfelchen ausgefüllt. Und ein dickes Bündel Geldnoten (in Gestalt einer Banküberweisung) überreicht und dafür die Hausschlüssel erhalten.

Nun war Melrose wieder in dem Haus, das er während der nächsten drei Monate bewohnen durfte, und heilfroh, dass ihm die Maklerin nicht dauernd hinterherlief oder Agatha urplötzlich am Horizont auftauchte. Morgen wollte er den Leihwagen zurückbringen, den Zug nach London besteigen, von dort nach Northants fahren, seinen Bentley und ein paar Kleidungsstücke holen und zurückkehren, um hier drei Monate lang – oder länger, oder kürzer – zu leben.

Was war er doch für ein Glückspilz, reich zu sein. Nur bedingt stimmte er dem wohlfeilen Sprichwort zu, das da lautete: Glück lässt sich mit Geld nicht erkaufen. Jedenfalls ließ sich Unglück mit Geld viel leichter ertragen. Im Augenblick bedeutete Geld die Freiheit, hier zu leben oder dort, einen Mietvertrag für drei Monate abzuschließen und nur einen davon zu bleiben.

Das beantwortete jedoch noch nicht die Frage, weshalb er seine Freiheit in dieser Weise nutzte? Er war in das weitläufige Wohnzimmer geschlendert und stand nun an einem der hohen Fenster, die auf den unkrautüberwucherten Garten hinausgingen. Er überlegte, ob er sich womöglich gerade einer Midlifecrisis näherte und dieser Umzug ein erstes Anzeichen dafür war. Nein, beschied er sich, Midlifecrisis kam bei ihm nicht in Frage, dafür war er zu optimistisch veranlagt. Er war eben einfach überwältigt gewesen von der melodramatischen Atmosphäre des Hauses und den Geschehnissen, die sich dort zugetragen hatten. Er neigte durchaus dazu, sich in einem melodramatischeren Kontext zu betrachten. Es machte richtig Spaß, sich vorzustellen, wie er auf einem Felsvorsprung stand und über die wogenden Wellen hinwegblickte, die sich über die Felsen schoben: *Und immer stand sie, vom Anblick verklärt.* Die Zeilen gingen ihm nicht mehr aus dem Kopf.

Er wandte sich vom Fenster im kleineren Empfangszimmer ab und betrachtete die zugehängten Möbel, die in der rasch hereinbrechenden Dämmerung gespenstisch schimmerten. Er ging zu einem Sessel hinüber, ergriff eine Ecke des Überwurfs und zog ihn mit der ruckartigen Bewegung des Matadors, der einen Stier reizt, herunter. Dann entfernte er der Reihe nach alle Überwürfe von Sofas und Sesseln, wobei er sich fragte, wie man es hier mit der Wäsche hielt. Zu Hause kümmerten Ruthven und Martha sich um diese Dinge und ließen sie, während das ganze Haus schlief, Heinzelmännchen gleich aus dem (zumindest seinem) Blickfeld verschwinden. Würde er allein überhaupt zurechtkommen? Vielleicht sollte er sich per Inserat eine Haushälterin suchen. Ja, es wäre sicher gut, eine Haushälterin zu haben, nicht so sehr wegen der haushälterischen Dinge, sondern um sich, was den Klatsch betraf, auf den neuesten Stand bringen zu lassen. Eine Mrs. Oilings, Putzfrau bei Agatha, wollte er zwar nicht, war sich aber sicher, eine gelungene Mischung aus tüchtiger Haushälterin und tüchtiger Klatschtante auftreiben zu können.

Er überlegte, wo er die Überwürfe loswerden könnte. Er spielte mit dem Gedanken, Teewasser aufzusetzen (wie schön, dass hier alles Notwendige vorhanden war), beschloss aber dann, vor dem Tee einen ausgedehnten Rundgang durchs Haus zu machen. Auch entzückte ihn der Gedanke, sich den Tee selbst zubereiten und ihn im Wohnzimmer oder in der Bibliothek einnehmen zu können, nur in Gesellschaft der Porträts und Fotos der Nichtanwesenden.

Er ertappte sich bei dem Versuch, alle Spuren, die die

Bletchleys hier hinterlassen hatten, quasi in sich aufzusaugen. Vielleicht, weil die auf den Schnappschüssen dargestellte Familie so schön gewesen war – vor dem doppelten, tragischen Unglücksfall –, verspürte Melrose irgendwie den Wunsch, dazuzugehören.

An seinen eigenen Vater erinnerte er sich nur noch verschwommen und vage. Melrose war ihm weder sonderlich zugetan gewesen, noch hatte er besonders zu ihm aufgeblickt. Seine Gefühle hatten allein seiner Mutter gegolten. Der siebte Earl of Caverness hatte die meiste Zeit auf der Treibjagd zugebracht und nur gelegentlich seinen Sitz im Oberhaus eingenommen – ohne dass sich dieser Umstand, soweit Melrose bekannt, auf das Land oder ihn selbst groß ausgewirkt hätte. Er war ihm als reservierter, wenn nicht regelrecht kühler Mensch in Erinnerung. Dabei fragte sich Melrose, als er alt genug war, um sich solche Fragen zu stellen, wie seine Mutter, eine äußerst warmherzige, liebevolle Frau, die diese Vorzüge im Übermaß besaß, mit ihm hatte glücklich sein können.

Sie war es nicht gewesen. Sie war zwar glücklich gewesen, aber nicht mit ihrem Ehemann. Diese Erkenntnis hatte schwer auf Melrose gelastet, ohne dass er recht wusste, warum.

Nicholas Grey. Melrose hatte seine Vorstellung von Nicholas Grey absichtlich verzerrt, wiederum ohne genau zu begreifen, warum. Obwohl er begriff, wer und was dieser Mann war, empfand Melrose ihm gegenüber bisweilen immer noch Hass und betrachtete ihn als Eindringling im Haus in Belgravia. Wäre es ihm leichter gefallen, das Verhältnis seiner Mutter zu akzeptieren, wenn Grey ein Verführer, ein Schweinehund und Nichtsnutz gewesen wäre? Der seine Mutter verhext hatte, damit sie ihm verfallen war? Oder war der echte Nicholas Grey nichts von alledem, sondern die Art von Mann, dem man nur schwer das Wasser reichen konnte?

Im Haus in Belgravia, das Melrose mittlerweile verkauft hatte, war er Grey mehrmals begegnet. Deshalb hatte er das Haus auch verkauft – weil Nicholas Grey ein paar Mal dort gewesen war. Einige Jahre nachdem der Anwalt ihm einen Brief überreicht hatte, der gemäß den Anweisungen seiner Mutter Melrose erst übergeben werden sollte, wenn dieser über das Schlimmste hinweggekommen wäre, war der Verkauf über die Bühne gegangen. Als der Anwalt ihm den Brief gegeben hatte, war seine Mutter bereits seit fünf Jahren tot. Und er war nicht darüber hinweggekommen.

Immer und immer wieder kam er auf diesen Brief zurück, las ihn so oft, dass er am Falz schon ganz abgegriffen war und die beiden Teile kaum noch zusammenhielten. Nicholas Grey war Ire (stand in dem Brief), und das war es, was ihn vermutlich umgebracht hatte. Er war in Armagh bei einem Feuergefecht mit der IRA umgekommen. Als junger Mann war er selbst Mitglied gewesen, bis ihm die in seinen Augen willkürlichen Mordtaten schließlich unerträglich wurden. Grey war ein Hitzkopf gewesen, aber kein Anarchist. Er war ein Mann, der sich in hehrer Weise für seine Sache engagierte und dem der Ruf vorausging, ein brillanter Stratege und einzigartiger Redner zu sein, der seine Untergebenen geradezu verführte. Grey hatte die Aristokratie verachtet, nicht theoretisch, sondern tatsächlich. Er hatte sie für das gehasst, was aus ihr geworden war.

Lady Marjorie hatte also einen leidlich liebenswerten, wenig anspruchsvollen, in Reichtum und Müßiggang hineingeborenen Mann gegen einen ausgetauscht, an den heranzureichen Melrose, seinem Sohn, sehr schwer fallen würde – einen Vater, der Melrose fast unsägliche sentimentale Gefühle aufgeprägt hatte, denen dieser nur unzureichend oder gar nicht Luft machen konnte.

Sie hätte es ihm nicht sagen sollen, fand er, und doch hatte sie dafür gute, wenn auch unklare Beweggründe gehabt. Und er besaß, wie er hoffte, genügend Großmut, ihr dies zuzugestehen. Seine eigenen Beweggründe kamen ihm gleichermaßen unklar vor. Er redete sich ein, indem er den Titel des achten Earl of Caverness aufgab, könnte er die Geschichte mit seinem normalen Vater, dem siebten Earl, ins Reine bringen. Trotzdem wurde er den Verdacht nicht los, dass er dadurch eher die Geschichte mit Nicholas Grey ins Reine brachte, konnte aber nicht sagen, warum.

Er fragte sich, ob nicht statt seiner Gefühle eher seine Eitelkeit verletzt worden war.

Er würde viel lieber als der echte Melrose Plant beurteilt werden denn als falscher Earl of Caverness.

13

Sie hatte geschrieben:

Ich entschuldige mich für mein Verhalten nicht (das dir arrogant und egoistisch vorkommen mag), außer dafür, dass es dich unglücklich gemacht hat. Ich wollte, dass du dies hier erst einige Jahre nach meinem Tod liest – wenn du über das Schlimmste hinweg bist... Du hast so viel von Nicholas – dein Aussehen, deine Stimmungen –, dass mir fast unheimlich davon wird.

Sie sagte es ihm nicht, »*um eine Last von mir zu nehmen und dir eine umso schwerere aufzubürden*«, sondern um das zu überbrücken, was ihr als enormer Abstand erschien zwischen dem, was er, Melrose, wirklich war und dem, wofür er sich hal-

ten musste, »*ein Gentleman, ein Adliger ohne Vergangenheit*« –
Melrose wusste immer noch nicht recht, was sie damit meinte –

*und mit einer unsicheren Zukunft, da die Earls of Caver-
ness in ihrem Leben und ihrem Vermächtnis keine bemerkenswerten Leistungen vorzuweisen hatten. Sie waren
vielleicht beispielhaft für das, was die Leute meinen, wenn
sie von der Aristokratie sprechen. Du passt nicht dazu und
wirst, denke ich, nie dazu passen.*
*Schon als Kind zeigtest du keinerlei Interesse an dem gan-
zen adligen Drum und Dran. Du wolltest ein »stinknormaler Kerl« sein (dein Ausdruck) und auf die hiesige Gesamt-
schule gehen. Davon wollte dein Vater natürlich nichts
wissen. Er fand schon allein die Vorstellung, wie er sagte,
»skandalös«.*
*Einmal warst du den ganzen Tag unauffindbar, und wir
spürten dich in Sidbury bei einer Streikaktion auf, wo du
für mehr staatliche Subventionen für die Bauern demons-
triert hast. Du trugst ein selbst gebasteltes Plakat, auf dem
bis auf »das«, »und« und »verdammt« jedes Wort falsch
geschrieben war. Dein Vater war entsetzt.*
Ich fragte ihn, ob es wegen der Rechtschreibfehler sei.

Melrose lachte. Das tat er immer an dieser Stelle.

*Immer hast du irgendwas »organisiert«. Wie ein Gewerk-
schafter. Die Bediensteten, die Hunde, deine Freunde.
Selbst meine Garderobe hast du verändern wollen. Die Bediensteten, sagtest du, könnten es alle viel besser haben,
wenn sie streiken würden. Für mehr Geld, für mehr Frei-
zeit. (Ruthven sagte mir, ohne eine Miene zu verziehen,
was du sagtest, habe durchaus etwas für sich. Es war einer*

*der seltenen Augenblicke, in denen Ruthven versuchte,
witzig zu sein.)*

*Ich weiß nicht, was du den Hunden erzählt hast, doch ich
sah, wie du ihnen draußen neben dem Hortensienbusch
eine Lektion erteilt hast. Ihr Verhalten blieb sich allerdings
mehr oder weniger gleich.*

*Deine Schulfreunde hast du auch auf Trab gebracht, und
ihr seid allesamt in die Schulküche marschiert, um euch
über den Karamellpudding zu beschweren. Und mein Leben hast du in den Griff bekommen: Verabredungen zum
Lunch organisiert, meinen Damenlesezirkel, meine Aus-
flüge nach London, meine Garderobe mit ausgewählt.*

*Du hattest eine Menge Ideen im Kopf, Dinge, die geändert
werden mussten, die der Adel sich aber vom Leib halten
wollte. Uns beunruhigten und verstörten jegliche Veränderungen. Du sagtest:* »*Wir müssen uns organisieren, Mum.
Wir müssen uns organisieren.*«

Er traf ihn immer noch unvermittelt, dieser Brief mit seiner Un-
verblümtheit, die ihn die Szenen erneut durchleben ließ, das
Verlustgefühl, das ihn wie jene Wellen dort am Fuß der Klippe
überströmte. Der Brief beantwortete einige Fragen, warf jedoch
andere auf: Wieso hatte sie sich von ihrem Mann nicht scheiden
lassen oder war wenigstens mit Nicholas Grey durchgebrannt?
Er hatte sie als sehr unabhängige Frau in Erinnerung. Hatte sie
wegen der Drohung ihres Mannes, dann würde er Melrose behalten, davon abgesehen? Diese wichtigen Themen hatte sie
nicht erörtert.

Oder vielleicht doch. Vielleicht hatte sie gedacht, die »wich-
tigen Themen« wären genau das, worüber sie geschrieben hatte:
Nicholas' Idealismus, der Karamellpudding, die Lektion für die
Hunde, das Plakat mit den falsch geschriebenen Wörtern.

Er musste ihr sehr wichtig gewesen sein, sogar noch wichtiger als Nicholas Grey.

Melrose hatte die düstere Landschaft, in deren Betrachtung er versunken gewesen war, fast vergessen. Die zusammengeknüllten Laken hatte er jedenfalls vergessen. Nun dienten sie ihm als Taschentuch, mit dem er sich die Augen wischen konnte.

Remember, remember – weißt du noch, damals...

Da stand er nun, ein trübsinniger Mensch in einem leeren Haus, der auf die grauen Klippen und das Meer hinaussah und sich fragte, was er hier eigentlich machte...

Nur den Versuch, das Leben in den Griff zu bekommen, Mum.

14

Er trug den Berg von Überwürfen in die große Küche hinüber (sicherlich in Richtung eines sinnigen Wäschebearbeitungssystems) und legte die Tücher neben der Tür zu einer Art Unterwelt ab, deren Erkundung er nur in Begleitung von Dante unternehmen würde. Einen hoffnungslosen Detektiv würde er abgeben, wenn schon ein Keller ihm solche Beklommenheit einflößte.

Sich der Teezubereitung zuwendend, nahm er einen alten Blechkessel von der Ablage über dem Herd, füllte ihn und stellte ihn auf die Gasflamme. Er beobachtete ihn scharf. Ob ein scharf beobachteter Teekessel je zu kochen anfing? Er beschloss, sich diese spezielle Laboruntersuchung zu schenken, und wandte sich wieder der Ablage zu. Dort türmte sich das Kochgeschirr: Er entdeckte drei Teekannen von unterschiedlicher Größe und allerlei Tassen, von der gedrungenen, weißen bis zur schlanken, geblümten Sorte. In einem Lädchen im Ort hatte er das Allernötigste erstanden (Tee, Milch, Zucker und Butter) und im Woodbine Tea-Room ein paar Rosinenbrötchen gekauft.

Als das Wasser kochte, goss er es über die losen Teeblätter und ordnete alles auf einem Metalltablett an, das er sodann ins behagliche Nebenzimmerchen hinübertrug. Es war die kleine Bibliothek, von der man eine ähnliche Aussicht hatte wie oben im Klavierzimmer (so hatte er es inzwischen getauft). Der Raum ging über die breite Felsenbankette auf den Klippenrand hinaus, ohne einem jedoch das Gefühl zu geben, über den Felsen zu schweben. Falls man zu Schwindelgefühl neigte, war der Blick aus dem Klavierzimmer womöglich problematisch.

Melrose trank seinen Tee in kleinen Schlucken und aß in aller Seelenruhe sein süßes Brötchen. Ach, wie herrlich! Selbst in Ardry End war Einsamkeit ein seltenes Gut. Vielleicht eignete er sich ja doch für das Einsiedlerleben, sollte all seine irdischen Besitztümer aufgeben, in eine Hütte am Felsrand ziehen und jeden Morgen den Sonnenaufgang beobachten. Vor Tagesanbruch aufstehen! Brrr – was für eine entsetzliche Vorstellung!

Er dachte an die Bletchleys und verspürte Mitgefühl mit ihnen und ihren quälenden Erinnerungen. Was in diesem Hause geschehen war, schmerzte so sehr, dass sie nicht länger hatten bleiben können. Und doch... Erinnerungen ließen sich niemals auslöschen. Ob sie sich gar verstärkten, wenn sie einem Ort entrissen wurden, den man nicht mehr aufsuchte?

Inzwischen bereute er es, das Haus in Belgravia verkauft zu haben. Jetzt begriff er, was diese Geste eigentlich gewesen war: ein Akt der Rache oder – schlimmer noch – von Trotz oder Bosheit. Um seine Mutter und Nicholas Grey zu bestrafen. Seine Erinnerung an Nicholas Grey war inzwischen noch üppiger oder zumindest vielschichtiger geworden, weil sie sich nun nicht mehr verflüchtigen konnte.

Melrose bemühte sich, nicht an *diesen* Nicholas Grey zu denken – an dessen Heldenhaftigkeit, Mut und Selbstverleugnung – und ihn sich lieber als Schlange im Paradies vorzustellen, als Verräter an seinem Vater und Verführer seiner Mutter. Das Problem war, er konnte seinen Vater nicht lieben, weil dieser sich vor Melrose immer zurückgezogen hatte, wohl nicht, weil er wusste, dass der Junge nicht von ihm war – das hätte Lady Marjorie niemals zugegeben. Hätte sein Vater es gewusst, hätte sie teuer dafür bezahlen müssen. Ihr Leben wäre buchstäblich zur Hölle geworden. Er hätte sich nicht von ihr scheiden lassen, o nein. Damit hätte er ihr Verhalten ja noch belohnt, denn dann hätte sie schnurstracks zu Grey gehen können.

Inzwischen war Melrose klar, dass er seine Titel nicht aus Ehrgefühl abgelegt hatte, sondern weil er sie nicht hatte haben wollen. Gern hätte er sich eingeredet, er wäre sich sonst wie ein Schwindler vorgekommen, der dem Geschlecht der Caverness und besonders seinem Vater einen Tort angetan hatte. Lieber hätte er sich eingeredet, er täte es aus Ehrgefühl, aber das traf nun mal nicht zu. Er wollte den Earl of Caverness schlicht und einfach los und – wie seine Mutter geschrieben hatte –»ein stinknormaler Kerl« sein.

15

Melrose saß an seinem gewohnten Tisch im Speisezimmer des Drowned Man und versuchte gerade, die Hunde so lange anzuglotzen, bis sie die Schnauze voll hatten, als Johnny Wells mit einer Karaffe Wasser und einem Brotkorb in der Hand die Schwingtür von der Küche her aufstieß.

»Ah!«, rief Melrose aus.»Wir haben Sie an Ihren verschiedenen Arbeitsstellen gesucht. Das heißt, die Kriminalpolizei von Devon und Cornwall hat Sie gesucht.«

Erschrocken trat Johnny einen Schritt zurück, in der Hand immer noch die Wasserkaraffe, in der wie bleiche Blumen Zitronenscheibchen schwammen. »Mich? Warum?«

»Ich bin froh, dass Sie nicht da waren. Die Polizei wurde nach – nach Lamorna Cove gerufen, sagt Ihnen das was?« Johnny nickte gespannt abwartend. »Eine Frau – *nicht* Ihre Tante, ich wiederhole, *nicht* Ihre Tante Chris – wurde dort tot aufgefunden, höchstwahrscheinlich ermordet. Ich war, wie gesagt, wirklich sehr froh, dass Sie nicht hier waren, um sich die Fotos anzusehen, die die Polizei am Schauplatz des Verbrechens gemacht hat.« Dann berichtete Melrose ihm, was Brenda Friel gesagt hatte.

»Du meine Güte! Ich bin auch froh, dass ich nicht hier war.« Johnny schenkte Melrose Wasser ein und händigte ihm die quastengeschmückte Weinkarte aus. »Ich war in Penzance. Dort wohnt mein Onkel. Ich dachte mir, vielleicht weiß der was.« Er zuckte die Achseln. »Fehlanzeige. Hätte ich mir denken können. Ich hatte ihn vorher schon mal angerufen. Wahrscheinlich wollte ich bloß, dass jemand sich gemeinsam mit mir Sorgen macht. Und Sie, *Sie* wollen uns verlassen, sagt Mr. Pfinn.«

In seiner Stimme lag ein anklagender Ton über Melrose' überstürzte – und verantwortungslose? – Rückkehr nach Northamptonshire. Der fühlte sich geschmeichelt, dass Johnny ihn zu den Leuten zählte, die sich gemeinsam mit ihm Sorgen machten, und sagte: »Ich bin aber bald wieder hier, in ein paar Tagen schon, sobald ich ein paar Sachen eingepackt und den Wagen geholt habe. Ich habe Seabourne für drei Monate gemietet.«

Johnny wirkte erleichtert. »Gut. Ich rechne dann also mit Ihnen.«

»Ich komme bestimmt regelmäßig zum Essen her. Meine

Kochkünste sind nicht sehr berühmt«, gab Melrose zu und sah verlegen auf seine Serviette hinunter. War überhaupt *irgendwas* an ihm berühmt, wenn es darum ging, für sich selbst zu sorgen? Aus seinem silbernen Etui holte er ein Visitenkärtchen, schrieb seine Telefonnummer auf die Rückseite und hielt es Johnny hin. »Wenn sich mit Ihrer Tante etwas Neues ergibt, rufen Sie mich an, ja? Ich möchte wirklich gern Bescheid wissen.«

»Mach ich.« Eingehend studierte Johnny die Karte. »Dieser Detective, Divisional Commander Macalvie, ist der Chef der Mordkommission und ein sehr, sehr kluger Kopf. Wenn jemand was über Ihre Tante herausfinden kann, dann er.«

»Aber ist er zeitlich denn nicht voll ausgelastet mit dem Mordfall in Lamorna Cove?«

Bevor Melrose ihm antworten konnte, streckte Pfinn den Kopf durch die Schwingtür zur Küche und machte Johnny ein Zeichen.

»Er mag es nicht, wenn ich mich bei den Gästen aufhalte. Wissen Sie schon, was Sie nehmen?«

»Sicher. Das Gleiche wie gestern Abend. Den Dorsch mit Salat.«

»Und welchen Wein?«

Melrose schlug die Karte auf, ließ sein geübtes Auge über die Seite gleiten (wobei er bezweifelte, dass der Drowned Man sämtliche aufgeführten Weine auf Lager hatte) und sagte: »Den Puligny-Montrachet.«

»In Ordnung. Fährt Ihre Freundin mit?«

Freundin? Was für eine Freundin denn? Ach Gott – Agatha. Nachdem er in den vergangenen vierundzwanzig Stunden Agatha los gewesen war, war es ihm tatsächlich geglückt, sie zu vergessen. »Sie meinen, meine Tante? Ja, ich glaube schon, wenn sie nicht inzwischen zum festen Mitarbeiterstab von Aspry & Aspry gehört.«

Johnny lachte – zwar nicht laut und nicht lang –, doch er lachte und ging Melrose' Wein holen.

Melrose seufzte auf. Die Vorstellung von einem weiteren Eisenbahnerlebnis mit ihr fand er höchst unerquicklich. Doch dann hellte sich seine Miene auf bei dem Gedanken, dass er drei Monate lang Agatha-los sein würde!

16

Nur sollte es eben nicht so kommen.

Melrose konnte nicht fassen, was sie da gerade sagte. Es war so ein irres Pech, dass ihm die Sinne schwanden. Die Sache trug sich am darauf folgenden Tag im Woodbine zu, wo der morgendliche Kaffee als Vorwand für den allgemeinen Austausch von Tratschgeschichten diente. Dabei ging es natürlich um das Thema, dass Chris Wells sich urplötzlich verabschiedet hatte. Man vermied Worte wie »verschwinden« oder »verloren gehen«, wohl aus dem Gefühl, sie wären zu bedrohungsschwer. »Auf und davon« oder »sang- und klanglos gegangen« – dies waren die verwendeten Formulierungen, und sie klangen an sich schon schlimm genug.

Die Nachricht hatte sich rasch verbreitet. Chris Wells' Abgang war das dramatischste Ereignis, das sich in Bletchley je zugetragen hatte. Zusammen mit dem Mord in Lamorna Cove gab es somit für die nächsten Monate ausreichend Gesprächsstoff. Das Dorf war entgeistert – wohlig entgeistert, wie Melrose aus dem Gewisper schloss, das ihn umschwirrte, dem Geschwätz, das so nahrhaft und würzig war wie die Lebkuchen und das Teegebäck.

Nicht jedoch an dem Tisch, an dem Melrose mit Agatha saß, da Tod und Verschwinden gegenüber allem, was seine Tante heimsuchte, unter ferner liefen rangierten. »Da die Wohnung recht hübsch ist«, meinte sie gerade, »und monatlich zu mieten, kommt sie mir eigentlich recht gut zupass.«

Melrose sparte sich jeden Kommentar. Sein Mund fühlte sich plötzlich an, als hätte er eine Morphiumspritze verpasst bekommen. Sein Schweigen störte Agatha jedoch nicht im Geringsten.

»Na ja, es ist sowieso nur für einen Monat, weil ich nicht sicher bin, wie mir die Seeluft bekommt. Im Übrigen habe ich in Long Pidd viel zu viel zu erledigen, als dass ich mir einen längeren Aufenthalt leisten könnte. Im Gegensatz zu dir – dich hindert ja rein gar nichts daran, länger hier zu bleiben. Außerdem täte es mir gut, ein Handwerk zu erlernen, finde ich. Esther ist eine ausgezeichnete Maklerin und bringt mir die Kniffe bei.«

Darüber, dass sich das, was er Johnny gestern Abend im Spaß über Agatha und Grundstücksmaklerinnen gesagt hatte, auch nur teilweise bewahrheitete, hätte er sich am liebsten totgelacht. Agatha, die nicht einmal einer Katze einen Fisch andrehen konnte – Agatha wollte Immobilien verkaufen?

»Seit Mr. Jenks in Long Piddleton seine Zweigstelle von der Agentur in Sidbury zugemacht hat, klafft eine echte Lücke im Angebot.« Jenks war der Häusermakler, der in Long Piddleton früher ein Büro unterhalten hatte. »Das Gebäude ist schon ewig zu vermieten.«

»Das Gebäude, liebe Tante, falls dir dies entfallen sein sollte, befindet sich direkt neben Marshall Truebloods Antiquitätenladen.«

So sehr sie Marshall Trueblood auch verabscheute, diese Mitteilung schien ihre Begeisterung mitnichten zu dämpfen. »Den brauche ich ja nicht zu sehen, schließlich arbeite ich. Außerdem verplempert der sowieso den halben Tag im Jack and Hammer, der geht mich also gar nichts an.«

Melrose schluckte und versuchte es mit gutem Zureden. »Agatha, in Long Piddleton kommt doch *nie* etwas auf den Markt. Wieso um alles in der Welt glaubst du denn, dass Mr. Jenks dicht gemacht hat?« »Offensichtlich war der Mann keine besondere Leuchte auf seinem Gebiet. Schau dir doch den Man With a Load of Mischief an.«

»Das alte Pub steht aber doch schon seit Menschengedenken zum Verkauf. Das verkauft sich doch nie.«

Agatha ignorierte seine Bemerkung. »Oder eins von den Armenhäusern. Du weißt doch, wie beliebt denkmalgeschützte Häuser bei den Londonern sind. Long Pidd könnte ein bisschen gediegenere Nachbarn durchaus vertragen.«

»Ich weiß aber auch, dass die Londoner dann neben der Withersby-Bande wohnen müssten. Da hättest du deine gediegeneren Nachbarn!« Mrs. Withersby war Putzfrau im Jack and Hammer und Meisterin im Schnorren.

»Und Vivians Haus. Die heiratet doch, oder hast du das schon wieder vergessen?«

Melrose entfuhr ein tiefer Seufzer, der ausgereicht hätte, ihn aus dem Koma zu erwecken. »Nein, habe ich nicht, aber du anscheinend. Vivian ist bereits seit Jahren damit beschäftigt, demnächst zu heiraten. Sie wird den Grafen aber nicht heiraten, das ist ja wohl klar. Vor ein paar Jahren hatte sie das Cottage mal zum Verkauf angeboten, als sie offenbar noch heiratswilliger war als jetzt. Vielleicht braucht sie ja nur eine Ausrede, um andauernd nach Venedig fahren zu können.«

»Das sieht dir wieder mal ähnlich, Melrose. Bei dir ist das Glas immer halb leer!«

Ausnahmsweise hatte sie Recht. Wenn er sich vor Augen führte, dass Agatha einen Monat in Bletchley sein würde, sollte er eigentlich auch daran denken, dass es nur für einen Monat

war. Und in Long Piddleton würde sie, statt in Ardry End anzu-
tanzen, bei ihrer Arbeitsstelle antanzen. *Das* wäre auf jeden Fall
ein Segen. Selbst wenn sie ihn dann bekniete, den Man With a
Load of Mischief zu kaufen, was sie vermutlich tun würde.
Das Glas war also – gottlob – halb voll!

»Mir bleibt jetzt nur eins zu tun, nämlich nach Long Pidd zu
fahren und ein paar Sachen einzupacken. Und dann können wir
zusammen wieder nach Cornwall tuckern.« Sie schnappte sich
einen Teekuchen und klatschte einen Klacks dicke Sahne darauf.
Das Glas war wieder halb leer.

17

»Immobilien? Als Grundstücksmaklerin? Autsch!« Marshall
Trueblood war von Melrose' Cornwall-Geschichte dermaßen in
Bann geschlagen, dass er gar nicht gemerkt hatte, wie seine
pinkrosa Sobranie-Zigarette ihm bis auf die Finger herunter-
gebrannt war. Er ließ den Stummel in einen Aschenbecher
fallen. Dann zog er das dunkelgrüne Nasentüchlein aus seiner
Brusttasche und rieb sich den Finger. Trueblood passte sich farb-
lich immer der Jahreszeit an. Heute sah er schmelzflüssig aus:
dämmergoldenes Hemd mit Umschlagmanschetten, Jackett aus
Seidenwollgemisch in rötlichen Tönen, tannengrün gespren-
kelte Krawatte mit feurig züngelnden Blättchen. Wie Herbst in
Flammen sah er aus.

»Wahrscheinlich ist sie schlicht und einfach mit dem Zug
nach London gefahren«, sagte Diane Demorney. Dann – als
hätte die Bemerkung sie körperlich schon zu sehr erschöpft –
gähnte sie. Falls man überhaupt ein Gähnen »elegant« nennen
konnte, dann Dianes.

Melrose sah etwas verwirrt drein. »Wer, Agatha?« Agatha, die Maklerin, war bisher das Gesprächsthema gewesen.

»Nein, das geliebte *Tantchen* von dem Knaben. Sind Sie denn bei Ihrer eigenen Geschichte nicht auf dem Laufenden?«

»Nach London? Wie kommen Sie denn darauf?« Diane sah Melrose erstaunt an. »Na, zum Einkaufen natürlich. Um Kleider zu kaufen. Ich bitte Sie, in *Cornwall* kann der Mensch doch keine Kleider kaufen.« Bei diesen Worten fielen Diane offenbar ihre eigenen ein, denn sie blickte auf ihr weißes Kostüm hinunter. Ihre Kleider waren der perfekte Gegenpol zu denen Truebloods. Sie kleidete sich immer in eine Kombination aus Weiß und Schwarz, was den Kontrast zwischen ihrer perlschimmernden Haut und dem tiefschwarzen Haar noch betonte, das mehr geschnitzt als geschnitten aussah. Die Kleider waren enorm teuer. Die Haut auch. Und die Haare.

Dianes Gebärden waren die personifizierte Eleganz, sinnierte Melrose. Wenn nur ihr Hirn dem entsprechen würde.

Sie sagte: »Sie machen wieder mal aus einer Fliege einen Elefanten, Melrose.«

»Aus einer Mücke«, entgegnete Melrose.

»Na, jedenfalls möchte ich wetten, es gibt hundert einfache Erklärungen für die ganze Sache.«

»Bloß dass keine Ihrer hundert Erklärungen zutrifft, weil sie ihrem Neffen nämlich nicht gesagt hat, dass sie weggeht.«

Diane nippte lässig an ihrem Martini. »Meine Güte, können Sie sich vorstellen, *ich* würde einen *Neffen* benachrichtigen?«

»Nein, aber ich kann mir vorstellen, dass ich in dem Fall das Sittendezernat verständigen würde«, ließ sich Trueblood vernehmen.

Diane schwenkte die Olive in ihrem Martini und betrachtete sie eingehend, als wolle sie den Grad ihrer Mariniertheit überprüfen. »Ach, wie entsetzlich unkomisch, Marshall. Damit *meine* ich, die Tante hätte es ihm ganz bestimmt gesagt – behauptet *er* jedenfalls.«

Stirnrunzelnd erkundigte sich Melrose:»Will heißen?«

Sie legte den Kopf schräg und hob eine seidige Augenbraue.
»Ach du liebe Zeit. Will heißen, dass der Neffe Ihnen das verzapft hat. Er behauptet doch, sie geht nie aus dem Haus, ohne ihn zu informieren. Wieso ist er sich da so sicher?«

Melrose lehnte sich etwas verblüfft zurück. Es gab Zeiten, in denen Diane tatsächlich eine Art nuancierten Denkens an den Tag legte. Jedenfalls fiel es ihm schwer, sie im selben Lichte wie früher zu betrachten, nachdem sie ihm damals so heldenhaft das Leben gerettet hatte. Für sie war es gelangweilte Heldenhaftigkeit gewesen, aber nichtsdestotrotz Heldenhaftigkeit.

»Vielleicht ist sie zum Shopping nach London gefahren oder mit einem Liebhaber nach Paris gedüst.« Diane neigte dazu, an die Absichten oder Aktivitäten anderer ihren eigenen Maßstab anzulegen.

»Dieser John, meine Liebe, ist ein höchst verantwortungsvoller, zuverlässiger und –«

»Sehr gefühlsbetonter Knabe«, beendete Diane seinen Satz.
»Und zwar mehr als ihm gut tut, wie mir scheint.«

Die Eingangstür zum Jack and Hammer wurde vom Wind und vom Auftritt Vivian Rivingtons aufgestoßen. Ohne Begrüßung, ohne den Mantel auszuziehen oder sich hinzusetzen, sagte sie:
»Melrose, eben bin ich Agatha auf der Straße begegnet, die mir sagte, dass Sie wieder nach Cornwall fahren.« Während sie es sagte, setzte sie sich, immer noch im Mantel.

»Für ein paar Monate, ja, das stimmt.«

»*Monate?*« Vivian starrte ihn entsetzt an, als hätten Leichenfledderer den echten Melrose fortgeschafft und diese üble Laune der Natur an seiner Stelle zurückgelassen. »Das ist doch wohl nicht Ihr Ernst!«

Diane sagte: »Lächerlich, nicht? Wenn er so einen Rappel kriegt, ist nicht mit ihm zu reden.«

»Was denn? Ich kriege überhaupt keinen ›Rappel‹.«

Diane ließ nicht locker. »Ich sagte ihm bereits, dass seine Sterne da nicht mitmachen.«

»Das klingt ja so, als würden sie es vor lauter Arbeit nicht schaffen, mit mir nach Cornwall zu gehen.«

Diane amüsierte die Leserschaft des *Sidbury Star* immer noch mit ihrer Horoskopkolumne, hauptsächlich weil sie nichts über Astrologie wusste und deshalb alles frei erfinden konnte. »Sie wissen schon, was ich damit sagen will.« Diane verspeiste ihre Olive.

»Nein, Diane, das weiß ich eben nicht. *Niemand* versteht, was Sie in dieser Kolumne eigentlich sagen wollen. ›Packen Sie's endlich an‹, dafür braucht man ja wohl kaum die Sterne zu bemühen —«

Vivian schrie es geradezu heraus: »Sie *können* aber nicht nach Cornwall gehen!«

Alle sahen sie und ihr tief errötendes Gesicht an.

Überrascht von diesem Gefühlsausbruch fragte Melrose nach: »Ich kann nicht?«

Nun war Vivian vorübergehend sprachlos. Schließlich meinte sie: »Weil Franco kommt und wir heiraten!« Nachdem sie sich mit ihrem Gefühlsausbruch offenbar selbst einen Schreck eingejagt hatte, sah sie sich am Tisch um, ob die unterschiedlichen Mienen die Tatsache bestätigten, dass sie es tatsächlich gesagt hatte.

Niemand sagte etwas. Selbst die sonst unerschütterliche Diane starrte Vivian mit offenem Mund an.

Schließlich sprachen sie, aber alle gleichzeitig.

»Graf Dracula —«

»Grundgütiger Himmel! Wann ist denn das —«

»Falls Sie wegen des Hochzeitskleids nach London fahren –«
Trueblood steckte sich eine jadegrüne Sobranie an. »Sagen Sie
mal, Viv-Viv, wann wurde das denn alles beschlossen?«

»Ach ... erst kürzlich.«

Melrose sagte: »Wie bald soll es denn stattfinden? Wann
kommt Graf Drac –« Der Blick, den Vivian ihm zuwarf, ließ das
Blut ebenso erstarren wie alles, was Graf Dracula hätte aufbie-
ten können. »Ich meine, wann kommt Giopinno denn an? Lieber Gott, das ist ja vielleicht eine Geschichte!«, rief Melrose.

»Er kommt in ... ein paar Tagen. Vielleicht in einer Woche ...«
Sie betrachtete eingehend ihre Hände.

»Ach«, machte Trueblood. »Und wann genau findet diese
Trauung statt?« Er lächelte verschlagen.

Vivian musterte ihn argwöhnisch und überlegte. Ihr Wan-
genrot wich einer Art Totenkopfgrau. »Das genaue Datum steht
noch nicht fest. Entweder diesen oder nächsten Monat. September oder Oktober«, fügte sie hinzu, falls die anderen ihre Monate nicht auf die Reihe kriegten.

Do you remember another September ... Weißt du noch damals im September? Wie auch immer der Text lautete, das Lied
ging Melrose traurig im Kopf herum, sodass aller Humor umgehend verflog. »Aber zur Hochzeit bin ich selbstverständlich
wieder retour«, sagte er. »Cornwall liegt schließlich nicht am anderen Ende der Welt.«

»Retour?«, sagte sie bedrückt, und es klang ebenso kläglich
wie »Remember«. »*Retour?* Ich hätte gedacht, Sie fahren gar
nicht erst *hin*?« Vivian sah Melrose traurig an. »Vielleicht sehen Sie mich jetzt zum letzten Mal als Ledige.«

»Nun ja, äh ...« Melrose wusste nicht recht, was er darauf
antworten sollte.

Vivian stand auf. Sie hatte ihren Kamelhaarmantel immer
noch nicht abgelegt, dessen Karamellbraun sich ganz allerliebst

mit den Braun- und Tiefrottönen ihres herbstfarbenen Haars vermischte.

»Da bin ich doch tatsächlich vom Donner gerührt«, sagte Diane in einem vom Donner völlig ungerührten Ton. Trotzdem musste etwas dran sein, denn sie hatte ihr Glas vollkommen vergessen. Leer stand es vor ihr, selbst die Olive fehlte. Vom Donner gerührt, in der Tat.

»Also, ich muss jetzt gehen und… ein paar Sachen erledigen.« Vivian wandte sich um und verließ das Pub. Besonders glücklich sah sie nicht aus.

»Teufel aber auch«, sagte Melrose. »Ich würde sagen, das schreit nach einer neuen Runde.«

»Das tut es bereits seit zehn Minuten«, versetzte Diane und blies dünne Rauchsäulen durch die Nasenlöcher.

Melrose rief zu Dick Scroggs hinüber, der immer noch mit der Lektüre des Lokalblättchens – vorzugsweise der Horoskopkolumne – beschäftigt war, und bestellte, die Hand in einer Kreisbewegung schwenkend, Drinks für alle.

Scroggs sah ihn an, als verlangte Melrose, er solle eine Botschaft in Flaggensprache entschlüsseln.

»Ich hätte nie gedacht, dass Vivian es tatsächlich durchzieht«, sagte Melrose trübsinnig.

»Hmm, hmm«, meinte Trueblood. »Diesen pomadigen Italiener heiraten? Nach all der Zeit? Und nicht nur das, sondern es auch noch *hier* zu tun! Das ist vielleicht ein Ding!«

Diane sagte: »Dann wird sie ja wohl in Venedig wohnen müssen, wo sie kein *Wort* versteht. Dort sprechen sie ja Italienisch.«

»Als Zweitsprache«, sagte Trueblood. »Soll das heißen, Sie glauben die Geschichte?«

Melrose und Diane starrten ihn verwundert an.

»Das hat sie sich doch ausgedacht.«

»Ausgeschlossen«, sagte Melrose unsicher.

Trueblood schüttelte den Kopf über die Leichtgläubigkeit seiner Freunde. »Hören Sie, alter Kämpe, falls sie Graf Dracula tatsächlich heiraten würde, hätten wir es doch längst erfahren. Dann hätte sie sich viel Zeit ausbedungen, um sich Ausreden zu überlegen, es nicht zu tun. Außerdem hätte sie uns genügend Zeit geben wollen, einen Plan zur Vereitelung auszuarbeiten.«

»Ausreden?« Diane musterte Trueblood ungläubig. »Wozu braucht sie Ausreden? Du liebe Güte, es ist leichter, sich von jemandem scheiden zu lassen, als sich Gründe fürs Heiraten auszudenken. Ich muss es wissen, schließlich habe ich es oft genug gemacht. Dick!«, rief sie zu Scroggs hinüber. »Kriegen wir hier vielleicht endlich unsere Drinks?«

»Ich begreife es immer noch nicht«, sagte Melrose. »Wieso sollte Vivian sich das alles ausdenken?«

Ungehalten über Melrose' Begriffsstutzigkeit sagte Trueblood: »Ist doch sonnenklar. Sie will Sie hier festnageln.«

»Eine Hochzeit in ein paar Wochen würde mich wohl kaum drei Monate lang hier festnageln.«

»Was sind Sie doch für ein Trottel, Melrose!«, meldete sich Diane zu Wort. »An der ganzen Sache ist doch überhaupt nichts Rationales – danke.« Letzteres galt Dick Scroggs, der ihnen gerade frische Drinks hinstellte.

Nach Dicks Abgang sagte Trueblood: »Also, weiter. Erzählen Sie uns mehr über diesen Mordfall in Cornwall.«

»Mehr gibt's da nicht zu erzählen. Jemand in Bletchley glaubte, sie erkannt zu haben. Ich denke, es wird nicht schwer sein, dem Opfer auf die Spur zu kommen.«

»Was hatte sie denn an?« Wenn es darum ging, Äußerlichkeiten beiseite zu wischen und den Dingen direkt auf den Grund zu gehen, konnte man sich auf Diane verlassen.

»Keine Ahnung. Das hat Macalvie mir nicht gesagt. Aber auf den Polizeifotos sieht es aus wie ein Kostüm, bernsteingelb oder eierschalenfarben – Gott steh mir bei! Ich bin bald so schlimm wie Sie, Diane.«

»Wer ist das eigentlich? Ich meine, dieser Macalvie«, wollte Trueblood wissen. »Hier im Pub hat er, glaube ich, mal angerufen und wollte Jury sprechen.«

»Ein sehr hohes Tier bei der Kripo von Devon und Cornwall. Jury kennt ihn seit Jahren. Sie haben schon bei einigen Fällen zusammengearbeitet. Jedenfalls so weit man mit diesem Mr. Macalvie zusammenkommen kann. Genialer Kopf, muss man allerdings sagen.«

»Apropos Richard Jury –«, begann Trueblood. »Der ist in Nordirland.«

Diane sah derart entrüstet drein, als wären sie gerade Zeuge geworden, wie der Papst ein Schwein küsste. »Ach du *liebe* Güte, Melrose! Was hat er denn *dort* zu schaffen?«

»Genaue Einzelheiten entziehen sich meiner Kenntnis. New Scotland Yard gibt sich mir gegenüber immer recht zugeknöpft.«

»Ist Sergeant Wiggins mitgefahren?«

»Nein. Macalvie versucht ihn allerdings zu erreichen.«

»Wusste ich es doch«, sagte Diane. »Ich habe ihn gewarnt.«

Melrose sah sie verdutzt an. »Wen? Wiggins?«

»Aber nein, Richard Jury.«

»Spielt sein Horoskop wieder verrückt?«

»Seine Venus befindet sich gerade in einer prekären Stellung zu Mars.« Sie schnippte die Asche von ihrer Zigarette in das dafür vorgesehene metallene Behältnis.

»Auf wessen Seite er wohl steht?«, sinnierte Trueblood. »Der IRA? Der Provisional Army? Bei den Katholiken? Protestanten? Iren? Engländern?«

»Auf der Seite der Toten, kann ich mir denken. Der Royal Ulster Constabulary greift er jedenfalls nicht unter die Arme. Irgendwas ist dort passiert, was mit einer Sache in London zu tun hat. Glaube ich zumindest.«

Diane machte sich immer noch Gedanken über den modischen Geschmack der Verblichenen in Cornwall. »Sie wissen nicht, ob sie vielleicht zufällig ein Designerkostüm anhatte, oder?«

»Wer? Meinen Sie das unglückliche Opfer in Lamorna?«

»Ja. Wenn es nämlich ein, sagen wir, Lacroix war, ließe sich der Bereich beträchtlich eingrenzen.«

»Eingrenzen worauf denn? Auf London? Paris? Rom?«

Dianes Geduldsfaden war reichlich gespannt. »Nicht nur dort. In Edinburgh gibt es einige ordentliche Modegeschäfte. Und in den Grafschaften um London herum. Man müsste den Horizont nur ein bisschen erweitern.«

Melrose schüttelte den Kopf. »Was den Horizont betrifft, so ist Ihrer jedenfalls ziemlich beschränkt, meine Liebe.«

»Ist er eigentlich nicht, alter Kämpe, ist er nicht«, meinte Trueblood.

»Schalten wir jetzt gleich um auf einen Armani-Werbespot?«

»Falls die Frau was von Ferré oder meinetwegen Sonia Rykiel trug, lässt sich das Kleidungsstück mit ziemlicher Sicherheit zurückverfolgen. Sie wissen schon, über das Geschäft, in dem sie es gekauft hat. Oder falls eine andere Person es gekauft hat, dann durch die.«

Melrose hasste es, wenn Diane einen vernünftigen Vorschlag machte.

»Ich hätte nichts dagegen, jemanden zu kennen, der mir ein Ferré-Teil kauft«, bemerkte sie, um dann auf das Thema Chris Wells zurückzukommen. »Nun, sie klingt jedenfalls wie eine waschechte Schönheit vom Lande. In ihrem Schrank hängen vermutlich Strickjacken und Plaids und heruntergesetzte Barbourjacken von Marks und Spencer. Die Frage nach ihrem Outfit ist aber unerheblich, nicht? Sind Sie sicher, dass sie nicht einfach so weggefahren ist?«

»Ja«, erwiderte Melrose. »Da bin ich mir ziemlich sicher. Nach dem, was ich von ihr gehört habe, ist sie kein sprunghafter Mensch.«

»Dann glauben Sie also, sie wurde entführt? Oder sonst irgendwie fortgelockt?«

Melrose nickte.

Diane nippte an ihrem Martini, schnippte ihre Zigarette in den Aschenbecher und sagte: »Na, also irgendetwas müsste man schon arrangieren.«

»Surrey«, sagte Macalvie. Er hatte in Ardry End angerufen, um Melrose mitzuteilen, dass die Tote identifiziert worden war. Es war Sada Colthorp, Exgattin von Rodney Colthorp – beziehungsweise Lord Mead. Wohnhaft in Surrey. »Haben Sie sich nicht so! Es ist bloß einen Katzensprung von Northants entfernt.«

»Ich weiß ja nicht, wie viele Sprünge Sie als Katze schon vollführt haben – falls überhaupt. Vermutlich waren Sie von Kindesbeinen an Polizist –, *meine* Katzensprünge erstreckten sich jedenfalls nie über hundert Meilen. So weit ist es nämlich von hier bis nach Surrey.«

»Machen Sie sich nicht lächerlich. Es sind gerade mal fünfzig.«

Melrose war klar, dass er alles tun würde, was Macalvie von ihm verlangte, doch es machte mehr Spaß, sich vorher darüber zu streiten. Außerdem fand er es nur recht und billig, Macalvie merken zu lassen, wie sehr er ihn in Unannehmlichkeiten stürzte. »Sie sagten doch, Sie hätten schon mit Colthorp gesprochen, als er kam, um die Leiche zu identifizieren. Was soll *ich* da noch mit ihm reden?« Die Antwort darauf kannte er bereits. Aus dem gleichen Grund, weshalb Jury ihn immer bat, in die Rolle des achten Earl zu schlüpfen.

»Weil Aristokraten etwas gemeinsam haben – die Aristokratie.«

»Ich bin schon seit Jahren nicht mehr adlig. Ich weiß gar nicht mehr, wie das ist.«

»Ach, hören Sie auf. Das ist wie Fahrrad fahren. So was verlernt man nicht.«

Melrose seufzte. »Ich schon, wenn man mich nur ließe.«

»Colthorp sammelt Autos. Klassiker. Oldtimer. Und deswegen wollen Sie ihn sprechen.«

»Ach ja?«

»Sicher. Was ist mit Ihrem alten Bentley? Ist der nicht inzwischen ein Oldtimer?«

»Der vielleicht nicht, aber ich. Damit wir uns hier richtig verstehen: Weil ich mich ebenfalls für Oldtimer interessiere, möchte ich diesen Lord Mead sprechen – wie heißt er noch gleich?«

»Rodney. Rodney Colthorp.«

»Genau. Eigentlich interessiere ich mich ja für seine Autos, und er ist verdammt scharf auf meinen Bentley. Ist Ihnen klar, dass ich von Autos nicht die blasseste Ahnung habe, meins inbegriffen?« Wohl wissend, dass Macalvie sich keinen Deut um seine Einwände scherte, zückte Melrose ergeben seufzend seinen Füllfederhalter. »Also, wo in Surrey?«

Während Macalvie es ihm sagte, kam Melrose der höchst erfreuliche Gedanke, dass Surrey zwar nicht in der Nähe von Northants lag, wohl aber in der Nähe von London und damit von Bethnal Green. Er lächelte.

18

»Lord Ardry!« Rodney Colthorp, Lord Mead, streckte ihm die Hand hin und sah Melrose voll schmeichelhafter Begeisterung an. Er war persönlich zur Tür gekommen, was bewies, dass er entweder auf Devotion große Stücke hielt oder aber knapp bei Kasse war. Im Reigen seiner dienstbaren Geister befand sich kein Türöffner in Vollzeitbeschäftigung, und falls es doch einen gab, gestattete Rodney Colthorp dem Mann eine Menge Ellbogenfreiheit. Ruthven wäre absolut schockiert gewesen.

Lord Mead konnte es sich nicht verkneifen, an Melrose vorbei einen Blick auf dessen Bentley zu werfen, ein Vorkriegsmodell – glaubte Melrose zumindest. Das Gefährt war seit ewigen Zeiten im Besitz der Familie. Er überlegte, ob dieser Mensch wohl merkte, dass es sich bei Melrose – und seinem Bentley – um zwei ganz schön falsche Fuffziger handelte. Doch Rodney Colthorp sagte lediglich: »Was für ein prächtiges Automobil«, während er mit einer nervösen, nachdenklichen Geste an seinem grauen Schnurrbart zupfte. Dann, als hätte er ganz vergessen, dass es Melrose auch noch gab, sagte er: »Ach, Verzeihung, ich lasse Sie hier auf dem Treppenabsatz stehen. Kommen Sie doch herein.«

Einen *Treppenabsatz* hätte Melrose den Bereich oberhalb der zwei Dutzend Marmorstufen nicht genannt, die er inzwischen bis zur Eingangstür emporgestiegen war. Das Haus war weit hochherrschaftlicher als Ardry End, dem es jedoch ähnelte.

Noch grandioser als das Haus war vielleicht der dahinter liegende, weitläufige Garten mit der Rasenfläche, die hie und da mit Skulpturen, einem Aussichtstürmchen und ein paar sinn- und zwecklosen Prachtbauten getupft war. So weit das Auge reichte, erstreckte sich das gleichermaßen windumtoste und von

Innenhecken geschützte Anwesen mit seinen ziegelgepflasterten Wegen und Torpfeilern. Hinter wild wucherndem, hohem Gras erhoben sich junge Tannen und Kastenhecken, und der Blick schweifte bis zu einem Kirchturm irgendwo weit weg. Zwischen niedrigen Mäuerchen schlängelte sich ein gewundener Pfad, der sich in der Ferne verlor.

»Ist das ein Pfad für Fußgänger?«

»Nein, das ist mein Schmetterlingskorridor. Ich versuche, bestimmte Arten vor dem völligen Aussterben zu bewahren und helfe ihnen bei der Migration. Zum Beispiel dem Adonisfalter. Ein prachtvolles Tier.«

Dies sagte Rodney Colthorp, als sie behaglich in einem von mehreren Salons saßen, der etwas weniger förmlich möbliert war als der größere Raum mit den dunklen, schweren, unbezahlbaren Möbeln, den sie zuvor durchschritten hatten.

Melrose trank Lord Meads hundert Jahre alten Scotch und kam allmählich in Fahrt.

Colthorp lehnte den Kopf im Sessel zurück und ließ Worte und Pfeifenrauch zur Decke emporsteigen. In einer Art meditierender Betrachtung über die Verdienste der Aristokratie meinte er: »Sie wissen natürlich genauso gut wie ich … es gibt gewisse Rituale, anderen mögen sie läppisch vorkommen, die aufrechterhalten werden sollten, weil sonst die ganze Chose den Bach hinuntergeht. Ich weiß, dass einem vieles davon wie Gewäsch vorkommt: Nehmen Sie beispielsweise die Jagd. Bei uns hier streichen eine Menge Jagdsaboteure herum und führen sich auf wie die Axt im Walde. Ich selbst reite zwar nicht zur Jagd, aber kann verstehen, dass es auf manche Leute einen gewissen Reiz ausübt. Aber eins begreife ich nicht – wieso konzentriert sich das große Geschrei dieser Tierbefreier nicht auf die tatsächlich schlimmen Experimente und Schlachthäuser? Ich kann mir nur denken, dass die –« Das schnurlose Telefon, dessen Verbleib

Colthorp anscheinend entfallen war, klingelte. Schließlich wurde es zwischen Kissen und Armlehne des Polstersessels befreit. Er entschuldigte sich und zog die Wackelantenne heraus.

Offenbar erregte der Anruf sein Missfallen, denn als Erstes entfuhr ihm ein tiefer Seufzer, gefolgt von einer Reihe von Ächzern, die im Laufe der etwa dreißig Sekunden währenden Kommentare des Anrufers zusehends ungeduldiger klangen. »Nein. Nein, Dennis, wie oft habe ich dir schon gesagt, ich will nicht spekulieren, und schon gar nicht in einem südafrikanischen Diamantenbergwerk.« Er schüttelte den Kopf, als könnte der Anrufer sehen, wie wenig ihm an Aktienanteilen in einem Diamantenbergwerk gelegen war, und schob die Antenne wieder hinein. Auf seinem Gesicht zeichnete sich höchste Ungeduld ab.

Melrose lächelte. »Ihr Investmentbanker?« Er fragte sich, was solche Leute eigentlich den lieben langen Tag trieben.

»Nein. Mein Sohn. Er ist der Jüngste, zweiundzwanzig. Dauernd nervt er mich mit dem Aktienmarkt. Tagesgeschäfte, Optionsscheine, kurzfristig kaufen, langfristig verkaufen – ich habe nicht die blasseste Ahnung, wovon der Junge redet. Er selbst macht dabei gute Geschäfte, seit Jahren schon. Das muss aber nicht heißen, dass ich auch so viel Glück habe. Nun gut. Woher, sagten Sie, kommen Sie?«

»Zu Hause bin ich in einem Dorf in der Nähe von Northampton, habe momentan aber ein Haus in Cornwall gemietet. Der Ort heißt Bletchley.« Melrose wartete ab, bis bei dem anderen der Groschen fiel. Es dauerte fünf Sekunden. Colthorp hörte auf, seine Pfeife zu stopfen.

»Aber das ist doch da, wo Sada – Sie haben sicher von der Frau gehört, die in der Nähe von Lamorna Cove ermordet wurde?«

»Aber ja doch. Es hat ziemlich viel Aufsehen erregt.«

»Die Kripo von Devon und Cornwall war hier; ich musste nach Penzance fliegen, um die Leiche zu identifizieren.«

Melrose schützte Unwissenheit vor. »Die Kripo war hier? Wieso? Kannten Sie sie denn?«

Es gelang Melrose, ein gebührend schockiertes Gesicht aufzusetzen.

»Die Arme«, fuhr Colthorp fort. »Sada hatte nicht besonders viel Tiefgang. Damit will ich nicht sagen, dass mit ihr geistig was nicht stimmte, aber sie hatte eben sehr wenig Tiefgang. Sie zu heiraten war – nun ja, eine Schnapsidee. Wenn ich es rückblickend betrachte, was ich bereits ausführlich tat, kann ich mich nicht entsinnen, wieso ich die Idee damals so gut fand.«

»Wer kann das schon im Leben? Ich ganz bestimmt nicht. Hinterher ist man immer klüger, nicht wahr?« Melrose lächelte mitfühlend und sah davon ab, weitere Fragen über Sada zu stellen. Stattdessen lenkte er das Gespräch von ihr ab, bevor Colthorp sich fragte, weshalb Melrose eigentlich hergekommen war. »Ich würde zu gern einmal Ihre Autos sehen.« Wenn sie erst im Gelände herumspaziert waren, fand Melrose sicher eine Gelegenheit, das Thema der verblichenen Gattin wieder ins Gespräch einzuflechten. Colthorp schien jedenfalls absolut nichts dagegen zu haben, über sie zu sprechen.

»Ja, natürlich«, erwiderte Colthorp. »Deshalb sind Sie ja schließlich hier. Also, gehen wir in die Garage. Tut mir Leid, dass ich so viel gequasselt habe.«

»Aber nein«, beeilte sich Melrose zu sagen. »Wie sollten Sie nicht davon sprechen, immerhin...?«

Colthorp erhob sich und stellte sein Glas ab. »Eine böse Geschichte.« Er schüttelte den Kopf. »Eine ganz böse Geschichte. Sada mag eine Nervensäge gewesen sein, doch der Himmel weiß, *das* hat sie nicht verdient.«

Eine Nervensäge. Melrose nahm es zur Kenntnis.

Vom Haus aus gingen sie quer über die kreisförmige Auffahrt zu einer zehntürigen Garage, wobei *Garage* der falsche Ausdruck schien für dieses elegante Gebäude mit den hohen Fenstern, in denen sich die Spätnachmittagssonne fing und ihre Strahlen über die auf Hochglanz polierten Kühlerhauben der darin geparkten Autos ergoss. Melrose hatte keine Ahnung von Automobilen, außer wie man sie chauffierte. Er war sich allerdings ziemlich sicher, dass es sich bei dem ersten Exemplar um einen alten Ford handelte, ein Model T, dessen schwarzes Metall poliert war bis zum Gehtnichtmehr. Wenigstens den konnte er identifizieren.

»Ach ja, die alte Tin Lizzie. Stellen Sie sich vor, die haben sie damals noch auf den Pike's Peak raufgefahren. Die anderen hier« – Colthorp deutete auf die beiden Autos daneben – »also, hier haben wir einen Overland Tourenwagen und einen Cadillac Tourenwagen von 1912. Tolle Schlitten, nicht?«

Melrose tat beflissen, wobei er eigentlich nicht recht wusste, was die Beflissenheit – bestehend aus gemurmelten Lobeshymnen, neugierigem Hineinspähen und Begutachtung der Ausstattung – eigentlich sollte. Er kommentierte die zahlreichen, damals als »Luxus« betrachteten Ausführungen, die Lackierungen in Türkis und Blau, den köstlichen Duft von altem, rissigem Leder, die Riesenreifen, die Laufleisten. »Fabelhaft, einfach fabelhaft.«

Sie gingen weiter zu einem kirschroten Lamborghini. »Der gehört Dennis. Und der dort weiter hinten« – Dennis' Vater deutete auf einen schwarzen Porsche – »ist das neueste Modell, aus der XK-Acht-Serie, einfach ein sagenhafter Wagen. Sagenhaft teuer übrigens auch.«

Melrose hätte wetten können, dass da schlappe 75 000 Pfund vor ihm standen. Sagenhaft in der Tat.

»Er ist jung«, fuhr Colthorp fort, »er steht auf diesen glatten, italienischen Stil. Ich selbst ziehe die handfesteren Typen vor, die Tourenwagen etwa, oder den Wolseley dort weiter hinten.« Mit einem Kopfnicken deutete er auf einen dunkelgrünen Wagen mit anmutig gerundeter Karosserie, wie sie schon lange nicht mehr gebaut wurden. »Zu dem Cadillac bin ich über Dennis gekommen, auf Vermittlung eines seiner amerikanischen Freunde, so vor zehn, elf Jahren etwa.«

Melrose rechnete nach: wenn Dennis heute zweiundzwanzig war, wäre er vor zehn Jahren zwölf gewesen. Er konnte sich eine Bemerkung darüber nicht verkneifen.

Lord Mead lachte. »Ach, der Freund selber war kein Kind mehr. Nein, nein, das war ein erwachsener Mann. Aber ein Bekannter von Dennis, stimmt schon. Dennis hatte seit jeher eine Menge ungewöhnliche Freunde – für einen Jungen, meine ich. Für einen Jungen zu der Zeit damals, meine ich.« Colthorp kaute auf seinem grauen Schnurrbart herum und schien sich diesen Sachverhalt durch den Kopf gehen zu lassen, als wunderte auch er sich über Dennis' ungewöhnliche Freunde. Dann aber sagte er: »Sada konnte er allerdings nie leiden.«

Das überraschte Melrose nicht, in Anbetracht der Erbgeschichten und geänderten Testamente, die hier im Spiel waren. Er ließ sich zu einer Vermutung hinreißen, wobei er versuchte, sie so taktvoll wie möglich zu formulieren. »Das trifft ja wohl auf die meisten Kinder zu, wenn eine neue Stiefmutter auf den Plan tritt.«

»Verlust von Liebe und Geld, meinen Sie? Ach, meiner Liebe ist sich Dennis ziemlich sicher, und« – an dieser Stelle stieß er einen gleichermaßen amüsierten wie wegwerfenden Laut aus – »mein Geld ist ihm völlig schnurz.«

Das nahm ihm Melrose nun wiederum nicht ganz ab, in Anbetracht des Lamborghini. »Einen teuren Geschmack hat er allerdings.«

»Hmmm? Oh, ich habe ja nichts Gegenteiliges behauptet. Den hat er sich von *seinem* Geld gekauft und den Porsche auch.« Colthorp kicherte. »Soviel ich weiß, hat Dennis mehr Geld als ich. Schließlich investiert er in Aktien. Habe ich Ihnen das schon gesagt? Darum ging es vorhin bei dem Telefonanruf. Nein, Dennis traute Sada nicht, auch nicht ihren alten Freunden von früher, die hier auftauchten. Ein paar schmierige Filmtypen waren auch dabei. Als ich Sada kennen lernte, spielte sie gelegentlich in schlechten Filmen mit. Möglicherweise waren sogar ein paar Pornos dabei, wie Dennis herausbekam. Einer ihrer Freunde, ein Filmproduzent, war ein paar Mal hier. Komischer Vogel. Wie hieß er doch gleich? Bolt, glaube ich. Ziemlich gerissener Bursche. Dem war nicht über den Weg zu trauen, schlechter Einfluss. Fuhr aber einen tollen Schlitten. Den wollte Dennis ihm abkaufen. Einen Jaguar – hmmm, das Modell weiß ich nicht mehr. Hübscher kleiner Sportwagen, Zweisitzer, glaube ich.« Er sinnierte einen Augenblick darüber nach und kam dann auf seine Exgattin zurück. »Sada hatte damals eine Pechsträhne, wie man so sagt, als wir uns kennen lernten.« Er seufzte. »Seltsamerweise interessierte sie sich überhaupt nicht für Autos.«

Melrose lächelte. »Also kaum eine passende Partnerin.«

Colthorp lachte. »Wird Zeit, dass wir uns Ihren Wagen drüben mal genau ansehen. Schlagen Sie sich durchs Dickicht und weisen Sie den Weg!«

Falls es – in Anbetracht der vorzüglich gepflegten Rasen- und Gartenanlage – einen Weg zu weisen gab, so tat Melrose dies geflissentlich. Er war sauer, dass sich bei Erwähnung der »Nervensäge« Sada der Bentley ins Bild geschoben hatte. Da Colthorp jedoch offensichtlich über sie reden wollte, würde das Thema sicher erneut zur Sprache kommen.

Als er dem alten Bentley plötzlich gegenüberstand, schüttelte Lord Mead nur den Kopf, als hätte ihm der Anblick die Sprache verschlagen. Melrose war abwechslungsweise einmal froh, dass Ruthven (oder Momaday, wenn es seinen Gartenpfleger überkam) das Gefährt immer spiegelblank polierte.

Colthorp ging zweimal um den Wagen herum, bevor er ausgiebig hineinspähte, die Arme über dem Brustkorb verschränkt. Wie zuvor Melrose, stieß Colthorp ein paar bewundernde Worte hervor; im Gegensatz zu Melrose' waren seine zu verstehen. »Wo haben Sie denn den her?«

»Eigentlich hat ihn mein Vater erstanden, ein Jahr vor seinem Tod. Auch er hatte eine Schwäche für Autos.« Nun erinnerte er sich wieder, dass sein Vater in den Wagen regelrecht vernarrt gewesen war, dass er sich bei der ersten Ausfahrt wie ein alberner Jüngling aufgeführt hatte. Es gehörte zu den wenigen erfreulichen Erinnerungen, die Melrose hatte. »Diesen hier hatte er wirklich ins Herz geschlossen.«

»Kein Wunder. Na, falls Sie je mal verkaufen wollen, wissen Sie ja, wen Sie anrufen können.«

Dies hätte leicht vulgär klingen können, wäre Colthorp nicht derart begeistert von dem Wagen gewesen.

Nun rieb er sich die Hände und sagte:»Ich würde sagen, darauf müssen wir einen trinken.«

Sie gingen denselben Weg zurück zum Haus. Über ihnen zauste das surrende Brummen eines Hubschraubers plötzlich den Eukalyptusbaum und das hohe Gras. Colthorp sah hinauf und brummte:»Blöder alter Krachmacher.«

Melrose hatte gar nicht gedacht, dass das Haus so nahe am Flughafen Heathrow lag.

Den Whisky in der Hand, lehnten sie sich behaglich in die selben Sessel zurück wie vorhin, und Colthorp nahm den Gesprächsfaden zum Thema Sada wieder auf.»Wir trennten uns – äh, vor fünf Jahren. Das Geld, mit dem ich sie abgefunden hatte, brachte sie ziemlich schnell durch und war nach einem Jahr wieder da und wollte mehr. Ich hätte vermutlich die Polizei verständigen sollen, aber wissen Sie, an so was denke ich meistens gar nicht. Sie drohte sogar damit, die Story an die Boulevardpresse zu verkaufen. Über mich und... äh, schon gut, so pikant ist die Sache gar nicht. Ich muss aber sagen, ich bekam ganz schönes Fracksausen, dass sie es doch tun würde. Dennis schmiss sie raus, rief ihr ›dann tu's doch und geh zum Teufel‹ hinterher. Er nimmt eben kein Blatt vor den Mund, mein Dennis.«

Melrose lächelte. »Anscheinend. Aber dass sie Sie erpressen wollte, tat sicher sehr weh.«

»Und ob, und ob«, erwiderte Colthorp, kippte seinen Rest Whisky hinunter und stand auf, um nachzuschenken. Als er auf Melrose' Glas deutete, hob dieser es kopfschüttelnd hoch. »Sie pfiff also, könnte man sagen, auf dem letzten Loch?«

Colthorp setzte sich wieder, drückte die Kissenpolster im Rücken zurecht und meinte: »Dennis setzte einen Privatdetektiv auf sie an.«

Oho, *das* war ja ein Leckerbissen! Melrose wünschte, der allgegenwärtige, jedoch absente Dennis säße jetzt bei ihnen.

»Da stellte sich heraus, die meisten dieser Filme waren nicht einfach schlechte B-Filme, sondern schlechte *pornografische* B-Filme. Nicht, dass sie bei der Sitte auf so was luchsen, doch sie war auch schon einschlägig vorbestraft. So komisch es anmutet – als wir heirateten, war Sada von der gesellschaftlichen Stellung mehr beeindruckt als von dem Geld. Es gefiel ihr außerordentlich, Lady Mead zu sein und formell platziert zu werden, wenn wir ein Speisezimmer betraten. Komisch, wie diejenigen nach dem ganzen vornehmen Firlefanz der Aristokratie lechzen, die sie ja eigentlich abschaffen wollen. Das hatte Sada allerdings nicht vor, o nein. Ihr passte es ausgezeichnet, auch wenn sie nicht dazu passte. Nein, wenn sie das Gesetz zur Abschaffung des Erbadels verabschieden, schwimmen eher Sadas Felle davon als meine.«

Wieder wurde er vom lästigen Sirren des Mobiltelefons unterbrochen. Lord Mead fischte es unter den Kissen hervor, meldete sich und lauschte gequält seufzend. »Nein. *Nein*. Ich will aber keine Anteile an einem Rennpferd. Als wievielter er am Samstag in Newmarket ins Ziel gelaufen ist, interessiert mich nicht im Geringsten… Dennis, hör um Gottes willen auf, mir mit deinen dubiosen Silberminen und Rennpferden und dem ganzen Kram auf die Nerven zu gehen. Im Übrigen habe ich gerade Besuch, also adieu.«

Colthorp wollte schon auflegen, sagte dann aber noch etwas in den Hörer: »Und geh in Gottes Namen mit dem Hubschrauber raus aus meinem Schmetterlingskorridor!«

19

Er hatte die Sonne in London noch nie grell scheinen sehen, doch an diesem Abend war es, als wollte sie der hereinbrechenden Dämmerung endgültig eins draufgeben. Als Melrose aus der Wärme in das Museum trat, fühlte er sich wie in Dunkelheit und Kühle getaucht.

Er war schon einmal im Spielzeugmuseum gewesen, als er Bea vor Monaten abgeholt hatte, um sie zum Essen auszuführen. Das kleine Restaurant – wie hieß es doch gleich? Vielleicht würde sie dort gern wieder essen. Dotrice, das war's, so hieß das Restaurant. Französisch, sehr stilvoll – sie hatte Steak und »frites« bestellt und über ihre »Blaue Periode« gesprochen. Nicht »blau« in dem Sinne, dass sie den Blues hatte, sondern über ihre Malerei. Überrascht hatte er entdeckt, wie begabt sie war, als er ihre Bilder in einer Galerie in Mayfair hatte hängen sehen.

Beatrice Slocum, wurde ihm von einer freundlichen älteren

Dame mit randloser Brille mitgeteilt, sei zur Apotheke gegangen, käme aber gleich zurück. Melrose hatte den Eindruck, dass diese Frau es mit Kindern ganz besonders gut verstand. Sie erinnerte ihn sogar an eine Kinderfrau, die er als ganz kleiner Junge gehabt hatte…

Halt, er schwelgte schon wieder in Erinnerungen. In letzter Zeit schien er sich bereitwillig von jedem an alles erinnern zu lassen. Er überlegte, ob diese Dame seiner Kinderfrau Miss Prescott tatsächlich ähnelte. *In ihren Gräbern ruhen schon die Kinderfrauen*… Fast erschrocken über sich und seine Neigung zur Nostalgie, schüttelte er einmal kurz und kräftig den Kopf. Das musste wirklich aufhören.

Melrose konzentrierte sich auf die Ausstellungsstücke. Wenn man hereinkam, sah man als Erstes die Puppenhäuser. Schon beim letzten Mal hatte er sie entzückend gefunden, mit den Möbelchen, die den Geschmack einer bestimmten Epoche reflektierten, den winzigen Gerätschaften und den kleinen Figuren, die ihren verschiedenen Hausarbeiten nachgingen. Die Kleine auf den Fotos, die tote Tochter der Bletchleys, hätte sich hier köstlich amüsiert. Rasch verwarf er diesen Gedanken und stieg in den zweiten Stock hinauf.

Hier gab es Eisenbahnen und Spiele. Ein ernst dreinblickender Junge von etwa sieben oder acht Jahren beobachtete den langen Zug, der sich schwerfällig über die Gleise bewegte. Von hinten glaubte Melrose die Gestalt des Jungen wiederzuerkennen, der bei seinem letzten Besuch vor über einem Jahr hier gewesen war. Nostalgie, verstärkt von einem Gefühl des *déjà-vu* – das fehlte noch! Er ließ sich einfach zu leicht verlocken.

Aber nein, das hier war ein anderer Junge, der dem Zug zusah, wie er zwischen grünen Feldern stehen blieb, dem einen mit einer grasenden Kuh, dem anderen mit ein paar Pferden, die sich in der Dämmerstunde ergingen.

Der Junge rief:»He! Der soll doch am Bahnhof anhalten!«
(Er sprach es »Banoff« aus).»Was iss'n da los? Ich hab doch 'n
Zwanzicher reingeschmissen. Damit isser bloß einmal rumge-
fahr'n.«
Vielleicht hielt er Melrose für einen Museumsangestellten.
Oder wandten sich Kinder einfach an den nächstbesten Erwach-
senen, um Wiedergutmachung für ihre Auslagen einzufordern?
»Na, dann lassen wir ihn eben noch mal losfahren«, sagte
Melrose und steckte eine Zwanzigpencemünze in den Schlitz.
Die Bahn ruckte stotternd an und kam in Fahrt. Schweigend sa-
hen sie zu, wie der Zug sich an dem kleinen Bahnhof vorbei,
über Kreuzungen und durch Tunnels schlängelte, bis er neben
dem Feld mit der einsamen Kuh erneut den Geist aufgab.
»Der soll da aber nich steh'n bleib'n, Mister.« Er warf Melrose
einen grollerfüllten Blick zu, als wäre vor dem Auftauchen dieses Erwachsenen alles in Butter gewesen.
»Da bin ich doch nicht dran Schuld! Komm, wir schauen uns
mal die Guckkästen an.«
Der Junge seufzte. Ein Guckkasten war gegenüber einer Eisen-
bahnfahrt zwar ein schwacher Trost, allerdings ein kostenloser
schwacher Trost, und so trottete der Junge Melrose hinterher.
Die Köpfe gesenkt standen sie nebeneinander und spähten
durch die Guckkastenlöcher auf die fein ausgestalteten Innen-
räume, als Melrose plötzlich hinter sich eine Stimme vernahm.
»Dem kleinen Jungen sollten Sie lieber keine Guckkästen vorführen, sonst kommt er noch auf dumme Gedanken.«
Melrose wandte sich um.»Bea!«, rief er aus. Sie erschien ihm
in diesem Augenblick wirklich schön. Ihr Haar, das bei ihrer ersten Begegnung in einem grässlichen lila Auberginenton gefärbt
gewesen war, erstrahlte nun wieder in seinem ursprünglichen
Ton, bräunlich golden und warm wie gebutterter Toast. Der Anblick hatte etwas Tröstliches an sich.

Als der Junge sah, was sich wie ein besonders langweiliges Intermezzo zwischen zwei Erwachsenen ausnahm, machte er sich wieder in Richtung Eisenbahn davon.

Nachdem Melrose sich vergewissert hatte, dass er ihnen den Rücken zugewandt hatte, packte er in einem der wenigen ungalanten Momente seines Lebens Bea bei den Schultern und schob sie gegen die Kästchenreihe, um ihr einen gnadenlosen Kuss zu verpassen. Sie wehrte sich nicht.

Oder erst, als der Spaß vorbei war. Als er sie schließlich losließ, gab sie sich höchst indigniert. »Das ist doch nicht zu fassen. Du kannst mich gern haben!«

»Hast du mich hoffentlich auch.«

»Ach, hör auf. Also, so was, und in aller Öffentlichkeit, ausgerechnet du – ein Earl!«

»Bin aber keiner. Wieso finde ich deine Entrüstung kaum überzeugend?«

»Weil du dich so umwerfend findest wahrscheinlich«, meinte sie achselzuckend.

Er stritt es heftig ab, doch sie ignorierte seinen Einwand und stakste davon. Als sie sich umwandte und ihn immer noch dort stehen sah, sagte sie ungeduldig: »Na, komm schon. Ich hab Feierabend.«

Melrose kam. »Wohin?«

»Nach Hause. Ich hab Steaks und fritz da.«

Melrose war hingerissen. Nach Hause. »Nicht ›fritz‹, *frites* heißt das.«

Bea rannte die breite Treppe hinunter. »Ich weiß gar nicht, wieso sich so ein schlaues Bürschchen wie du überhaupt mit mir abgibt.«

Melrose lächelte. Er wusste es schon.

»Zu Hause« bedeutete eine geräumige Wohnung im dritten Stock. Ohne Aufzug. Er hätte allerdings mit Vergnügen einen alten Ford den Pike's Peak hoch gefahren, wenn sich dort oben Bea Slocums Wohnung befunden hätte. Kaum waren sie drinnen, knipste sie das Licht an, und er knipste es aus.

»Da, schon wieder –«

Er küsste sie. Es war ein sehr langer, genüsslicher Kuss, den sie nach geringem Widerstand auch erwiderte.

»Also.« Er löste sich lange genug von ihr, um es zu sagen. »Wo sind jetzt die *frites*?«

»Im Schlafzimmer.«

»Mmmm.«

Diesmal war sie es, die ihn küsste. »Beim Steak.«

Sie hatte die Arme immer noch um ihn geschlungen und das Kinn an seiner Schulter, als er sagte: »Denkst du eigentlich manchmal ans Heiraten?«

»Ich? Klar. Andauernd.« Sie rollte sich von ihm weg und sah zur Decke. »Wir sind aber nich aus dem Stoff, aus dem die Ehen sind, wir zwei.«

Er drehte sich zu ihr um. »Nein, ich glaube, das sind ›wir‹ nicht, jedenfalls nicht, wenn du uns als Stoffballen siehst, die zugeschnitten und gestichelt werden müssen.« Nach kurzer Überlegung fügte er hinzu: »Ich bin ziemlich reich.«

»Aha, hm, hm.« Friedliches Gähnen.

Melrose sah zu ihr hinüber, während sie erneut gähnte und mit den Lippen Blubbergeräusche machte. »Jetzt siehst du aus wie ein Fisch.«

»Na, herzlichen Dank. Damit bringst du deinen Heiratsantrag echt toll in die Gänge.«

»Was, wer sagt denn, dass ich dir einen Heiratsantrag mache?«

Bea spreizte die Finger, um einen Mondstrahl einzufangen.
»Was willst du hier denn sonst verkaufen, wenn nicht dich selber?«

Melrose ergriff ihre Hand und hielt sie fest. »Ich stelle eine Inventarliste auf.«

»Von was?« Sie gähnte laut und vernehmlich.

»Von mir selbst, meinen Sachen.«

»Klar doch.«

»Stimmt aber. Möglichst einmal pro Jahr mache ich eine. Sie ist ziemlich umfangreich. In meinem Weinkeller unten habe ich zum Beispiel eine ganze Kiste Premier Cru de Puligny-Montrachet. Und das ist noch längst nicht alles.«

Sie lag schweigend da und ließ es sich durch den Kopf gehen. »In meinem Keller unten«, sagte sie, »hab ich eine Kiste Malvern-Wasser, fünfzig Dosen gemischte Nüsse und einen Riesenkaktus. Und das is noch längst nich alles.«

Er musterte sie argwöhnisch von der Seite her. Irgendwo hatte sie einen Kaugummi aufgetrieben – hoffentlich, dachte er, keinen Pfropf von der Unterseite des Couchtischs – und kaute nun geräuschvoll vor sich hin: *knatsch, knatsch, knatsch.* »Ich könnte nie eine Frau heiraten, die mir mit dem Geräusch den ganzen Tag in den Ohren liegt.«

»So ein Glück, ich könnte nämlich nie einen Mann heiraten, der ein derartiger Snob is.«

Melrose fuhr hoch und stützte sich auf seinen Arm. »*Ich* ein Snob?«

»Ahem.«

»Bin ich aber gar nicht.« Er fiel wieder aufs Bett zurück. »Sind wir nicht etwas vom Thema abgewichen?«

»Wir? Du bist doch der Abweichler. Ich hab bloß zugehört, wie du deine Weinkarte runtergeleiert hast. Du hättest bei Dotrice anheuern sollen.«

»Als *sommelier*? Danke. Also, wir sprachen gerade vom Heiraten – im Allgemeinen, nur mal hypothetisch.«

Keine Antwort. Ihre Augen waren geschlossen.

»Schläfst du?«

»Nein, aber ich überleg's mir.«

Sie wollte ihn bloß kirre machen. »Woran denkst du gerade?«

»An das Bild, bei dem ich irgendwie nich weiterkomme.«

Kein sehr schmeichelhafter Kommentar in Anbetracht der Tatsache, dass er ihr vielleicht gerade *doch* einen Antrag gemacht hatte – und sie dachte die ganze Zeit nur an ihre Arbeit. Nun, er würde das Spielchen mitspielen. »Wobei genau kommst du denn nicht weiter?«

»Beim Mund. Es is ein Porträt.«

»Von wem?«

»Von einem Freund. Bloß so ein Typ, den ich kenn. Ich kenn ja 'n Haufen Typen. So auf freundschaftlicher Basis, weißt du.«

Diese freundschaftliche Basis irritierte ihn ebenso, wie ihn der Typ selbst irritiert hätte.

»Komm schon, steh auf« – sie hatte sich schon aufgerichtet und zerrte an seiner Hand –, »ich zeig's dir.«

»Ich *will* aber nicht aufstehen.«

»Mach, was du willst.« Sie war schon nicht mehr im Bett und zog sich ein weißes Männerhemd über, das an einem Haken hinter der Tür bereithing, als sei sie gewöhnt, es zu tragen. Melrose runzelte missbilligend die Stirn. Der Größe nach musste es einem wahren Hünen gehören. Schon war sie draußen. »Mist«, brummte er und sank wieder in die Kissen. Er hörte sie im Wohnzimmer herumstöbern. *Krach, krach, schepper, schepper.* Verdammter Mist, war sie so in ihre Kunst verfangen, dass sie sie nicht einmal einen Abend beiseite lassen konnte?

Schon war sie wieder da und schleppte ein riesiges Gemälde an, das er mit Missbilligung zu strafen bereit war. Als sie es umdrehte, damit er es sehen konnte, fiel ihm die Kinnlade herunter. »Mein Gott, das bin ja ich.« Er konnte es kaum fassen. »Schlaues Bürschchen.« Sie kaute schon wieder ihrem Kaugummi und bemühte sich, kein Lächeln zu zeigen.

Auf dem Bild saß er in einem ledernen Ohrensessel, etwas vorgebeugt, als unterhielte er sich mit einem unsichtbaren Gesprächspartner, dem Betrachter vielleicht. Die Augen waren in einem sandigen Grünton gehalten, was jeden Versuch vereitelte, ihn als Schönling darzustellen, und auch dem Leuchten des Kaminfeuers hatte sie verwehrt, sein Haar zum Funkeln zu bringen.

»Mein Gott, Bea, wie um alles in der Welt hast du das ohne mich hingekriegt?«

»Hab ich ja wohl gar nich.«

»Was hast du nicht?«

»Es ohne dich hingekriegt.« Sie grinste und kaute. *Knack.*

TEIL II

ZAUBER UND HEXEREI

20

Islington

Auf dem Weg von ihrer Wohnung die Treppe hinunter hörte Carole-anne Palutski bei Superintendent Jury das Telefon klingeln und nahm rasch die Halskette ab, an der sein Wohnungsschlüssel auf ihrer warmen Haut baumelte. (»Der Schlüssel könnte das widerspenstigste Schloss auftauen«, wie der Super immer sagte.) Sie schloss auf. Bis sie den Raum endlich durchquert hatte, war das Klingeln verstummt. Mist, dachte sie. Mist. Einen Augenblick lang hatte der Gedanke, er könnte es sein, sie in Hochstimmung versetzt. Wer auch immer angerufen hatte, wollte jedenfalls keine Nachricht hinterlassen. Den Anrufbeantworter hatte sie für ein paar Pfund aus zweiter Hand erstanden. Der Super hasste Anrufbeantworter, was sie bei einem Polizisten eigentlich ziemlich merkwürdig fand, denn schließlich hatte man es bei der Polizei doch ständig mit Notfällen zu tun. Und was, wenn sich tatsächlich einer ereignete? Wenn sie zum Beispiel verhaftet würde (irrtümlicherweise natürlich) und nur einen einzigen Anruf tätigen dürfte? Er, behauptete Jury, hielte es für nicht sehr wahrscheinlich, dass der Anrufbeantworter in den Knast zockeln würde, um sie rauszuhauen. »Ha, ha, Sie ham doch immer ein Scherzchen parat, was?«, hatte sie gesagt. »Ein Anrufbeantworter gibt einem doch die Möglichkeit, anzurufen und Nachrichten zu hinterlassen. Für mich zum Beispiel oder für Mrs. W.« Sicher, er hatte auch schon angerufen und Nachrichten hinterlassen, vier für sie und zwei für Mrs. Wassermann. Mrs. W., um ihr mitzuteilen, dass ihm ihre Hühnersuppe wirklich fehlte. Carole-anne hatte er gesagt, er vermisse ihre Wahrsagerei und frage sich, ob das irische Mädel, das er gerade im Arm hielt, ihm wohl geweissagt worden sei.

Ha, ha, dachte sie, während sie das Band zurückspulte, um seine letzte Nachricht noch einmal abzuhören. Dabei fragte sie sich, was die Hintergrundgeräusche zu bedeuten hatten, lautes Geschrei und etwas, das sich wie berstendes Glas anhörte. Eine Bombenexplosion? Oder bloß ein Raum voller lärmender Leute, die sich rüpelhaft aufführten und Scheiben einwarfen?

E-Mail hasste er auch. »Nach dem Briefeschreiben«, hatte er gesagt, »lag doch immer ein bisschen Spannung in der Luft, während man an die andere Person dachte, die den Brief lesen und sich überlegen würde, wann und wie sie ihn beantworten sollte. Und dieses Gefühl der Selbstzufriedenheit: geschafft! Der Stolz, den Brief endlich geschrieben zu haben. Und jetzt? Jetzt schickt man eine E-Mail, und bevor man zum Nachdenken kommt oder diese Gefühle haben kann, ist schon die Antwort da, keine Zeit zum Nachdenken dazwischen. Es geht viel zu schnell, alles passiert gleich jetzt, jetzt, jetzt.«

Er rechnete nicht damit, dass sie ihm zuhörte. Hatte sie aber. Nun ging sie zum Wandkalender hinüber, nahm ihn ab und füllte wieder ein Quadrat aus. Dort notierte sie lauter Sachen, die sie und der Super unternommen hatten, zum Beispiel einen Besuch im Pub oder im Nine-One-Nine, wo sie Stan zugehört hatten, oder irgendeinen Kinofilm. Wieder fragte sie sich, wie er zu dem Ding gekommen war. Herausgegeben wurde der Kalender von einer Landwirtschaftsgenossenschaft, wobei ihr schleierhaft war, wieso der Super bei denen auf der Verteilerliste stand. Für jeden Monat war ein anderes Nutztier abgebildet. Für September eine Kuh, die der Kamera den Kopf zuwandte und

Carole-anne unverwandt anstarrte, als wüsste sie, dass diese die Kästchen mit falschen Angaben ausfüllte.

Nun war er schon fast einen Monat weg, und der September füllte sich zusehends mit Eintragungen. Er würde sich bestimmt wundern, wenn er feststellte, wie beschäftigt er gewesen war! Sie blätterte noch einmal zu August zurück. Nichts, lauter leere Kästchen. Dasselbe galt für Juli und Juni. Wieso hatte er überhaupt einen Kalender, wenn sowieso nie was drinstand? Auf ihrem eigenen Kalender wimmelte es von Einträgen, sodass sie sogar auf dem Rand weiterschreiben musste.

Trotzdem fand sie es seltsam, dass Juli und August bei ihm irgendwie voll aussahen, und als sie sich ihren eigenen Kalender vorstellte, sah er leer aus. Carole-anne fragte sich, ob es Leute gab, die, wenn sie nicht da waren, einen daran zweifeln ließen, ob man *selbst* überhaupt da war. Und ob man überhaupt real war. Wenn sie nicht da waren, um einem zu sagen, man sähe aus wie der Sonnenuntergang bei Key West, sah man denn dann überhaupt wie irgendwas aus?

Mit dem Kalender in der Hand überlegte sie, was sie für heute eintragen könnte (wie oft konnte man eigentlich *noch* in den Angel?), und ging zum Plattenspieler hinüber. Er war das einzige Gerät dieser Art, das sie je gesehen hatte, und sie fand ihn faszinierend. Sie hatte Kassetten und CDs (»Die ganze Welt wird auf Miniaturformat gebracht«, hatte er gesagt), er aber hatte echte Schallplatten, wie zum Beispiel »September in the Rain«. Sie legte es auf und hob behutsam den Tonarm über die Platte.

Dann stützte sie den Kalender auf die Fensterscheibe als harte Unterlage und notierte: *Irland. Regen.*

In das Kästchen für den letzten Septembertag schrieb sie *Wieder daheim.*

Unten in der so genannten »Gartenwohnung«, die in Wirklichkeit im Kellergeschoss lag, saß Mrs. Wassermann mit gefalteten Händen in ihrem Lieblingssessel. Sie hatte einige Tage sogar das Bett gehütet, sich dann aber unter Aufbietung aller Selbstachtung gezwungen, zu einer anständigen Uhrzeit aufzustehen und sich anzuziehen.

Drei Wochen lang hatte sie, außer wenn Carole-anne darauf bestanden hatte, die Wohnung nicht verlassen, jedenfalls nicht allein. Die Welt jenseits der Tür konnte so erbarmungslos sein, wenn einen kein Amulett, kein Talisman oder Zauber davor schützten. So hatte sie sich damals vor Jahren gefühlt, als sie dagesessen und durch ihr niedriges Fensterchen auf die Füße der Vorübergehenden hinausgesehen hatte. Bis Mr. Jury ein paar zusätzliche Schlösser an ihrer Tür angebracht hatte:»Schlösser, vor denen sogar ein Haufen betrunkener irischer Rebellen kapitulieren muss.«

Das Problem war, dass er nicht hier war. Ach, sonst hatte es ihr nichts ausgemacht, wenn er einmal aus London weg musste, denn es war immer nur für ein paar Tage gewesen. Diesmal war es jedoch schon fast ein Monat. Und noch dazu nach Irland – nach Nordirland, was, wie jeder wusste, immer noch ein gefährliches Pflaster war. Inzwischen hätte er doch zurück sein müssen.

Mrs. Wassermann stützte seufzend den Kopf in die Hand und den Ellbogen auf die Armlehnen und betrachtete Füße, die an ihrem Fenster vorübergingen.

Victoria Street

Detective Sergeant Alfred Wiggins saß in New Scotland Yard an seinem Schreibtisch und sah bekümmert zu dem anderen Schreibtisch hinüber, an dem keiner saß. Vor sich aufgereiht

126

hatte er seine üblichen Mittelchen: Nasentropfen, Augentropfen, schwarze Kekse, Bromo-Seltzer, Aprikosensaft, getrocknete Kräuter und ein paar Fisherman's Friend. Er betrachtete das Ganze lustlos, interesselos, nutzlos. Er verspürte weder Kopfschmerzen noch Atemnot, weder Brechreiz noch Muskelkater noch Fieberglühen. Das war ja die Misere; ihm fehlten seine Gebrechen. Er brauchte sie – normalerweise. Man sollte eigentlich meinen, es wäre ihm eine Erleichterung, das Zeug nicht zu brauchen. War es aber nicht. Es war immer ein netter Jux gewesen, den Aprikosensaft mit einer Bromo-Seltzer-Tablette (jenem Allheilmittel, das er auf ihrer gemeinsamen Reise nach Baltimore entdeckt hatte) und etwas Gartenraute zu vermengen, oder mit dem Nachmittagstee, zu dem er sich gewöhnlich ein bis zwei schwarze Kekse genehmigte, ein paar Pillen hinunterzukippen. Als er erfuhr, dass Superintendent Jury – sein Chef – nach Nordirland fahren sollte, hatte Wiggins ihm ein Reisesortiment an Tablettenröhrchen mit präzisen »Indikationen« zusammengestellt (Wiggins ging der pharmazeutische Jargon gewöhnlich recht flott von der Zunge).

Fast einen Monat war er nun schon weg. Wenn Mr. Jury, die Hände im Nacken, drüben am anderen Schreibtisch saß und Wiggins bei der einen oder anderen Prozedur zusah, mit der dieser sein Gebräu mengte, und dabei ein paar witzelnde Kommentare über die Nichtigkeit des Ganzen vom Stapel ließ, hatte Wiggins das Gefühl, es lohne sich wenigstens. Doch jetzt kam er sich eher vor wie der Baum, der im Wald umfällt, ohne dass es einer hört.

Nahm denn überhaupt noch irgendjemand seine Existenz zur Kenntnis? Wie um dies bestätigen zu wollen, schrillte dicht neben ihm plötzlich das Telefon.

Richard Jury!, hoffte er aus tiefster Seele. Doch er war es nicht. Es war Brian Macalvie.

Das Zweitbeste. Wiggins lächelte.

Fiona Clingmore saß an ihrem Schreibtisch und betrachtete ihren Kulturbeutel mit Quikfix-Gurkenmaske, neuem Wimperntuschestäbchen und Lidstift. Dann wischte sie das Ganze seufzend mit dem Unterarm in ihre Schreibtischschublade. Die Mühe lohnte sich derzeit ja kaum.

Doch um gute Miene zum bösen Spiel zu machen, wenn Alfred Wiggins in ihr Büro kam, nahm sie ihr Schildpattkämmchen, fuhr sich damit durchs Haar und steckte es an einer Seite fest. Mit einem Blick auf den Kater Cyril, der dasaß und auf die Tür zum Flur starrte, sagte sie zu Wiggins: »Das macht Cyril jetzt andauernd. Er denkt, Ihr Chef kommt gleich jeden Moment zur Tür rein.«

»Vielleicht muss er zum Tierarzt«, meinte Wiggins in seinem Drang, immer nur das Schlimmste anzunehmen. »Vielleicht ist er krank.«

Missmutig winkte Fiona ab, jede derartige Unterstellung beiseite wischend. »Cyril ist nicht wie Sie. Ich will Ihnen aber mal was verraten. Er« – dabei deutete sie mit dem Kopf auf Chief Superintendent Racers Bürotür – »weiß kaum noch was mit sich anzufangen, seit Mr. Jury weg ist. Stellen Sie sich vor, der läuft an unserem Cyril doch glatt vorbei, ohne ›verdammter Mist‹ zu brummen oder ihm einen Fußtritt zu verpassen oder Sardinenfallen aufzustellen. Bei dem ist die ganze Luft raus, scheint mir. Wie wenn man lange nicht geschlafen hat und nicht träumen kann und davon ganz bedusselt wird. So bedrösselt, meine ich. So ist der. Wenn Mr. Jury nicht hier ist, rastet der« – erneutes Nicken in Richtung Racers Bürotür – »völlig aus. Wenn keiner da ist, der ihm den Deckel drauf hält, lässt er immer wieder Dampf ab. Sie wissen schon, so wie wenn ein Dampfkochtopf explodiert.« Seufzend schüttelte Fiona den Kopf und massierte sich etwas Creme in die Nagelhäutchen ein.

Für den Kater Cyril war es, als würde er sich einen Fisch vorstellen. Dazu starrte er aufs Wasser, bis sich im Flussbett ganz allmählich ein dunkler Fleck oder Schatten zeigte. Auch wenn es kein Fisch war, auch wenn es bloß ein Stück Papier war, das sich von einem Stein gelöst hatte, oder vielleicht ein Überraschungskeks oder ein Knallbonbon, ein Schuh oder ein Hai.

Aber der Hai war doch schon da! Auf der anderen Seite der Bürotür schlug er mit den Flossen, dass es nur so spritzte, und ging bei jeder Gelegenheit auf Cyril los. So dumm könnte ein erfundener Fisch gar nicht sein.

Reglos wie stehendes Wasser saß Cyril da und wartete darauf, dass ER durch die Tür kam. Da – jetzt, jetzt gleich. Früher oder später kam er immer, doch wenn Cyril jetzt aufhörte hinzuschauen, würde ER nicht kommen. Wie ein Fischschatten würde ER sich dann verflüchtigen. Cyril war überzeugt – wenn er sich mächtig ins Zeug legte und feste hinsah und sich weder von Sardinen noch Faxmaschinen ablenken ließ, würde es ihm gelingen, die Tür zu öffnen und IHN hindurchtreten zu lassen. Einfach so.

Presto.

Dublin

Der alte Priester umklammerte sein Pint Guinness, als wäre es ein Kruzifix.

»Das war so – in der Shankill Road haben sie mich gekidnappt, könnte man es wohl nennen, wenn Kidnappen heißt, dass man mit vorgehaltener Pistole in ein Auto gedrängt wird. Wir fuhren ein ganzes Stück aus Belfast raus. Schwer zu sagen, wie weit, ich hab im Vorbeifahren kaum was erkannt, so dunkel war es. Eine schwärzere Nacht hab ich nie erlebt, zappenduster. Ich glaube, wir sind dann in Ballykillen gelandet, das liegt im Norden; wir waren wohl in der Nähe von Craigavon.

Die ganze Fahrt über haben sie geredet, wie ein paar Jungs, die sich einen lustigen Abend machen wollen. Zu dritt waren sie, eine Dreimanneinheit – IRA natürlich. Und dann sagten sie mir, weshalb sie mich geholt hatten; sie brauchten einen Priester, der die Sterbesakramente erteilen sollte. Ich sagte: ›Ihr hättet doch auch einen Priester in der Nähe finden können, wo ihr mich jetzt hinbringt, oder?‹ Einer sagte: ›Sie haben uns halt gefallen, Hochwürden.‹ Ich fragte: ›Wer ist denn so sterbenskrank, dass man ihm einen Priester von der Straße auflesen muss?‹ Da lachten sie noch lauter. ›Hier geht's um eine Hinrichtung, Hochwürden. Wir bringen jetzt gleich einen um.‹

Ich sagte, nein, das könnte ich nicht, ich könnte nicht zusehen, wie sie einen Menschen töten.

›Sie müssen gar nicht zusehen, Hochwürden.‹

Endlich hielten wir vor diesem weißen Cottage an, das sich in der pechschwarzen Nacht wie ein Mond am Himmel ausnahm. Wir gingen hinein. Die Tür hatten sie mit dem Vorschlaghammer aufgebrochen, das ist ja bekanntlich die spezielle Art der IRA anzuklopfen. Im Wohnzimmer – oder was davon noch übrig war, sie hatten ja alles kurz und klein geschlagen – saß ein Mann auf einen Stuhl gefesselt. Was Erbarmungswürdigeres hab ich nie gesehen als diesen Menschen, der um Hilfe flehte und dabei wusste, dass er hingerichtet werden würde. Jeder von denen hatte eine Maschinenpistole. Ich wollte wissen, was er getan hatte, doch sie gingen gar nicht drauf ein und meinten nur, ich solle mich beeilen. Ich sagte dem armen Teufel, dass nur Gott ihm jetzt noch helfen kann und dass es besser ist, von Sünden losgesprochen zu sterben. Die Worte klangen so hohl, was sollte er denn damit anfangen? Die vier Kerle von der IRA standen mit ihren Waffen herum. Ich tat, was sie wollten. Dann brachten sie mich wieder zum Wagen und sagten, ich solle warten.

Warum bin ich nicht bei ihm geblieben? Sie hätten es nicht zugelassen, aber trotzdem ... Ich wäre ja zur Polizei gegangen, aber selbst wenn ich dort was gesagt hätte – würden diese Mörder und all die anderen trotzdem weiter Menschen hinrichten, aber ohne einen Priester, der ihnen die Absolution erteilt. Und doch meine ich, ich hätte *irgendwas* tun können. Vor zwölf Jahren ist das passiert. ... Was meinen Sie dazu?«

»Dass Sie gar keine andere Wahl hatten, Hochwürden. So wenig wie Sie erzählen dürfen, was Sie im Beichtstuhl gehört haben.«

Der alte Priester betrachtete schweigend sein Bier. Während er gesprochen hatte, war der Pegel im Glas kaum drei Zentimeter gesunken. »Was führt Sie eigentlich hierher? Nach Dublin, meine ich.«

»Ich bin auf der Suche nach jemandem.«

»Ach. Na, das sind wir wohl alle. Aber darf ich Ihnen ein Pint spendieren, bevor Sie weitersuchen müssen?« Der Priester lächelte.

Jury ebenfalls. Trotzdem stand er auf, obwohl er nirgendwohin musste und seine Suche hoffnungslos schien.

»Ein andermal«, sagte Jury. »Hat mich gefreut, Hochwürden.«

TEIL III

FLUCH UND SEGEN

21

Er war nach Northants zurückgefahren, hatte den Bentley voll
gepackt und die weite Strecke nach Bletchley zurückgelegt
(ohne Agatha, die entzückenderweise beschlossen hatte, noch
ein Weilchen in Long Piddleton zu bleiben). Unterwegs auf der
Autobahn hielt Melrose nach Chick'n Kings Ausschau, sah aber
nur Little Chefs.

Er stellte den Wagen in die Garage, die etwas abseits vom
Haus lag und früher vielleicht das Cottage des Hausmeisters gewesen war, obwohl in Anbetracht der Größe des Anwesens eigentlich kein zusätzliches Gebäude vonnöten schien.

Melrose hatte nicht viel mitgebracht, nur ein paar recht geräumige Koffer, einen mit Kleidung, im anderen Bücher und
CDs, an CDs hauptsächlich welche mit Mozart und Lou Reed.
Eine Stereoanlage hatte er im Haus zwar nicht gesehen, konnte
aber immer noch nach Penzance fahren und eine kaufen. Vielleicht hatte er mit seiner Vorliebe für laute, aufdringliche Musik ja Skinhead-Allüren, vermutlich aber eher nicht, schließlich
handelte es sich bloß um Lou Reed (und natürlich Mozart). Die
Skinhead-Population, konnte er sich denken, machte da weniger
feine Unterschiede.

Er schleppte die Koffer durch die Tür und stellte sie drinnen
ab. In dem Zimmer auf der rechten Seite, einem Salon oder
Wohnzimmer, hatte jemand ein Feuer gemacht, dessen Flammen senkrecht in den Kamin hinaufschossen und dessen Wider-
schein unheimliche Schatten an die Wände warf.

Wer es wohl angezündet hatte? Esther Laburnum? Das bezweifelte er, allerdings hatte sie etwas von einem Hausmeister oder Gärtner erzählt; der schien ihm eher dafür verantwortlich zu sein. Was für eine hübsche Willkommensgeste – von einer unbekannten, gütigen Seele, die sich um alles Nötige kümmerte.

Eine Zentralheizung gab es zwar, doch weil einige Räume so groß und gewölbeartig waren, spendete das Feuer nicht nur Wärme und Licht, sondern verbreitete auch Behaglichkeit. Er schaffte den Kleiderkoffer nach oben und verteilte den Inhalt auf mehrere Kommodenschubladen, in der nachlässigen Art desjenigen, dem kein Ruthven zu Gebote stand, der die makellos gebügelten Hemden und Taschentücher in Schubladen schichtete. Sich selber hielt Melrose nicht für einen Ästheten, bewunderte aber Ruthvens ästhetisches Gespür. Ruthven (und dessen Frau Martha) schafften eine Ordnung, die wie ein Uhrrädchen funktionierte und kaum je einen Takt aussetzte. Man gewöhnte sich daran, man ließ sich davon auch verwöhnen. Melrose kippte ein Dutzend Sockenpaare in eine Schublade, die Ruthven wie Babys liebevoll in Körbchen gebettet hätte, und ging wieder nach unten.

Er unternahm einen weiten Rundgang durchs Haus, wobei er sich diesmal ein gemächliches Tempo gestattete. Vom Salon ging er ins Speisezimmer, von dort in die Bibliothek und in den kleinen Raum, den die Maklerin das behagliche Nebenzimmerchen genannt hatte – *ist es nicht allerliebst?* –, ein Ausdruck, der Melrose gequält zusammenzucken ließ. Unterwegs betrachtete er ausgiebig jedes einzelne der silbergerahmten Fotos, auf die er bei seinem ersten Besuch nur einen flüchtigen Blick geworfen hatte. Am längsten besah er sich das, auf dem die gesamte Familie Bletchley auf der Pier neben dem Boot versammelt war. Ein wohl gestaltetes Grüppchen. Das kleine, scharf geschnittene Gesicht des älteren Bletchley (Mr. Chick'n King) stach zur Hälfte im Schatten verborgen unter einer Schirmmütze hervor. Er sah ziemlich pfiffig aus, fand Melrose. Wie glücklich die beiden Kinder wirkten. Der Verlust eines Kindes musste einen emotional völlig zu Grunde richten. Ob man, von einem solchen Verlust getroffen, denn überhaupt noch irgendwelche Gefühle hatte? Ein paar vielleicht, genug, um irgendwie weiterzumachen. Und im Falle der Bletchleys ging es ja nicht nur um Tod, sondern um einen geheimnisumwitterten Tod. Seine Gedanken wanderten zu Orten, an denen Auslöschungen großen Stils an der Tagesordnung waren, eine allgegenwärtige Qual. Für den Betrachter unvorstellbar, der den tiefen Seelenschmerz verstandesmäßig nicht erfassen konnte, in dem eine Mutter oder ein Vater versinken mochten.

Er sah sich um, und ein Gefühl der Vertrautheit überkam ihn. Gleich von Anfang an hatte ihn das Haus an Ardry End erinnert, und jetzt umso mehr. Es war zwar nicht so groß und hatte weniger Zimmer, doch die Atmosphäre war die Gleiche. Gehörte er zu den Menschen, die sich beim Eintreten in etwas Neues in Wirklichkeit das Alte neu erfinden? War er der Vergangenheit so sehr verhaftet, dass jeder Pfad, den er betrat, ihn wie frische Fußspuren auf bereits niedergetretenem Boden dorthin zurückführte?

Von der kleinen Bibliothek ging er über die Wendeltreppe nach oben. Diese Räume hatte er bisher kaum eines Blickes gewürdigt. Er spähte in alle fünf Schlafzimmer, die sich um den Treppenaufgang gruppierten; je zwei auf beiden Seiten und eines zur Vorderseite des Hauses hinaus. Das vordere Schlafzimmer hatte ein eigenes Bad, die beiden auf jeder Seite teilten sich je eines. Er hatte seine Habseligkeiten im ersten Schlafzimmer links von der Treppe verstaut, weil es das mit der besten Aussicht aufs Meer war, einer geradezu dramatischen Aussicht. Melodramatisch, sollte er eigentlich sagen. Es kam darauf an, wer hinaussah. Seinen bisherigen Erlebnissen in Cornwall nach zu urteilen, schienen sich die Dinge mit einem Übermaß an Melodramatik zu entwickeln.

Bis auf die unterschiedliche Möblierung und Farbgebung waren die Zimmer im Grunde alle gleich. Er hatte sich für eines mit mächtigem Himmelbett und abgenutztem Ledersessel entschieden, den er ans Fenster gerückt und daneben einen gläsernen Aschenbecher auf einem Bronzegestell platziert hatte. Diesen Raum ernannte er zum Rauchzimmer.

Die anderen Zimmer regten seine rührselige Stimmung nicht weiter an, allerdings fiel ihm sowohl im Obergeschoss als auch unten auf, wie gut sich die Räume zur Beherbergung von Gästen eigneten: Steppdecken aus Satin und Tagesdecken, Bücher auf den Nachttischchen. (An seinem eigenen Bett standen Bände mit einer Tendenz zur resoluten Selbstverbesserung: Emerson, Thoreau und *Der Minuten-Manager*, dessen Ratschläge er sicher befolgen sollte, wobei er sich ebenso sicher war, dass die Lektionen in den beiden Erstgenannten sich im Druck zwar glänzend ausnahmen, nicht aber in der Anwendung. Was waren diese Amerikaner doch für Nabelschauer!)

Im Klavierzimmer (das ihn nach wie vor ungeheuer faszinierte) überkam ihn wieder das Gefühl, dass jemand den Raum soeben erst verlassen hatte. Bletchley – falls er es gewesen war, der ihn zuletzt benutzt hatte – hatte die Noten womöglich erst vor wenigen Minuten auf die Blätter getuscht, die da auf dem Notenständer des Flügels standen. Melrose machte sich Gedanken über ihn, fragte sich, wie sich der Tod seiner Kinder wohl auf seine Musik ausgewirkt hatte, ob das Komponieren ihm Trost geboten hatte. Er stand am Fenster und sah zu, wie die Sonne unterging. Die oberen Wolkenränder schienen feucht zu glänzen, die Wellen waren silbern umrandet.

So wie die Fenster angeordnet waren, die über den Felsen zu

hängen schienen, hatte man das Meer direkt vor Augen, aber man konnte natürlich nicht auf die Klippe hinuntersehen, die unmittelbar unter ihm war. Daher bemerkte er die Frau erst, als sie an eine Stelle trat, wo sie durch das Seitenfenster, das in westliche Richtung zeigte, zu sehen war.

Melrose war wie vor den Kopf geschlagen. Er war so sehr in Gesellschaft von Gespenstern gewesen oder hatte zumindest gespenstische Gedanken gehegt, dass ihm die Gegenwart eines menschlichen Wesens nun unwirklich vorkam. Seit seiner Rückkehr hatte es zu regnen begonnen, und er ertappte sich dabei, dass er wie durch einen Regen aus fließender Gaze auf das helle Haar dieser Fremden hinunterblickte. Sie trug einen hellbraunen Regenmantel. Er drehte am Griff des Flügelfensters und kurbelte es auf. »Hallo!«

Die Frau sah sich um, ohne etwas zu sehen. »Hier oben!«, rief Melrose. Daraufhin legte sie den Kopf zurück und hielt sich die Hand über die Augen.

Melrose erkannte in ihr die Frau auf den Fotos, die Mutter der beiden ertrunkenen Kinder.

22

»Bitte treten Sie ein«, sagte Melrose, als er sah, dass sie immer noch draußen wartete.

Sie trat in die Küche und stellte sich als Karen Bletchley vor. Dann fügte sie hinzu: »Ich habe mit Esther Laburnum über das Haus gesprochen. Sie sind Mr. Plant.«

»Der bin ich. Sind Sie sehr nass geworden? Warten Sie, ich nehme Ihnen den Mantel ab.«

Sie dankte ihm, während sie den Regenmantel auszog und

sich mit den Händen durchs Haar fuhr, um die Regentropfen auszuschütteln. Ihr Gesicht, dem sie wohl einen leichten und durchschaubaren Ausdruck geben wollte, wirkte stattdessen ernst und matt. Das Lächeln, das sie aufgesetzt hatte, war winterlich verschlossen. Ebenso die Augen, aus denen sich die Traurigkeit wie Tränen ergießen wollte, doch sie weinte nicht. Sie wirkte verletzt, als wollte sie gleich weinen, als hätte Melrose ihr einen schweren Schlag versetzt. Der Ausdruck schien ihrem Gesicht unverrückbar aufgeprägt.

»Ich mache uns gleich einen Tee. Sie sehen aus, als könnten Sie eine Tasse vertragen.«

»O ja, danke.«

»In der Bibliothek brennt ein Feuer – ich meine, in dem so genannten behaglichen Nebenzimmerchen. Gehen Sie doch schon rüber, ich komme gleich nach, ja?«

Dass sie seine Stellung im Haus akzeptierte – schließlich bewohnte *er* es jetzt – zeigte sich daran, dass sie keinen Versuch machte, die Teezubereitung zu übernehmen, sondern sich damit begnügte, dazusitzen und abzuwarten. Sie gehörte nicht zu denen, die übereifrig herumwuselten.

Er ordnete alles auf dem Tablett an, mit dem schönen Geschirr, dem cremefarbenen Beleek, das er sonst immer für zu empfindlich gehalten hatte, weil es so hauchdünn war. Als er in die Bibliothek kam, sah sie sich gerade die Bücher an, stellte eines zurück und nahm ein anderes heraus.

»Ich hoffe, Sie haben nichts dagegen?«

»Selbstverständlich nicht. Es sind ja Ihre Bücher.«

»Trotzdem.« Sie legte dasjenige, das sie in der Hand hatte, auf den Tisch und nahm ihm gegenüber Platz.

Die beiden Sessel wurden wie selbstverständlich an den kleinen Tisch gerückt, als wären sie ausschließlich für Teestündchen bestimmt. Er hob die Kanne hoch. »Soll ich Mutter spielen?«

Sie lachte. »Unbedingt. Den Ausdruck mochte ich schon immer. Es klingt so antiquiert.«

Und sofort hätte Melrose sich ans Schienbein treten können, als ihm einfiel, dass das Wort »Mutter« sie mit Erinnerungen überfluten würde. Doch sie schien vernünftig genug, keine unentdeckten Bomben unter ihren Füßen lostreten zu wollen. Ihr unruhiger Blick ging hin und her, musterte die Bücher und die Möblierung der Bibliothek, als wäre statt seiner sie die neue Mieterin.

»Wo wohnen Sie jetzt, nachdem Sie hier ausgezogen sind?«

Er bot ihr den Teller mit Keksen an, die er aus einer frisch gekauften Packung darauf geschüttet hatte.

Sie bediente sich und nahm einen Bissen, bevor sie antwortete: »In London. Dort haben wir noch ein Haus. Und noch eins auf Mallorca. Aber dieses Haus, dieses Haus ...« Sie schüttelte den Kopf, während sich ihr Blick auf die gerahmten Fotos richtete. Sie nahm eines in die Hand, auf dem sie selbst mit den beiden Kindern abgebildet war. »Ich nehme an, Esther Laburnum hat Ihnen gesagt ...«

Melrose beugte sich über das Teetablett hinweg zu ihr hinüber. »Es tut mir wirklich sehr Leid. Ich selbst habe keine Kinder, ich werde also nicht sagen, dass ich mir vorstellen kann, wie Ihnen zu Mute ist. Weil ich es mir nämlich nicht vorstellen kann. Ich kann mir nicht vorstellen, welcher Schmerz sich in Ihnen auftut, doch er muss unermesslich sein.«

Karen Bletchley sah ihn an, sah ihn durchdringend an, und ihre grauen Augen richteten sich so unausweichlich auf ihn, dass kein Zweifel bestand: Hier war eine Frau, die dem Abgrund, an dem sie vor einer Stunde buchstäblich gestanden hatte, noch immer sehr nahe war. Die Gefühle, die sie ihren toten Kindern gegenüber empfand, würde der Lauf der Zeit niemals, niemals lindern können. Sie hatte von ihrem Tee kosten wollen, doch nun zitterte die Tasse so sehr, dass sie sie auf den Unterteller zurückstellen musste. Ihre Hand schien unfähig, sich von der Tasse zu lösen, als hätte selbst die Luft die Zerbrechlichkeit des Beleek-Geschirrs angenommen und würde bei der geringsten Bewegung zerspringen.

Sie schüttelte den Kopf. »Es ist aber doch schon vier Jahre her. Ich sollte –«

»Nein, sollten Sie nicht, und nein, ist es nicht. Es war erst gestern.«

Daraufhin lehnte sie sich im Sessel zurück und nahm die Tasse fester in die Hand. »Ich danke Ihnen dafür, dass Sie das gesagt haben. Wirklich, danke. Ich bin anscheinend von Leuten umgeben, die mir entweder einreden wollen, die Zeit würde den Schmerz schon lindern, oder mir raten, nicht so viel darüber nachzugrübeln und mich krankhaft hineinzusteigern. Die Zeit bewirkt überhaupt nichts, jedenfalls bisher nicht.«

»Das gilt hier doch nicht. Wenn Sie sich noch so deutlich daran erinnern, wieso sollten Sie es denn nicht ebenso stark empfinden? Es ist wohl kaum hilfreich, gesagt zu bekommen, Sie *sollten* es nicht fühlen.« Melrose schenkte ihnen Tee nach.

Die frisch gefüllte Tasse dankend annehmend, lehnte sich Karen Bletchley wie getröstet bequem im Sessel zurück und nippte an ihrem Tee. Nach längerem Schweigen begann sie mit der Geschichte. »Ich weiß nicht, warum Noah und Esmé hinausgingen. Als ich etwa um acht das Haus verließ, lagen sie wie gewöhnlich schon im Bett. Wenn wir nicht da waren, kümmerte sich Mrs. Hayter, unsere Köchin, manchmal um die Kinder, oder wir bestellten eine Babysitterin. Als ich nach Hause kam, war Mrs. Hayter völlig außer sich. Die Ärmste, sie gab sich die Schuld, dass die beiden hinausgegangen waren.« Sie schwieg, hustete ein paar Mal und sprach dann weiter. »Mrs. Hayter sagte, sie sei von einem Schrei aufgewacht. Sie zog ihren Morgenmantel an, suchte ihre Taschenlampe und ging nach unten. Ihr Zimmer lag im zweiten Stock. Es ist eigentlich eher eine Wohnung, die ich ihr hergerichtet hatte, damit sie ein bisschen mehr für sich sein konnte. Als sie nach unten kam, war niemand da. Sie wunderte sich und dachte, sie hätte die Stimmen vielleicht nur geträumt. Sie ging in Noahs Zimmer und sah, dass er verschwunden war, dann in das von Esmé. Sie war auch nicht da. In panischer Angst durchsuchte sie sämtliche Zimmer, bevor sie schließlich nach draußen ging. Inzwischen, sagte sie, sei sie vor Angst völlig durchgedreht gewesen. Aber das war ja verständlich.

In der Nacht herrschte stürmische See, es regnete und stürmte, sodass sich jeder Ton im Wind verlor. Sie glaubte Schreie zu hören, war sich aber nicht sicher und konnte nicht ausmachen, aus welcher Richtung das Geräusch kam. Als Allerletztes – zu aller Letzt hätte sie da draußen über den Rand der Klippen schauen wollen. Eine Mischung aus Schwindelgefühl und Angst hielt sie davon ab, bis sie das Gelände so gründlich wie möglich abgesucht hatte. Schließlich tat sie es doch und sah sie. Dort unten lagen sie in ihren Bademänteln nebeneinander, waren sogar ein wenig zusammengerollt, als lägen sie friedlich schlafend im Bett. Wellen überspülten sie, die Flut hatte eingesetzt. Sie waren ertrunken. Sie wusste, dass sie tot waren. Sie wusste es.«

Karen schwieg kopfschüttelnd. »Sie hatte Angst, wir könnten glauben, sie hätte nicht alles getan, weil sie ja die Steintreppe nicht hinuntergestiegen war, sagte sie. Doch sie konnte nicht, sie fürchtete sich zu sehr. Dann verständigte sie die Polizei. Ich kam zuerst nach Hause, später Daniel. So viel kann ich Ihnen sagen, so viel kann ich Ihnen allerdings sagen.«

Ihre Art, die Dinge zu wiederholen, wirkte wie eine Beschwörung, als könnte sie dadurch Antworten auf die grauenhaften Ereignisse jener Nacht hervorlocken. Melrose beugte sich gespannt vor.

»Mrs. Hayter bedeuteten die Kinder fast genauso viel wie uns. Die blanke Angst muss sie daran gehindert haben, dort hinunterzugehen, wo sie lagen. Stellen Sie sich ihr Entsetzen vor.« Karen hielt inne.

»Und die Polizei?«, half Melrose nach.

»Stand vor einem Rätsel. Seltsam, wissen Sie, wenn man diesen Ausdruck auf dem Gesicht eines Polizisten sieht.« Hier wandte sie den Blick von ihrer Suche nach Bildern im Feuer wieder zu Melrose hinüber. Dabei lächelte sie ein wenig. »Wäre die Polizei nicht vor uns eingetroffen, hätten dort unten an den Stufen vermutlich zwei weitere Leichen gelegen. Ich wollte hinuntersteigen, aber sie ließen mich nicht. Das war kurz bevor die Rettungssanitäter die – die Kinder heraufbrachten. Die Tragbahren waren schwer zu manövrieren –« Sie hielt inne und nahm einen Schluck von ihrem lauwarmen Tee. Dann sagte sie: »Es ist irgendwie alles so grauenhaft.« Als Melrose den Mund aufmachte und etwas sagen wollte, schüttelte sie abwehrend den Kopf. »Nein, nicht nur der Tod von Noah und Esmé, auch die Begleitumstände, alles was dazu führte. Sie konnten nicht gefallen sein, wurden auch nicht gestoßen, denn an ihren Körpern waren keine Spuren von Gewalteinwirkung. Die Polizei neigte dazu, es als Unfall zu betrachten, doch blieb ihr unbegreiflich, weshalb zwei kleine Kinder freiwillig im Schlafanzug hinausgehen sollten, um die Steintreppe hinunterzuklettern. Es ergab überhaupt keinen Sinn. Ich könnte mir nur denken, dass sie vielleicht auf das Boot wollten. Wir haben dort unten immer ein Boot vertäut, um damit zu dem Segelboot zu fahren, das weiter draußen liegt.

Diese schwere, unbeantwortete Frage verfolgt mich. Ich will es unbedingt herausfinden.« Sie lehnte sich zurück und griff nach dem Buch, das sie vorhin aus dem Regal genommen hatte. Der Titel lautete: *Harry Potter und der Stein der Weisen.* »Noahs Lieblingsbuch.«

Sie reichte es Melrose hinüber, als könnte es ihm helfen, die ganze furchtbare Geschichte zu begreifen oder zu erklären. Als könnte er zumindest ein Quäntchen Weisheit, einen frischen Blickwinkel oder eine neue Antwort beisteuern. »Armer Harry«, sagte er und lächelte, während er es durchblätterte und ab und zu innehielt, um die Illustrationen zu betrachten, die einen kleinen, dicklichen Jungen in verschiedenen kniffligen Situationen darstellten. Er hob den Blick. »Und Harry war für den armen Noah ein Prügelknabe?«

Ihr Lachen klang echt; sie schien sich zu freuen, dass er es gleich begriffen hatte. »Eine zerbrochene Tasse, ein niedergetrampelter Rosenstrauch, ein zerrissener Jackenärmel. ›Der arme Harry, Mum, der war's.‹ O ja, wir wurden förmlich überschwemmt von den Eskapaden des armen Harry.«

Lächelnd gab Melrose ihr das Buch zurück.

»Danach hielt es Daniel in diesem Haus nicht mehr aus. Er wollte nicht ständig an die Kinder erinnert werden. Er hat es versucht, musste dann aber unbedingt weg. In London war es leichter, dort gab es nicht so viele Erinnerungen.«

Melrose deutete mit dem Kopf zu den Fotos hinüber. »Sie haben alles zurückgelassen, sogar diese Bilder.«

Sie ließ den Blick wieder darüber schweifen. »Ich weiß. Es ist so, ich – ich wollte das Haus so lassen, wie es war, als sie noch hier waren. Es sollte... ihnen vertraut sein.« Sie wandte sich schulterzuckend ab. »Sie glauben vermutlich nicht an« – erneutes Schulterzucken – »Geister, oder?« Es klang wie beiläufig ins Gespräch eingestreut. Während ihr Blick sich an einem Punkt hinter ihm festmachte – am Schreibtisch oder am Fenster –, sagte sie: »Ich fühle nur ein bisschen vor. Was halten Sie von Séancen?«

Als er lachte, musste auch sie lächeln. »Sie hätten es wohl gern, dass ich an übernatürliche Dinge glaube.« Melrose wurde nachdenklich. »Trotzdem, es ist seltsam. Als ich Ihr Haus zum ersten Mal betrat, kam mir sofort ein alter Film in den Sinn, den ich vor Jahren wohl mal spätabends im Fernsehen gesehen hatte. Sind Sie sicher, dass dieses Haus nicht schon einmal als Filmkulisse gedient hat? Nein, wahrscheinlich nicht. Es ist billiger, einfach das zu benutzen, was an Staffagen sowieso greifbar ist. Der geschwungene Treppenaufgang, die Flügeltür zum Wohnzimmer und das Klavierzimmer – so nenne ich es zumindest – erinnern mich wirklich sehr an das Haus in einem Film aus den Vierziger- oder Fünfzigerjahren. *Der ungebetene Gast* heißt er. Eine absolut blödsinnige Story und – *huch*, diese Trickeffekte! Türen, die von unsichtbaren Händen aufgestoßen werden, eine junge Dame namens Stella mit einem schauderhaften britischen Akzent – die Schauspielerin war, glaube ich, Amerikanerin –, eine entsetzlich exaltierte Person, hörte und sah dauernd Dinge in eiskalten Räumen umherschweben. Na, jedenfalls brachte ich ein paar köstliche Momente damit zu, mich zu fragen, ob dieses Haus vielleicht verwünscht sei, und wenn« – er zuckte die Schultern –, »warum?« Er lächelte.

Sie auch. »Soviel ich weiß, ist hier noch nie etwas Derartiges vorgekommen. Nun hat in dem Haus natürlich jahrelang niemand gewohnt, außer ein paar – Innendekorateure waren es, glaube ich.«

»Ach ja! Die viel beschworenen Innendekorateure.«

Sie lehnte sich zurück und wirkte auf einmal gelöst. »Ich freue mich jedenfalls, dass Sie diesen Dingen gegenüber aufgeschlossen sind.«

Er hob erstaunt die Augenbrauen. »Für den Fall –?«

»Richtig, für den Fall.« Sie sah zum Fenster. »Es ist ja *dunkel*. Meine Güte, ich bin ja schon ewig hier.« Sie begann ihre Sachen zusammenzusuchen.

»Wo wollen Sie denn hin?«

»Ins Dorf. Ich bleibe über Nacht. Ich kann mir im Drowned Man ein Zimmer nehmen.«

Melrose meinte: »Ich bin mir nicht sicher, ob Mr. Pfinn Ihnen dieses Ansinnen danken wird.«

»Ach ja, ich erinnere mich, es soll nicht leicht sein, mit ihm auszukommen.«

»Wieso er in einer Branche arbeitet, die ihn zum Kontakt mit der Öffentlichkeit zwingt, ist mir schleierhaft. Aber er hat ja fünf Hunde, die ihn bei den Verhandlungen mit Gästen immer tatkräftig unterstützen. Eigentlich recht freundliche Gesellen. Bloß dass sie einem ständig auf der Pelle hocken; sie scheinen mir ein geradezu widernatürliches Interesse am Kommen und Gehen eines Gastes zu haben. Wie die Kletten kleben sie an einem. Wissen Sie was – bleiben Sie doch einfach hier!«

»Hier?« Mit diesem Vorschlag hatte sie offenbar überhaupt nicht gerechnet. Sie schien aber sichtlich erfreut über die Einladung. »Das ist sehr nett von Ihnen, aber –«

»Nein, es macht mir überhaupt keine Umstände. Es ist ja auch das Naheliegendste, weil ich Sie nämlich ein paar Sachen fragen oder Ihnen etwas erzählen möchte, und dafür brauche ich Zeit. Ich weiß nicht, ob die anderen Betten bezogen sind, aber es gibt jede Menge Bettwäsche – na, das wissen Sie ja. Mehr ist an Hausarbeit nicht zu tun. Nur das und mir beim Kochen zu helfen. Ich habe jede Menge Lebensmittel eingekauft, lauter Sachen, die ich lecker finde – lauter Kartoffeliges – und Fisch.«

»*Kartoffeliges?* Was haben Sie denn außer Kartoffeln an Kartoffelmäßigem sonst noch entdeckt?«

»Nun, streng genommen sind es alles Kartoffeln. Bloß von unterschiedlicher Farbe und Größe. Ich liebe Kartoffeln. Ich liebe Erdäpfelmus, aber das bei Daphne's zu bestellen, traut man sich dann doch nicht.«

Sie lachte. »Aha. Wir wohnen in der Nähe von Daphne's, in

147

einer Seitenstraße der Pont Street. Wenn Sie mal in London sind, würden wir mit Ihnen gern dort zu Abend essen. Dann bestehe ich aber auf Erdäpfelmus.«

»Mit Klümpchen drin.«

Sie lachte wieder. »Das übersteigt vielleicht Daphne's Toleranzschwelle, jedenfalls müssen Sie mit uns zu Abend essen. Daniel wird Ihnen gefallen, er ist schrecklich nett.«

»Sehr gern«, erwiderte Melrose. »Also abgemacht: Sie übernachten heute hier, und wir teilen uns die Kocharbeit. Die Kartoffeln übernehme ich, es werden also Klümpchen drin sein. Im Gegensatz zu den meisten Leuten mag ich es nicht, wenn Kartoffeln total zermatscht werden. Sie dürfen den Fisch zubereiten. Ich habe Seezunge aus Dover da, und der Fischhändler sagte, am besten grillt man sie mit ein bisschen Butter, Salz und Pfeffer und sonst gar nichts. Darauf bestand er unbedingt: *sonst gar nichts*.«

»Das kriege ich schon hin, besonders das mit dem Sonst-gar-Nichts.«

»Womit wir nun zum Salat kämen. Ich habe eine Menge Zutaten besorgt. Und je ein Eckchen Stilton und Edelschimmel mit dem Hintergedanken, ein Edelschimmeldressing zu fabrizieren.«

»Sie haben sich ja wirklich alles genau überlegt, nicht wahr?«

»Möglicherweise habe ich Sie ja erwartet. Also, ich erinnere mich da an ein ganz bestimmtes Blauschimmeldressing – vermutlich aus einem früheren Leben, denn es ist mir nur einmal untergekommen –, dick und glatt wie Samt, nicht das Zeug, was man sonst immer kriegt, so mit Käsebröckchen drin. Nein, dieses war sagenhaft geschmeidig. Ich habe keinen Schimmer, was für Zutaten man dafür braucht.«

»Aber ich. Ich glaube, ich weiß genau, was Sie meinen.«

»Gut! Dann erkunden Sie doch die Bettensituation, und ich gehe in die Küche und setze Wasser auf.«

In der Küche gab es alles, was ein ernsthafter Koch brauchte. Töpfe mit Kupferboden und Kessel in allen Größen hingen an einem Halter über dem klobigen Holztisch. Auch gab es einen mustergültigen Herd und einen Kühlschrank mit Temperatureinstellung auf unter null, an dem Polarforscher Byrd samt Mannschaft seine helle Freude gehabt hätte, dazu Regale voller Kräuter und Gewürze.

Melrose schüttete eine Tüte Kartoffeln – aha, dachte er, neue Ernte – in einen Seiher und drehte das Wasser auf. Vollkommen unbeleckt in Bezug auf die Techniken der Speisenzubereitung war er durch seine seltenen Besuche in der Küche bei Martha, seiner Köchin, nicht. Er wusste, dass er die Kartoffeln waschen musste, fragte sich jedoch, ob er die kleinen Augen alle herausschneiden sollte. Sie wirkten eigentlich überhaupt nicht entstellend. Wenn ich eine neue Kartoffel wäre, dachte er, würde ich mir dann vor dem Kochen die Augen rausschneiden lassen wollen? Nein. Zufrieden mit dieser Antwort, machte er sich daran, sie gründlich abzuschrubben.

Während er diese stupide Arbeit verrichtete, dachte er an Karen Bletchley und die Traurigkeit, unter der sie in diesen vier Jahren ständig gelitten haben musste. Während er diesen Gedanken nachhing, erschien sie in der Küchentür, um ihm mitzuteilen, sie habe die Bettwäsche gefunden und das Bett gemacht.

»Darauf«, sagte Melrose und ließ eine Kartoffel in das siedende Wasser plumpsen, »müssen wir jetzt aber einen trinken.«

Sie saßen wieder in denselben Sesseln wie zuvor, diesmal beim Whisky statt beim Tee, und setzten die Geschichte fort.

Nachdem sie sich Zigaretten angezündet hatten, sagte sie, oder hob gerade an zu sagen: »Was wollten Sie eigentlich –«

Melrose fiel ihr ins Wort. »Sie sagten, es sei alles irgendwie so grauenhaft gewesen, abgesehen von dem, was Ihren Kindern zugestoßen ist.«

»Nun –« Sie schien unsicher, wie sie weitersprechen sollte. »Etwa einen Monat, bevor es passierte – es war um diese Jahreszeit, im September –, erzählten mir die Kinder, dass schon ein paar Mal jemand vorbeigekommen sei, um mit ihnen zu reden. Jemand, der im Wald spazieren ging. Dort spielten sie immer gern.« Mit einem Kopfnicken deutete sie auf das Wäldchen links vom Haus. »Es machte ihnen Spaß, dort Versteck zu spielen und sich Geschichten auszudenken. Diese Person, oder vielleicht waren es auch verschiedene Leute, begegnete ihnen also im Wald. Ein Mann, ein ›netter Mann‹, sagten sie. Und einmal auch ›eine nette Dame‹.« Karen nippte an ihrem Drink. »Ich hörte nicht immer so genau zu, wenn sie davon erzählten, sie dachten sich ja so viel aus. Noah und Esmé waren immer voller Geschichten, sie hatten eine ganze Menge imaginärer Spielkameraden. Und es gingen ja auch Touristen dort im Wald spazieren.«

Melrose dachte nach. »Und diese Mrs. Hayter. Kann man sich auf sie verlassen?«

»Ich hatte nie einen Grund, daran zu zweifeln. Glauben Sie mir, diese Frage stelle ich mir auch oft. Aber wieso sollte sie nicht die Wahrheit sagen?«

»Vielleicht, damit es so aussieht, als sei sie nicht allein hier gewesen, als seien noch andere Leute beteiligt gewesen. Vielleicht sogar Sie oder Ihr Mann. Die Polizei hat Sie doch bestimmt ziemlich ausführlich vernommen. Eltern werden doch immer sofort verdächtigt.«

»Das ist furchtbar.« Sie wandte sich ab und sah zum Fenster hinüber.

»Ja, aber es passiert nun mal allzu oft. In der Zeitung las ich gestern den Bericht über eine Mutter, deren Freund ihr Kind nicht im Haus haben wollte. Erst gab die Mutter dem Jungen ein

Schlafmittel, um ihn zu betäuben, dann ertränkte sie ihn in der Badewanne.«

Fassungslos schüttelte Karen den Kopf. »Nein.« Nach kurzem Schweigen sagte sie: »Sie wollten mir etwas erzählen.«

»Es ist eigentlich recht seltsam. Kennen Sie eine Frau aus dem Dorf namens Chris Wells?«

»Chris? Aber natürlich. Ihr gehört doch der Woodbine Tea-Room.«

»Ihr Neffe –«

»Johnny?«

Melrose nickte. »Sagt, sie sei verschwunden.«

»*Was*?«

»Er hat so ziemlich überall nachgefragt, wo sie hätte hingehen können.«

Karen schüttelte erneut ungläubig den Kopf. »Hat er es schon in Bletchley Hall versucht? Chris hilft dort oft ehrenamtlich mit. Wann ist denn das passiert?«

»Bevor ich nach Northamptonshire fuhr, um meine Sachen zu holen. Also vor über einer Woche. Der Junge hat offenbar Recht – sie ist verschwunden. Und noch etwas. Vielleicht haben Sie schon von dem Mord in Lamorna Cove gehört?«

»Mord?« Sie richtete sich erschrocken auf. »Mein Gott, wollen Sie damit sagen, Chris –?«

»Nein, nein. Eine Frau namens Sada Colthorp.«

»Lamorna. Den Ort kenne ich. Nichts Besonderes, nur ein paar Cottages, ein Pub und ein kleines Touristencafé. Und ein Hotel, glaube ich. Lamorna Cove ist bei Touristen sehr beliebt. Es ist recht hübsch.«

»Diese Sada Colthorp wurde zur gleichen Zeit ermordet, als Chris Wells verschwand.«

Karen sah ihn fragend an. »Glaubt denn die Polizei, da besteht ein Zusammenhang?«

»Ich weiß nicht, was die denken.« Er wechselte das Thema. »Sie sprachen von Bletchley Hall. Es gehört Ihrem Schwiegervater?«

»Daniels Vater.«

»Mr. Bletchley senior.«

»Morris heißt er. Er hört aber lieber auf Moe. Er hat das Anwesen gekauft und es dem Dorf geschenkt, über eine Stiftung. Er hat es – wie alles – auf seinen Namen getauft. Außer Chick'n King. ›Chick'n Bletchley‹ konnte offenbar nicht einmal er sich vorstellen. Er wohnt auch dort. Das heißt aber nicht, dass er im Sterben liegt. Weit gefehlt. Nachdem er allen erzählt hat, wie man richtig lebt, erzählt er ihnen jetzt, wie man richtig stirbt.«

In ihrer Stimme lag keinerlei Groll. Nur Belustigung und der leichte Anflug eines Lächelns.

Melrose lächelte ebenfalls. »Ein Despot.«

»Das können Sie laut sagen. Können Sie sich vorstellen, dass jemand sich entschließt, dort zu wohnen?« Mit einer ausladenden Geste deutete sie auf den ganzen Raum. »Ihm gehört dieses wunderschöne Haus. Er könnte hier wohnen oder sonst wo. Der Mann ist Milliardär. Diese Restaurantkette, ich will gar nicht mal raten, was die wert ist. Außerdem hat er ganz groß in Immobilien investiert. Es ist nicht zu fassen: da lebt er in Bletchley Hall bei den Sterbenden.«

»Vielleicht«, sagte Melrose nachdenklich, »fühlt er sich überwältigt von Todesangst.«

Sie hatte an ihrem Whisky nippen wollen, nun verharrte ihre Hand in der Luft. »Moe? Der hat vor nichts Angst. Und wenn er *davor* Angst hätte, würde er – sagen wir mal so – um ein Sterbehospiz wohl eher einen Bogen machen.«

»Nicht unbedingt. Jemand mit einem genialen Geschäftssinn denkt vielleicht, er könnte mit allem fertig werden, auch mit dem Tod, wenn er sich nur direkt damit konfrontiert. Sie verstehen, um sich eine Art Kontrolle darüber zu verschaffen. Wir machen uns doch gar keine Gedanken über den Tod, wir laufen doch vor ihm davon.«

Sie runzelte die Stirn. »Ist das nicht ziemlich morbid?«

Melrose war enttäuscht. Die Erwiderung »Ist-das-nicht-morbid« hätte er von jemandem erwartet, der nur abgedroschene Redensarten im Kopf hatte. Auch wich sie der Frage damit aus. »Nein, ist es nicht.« Innerlich seufzte er gequält. Kein Wunder, dass er Probleme mit Frauen hatte, wenn er ihnen bei jeder Gelegenheit widersprach. Allerdings war Karen Bletchley nicht die Frau, die er als »Problem mit Frauen«-Kandidatin einstufen sollte. Melrose gab ihr Feuer und kam wieder auf das Thema Lamorna Cove und Sada Colthorp zurück. »Kommt sie Ihnen vielleicht irgendwie bekannt vor? Ihr Mädchenname lautete Sada May. Oder Sadie, so hat sie sich wohl auch genannt. Könnte es sein, dass Sie sie vielleicht kannten?«

»Ich? Wieso hätte ich sie kennen sollen?«

Es war eine schlichte Frage gewesen. Melrose fand, dass sie abweisend klang. »Nur weil sie Karen anscheinend aus Lamorna stammt.«

Die darauf folgende Stille war nicht besonders harmonisch. Karen sah aus wie jemand, der zwar eine Einladung angenommen hatte, sich nun aber fragte, wie die Zusage rückgängig zu machen sei. Melrose fühlte sich weniger unbehaglich als vielmehr traurig, wobei die Traurigkeit verbunden mit etwas bestenfalls Vergänglichem, Ungenanntem oder Unaussprechlichem allmählich verflog. Eine Spur zu herzhaft schlug Melrose auf die Armlehne seines Sessels und erhob sich. »Zeit, sich den Erdäpfeln zu widmen. Die sind inzwischen sicher längst zu Mus geworden, aber egal, sie werden sowieso zu Mus gestampft.«

Ihr kühler Blick schmolz ein wenig, als sie sagte: »Die Seezunge braucht nicht lang. Bis Sie die Klümpchen in die Kartoffeln gezaubert haben, ist sie fertig.«

Es war ein ziemlich verunglückter Versuch, den vorherigen unbeschwerten Austausch wieder in Gang zu bringen.

Beim Abendessen befanden beide die Seezunge der Begutachtung durch den Fischhändler für würdig, die Kartoffeln für genügend klumpig und den Wein für ausgezeichnet. Bletchley besaß einen Weinkeller, von dem Melrose erst erfuhr, nachdem er sich für den Beaujolais Nouveau entschuldigt hatte, der, meinte er, wohl kaum als »nouveau« durchgehen konnte. Wieso, erkundigte sich Karen, hatte er ihn dann gekauft, wenn er ihm nicht schmeckte?

»Weil der Bursche im Supermarkt ihn dermaßen in den Himmel gelobt hat. Er sollte nicht denken, ich misstraue ihm.«

Sie lachte. »Du liebe Güte, na, Sie sind ja leicht zu beschwatzen. Der Fischhändler, der Weinverkäufer.«

Daraufhin hatte sie ihm von dem Weinkeller erzählt und ihn aufgefordert, sich etwas auszusuchen. Sie gingen zusammen hinunter. Er entdeckte ein halbes Dutzend Flaschen Puligny-Montrachet, sogar einen Premier Cru, und seinen geliebten Meursault. Er äußerte sich anerkennend über den ausgezeichneten Geschmack ihres Gatten.

»Eher dem seines Vaters. Obwohl es nicht unbedingt etwas mit seinen Weinkenntnissen zu tun hat. Morris behauptet steif und fest, wenn etwas viel kostet, ist es auch gut.«

Melrose wischte den Staub von der Flasche. »Stimmt aber doch, nicht? Jedenfalls in Bezug auf Wein.«

Ihre Stimme klang eine Spur säuerlich. »Einer wie Sie würde Morris bestimmt gefallen.«

»Ach? Aber Ihnen dann ja wohl nicht.«

Nachdem sie gemeinsam anderthalb Flaschen Montrachet getrunken hatten, sagte Melrose: »Wer führte eigentlich damals die Ermittlungen, als der … Unfall passierte?« Er schalt sich wegen der gefühllosen Frage.

Karen zuckte zusammen, ließ sie sich jedoch durch den Kopf gehen. »Ich fürchte, ich weiß die Namen nicht mehr. Ich weiß aber noch, dass der leitende Beamte wirklich ... sehr genau war. Ein Chief Inspector oder Superintendent. Ich erinnere mich nur an seine Augen; die waren nicht einfach nur sehr blau, sie waren stechend blau. Ich konnte fast eine winzige Flamme darin sehen. Ich weiß auch noch, dass er mir das Gefühl vermittelte, seine Prioritäten wären auch meine.«

»Das waren sie. Sie sprechen von Commander Macalvie. Noch etwas lässt sich über ihn sagen: Er gibt niemals auf.«

23

Brian Macalvie lag die Polizeiarbeit gewissermaßen im Blut. Für ihn galt wie in den Gewerbeanzeigen von Tischlern und Handwerkern: »Auch kleine Aufträge werden erledigt.« Als Divisional Commander gehörte Macalvie zu den hochrangigsten Kräften bei der Kriminalpolizei von Devon und Cornwall. Trotzdem ließ er es sich nicht nehmen, einem zu schnell fahrenden Auto hinterherzujagen und dem Raser einen Strafzettel zu verpassen.

Er stellte – wie könnte es anders sein? – hohe Anforderungen, vielleicht *zu* hohe, denn seine Untergebenen baten oft um ihre Versetzung. Was Melrose zu der Bemerkung veranlasste, wenn solche kleinen Lichter den Unterschied zwischen Arroganz und Einsatzbereitschaft nicht erkannten, war die Kripo vielleicht besser dran ohne sie.

Im Moment hatte Melrose Macalvie am Apparat. Als Karen am nächsten Morgen gegangen war, rief er ihn gleich an, um ihm von seinem Besuch bei Rodney Colthorp zu berichten.

»Bolt. Simon Bolt. Es gab damals Ermittlungen –« Macalvie unterbrach sich und dachte nach. »Der wohnte vor Jahren mal in Lamorna. Wo ich übrigens gerade bin. Den Tatort finden Sie sicher interessant. Kommen Sie doch rüber.«

Die Einladung überraschte Melrose einigermaßen. Zwar hatte er sich mit Macalvie schon immer recht gut verstanden, aber meistens nur, wenn Jury in einem Fall ermittelte. Amateure konnte Macalvie nicht ausstehen, die meisten Profis allerdings auch nicht.

Er musste ein Gespür dafür haben …

Da seine vorhin gestellte Frage nach dem Tod der Bletchley-Kinder unbeantwortet geblieben war, fragte Melrose noch einmal: »Hätte es sein können, dass sie – äh – zu Hause in der Badewanne ertrunken sind und erst *danach* auf die Felsen gelegt wurden?«

»Nein.«

»Wieso sind Sie sich da so sicher?«

»Die Kleinen hielten sich an den Händen.«

Macalvie legte auf.

Johnny Wells saß im Woodbine in der Küche und fühlte sich etwas getröstet von den vertrauten Düften der Scones im Backofen und des frisch gebrühten Kaffees. Auch Brenda Friels vertraute Bewegungen hatten etwas Tröstliches an sich.

Brenda unterbrach das resolute Schlagen eines Teigs, der im Licht bereits seidig glänzte, und sah ihn an. »Du solltest dir nicht solche Sorgen machen, mein Schatz. Chris kommt schon wieder, das weiß ich bestimmt.«

Woher?, hätte er sie gern gefragt. Aber sie versuchte ja nur, seine trübe Stimmung zu heben, also erwähnte er Chris nicht, sondern fragte stattdessen: »Was ist mit der ermordeten Frau in Lamorna?«

Brenda sah ihn erschrocken an. »Du glaubst doch wohl nicht, dass das was mit Chris zu tun hat?«

Eingehend musterte er die abgetretene Stelle auf dem Linoleumfußboden und nahm sich noch eine von den Sweet Ladys. »Die sind sagenhaft, kein Wunder, dass die so beliebt sind. Was ist in der Meringue drin?« Er dachte, ein so großzügiges Kompliment gäbe Brenda das Gefühl, ihre Sweet Ladys hätten ihn von Chris abgelenkt.

Sie lachte. »Meine Rezepte verrate ich nicht, mein Schatz. Das hier wollen sie mir schon seit Jahren abluchsen. Die Scones sind fertig, die kannst du direkt so auf dem Blech mitnehmen, als Beweis, dass sie ganz frisch sind. Du weißt ja, wie penibel Morris Bletchley da ist.«

Beim Gedanken an Moe Bletchley musste Johnny zum ersten Mal an diesem Tag lächeln.

24

Sie bückten sich unter dem Absperrband durch, das diesen Abschnitt des Fußwegs markierte, und gingen über das feuchte Laub zu der Stelle hinüber, an der die Leiche gefunden worden war. Macalvie hockte sich auf den Boden und suchte die Stelle so eingehend ab, als läge die Leiche immer noch dort.

»Was suchen Sie?«

Macalvie brummte: »Den Rest von dem hier.« Er hielt das abgebrochene Stück Plastik hoch, das er sich von Fleming, seinem Mann von der Spurensicherung, beschafft hatte.

»Was ist das?« Melrose drehte es zwischen den Fingern hin und her.

»Wahrscheinlich das obere Stück einer Plastikbox, in der

eine Kassette aufbewahrt wird. Sie wissen schon, Videokassetten.«

»Aha.« Er wartete ab, dass Macalvie weitersprach, doch vergebens. Macalvie verharrte eine Ewigkeit auf den Knien, ohne sich zu rühren. In dieser Umgebung ließ sich Zeit nicht genau bemessen. Nur das leise Rauschen der Wellen unter ihnen und das zarte Säuseln der umstehenden Bäume waren zu hören.

Macalvie stand auf und warf einen Blick auf das Haus in ihrem Rücken, wo sie den Wagen abgestellt hatten. Der große Vorgarten war in eine zubetonierte Fläche verwandelt worden, auf der mehrere Autos Platz fanden.

»Wer wohnt dort?«, fragte Melrose.

»Heute niemand mehr. Früher Sada Colthorps Freund Simon Bolt. Es besteht also eine Verbindung zu unserer Ermordeten. Nach einigen Nachforschungen – oder sagen wir besser, nach einem Glückstreffer, den mir die Begegnung mit einem Detektiv in London bescherte, der bei der Sitte arbeitet. Von dem erfuhr ich, dass Bolt im Filmgeschäft tätig war. Als Produzent, Regisseur und Drehbuchschreiber. Das schaffte er alles bloß, weil er nicht direkt die *Titanic* machte. Oder sonst was, was womöglich im Kino um die Ecke gezeigt wird. Er drehte diese hingerotzten, schlampig gemachten Filme: jede Menge Blut, Sadomaso und solches Zeug. Daneben war er im Pornogeschäft tätig – obwohl mir das sowieso alles nach Pornografie klingt. Sie versuchten ihn wegen Unzucht zu kriegen, konnten ihm aber nichts anhängen. Ihm gehörte jedenfalls das Haus.« Macalvie runzelte die Stirn. Selbst sein Stirnrunzeln war intensiv, als umfasste sein Gesichtsausdruck mehr als ein gewöhnliches Stirnrunzeln. Er stieß alles ab, was oberflächlich, seicht, übermäßig simpel war. Alles nicht ausdrücklich zum Fall Gehörige wurde weggesengt. Dazu gehörte auch, dass er seinen schottischen

Akzent unterdrückte und seine Glasgower Herkunft verleugnete. Er schien den Fällen auf den Urgrund zu gehen.

»Und hier kommt also die Kassette ins Spiel?«

»Anzunehmen.«

Melrose sah auf den niedergetrampelten Boden, wo die Polizei ihre Arbeit verrichtet hatte. Was hatte Rodney Colthorp gleich wieder über Bolt gesagt? *Ziemlich gerissener Bursche.*

25

Der übliche erwartungsvoll furchtsame Schauder durchzitterte die Menge, als Macalvie den Schankraum des Lamorna Wink betrat und die Zeit eine Sekunde lang stehen blieb, wodurch sich die Szenerie eher wie ein antikes Fries ausnahm als wie ein Raum voller Menschen aus Fleisch und Blut.

Melrose besorgte ihnen die Getränke. Ein wenig hatte Macalvies Ruhm auch auf ihn abgefärbt, denn die Stammgäste beobachteten ihn ganz genau, als er zum Tresen ging und der Barkeeperin ein Zeichen machte. Sie hatten an einem Tisch in der Kaminecke Platz genommen, obwohl auch diese wenig Schutz vor den neugierigen Blicken der Gäste bot. Macalvie schien sich seiner Berühmtheit allerdings überhaupt nicht bewusst zu sein, als er an die Jukebox trat, ein paar Münzen einwarf und ein Lied eintippte. Er war immer noch im Mantel, obwohl die Hitze, die das Feuer erzeugte, sich wie aus einem Krug zu ergießen schien.

Man hätte denken können, ihm sei immer kalt, solche Leute gab es ja. Doch hatte Melrose statt dessen das Gefühl, als sei Macalvie ständig auf dem Sprung. Dies rief in ihm eine tiefe Unruhe hervor, was ihn überraschte, denn es war, als drohte eine feste Stütze immer wieder nachzugeben. In dieser Hinsicht unterschied Macalvie sich von Richard Jury: Jury schien umhüllt von Melancholie, ließ aber irgendwie immer ein gewisses Trost gewährendes Etwas zurück. Wenn Macalvie dagegen abzog, ging aller Trost mit ihm weg. Offenbar hatte es mit dem Mantel zu tun, den er nie ablegte.

»In dem Haus wurde so viel gelogen«, sagte Macalvie, »dass ich nie wusste, wem ich *nicht* glauben sollte.« Die verschränkten Arme auf den Tisch gestützt, sah er in sein Glas und fuhr fort: »Wir trafen ein paar Minuten nach Mitternacht dort ein, der Notarztwagen war kurz vor uns dort. Ich sagte, sie sollten die Leichen erst heraufbringen, nachdem der Pathologe und ich sie uns angesehen hätten. Inzwischen regnete es, und die Stufen waren verdammt rutschig, spiegelglatt. Die beiden Kleinen lagen auf dem Bauch. Ihre Leichen waren nicht gesunken oder fortgetrieben worden, weil sie sich in dem Seil verfangen hatten, mit dem das Boot vertäut war. Sie lagen nebeneinander und hatten sich die Gesichter zugewandt, so als hätten sie sich eben noch unterhalten; hatten sie vermutlich auch, bevor – hm, bevor das passierte, was dann passierte. Sie trugen baumwollene Schlafanzüge, sie einen weißen, er einen blauen, und Flanellbademäntelchen, die sie vielleicht ein wenig gegen die Kälte geschützt hatten, wenn auch nicht viel. Und Hausschuhe. Zwei davon – von den Hausschuhen – hatte die Strömung fortgespült. Ihre Füßchen waren nicht größer als meine Handfläche.« Den Ellbogen auf den Tisch gestützt, hielt er Melrose zur Anschauung die Hand hin. »Sie hielten sich bei den Händen.«

Bei dieser Vorstellung, die einen durchaus aus der Fassung bringen konnte, hielt er inne, als bliebe ihm gar nichts anderes übrig, als sich erneut in die Szene hineinzuversetzen.

»Was war also passiert? Sind sie die Stufen hinuntergeklettert, weil sie ins Boot steigen wollten? Das glaubte ich damals nicht. Aber warum denn? Jemand musste ihnen befohlen haben, die Treppe hinunterzugehen. Oder – sonst irgendetwas zu tun. War es ein Trick? Eine Finte? Keiner im Haus hatte eine Ahnung, was sie vorgehabt hatten. Eine halbe Stunde, nachdem ich dort eingetroffen war, kam Karen Bletchley nach Hause. Sie sei schwer zu erreichen gewesen, sagte mir die Haushälterin, weil die Leute, bei denen sie in St. Ives zum Abendessen war, kein Telefon hatten. Kaum zu glauben heutzutage, wenn man so wohlhabend ist wie diese Leute. Aber das verstehen betuchte Kreise wohl unter einem spartanischen Lebensstil. Daniel, der Vater, war angeblich geschäftlich in Penzance. Er kam erst eine Stunde später nach Hause.«

»Angeblich?«

»Wenn einer abends um neun Uhr aus dem Haus geht, dann vielleicht auf ein Bier oder um eine zu rauchen, doch es fällt mir schwer zu glauben, es sei ein geschäftlicher Termin gewesen. Ich hatte in der Tat so meine Zweifel, weil er nur zögernd mit dem Namen seines Geschäftspartners herausrückte. Ich hatte mir schon gedacht, dass es sich um eine Frau handelte, wollte damals aber nicht darauf eingehen. Auch er war zutiefst erschüttert, machte sich Vorwürfe, war – wie es so schön heißt – am Boden zerstört. Die Sorte Mann, die sich selbst bezichtigt, weil ihm die Einsicht erst nachträglich kommt.«

»Und später?«

»Ob ich in der Richtung dann weiter nachgehakt habe?« Macalvie lächelte und nahm wieder einen kräftigen Schluck. »Natürlich. Schließlich gab er es zu, weigerte sich jedoch, den Namen der Frau zu nennen. Dieser Bletchley ist ein sturer Hund, glauben Sie mir. Er weigerte sich sogar noch, als ich ihm wegen Behinderung der Justiz drohte. Wie dem auch sei, Dan Bletchley war nicht da, als er gebraucht wurde, und das verwindet der Kerl wahrscheinlich nie. Nicht da zu sein, wenn man weiß, dass man dringend gebraucht wird: Ich weiß, wie das ist. Er tat mir Leid. Sein Leben lang wird er sich deswegen Vorwürfe machen.«

Den Whisky in der Hand saßen sie da, so nah wie möglich an den Kamin gerückt, von dem Licht und Wärme herüberstrahlten.

»Zunächst rastete Karen Bletchley völlig aus. Es brauchte zwei Wachtmeisterinnen, die sie von den Klippen zurückhielten, sie daran hinderten, die Steinstufen hinunterzusteigen. Ich bat den Gerichtsmediziner, ihr ein Beruhigungsmittel zu geben, gerade so viel, dass ich noch mit ihr reden konnte.« Er sah hoch, als Melrose einen missbilligenden Laut ausstieß. »Sie glauben, Polizisten haben kein Herz? Geben Sie jemandem vierundzwanzig Stunden Bedenkzeit, und Sie kriegen keine ordentliche Aussage mehr. Da wird zu viel beiseite gelassen, wenn auch nicht unbedingt absichtlich.«

Melrose sagte, er würde ihnen Nachschub holen. Während er an der Theke stand und auf neue Getränke wartete, überlegte er, ob Karen Bletchley Macalvie wohl das Gleiche erzählt hatte wie ihm.

»Was hat sie Ihnen denn erzählt?«, fragte er, als er wieder zum Tisch zurückgekehrt war.

»Nachdem die ersten Fragen beantwortet waren, wo sie die ganze Zeit gewesen war« – Macalvie nahm Melrose das frisch gefüllte Glas ab –, »wollte sie wissen, ob ich an böse Geister glaubte? An Verwünschungen? An vorherbestimmte Ereignisse? ›Es geht nicht darum, was ich glaube, sondern was Sie glauben‹, erwiderte ich. Sie behauptete, dass mit Seabourne etwas nicht stimmte – was ich ihr nur zu gern glauben wollte, in Anbetracht dessen, was passiert war, aber nicht, dass Geister daran Schuld waren.« Macalvie hielt inne und nahm einen Schluck.

»Sie fuhr fort: ›Erst dachte ich, ich würde mir da etwas einbilden. Oder interpretierte etwas in ihr Verhalten hinein, das nicht existierte. Zum Beispiel, dass sich in ihrem Klassenzimmer Möbel bewegten. Als ich sie fragte, wieso sie es getan hätten, sagten sie: ›Haben wir ja gar nicht‹ und kicherten. Noah und Esmé sind – waren – ein Herz und eine Seele.‹ Dann sagte sie: ›Ab und zu fiel mir ein neues Kleidungsstück auf, ein Taschentuch oder ein Armband, das sie angeblich im Wald gefunden hatten. Eines Tages beobachtete ich sie und sah, wie sie sich mit einem Unbekannten unterhielten. Wenigstens hielt ich ihn dafür; zwischen den Bäumen hindurch konnte ich es nicht so gut erkennen. Ich bekam ziemliche Angst. Es kam mir alles so – bedrohlich vor. Und dann sah ich eines Tages eine dunkel gekleidete, dunkelhaarige Gestalt auf der anderen Seite des Teiches drüben. Eine Frau stand dort. Wollten diese Leute sie zu etwas anstiften? Die Kinder machten lauter dummes Zeug. Einmal setzten Sie Mrs. Hayters zum Beispiel einen kleinen Laubfrosch in die Schürzentasche. Die Ärmste rastete vollkommen aus! Als ich die beiden zur Rede stellte, stritten sie es rundweg ab und sahen… verschlagen aus. Anders kann ich es nicht beschreiben – verschlagen. Es schien fast, als legten sie es darauf an, uns in Verlegenheit zu bringen.‹«

Während Melrose eingehend sein Glas betrachtete, fiel ihm wieder ein, wie Karen Bletchley dort in der Bibliothek gesessen hatte. Doch er sagte nichts.

»Ich fragte sie, wie ihr Mann auf das alles reagiert hätte. Erst antwortete sie nicht, dann sagte sie schließlich, Daniel habe das Ganze als einen kindischen Streich abgetan. ›Du meine Güte, Karen, ein Laubfrosch in einer Schürzentasche, und schon denkst du, wir sind von bösen Geistern umgeben!‹

Eigentlich ist Daniel Bletchleys Vater, Morris Bletchley, der Besitzer von Seabourne. Kurz nach dem Tod der Kinder zog er nach Bletchley Hall – eine Art Pflegeheim, das ihm auch gehört. Es waren seine Enkelkinder. Als es passierte, lebte er mit ihnen unter einem Dach. Er ist es gewohnt, dass alles nach seiner Pfeife tanzt. Offenbar ist er ein sagenhaft gewiefter Geschäftsmann. Man braucht sich ja nur mal anzusehen, wie viel Erfolg er mit dieser Hühnerkette hat.

Ich erwähne das nur, weil er sich nun mit einer Tat – und deren entsetzlichen Konsequenzen – konfrontiert sah, über die er keine Kontrolle hatte. Er sagte von allen am wenigsten und wirkte am mitgenommensten. Jedenfalls mehr als seine Schwiegertochter – trotz ihrer hysterischen Reaktion. Das war jedenfalls mein Eindruck.«

Die Pubinhaberin rief zur letzten Runde auf.

»Das hört man heute kaum noch, nicht wahr?«, sagte Melrose. »Bei den neuen Schankstundenregelungen.«

Melrose sammelte die leeren Gläser ein. »Ist es schon zu spät?«

»Nein, aber diesmal bin ich dran mit einer Runde.«

Melrose verzog nur das Gesicht und nahm die Gläser. Die Frau hinter der Theke schmollte zwar, doch er bekam die Drinks. Während er wartete, sah Melrose zu Macalvie hinüber und fand, dass der in dem sich allmählich leerenden Raum recht verloren wirkte.

Er kam wieder an den Tisch und stellte die Getränke ab. »Der Fall war für Sie nie abgeschlossen, stimmt's?«

Macalvie steckte sich eine neue Zigarette an. »Das sind meine Fälle nie.« Er starrte paffend ins Feuer.

»Aber dieser ganz besonders. Sie haben die Gespräche wortgetreu wiedergegeben. Wie schaffen Sie das nach vier Jahren?«

»Meine Notizen. Ich habe sie mir so oft durchgelesen, um herauszubekommen, was mir entgangen ist, dass das Licht jetzt durch die Ränder der Seiten scheint, auf die sie geschrieben sind. Deswegen.«

Melrose dachte an den Brief, den seine Mutter geschrieben hatte. »Wieso glauben Sie, es sei Ihnen etwas entgangen?«

Macalvie musterte ihn eindringlich.»Weil der Fall nicht gelöst ist, deshalb.« Asche fiel von der achtlos gehaltenen Zigarette.»Ich will Ihnen mal was sagen«, meinte er dann.»Ich war ein paar Jahre Polizist in Glasgow, fing als Police Constable an, wollte aber Detective werden. Das war mein größter Traum – Detective zu werden.« Er sah zu Melrose hinüber.»Wetten, Sie hätten nie im Leben gedacht, dass ich einen großen Traum habe, stimmt's?«

»Sie wirken auf mich nicht wie ein Träumer.«

Lächelnd fuhr Macalvie fort:»Ich wurde dann ziemlich schnell Detective Inspector, hauptsächlich wegen eines bestimmtes Falles, an dem ich arbeitete. Ziemlich große Sache war das. Bei einem Schusswechsel geriet die Tochter des Verdächtigen in die Schusslinie. Sie war elf oder zwölf. Es war zwar nicht meine Waffe, aber das dachte der Vater und gab mir die Schuld, weil ich die ganze Zeit hinter ihm her gewesen war.

Jedenfalls wurde ich daraufhin nach Kirkcudbright versetzt. Wahrscheinlich um etwas Gras über die Sache wachsen zu lassen. Ich stand unter enormem Druck. Sie können sich ja vorstellen, dass es in Kirkcudbright nicht gerade von Mordfällen wimmelt. Der Ort ist so eine Art Künstlerparadies, und das höchste der Gefühle auf der Verbrecherskala ist vermutlich Künstlerneid.

Dort habe ich dann jemanden kennen gelernt. Sie war Malerin, eine schöne Frau. Ich zog zu ihr. Sie hatte eine sechsjährige Tochter, Cassie. Maggie, meine Freundin, sagte immer, mit einem Polizisten im Haus fühlte sie sich viel sicherer und könnte ruhiger schlafen. Dann wurde Cassie eines Nachts aus dem Bett geholt und verschleppt.«

»Ach Gott, wie furchtbar!«

»Wir warteten dauernd auf einen Anruf, eine Lösegeldforderung, irgendein Zeichen. Aber es kam nichts. Null. Niente. Zwei Wochen lang nichts. Maggie wurde beinahe wahnsinnig, so in der Luft zu hängen, nichts zu wissen. Mir ging es nicht anders.

Dann erhielt ich eine Nachricht; jemand hatte sie heimlich in die Zeitung gesteckt, die immer ins Haus kam. Ich wurde zu einem alten Cottage in Fleet Valley bestellt. Die Route, der ich folgen sollte, war aufgezeichnet. Nach einigem Suchen fand ich das Haus. Es war ein zerfallenes Cottage, Vogelnester im Reetdach, zerbrochene Fensterscheiben. Und absolute Stille. Ich hatte noch nie eine solche Stille erlebt. Es roch nach Tod. Ich bewegte mich ganz langsam, die Pistole im Anschlag. Ich hielt es für eine Falle. Wie ich darauf kam, wusste ich nicht. Ich fand Cassie in der Küche. Man hatte sie auf einen Stuhl gesetzt, in die Brust geschossen. Auf dem Tisch lag ein Zettel, auf dem stand: *Wie fühlt sich das an?* Und da wusste ich es. Der Scheißkerl hatte außerhalb vom Knast jede Menge Freunde. Es war die Vergeltung dafür, dass man ihn geschnappt und eingebuchtet hatte. Vor ihr stand ein Schälchen mit Weetabix, halb aufgegessen.«

Macalvie sah Melrose stumm an. »Ihr Körper war noch warm, die Milch noch kühl und frisch.« Aus stahlblauen Augen starrte er Melrose an. »Verstehen Sie, dieses kleine Detail hatten sie hinzugelegt, falls ich noch nicht genug gelitten hatte. Ich sollte wohl denken: Wäre ich bloß eine Viertelstunde früher gekommen... Das wäre aber gar nicht gegangen. Sie hatten meine Fahrt offensichtlich genau mitverfolgt. Vermutlich hat einer vorher angerufen und meine Position durchgegeben.«

Ein gequälter Ausdruck huschte über Macalvies Gesicht. »Eine Viertelstunde früher hätte ich ihre Stimme hören können, hätte sie schreien gehört. Das sollte ich wohl denken. Der einzige Trost war, dass man sie anscheinend nicht misshandelt hatte.

Ich gab einen Funkruf durch. Polizei, Notarztwagen, keine zwanzig Minuten später waren sie da. Während ich wartete, musste ich immer wieder denken: Wenn ich schlauer gewesen wäre, hätte ich nicht die Route genommen, die sie mir vorgegeben hatten –«

»Nein«, widersprach Melrose. »Dann hätten sie es nicht durchgezogen. Sie hätten Sie noch mehr in Furcht und Schrecken versetzt, und es wäre trotzdem so gekommen. Ich glaube nicht, dass man jemanden überlisten kann, der nur von dem Wahn getrieben ist, einem Leid zuzufügen.«

Macalvie lehnte sich zurück. »Deshalb habe ich diesen Fall auch nie aufgegeben. Die beiden Kleinen –«

»Ich weiß.« Melrose überlegte, dass Macalvie eigentlich nie über sich selbst redete. Und doch wusste man immer, woran man bei ihm war. Vielleicht nicht, woher er kam, wo er lebte, wer seine Kumpels und Freundinnen waren, doch man kannte seine mentale Landkarte. Sein Territorium.

Macalvie schüttelte den Kopf und trank seinen Whisky vollends aus, als wolle er gleich gehen, blieb aber sitzen und starrte zu Boden – auf seine Schuhe? Oder auf Schatten? »Sie fühlte sich viel sicherer, weil ich im Haus war. Mein Gott! Mich im Haus hieß, eine Zeitbombe da zu haben. Ich habe der Armen den ganzen Kummer doch erst eingebracht.«

»Was ist aus ihr geworden? Aus Maggie?«

»Keine Ahnung. Kurz nach der Entführung trennten wir uns natürlich. Ich dachte, ich könnte ihr helfen, was vermutlich ziemlich vermessen war, aber sie wollte nicht. Ist doch klar. Sie konnte unmöglich darüber hinwegkommen, dass es meine Schuld war.«

Die Pubinhaberin, die hinter dem Tresen Gläser trocken rieb, warf ihnen bereits seit einer halben Stunde gequälte Blicke zu. *Alle sind gegangen, bloß ihr haltet mich hier noch auf.*

Macalvie sah zu ihr hinüber und schob seine Zigaretten wieder in die Hosentasche. »Gehen wir.«

Draußen blieben sie einen Augenblick stehen und blickten zu den Sternen hinauf und über das Wasser. Nicht einmal die lebhafteste Phantasie, meinte Melrose, könnte sich so einen bizarren Mord hier in Lamorna Cove ausmalen.

»In Kirkcudbright aber auch nicht.«

26

Auf Kollisionskurs mit Mutter Oberin am anderen Ende des langen Wandelgangs gehend, löste Morris Bletchley die Bremse an seinem elektrischen Rollstuhl und sauste den Perserteppich entlang wie auf einer Rennpiste.

Und da kam sie ihm auch schon entgegengestampft, wobei ihre Zuversicht, sie könnte dieses Durchhaltespiel gewinnen, allerdings zusehends schwand – das feige Huhn! Sie besaß einen gewaltigen abschüssigen Abhang von einem Busen, der sich unter einer Art gestärktem Spitzenbäffchen an ihrem Hals kühn talwärts schwang. Ihr Haar, zum üblichen steinharten Knoten gezurrt, war mit mehreren silberköpfigen Nadeln straff festgesteckt, wodurch sich ihre Kopfhaut bis zum Gehtnichtmehr nach hinten straffte.

Jetzt bete, dass dir dein Schöpfer ein Plätzchen im Himmel bereitet hat, dachte Morris Bletchleys und hielt pfeilgerade auf sie zu. Wieso hatte er sie damals eigentlich angeheuert? Vermutlich aus demselben Grund, weshalb er sie weiter hier behielt: mit dem Schild MUTTER OBERIN an der Brust war sie für die Rolle nämlich perfekt besetzt. Man wusste einfach, *so* hatte eine Mutter Oberin auszusehen. In seiner Jugend hatte er sich mit so zahlreichen Exemplaren von ihrer Sorte herumschlagen müssen, dass es seinem Gerechtigkeitssinn eine gewisse Genugtuung verschaffte, nun seinerseits bestimmen zu dürfen, wo der Hase lang lief. Na, bitte! Schlappgemacht hatte sie, das feige Huhn, und drückte ihre vollbusige Gestalt an die Wand. Haarscharf vor ihren Füßen kam Moe zu Stehen und fragte ganz unschuldig: »Sie wollten mich sprechen, Mutter Oberin?«

»*Mister* Bletchley! Ich verbitte mir Ihre lächerlichen Spielchen.«

Er fand ihre Art zu reden köstlich – dieses gespreizte Gehabe! »Es gehört aber doch zu Ihren Aufgaben, dafür zu sorgen, dass wir alten Trottel nicht aus der Reihe tanzen.«

»Ich wollte Sie wegen der Atkins sprechen. Sie – oder ihre Familie – hat ihren Anteil immer noch nicht bezahlt. Wobei der ja mickrig genug ist«, fügte sie missbilligend hinzu.

Moe Bletchley wandte gewöhnlich einen Staffeltarif an: man zahlte, so viel man eben konnte. Manche konnten eben nicht viel beisteuern. Den Rest legte er dann drauf. Mrs. Atkins musste nur ein Zehntel des Normalbeitrags berappen, was sich auf dreißig Pfund pro Tag belief. In Anbetracht der Tatsache, dass ein Zimmer nebst medizinischer Betreuung, Vollzeitkrankenschwestern und Gourmetverköstigung fast dreihundert kostete, waren dreißig Pfund ein Tropfen auf den heißen Stein.

Nun, es war immerhin Moes heißer Stein, und er konnte es nach Belieben drauftröpfeln lassen. Er legte den Kopf schief und sagte: »Na und?«

Sie schien etwas überrascht, dass er nicht wissen wollte, warum Mrs. Atkins ihren Anteil nicht bezahlt hatte. »Wie sollen wir sie aufnehmen, wenn sie ihre vertraglichen Verpflichtungen nicht erfüllt?«

»Wieso haben Sie sie nicht gebeten, ihren erstgeborenen Enkel zu verkaufen?«

Mutter Oberin plusterte sich auf, wodurch sich ihr Brustpanzer noch mehr wölbte. »*Mister* Bletchley! Wenn Sie darauf bestehen, die Regeln zu beugen und die Standards zu lockern, erschweren Sie unsere Arbeit in unnötiger Weise.«

»Ich bin aber doch schon seit vier Jahren am Beugen und Lockern, und Sie sind immer noch hier, oder etwa nicht?«

In einer ihrer zahlreichen Gebärden, mit denen sie andeutete, dass es hier um Schikane ging, drückte sie sich den Nasenrücken. Dann meinte sie: »Wenn Sie der Ansicht sind, dass meine Dienste nicht länger gebraucht werden –«

»Werden sie aber doch, werden sie! Sie sind doch fürwahr eine formidable Gestalt, wahrhaft beispielhaft!«

Nun wanderte der Busen noch höher, diesmal jedoch vor Stolz. »Ich hoffe doch *sehr*, dass es mir gelingt, unsere jüngeren und weniger kampferprobten Kräfte auf Linie zu halten.« Sie brachte ein frostiges Lächeln zu Wege. »Und wenn Sie jetzt bitte mitkommen und mit Mrs. Atkins sprechen wollen?«

Moe winkte ab. »Später. Zeigen Sie ihr ihr Zimmer. Ich gehe Linus Vetch besuchen.« Moe nahm seine Baseballmütze ab, rieb sich den Schädel und setzte die Mütze schwungvoll wieder auf. Dann machte er kurz winke, winke und schwenkte den Rollstuhl um neunzig Grad herum.

Regeln. Sie waren Mutter Oberins Lebensinhalt, ihr Ein und Alles. Allerdings war es ziemlich schwer, auf die Sterbenden »Regeln« anzuwenden, geschweige denn sie ihnen aufzuzwingen. An Wut und Korsett schwer tragend, machte Mutter Oberin auf dem Absatz kehrt und stapfte entschlossen den Wandelgang hinunter.

Verdammter Mist, dachte Moe, die hätten wir damals in Okinawa dabeihaben sollen. Im Zweiten Weltkrieg hatte Moe drei Jahre gedient. Gemächlich zockelte er den tiefblau-grünen Orientläufer entlang, auf dem vor nicht allzu langer Zeit Lord Arschgesicht und seine Lady herumgetappt waren. Sie hatten verkaufen müssen, weil sie sich ihr hochherrschaftliches Anwesen, damals noch Sheepshanks Hall genannt, nicht mehr hatten leisten können. Kein Wunder, diese britischen Aristokraten (die er ausnahmslos verachtete) schmissen mit ihrem Geld wie mit Konfetti um sich, bezahlten damit dicke Autos und Pferde und hielten sich fünfzig Bedienstete. Die waren nicht zum Arbeiten, sondern nur zum Herumtrödeln auf der Welt.

Moe war Amerikaner, der seinen letzten Lebensabschnitt in Britannien zubrachte. In den Staaten hatte er nach Herzenslust abgezockt (Millionen) und war dann herübergekommen, um zu sehen, was in England zu holen war (Milliarden).

Moe hatte ein Schnellimbiss-Hühnchen-Imperium aufgebaut, sozusagen »aus dem Mist gekratzt« (wie er den Leuten immer gern erzählte, von denen die meisten den Witz nicht kapierten, aber die meisten Leute waren ja sowieso ziemlich dämlich). Dieser beliebten Speiselokalkette gab er den Namen Chick'n King. Über ganz England verstreut waren Filialen aus dem Boden geschossen. Sogar in den Mooren von North Yorkshire und in Dartmoor hatte er welche hochziehen wollen, doch war diese Idee bei den Leuten vom Bauamt und beim National Heritage, der Gesellschaft für das Nationalerbe, auf wenig Begeisterung gestoßen. Für Ästhetik hatte Moe wenig übrig, außer wenn es sich um Design und Ausstattung seiner Chick'n-King-Läden handelte. Da langte er aber richtig hin – die grellsten, waghalsigsten Dinger am Horizont waren es, in leuchtenden Farben bemalt. Außerdem hatte er das »Alle-gleich«-Gebot gebrochen, und es gab drei verschiedene Designs. Sein Gebäudeplaner – ein Bursche von kindlichem Gemüt, der eigentlich kein richtiger Architekt war – wartete immer wieder mit frischen Ideen für die Form eines neuen Chick'n King auf. Manche waren eiförmig gestaltet – etwa ein riesiges marineblaues Ei, das auf seinem breiten Ende ruhte und ringsum mit Ostereimustern bemalt war. Von den Dingern gab es zwei Dutzend. Eine andere Gruppe sollte an eine Henne erinnern, die gerade beim Eierlegen war beziehungsweise auf ihrem Nest saß. Und dann gab es noch den allerneuesten Schrei, von Moe Chick'n Tots getauft, also speziell für die lieben Kleinen gedacht. (Und was waren dann die anderen?) Sie waren bei Kindern und Erwachsenen gleichermaßen ein Volltreffer. In Kükengestalt und butterblumengelb angestrichen leuchteten sie so hell, dass man sie auf der Autobahn nach Truro schon aus einer halben Meile Entfernung erkennen konnte. Die Chick'n Tots waren bei Eltern sehr beliebt, weil dort in einem getrennten Bereich Tischchen und Stühlchen standen, wo die Kinder ohne elterliche Aufsicht essen und sogar von einer eigenen Speisekarte bestellen konnten. Ob sie des Lesens mächtig waren oder nicht, war unerheblich, da es von jedem Gericht ein Bildchen gab. Die Kinderabteilung wurde von einer hübschen Prinzessin à la Disney World mit pink-rosa Zauberstab betreut. Sie war zur Stelle für den Fall, dass die Kleinen anfingen, einander mit Essen zu bewerfen. Da herrschte im Handumdrehen wieder Frieden – erstaunlich, was eine Prinzessin mit Zauberstab fertig bringt, Mums und Dads aber nicht.

Ein weiterer großer Unterschied zwischen Moes Speiselokalen und den meisten anderen Etablissements dieser Art war das Essen. Dies resultierte aus einer bereits einige Jahre zurückliegenden Begebenheit. In einem der Chick'n Kings waren damals die Pommes frites ausgegangen (fade Dinger, aber auf wohlvertraute Weise fade und gerade dadurch etwas Besonderes), woraufhin eine Angestellte namens Patsy Rankin kurzerhand ein paar Kartoffeln in dünne Scheiben geschnitten, im heißen Öl gewälzt und als hausgemachte Pommes serviert hatte, wie man sie in einem Schnellrestaurant noch nie zu Gesicht bekommen hatte. Die Gäste waren so versessen darauf, dass der Gesamtumsatz um über zehn Prozent in die Höhe schnellte. Und weil niemand Erfindungsgeist mehr zu schätzen wusste als Moe

Bletchleys, wurde Patsy Rankin umgehend in die Hauptzentrale nach Birmingham versetzt und mit der Speiseninnovation betraut, einer eigens für ihre Talente geschaffenen Position.

Chick'n King in Schwung zu bringen hatte ein Vermögen gekostet, das sich für Moe Bletchley jedoch bereits verdreifacht hatte. Der Unterschied zwischen seinem Schnellrestaurant-Imperium und anderen bestand darin, dass das Essen besser schmeckte und die Gebäude so drollig aussahen, dass sie die Leute einfach magisch anzogen.

Linus Vetch war vor sechs Wochen aufgenommen worden und sichtlich auf dem Wege der Besserung. Ungewöhnlich an Bletchley Hall war der Umstand, dass die Leute, die hierher kamen, zwar alle als sterbenskrank diagnostiziert worden waren, jedoch nicht alle das Haus in einer Kiste verließen. Bletchley Hall war teils Sterbeklinik, teils Pflegeheim, und zu einem nicht geringen Teil Kurklinik. Selbstverständlich kam nur jemand, der für sterbenskrank erklärt wurde, in den Genuss dieses letztgenannten Elements. Doch besserte sich der Zustand bei einigen Sterbenskranken oft erheblich, und sie verließen das Haus aus eigener Kraft – und vielleicht zur Enttäuschung ihrer Verwandten, die sich daraufhin gezwungen sahen, das betagte Familienmitglied wieder an den häuslichen Herd zurückzuverfrachten. Dadurch wurde Bletchley Hall zu einer Art Wunderheim und folglich zur heiß ersehnten letzten Station auf der Straße nach Werweißwohin. Diese Wiederbelebung scheinbar hoffnungsloser Fälle war den Ärzten ein Rätsel.

»Was zum Teufel soll hier das Rätsel sein?«, sagte Moe. »Ihr Burschen wart es doch, ihr habt euch doch bei der Diagnose vertan.«

»Mr. Bletchley«, hatte Dr. Innes daraufhin eingewandt. »Linus Vetch wurde mit Speiseröhrenkrebs eingeliefert. Es kommt höchst selten vor, dass ein Patient sich von diesem Krebs von

173

allein erholt. Linus Vetch hat Bestrahlungen bekommen, Chemotherapie, eine Knochenmarktransplantation –«

»Und? Vielleicht hat der Voodoozauber am Ende gewirkt. Soll ja vorkommen.« Moe fing an zu summen.

Das brachte Dr. Innes natürlich auf die Palme, kein Wunder: Wenn ein Patient schon eine lebensbeendende Krankheit hatte, dann sollte sein Leben auch bitte schön enden.

»Da frage ich mich doch«, fuhr Moe fort, »wieso ihr Burschen es nicht abkönnt, wenn jemand wieder auf die Beine kommt.«

»Aber das ist doch völliger Unsinn. Ich –«

Moe schwenkte eine dick geäderte Hand, was so viel heißen sollte wie: *Halt die Klappe, Mann.* »Es ist doch so: Da wird bei einem eine unheilbare Krankheit diagnostiziert. Der stirbt aber nicht. Da ist also was falsch. Und zwar Ihre Diagnose. Außer natürlich, Sie denken, wir haben hier ein zweites Lourdes, und ich bin die Jungfrau Maria.«

»Sehr witzig«, sagte Dr. Innes. »Der Verdacht ist mir gar nie gekommen.« Damit stürzte er den Wandelgang entlang davon auf eine Art, die, dachte Moe überrascht, anscheinend nie den Verdacht von Mutter Oberin erregt hatte.

Linus Vetch saß aufrecht in die Kissen gestützt da und sah – zugegebenermaßen – ziemlich fertig aus, andererseits jedoch wie ein Mann auf dem Wege der Genesung. Der arme Kerl war in den Siebzigern, hatte die höllische Chemotherapie und eine Knochenmarktransplantation hinter sich und lebte noch, um darüber reden zu können. Und dass er reden konnte, war ein Wunder, denn Bestrahlung und Chemotherapie hatten seinen Stimmbändern kaum weniger zugesetzt als der Krebs, der sich vor einem Jahr in seiner Speiseröhre gebildet hatte.

Moe ruckelte in das üppig ausgestattete Zimmer an Linus' Bett, der ihm zur kumpelhaften Begrüßung die Hand entgegenreckte. Seitdem der ehemals Sterbenskranke den Arm wieder heben konnte, begrüßten die beiden sich auf diese Art. Schon erstaunlich, musste Moe zugeben. Er, der (außer an Widerspenstigkeit) nie erkrankt gewesen war, wusste, dass er keine Ahnung von den Schmerzen hatte, mit denen Linus geschlagen war.

»Na, wie geht's, Kumpel?« Moe behandelte alle Patienten – er nannte sie lieber »Gäste« –, als wären sie bloß auf ein nettes Wochenende hier abgestiegen.

»Besser heute. Muss an Ihrer Küche liegen.«

»Ich haben Ihnen die Speisekarte von heute mitgebracht.« Moe war der Ansicht, dass einen die Vorfreude auf eine feine Mahlzeit wenigstens so lange in Gang halten konnte, bis man sie bekam. Essen besaß eine erstaunlich besänftigende, tröstliche Wirkung, und die Mahlzeiten hier im Hause wurden von zwei erstklassigen Küchenchefs gekocht, die Moe aus zwei Viersternerestaurants abgeworben hatte.

Linus zog sich in eine bequemere Sitzposition hoch und tastete nach seiner Brille. »Wo hab ich das verdammte Ding bloß wieder hin? Dauernd verliere ich sie.«

»Vielleicht in der Schublade.« Moe deutete mit einem Nicken auf das Nachttischchen. Dort bewahrte Linus sie immer auf und vergaß immer, dass er sie dort hatte.

Linus fand sie und klemmte sich die Bügel hinter den Ohren fest, wie um Morris Bletchley besser sehen zu können. Dann nahm er sie wieder ab und sah sich suchend im Zimmer um.

Er hatte den forschendsten Blick, der Moe je begegnet war: Augen, die den gesamten Raum vom Boden bis zur Decke abtasteten, wie um eine Antwort zu finden in der William-Morris-Tapete, den Art-déco-Wandleuchtern, den wunderschönen Holzböden, dem Kirmanteppich und den hohen Fenstern, die auf den blumengesäumten Bach hinausgingen.

Moe wünschte, er hätte diese Antwort oder könnte Linus wenigstens irgendeine Antwort geben.

Linus sagte: »Wie sind Sie eigentlich in den Rollstuhl geraten?« Das fragte er jedes Mal. Offensichtlich freute es ihn, dass Moe zwar nicht im Sterben lag, aber doch nicht ganz ungeschoren davongekommen war.

Irrtum. Moe konnte so gut laufen wie jeder andere (solange dieser andere nicht Linus war, der es ohne eine stützende Hand nicht mal bis zur Toilette schaffte).

Moe klatschte mit der Hand auf die Armlehne des Rollstuhls. »Durchs Leben, Linus. Durchs Leben bin ich hier reingeraten.«

27

Als Emily Hayter am nächsten Morgen an ihre Haustür kam, sah sie Melrose an, als hätte sie jemand anderen erwartet. Indem sie die Tür aufmachte, schien ihr kleiner Mund bei seinem Anblick etwas sagen oder sich etwas verkneifen zu wollen. Ihre Figur war auf Grund ihres fortgeschrittenen Alters und zu vieler selbst gebackener Naschereien stämmig geworden. Auch jetzt konnte Melrose die würzige Wärme von Nelken und Muskat in der duftgeschwängerten Luft ausmachen.

Er stellte sich vor, offenbar unnötigerweise, denn sie wusste bereits Bescheid über ihn. Hätte das Verschwinden von Chris Wells sich nicht in den Vordergrund gedrängt, wäre Melrose *das* Dorfgespräch gewesen. Seabourne hatte eine geraume Zeit leer gestanden (abgesehen von den Innendekorateuren, die es aber nicht lange ausgehalten hatten). Neugier obsiegte schließlich über die Ungelegenheit seines Besuchs. Mit dem Holzschlegel in der Hand – wofür der wohl gedacht war? – winkte sie ihn herein, bot ihm Platz und eine Tasse Kaffee an und sagte, das Aprikosenbrot kühle gerade ab. Hatte sie das extra für ihn gebacken?

Emily Hayter wohnte in einer kleinen Straße, die nicht viel breiter als ein Tordurchgang war, hinter der Hauptstraße, an der der Drowned Man und die Woodbine-Teestube lagen. Ihr Cottage ähnelte denen ihrer Nachbarn: steiles Mansardendach über Guckkastenfensterchen und weiß getünchten Wänden. Es stand mitten in einem überwucherten Garten, der sich vorn sogar bis fast ins Wohnzimmer erstreckte, denn wo Melrose nun Platz nahm, standen schmächtige, vom Efeu fast erstickte Topfpflanzen mit papierdünnen, arg mitgenommen aussehenden Knospen und Blüten.

Da Mrs. Hayter auf Melrose den Eindruck einer arbeitsamen Frau machte, war ihr Problem vermutlich nur Zeitmangel. Mit dem Kaffeetablett ins Zimmer kommend, bestätigte sie diesen Eindruck. »Irgendwie ist nie genug Zeit für alles«, sagte sie, während sie den Filterstab in ihrer französischen Kaffeekanne hinunterdrückte, der mit seiner seufzenden Abwärtsbewegung in Mrs. Hayters tiefen Seufzer einzustimmen schien. »Sie haben ja gesehen, wie's in meinem Garten aussieht und hier drin erst. Sie sehen ja –« Dabei wedelte sie mit den weißen Servietten wie mit Kapitulationsfähnchen im Zimmer herum und schenkte Kaffee ein. Dies tat sie mit einer Anmut, die von jahrelanger Übung zeugte. Das Brot, das sie Melrose nun offerierte, sah köstlich aus und war zweifellos die Quelle des würzigen Duftes in der Luft.

Sobald sie es sich gemütlich gemacht hatten, wollte sie wissen, wie ihm denn Seabourne nun gefalle. »Sehr gut. Ein wunderschönes Anwesen. Und auch so schön gelegen, dort oben mit dem Meeresblick.« Dies fügte er hinzu in der Hoffnung, ihr damit das Stichwort für ein Gespräch über die Kinder gegeben zu haben.

»Ja, aber kalt. Die Räume alle zu heizen kostet doch ein Vermögen.« Zweifellos das Ausmaß des seinigen abschätzend, musterte sie ihn mit einem raschen Blick.

»Ich habe nichts dagegen, wenn es ein bisschen frisch ist.«
(O doch, hatte er.) »Daran bin ich gewöhnt.« (O nein, war er
nicht.) Emily Hayter, schien es Melrose, war ein Rädchen, das erst ein
wenig in Gang gebracht werden musste. Auf den Meeresblick
war sie nicht angesprungen, er musste also wohl noch weitere
Andeutungen machen. »Die Maklerin sagte mir, der Besitzer
würde im Dorf wohnen. In einer Art Pflegeheim oder Hospiz?«
Über den exzentrischen Morris Bletchley würde sie sich sicher
nur zu gerne auslassen.

»O ja. Das hat Mr. Morris eingerichtet. War früher mal ein
Herrschaftssitz, aber dann hat er's übernommen und Bletchley
Hall genannt. Ist doch nett für diese armen Geschöpfe so kurz
vorm –« Ihr fiel keine abgedroschene Redewendung ein, mit der
sich der Tod etwas akzeptabler anhörte. »Mr. Morris, ja ja, ein
komischer Kauz ist der.«

Melrose wartete geduldig ab, etwas über Mr. Bletchleys komische Kauzigkeit zu erfahren, während sich Mrs. Hayter ein
Bröckchen Aprikosenbrot zu Gemüte führte und mit Kaffee
nachspülte.

»Wissen Sie, wo ihm die Hall ja gehört, kann er machen, was
er will. Ist doch großzügig von ihm, solche Pflege anzubieten,
aber wenn Sie mich fragen, muss man ziemlich bekloppt sein, da
hinzuziehen, meinen Sie nicht? Ich bitte Sie, wer will schon die
ganze Zeit an – na, Sie wissen schon – erinnert werden? Tja, ist
ein komischer Kauz, der Mr. Bletchley, ganz bestimmt.«

Da sie nicht weitersprach, musste Melrose irgendwie nach
einem Einstieg in das tragische Ereignis mit den Bletchley-Kindern suchen. Sein Blick fiel auf die ziemlich miserablen Kunst-
werke an ihren Wänden und machte sich an der Reproduktion
eines stürmischen J. M. W. Turner fest. Er dachte an Bea und
musste lächeln. Turner war ihr Lieblingsmaler.

»Das ist ja ein sehr hübscher Turner, da hinter Ihnen«, sagte er.

Sie wandte sich um, als wäre es der Turner von jemand anderem, und sagte:»Morbide, würde ich sagen. Den mochte Mr. Hayter ganz gern. Vor knapp zwei Jahren isser gestorben.« Es klang, als hätte der Tod Mr. Hayter wegen des Gemäldes ereilt.

Tod und Turner boten Melrose nun aber einen Einstieg.»Ist in Seabourne vor einigen Jahren nicht ein tragischer Unfall passiert? Dabei sind doch zwei Kinder ertrunken.«

Sie schien höchst erfreut, sich darüber auslassen zu können, was sie auch ausführlich tat, da sich ihr dadurch erneut Gelegenheit zur ihrer Entlastung bot. Ihre Darstellung deckte sich vollkommen mit der von Macalvie. Abschließend meinte sie:»Manchmal sind sie nämlich dort runter und auf Mr. Daniels Boot. Also, ich meine, das Boot von ihrem Vater. Das dachte die Polizei auch, dass sie aufs Boot wollten.«

Melrose sah davon ab, sie in diesem Punkt zu korrigieren.»Wie bekam Bletchley zwischen diesen Felsen eigentlich ein Boot durch?«

Für Navigation interessierte sich Emily Hayter überhaupt nicht und wischte die Frage beiseite.»Was weiß ich, er konnte es eben.« Sie war von blödsinnigem Fragen unterbrochen worden und würde nun auf ihren Bericht zurückkommen.»Ich wurde von irgendwas wach, es klang wie ein Schrei oder wie Weinen. Ich wohnte im Obergeschoss, es war also ziemlich weit weg. Ich dachte mir, wenn ein Geräusch bis nach oben dringt, muss es ja ziemlich laut sein. Also schlüpfte ich in Morgenmantel und Hausschuhe und ging nach unten. Weil es dunkel war, konnte ich nicht in den ersten Stock hinuntersehen. Jedenfalls können Sie sich vorstellen, dass ich in höchster Aufregung war. Dann fasste ich mir ein Herz« – sie tat es und setzte sich aufrecht hin –, »holte eine Taschenlampe und –« Sie hielt inne und nahm sich noch eine Scheibe Aprikosenbrot.

»Sie gingen –«

»Schnurstracks in die Kinderzimmer. Als ich sah, dass sie nicht im Bett waren, erschrak ich noch mehr als von dem Geräusch vorher. Ich suchte überall im Haus und rief nach ihnen. Nichts. Keiner da. Hatte ich schon gesagt, dass die Bletchleys ausgegangen waren? Habe ich das erwähnt?« Ihre Missbilligung war offenkundig. »Dann gingen Sie –«

»Nun, natürlich nach draußen. Dort war aber niemand, und ich konnte auch nichts hören. Nur das Meeresrauschen. Ich war bestimmt gute zwanzig Minuten dort draußen und spähte durch die Bäume, aber da war nichts. Draußen bleiben wollte ich nicht, schließlich war es mitten in der Nacht. Ich will Ihnen mal was sagen, Sir.« Ihre Stimme senkte sich zu einem zischenden Flüstern. »Hier in der Gegend erzählt man sich sagenhafte Geschichten über dieses Haus –«

Aha, eine sagenhafte Geschichte. Na großartig! Er musste unbedingt sofort Brian Macalvie informieren. Er setzte ein Lächeln auf und hoffte, sie mit ein bisschen Geduld in die Realität zurückzulotsen.

»– es sei über den Gräbern einer Familie erbaut, die im Schlaf umgebracht wurde.« Sie beugte sich über den Tisch so dicht zu ihm hin, dass er ihren Muskatnussatem riechen konnte. »Das Haus, heißt es, ist vom Geist einer Gouvernante namens Marianna verhext.«

Immer ist eine Gouvernante im Spiel, gern mit Namen Marianna oder einer Spielart dieses Namens. Nun, er brauchte gar nicht so überheblich zu tun. Wer hatte denn herumgeschmachtet und gehofft, die imaginäre Stella würde sich zeigen? Er runzelte die Stirn, als ihm Karen Bletchleys Geschichte wieder einfiel: von der Frau auf der anderen Seite des Teiches.

»Das arme Mädchen verliebte sich in einen Piraten. Der hatte es aber natürlich bloß drauf abgesehen, das Haus auszurauben. Das tat er auch und verschwand, und sie sah ihn nie wieder.«

»Ach.« Er war sich nicht sicher, was er mit diesem Ach sagen wollte. »Und wo soll dieser Geist gesehen worden sein?«

»Auf der Klippe über den Felsen dort.« Sie beugte sich näher zu Melrose hin und zog den Rock straffer über die Knie. »Sie steht immer noch da, heißt es, und schaut übers Meer hinaus.«

Und immer stand sie, vom Anblick verklärt. Da war sie wieder, die Gedichtzeile von Hardy. Er spürte, wie ihn dieselbe unaussprechliche Einsamkeit überflutete, trotz des behaglichen Cottage, der freundlichen, einfachen Frau, trotz Aprikosenbrot…

Er rüttelte sich auf und entkam der düsteren Wolke, die sich über ihn senkte, und hörte sie gerade noch sagen: »… einer von den Innendekorateuren –«

Da waren sie wieder, die Prachtburschen, die viel beschworenen Innendekorateure! Sie hatten in Bletchley zweifellos einen bleibenden Eindruck hinterlassen.

»Der behauptete, er hätte diesen Geist in der Küche gesehen. Die beiden waren aber – nun ja, ich kann mir nicht denken, dass die sehr zuverlässig waren.«

Es war klar, was sie von »diesen beiden« hielt. Melrose wandte sich einem anderen Thema zu. »Auf jeden Fall gab es in Bletchley eine ganze Reihe von bizarren und unglückseligen Vorfällen. Die arme Frau, die jetzt offenbar verschwunden ist – ihr Neffe hat mich im Drowned Man bedient.«

Noch bevor er zu Ende gesprochen hatte, nickte sie bereits eilfertig. »Damit meinen Sie sicher Chris Wells. Wie Sie sagen – eine seltsame Geschichte.«

»Der Woodbine Tea-Room gehört ihr, nicht wahr?«

»Ihr und Brenda Friel. Bienenfleißig sind die beiden, also, muss man wirklich sagen. So ein Geschäft zu betreiben, das ist harte Arbeit, ohne dass viel dabei rausspringt. Ich helfe manchmal mit meinen Beerentorten aus. Die sind wirklich sehr beliebt, meine Torten. Wenn die beiden mal weg sind, helf ich dem jungen John drüben, dem Neffen von Chris. Also, von dem könnten sich andere junge Leute aber eine Scheibe abschneiden.«

Arbeit zwar zweifellos die Messlatte, die Emily Hayter an ihre Mitmenschen anlegte. Melrose käme vielleicht auf anderthalb Zentimeter. »Der Bursche ist ganz durcheinander.«

»Aber sicher, Chris Wells ist doch wie eine Mutter für ihn. Sein Dad ist gestorben, und seine leibliche Mutter ist einfach abgehauen, als er noch ein ganz kleines Würmchen war. Chris war ihre Schwester. Ich dachte schon, sie ist vielleicht nach Penzance gefahren zu diesem nichtsnutzigen Verwandten von ihr, um dem zu helfen.« Sie rückte näher zu Melrose hinüber. »Der ist der Trunksucht verfallen. Also, bei so was kenn ich kein Pardon.«

»Du liebe Güte, Mrs. Hayter, jetzt sitze ich schon eine Stunde hier und habe ganz vergessen, weshalb ich überhaupt kam! Ich hatte überlegt, ob Sie vielleicht ein paar Stunden pro Woche erübrigen könnten, um bei mir zu kochen. Sie stehen im Ruf, eine ausgezeichnete Köchin zu sein.« Ein bisschen Schmeichelei konnte nicht schaden.

Er hatte Recht. Falls sie sich bisher noch nicht für eine ausgezeichnete Köchin gehalten hatte, so tat sie es jetzt. »Na ja, so das eine oder andere hab ich schon gemacht. Wie oft dachten Sie denn?«

»Vielleicht so einmal pro Woche.« Eigentlich hatte er festgestellt, dass er am liebsten überhaupt niemanden um sich haben wollte, denn es machte ihm Spaß, so allein vor sich hin zu werkeln. Doch er brauchte ja einen Grund für diesen Besuch. »Ich dachte, Sie könnten mir vielleicht ein paar Sachen kochen und einfrieren, dann kann ich es je nach Bedarf in den Ofen schieben. Diese Woche brauchen Sie sich allerdings noch nicht zu bemühen, da ich oft außer Haus essen werde.«

Nachdem sie sich auf eine Zeit geeinigt hatten, holte sie hinter einem Sofakissen ein Notizbuch hervor (Melrose staunte über das Versteck: hatten es einige Dorfbewohner etwa auf ihren Koch- und Putzterminkalender abgesehen?) und schrieb mit dem Bleistift, der mittels einer Schnur an dem Notizbuch befestigt war, etwas nieder.

»So. Ich hab Sie für übernächsten Donnerstag früh um sieben eingetragen. Das wäre also erledigt!«

Nein, für Melrose war überhaupt nichts erledigt. »Ginge es nicht ein bisschen später, sagen wir, so um zehn?«

»Na, von mir aus.« Ihr Blick deutete an, dass sie sich nicht vorstellen konnte, was er um sieben Uhr morgens tun könnte und was durch ihre Gegenwart gestört würde. Fossilien sammeln gehen vielleicht? »Wenn ich da noch was sagen dürfte, Sir, es könnte auch nicht schaden, wenn sich jemand um das Grundstück kümmern würde. Es sieht ziemlich schlimm aus.«

»Ah, ja, da haben Sie Recht. Hatten Sie da jemanden im Sinn?«

»Jason Slatterly war früher dort Gärtner, der versteht was davon.«

»Vielleicht war er es, der mir am ersten Abend ein Kaminfeuer hergerichtet hat.«

»Bestimmt. So kleine Aufmerksamkeiten macht er immer gern für die Leute.« Daraufhin lief sie puterrot an und versuchte, ihr Gesicht hinter der erhobenen Teetasse zu verbergen. Hegte Mrs. Hayter Mr. Slatterly gegenüber etwa zärtliche Gefühle? Diese unerschütterliche Haltung in Bezug auf Romantik gefiel Melrose. Noch dazu bei einer Person, die zwar nicht sonderlich korpulent, doch von der solide ausgestopften Gestalt eines Feuerhydranten war und bei der sich Taille, Hüften und

Brüste fast konturlos ineinander fügten.»Erzählen Sie mir von ihm.«

»Er war jahrelang Gärtner, als die Bletchleys noch dort wohnten. Die Innendekorateure stellten ihn dann auch wieder ein. Aber die wollten so einen kunstvoll zugeschnittenen Ziergarten, und dazu konnte Mr. Slatterly sich nicht durchringen und erhob Einspruch. Aber die Innendekorateure hatten sich ihre Schwäne nun mal in den Kopf gesetzt. Drum sieht das Buschwerk beiderseits der Eingangstür auch so zerrupft aus. Fast ein Jahr haben die dort herumgemurkst, bevor sie wieder nach London zurückgingen, wo sie von vornherein hätten bleiben sollen, wenn Sie mich fragen. Hier in Cornwall legen wir keinen großen Wert auf den überkandidelten Londoner Stil.«

Dass sich Cornwall bei ihr wie die Äußeren Hebriden anhörte, gefiel Melrose. Schließlich sah Cornwall sich selbst ja vom übrigen England abgetrennt. Und das »überkandidelte« London sickerte ja auch zusehends nach Cornwall herein, wo es sich heruntergekommene Fischerhütten oder enorme, auf zerklüfteten Klippen thronende Steinhaufen als Zweitwohnsitz kaufte, Seabourne zum Beispiel.

»Ich wäre Ihnen sehr verbunden, wenn Sie mit Mr. Slatterly in dieser Sache sprechen könnten, ja?« Du liebe Güte, das hörte sich aber hoheitsvoll an.

Das würde sie mit dem größten Vergnügen tun.

Er erhob sich.»Nun denn, haben Sie vielen Dank, Mrs. Hayter. Dann sehe ich Sie also in zwei Wochen?«

»Ja, ist recht.«

»Gut.« Melrose ließ seinen Blick auf dem J. M. W. Turner verweilen, dessen Original in der Tate Gallery hing. Hätte er das Gemälde in der Tate damals auch nur fünf Sekunden länger angesehen, hätte es ein Loch in seine Regenbogenhaut gebrannt, so prächtig war das Licht.

28

Diesen Morris Bletchley fand Melrose nun wirklich interessant. Jemand, der einen Herrschaftssitz aufkaufen konnte (zwar klein, aber immerhin ziemlich hochherrschaftlich und seit Generationen das Zuhause von Viscounts, Baronen und Baronets), um ihn in eine Mischung aus Sterbehospiz und Pflegeheim umzuwandeln, verdiente besonderes Interesse. Insbesondere, wenn dieser Jemand ein Amerikaner war, der sein Vermögen mit Schnellgaststätten gemacht hatte.

An diesem speziellen goldenen Septembernachmittag bestaunte Melrose das Gelände jenseits der hohen Fenster von ehemals Sheepshanks – jetzt Bletchley – Hall. Das Anwesen, einst Stammsitz des Viscount Sheepshanks (stand in dem Faltblatt) war einfach prachtvoll. Ein Rausch von Ringelblumen und lila Orchideen bedeckte einen Großteil des Geländes, doch waren auch labyrinthisch verschlungene, kunstvolle französische Gärten angelegt. Das Faltblatt hatte ihm eine herrische, untersetzte Frau im Grisette-Kleid ausgehändigt, die seinem Ansinnen, Mr. Bletchley sprechen zu wollen, so begegnete, wie sie zweifellos jedem Ansinnen begegnete. Der inkommodierte Ausdruck wich überhaupt nicht von ihrem Gesicht, denn dies schien das Los, das ihr auf Erden beschieden war. Schließlich ging sie Mr. Bletchley holen, nachdem sie Melrose angewiesen hatte, in diesem hübschen Raum zu warten. Und hier stand er nun in die Betrachtung eines reich verzierten Brünnleins versunken, in dem Delfine mit bronzenen Fischen und Putten tollten. Dahinter erstreckte sich ein sanft abfallender Rasenhügel bis zu einem Bach hinunter, der das Gelände in zwei Teile durchschnitt. Flache Stufen führten zu ihm hinunter, Büschel von spät blühenden Gräsern und kleine Felder von getupften Orchideen wuchsen an den Böschungen entlang. Dahlien, Alpenveilchen und lila Klematis sprossen auf dem sanft abfallenden Rasen. Auf einer der weißen Bänke, die über das ganze Gelände verstreut standen, hatte inzwischen eine Frau jüngeren Alters Platz genommen, wohl eine der allesamt für sterbenskrank erklärten Bewohner von Bletchley Hall, eine Diagnose, die sich – wie Melrose inbrünstig hoffte – nicht, während er zusah, bewahrheiten würde.

Mit ihm im Zimmer war eine alte Frau, die – dem Krückstock mit Silberknauf nach zu urteilen, den sie mit festem Griff umklammerte – vermutlich aus eigener Kraft hereingekommen war, nun aber friedlich schlummerte.

Der Bewegung der Sterbehospize zu Grunde lag die Idee, in vertrauter Umgebung und heimeliger Atmosphäre sterben zu können. In dieser Hinsicht war Bletchley Hall also kein Sterbehospiz, sondern eine gelungene Verbindung aus Hospiz und Pflegeheim – falls »gelungen« der passende Ausdruck war. Melrose fand, wenn man schon weitab vom eigenen Heim und Herd, von Verwandten und Bekannten sterben musste, dann nirgendwo besser als in Bletchley Hall. Ja, selbst wenn man die Wahl zwischen Heim und Hall hatte, würde man sich womöglich trotzdem für Bletchley entscheiden. Wieder einmal dankte er Gott dafür, dass er Geld hatte. Alt und gebrechlich zu sein war schon schlimm genug, alt, gebrechlich und arm zu sein war unerträglich. Sterbebettszenen (hatte er immer gefunden) waren bei der Darstellung der Hingabe seitens der Kinder immer maßlos übertrieben, diesem ums Bett versammelten melodramatischen Getue der Sippschaft, einem Ströme von Tränen vergießenden Bataillon schwarzer Gestalten. Wahrscheinlich lief es eher so ab: dem Leichenbestatter ein paar Hunderter in die Hand gedrückt, und fort mit der Alten. Oder aber die Verwandtschaft war beim Krickettspiel oder schlug sich mit einem vorbestellten

Essen die Wampe voll, während Granny oder Mum im Schlafzimmer oben ihr Leben aushauchte. Nein, die wahrheitsgetreuere Version des Todesmoments tendierte eher in Richtung Abwesenheit der Häupter der Lieben denn zu deren Anwesenheit.

In Bletchley Hall jedoch konnte man sichergehen, dass der eigene Tod wohl behütet und begleitet, die Laken weiß und die Kissen schön aufgeschüttelt waren. Melrose konnte es kaum erwarten, bis Sergeant Wiggins dies alles zu Gesicht bekäme. *Das* war nämlich einer, der erstklassige Pflege gebührend zu schätzen wusste!

Das Zimmer, in dem Melrose wartete, war nicht besonders groß, doch das Deckengewölbe über ihm war mit prächtigen Schnitzereien verziert. Der Raum saugte das Sonnenlicht auf, als würde es förmlich kannenweise über den riesigen, seidig schimmernden Perserteppich ausgegossen, und auf den Sonnenstrahlen hätten Engelchen tanzen können. Die alte Dame, die in dem großen Sessel aus dem 17. Jahrhundert an eine Zwergin gemahnte, war vom Licht so durchdrungen, dass sie bereits zu höherer Glorie abberufen schien. Melrose hoffte sehr, dass sie nur schlief. An einem Ort wie diesem vergewisserte man sich dessen besser nicht.

Die stämmige Frau in Grau kam zurück, um Melrose mitzuteilen, Mr. Bletchley sei unterwegs, und durchquerte dann den Raum, während sie mit erhobener Stimme zu der alten Dame hinüberrief: »Mrs. Fry! Mrs. Fry! Zeit zum Aufwachen!«

Wieso denn eigentlich?, fragte sich Melrose. Sicher hatte Mrs. Frys Karawane auf ihrer gemächlichen Reise einen Punkt erreicht, an dem es für verdammt noch mal gar nichts mehr »Zeit« war. Zeit hatte sich in ihrem Fall zusammen mit dem verdämmernden Licht vollkommen aus dem Fenster verflüchtigt. Zeit war für sie mittlerweile ohne jede Bedeutung.

Und wieso musste man alte Leute eigentlich anschreien, als

wären sie alle taub? Melrose wollte schon aufspringen und Mrs. Fry zu Hilfe eilen, als die alte Dame plötzlich zuckend erwachte. Was blieb ihr auch anderes übrig, wenn ihr eine Stimme derart ins Ohr kläffte? Die ihr nun mitteilte, es sei »Zeit für Ihren Tee, meine Liebe«.

Während die stämmige Frau (auf dem Namensschildchen stand MUTTER OBERIN, offensichtlich war sie so eine Art Geschäftsführerin) Mrs. Fry beim Aufstehen half, kam ein älterer Mann im Rollstuhl angeflitzt, machte kurz vor Melrose Halt und streckte die Hand aus.

»Morris Bletchley, genannt Moe. Sie wollten mich sprechen? Sie hätten nicht zufällig eine Zigarette, was? Vorausgesetzt, es ist nicht dieses Mentholzeug.«

Er musterte Melrose mit einem raschen Blick, als wollte er ihn auf seinen Spaßfaktor hin überprüfen. Melrose wünschte, er hätte einen Flachmann eingesteckt.

»Doch, habe ich.«

Moe Bletchley wendete den Rollstuhl und fuhr mit einem »Folgen Sie mir«-Winken auf die Tür zu. Während Melrose seiner Aufforderung Folge leistete, meinte Bletchley über die Schulter hinweg: »Hier rüber ist das Rauchzimmer. Da muss man hier nämlich aufpassen. Lungenemphyseme *en masse.* Möchte nicht, dass mir so ein Lungenkrebskranker dabei zusieht, wie ich mir freudig den meinigen zulege.« Bletchley lachte und schnaubte dabei hauptsächlich durch die Nase. »Sie sich Ihren übrigens auch.«

Melrose dankte ihm für den emphysemischen frommen Wunsch, während sie sich gemeinsam einen langen Wandelgang hinunterbewegten, wobei Melrose sich ranhalten musste, um mit dem Rollstuhl mitzuhalten, der womöglich schon mehr Patienten von Bletchley Hall umgenietet hatte, als es Lungenemphyseme je zu Stande brächten. Die Wände des Wandelgangs waren einst mit den Ahnenporträts der Sheepshanks-Familie behängt gewesen, die der Viscount zweifellos mit weggeschleppt hatte. Diese Schlussfolgerung zog Melrose aus dem Umstand, dass die nunmehr dort hängenden Gemälde – romantische Ansichten von Cottages und Schäfern, Viehtreibern mit Schafen und Schäferhunden, Stillleben von Birnen und Äpfeln – die frei gewordenen Stellen nicht ganz ausfüllten und Umrisse frischerer Farbe zu sehen waren. Moe Bletchley sauste durch ein schattiges Speisezimmer mit Wandbehängen, Samtbezügen und einem Waterford-Lüster, der sanft wie eine besternte Sommernacht funkelte. Von einem der Tische schnappte er sich eine Speisekarte. Sogar Speisekarten gab es hier! Bestimmt war das Essen genauso gut wie in der farbigen Broschüre abgebildet.

Am unteren Ende des Speisezimmers befand sich eine hohe Flügeltür mit einem dünnen, gazeartigen Vorhang auf der anderen Seite. Die stieß Melrose' Lotse nun auf, und sie gelangten in einen auf drei Seiten verglasten Raum, der dem ursprünglichen Bau vermutlich später hinzugefügt worden war. Eine Art Orangerie oder Glasveranda. Nach Süden gelegen, schluckte der Raum immer noch gierig die letzten Reste des brechenden Sonnenlichts.

Morris Bletchley bremste, stand aus seinem Rollstuhl auf, streckte sich und ließ sich in einem der grünen Korbsessel nieder. Indem er Melrose bedeutete, ebenfalls Platz zu nehmen, sagte er: »Ich brauche das Ding nicht« – dabei zeigte er auf den Rollstuhl –, »ich finde es bloß ziemlich niederschmetternd, wenn einer ans Bett gefesselt ist und so ein alter Knacker plötzlich auf zwei bestens funktionierenden Beinen antanzt.« Der verschlagene Blick, den Bletchley ihm zuwarf, verriet Melrose, dass dies nur einer der Gründe für seine Rollstuhlfahrerei in Bletchley Hall war und dass er an dem Gefährt auch noch seinen Spaß hatte. Melrose lächelte. Das musste aber nicht heißen, dass es Morris Bletchley an Mitgefühl oder einer barmherzigen Ader fehlte. Schließlich hatte er die Einrichtung ins Leben gerufen, oder nicht?

Bletchley war in der Tat ein vor Gesundheit strotzendes Prachtexemplar, erstaunlich, falls er tatsächlich schon in den Achtzigern war. Er war gut durchtrainiert, und seine Gliedmaßen litten nicht unter allzu viel Knochen- und Muskelschwund. Einziger Hinweis auf sein hohes Alter waren die Wangen, die ihm ein totenkopfartiges Aussehen verliehen, als er an der Zigarette zog, die Melrose ihm gegeben hatte und nun anzündete. Todsicher war, dass sich der Alterungsprozess nicht negativ auf Morris Bletchleys Verstand ausgewirkt hatte.

Orangerie, Solarium, Glasveranda, wie auch immer er heißen mochte – der längliche, verglaste Raum war voller Grünpflanzen: Efeu, Schildblumen, Topfpalmen, und als das Sonnenlicht Blätter und Ranken hell aufglänzen ließ, schienen grüne Wellen auf dem gefliesten Boden zu schimmern und die grün gestrichenen Korbmöbel in ein noch kräftigeres Grün zu färben. In einer Ecke des Raumes saßen zwei alte Männer beim Schachspielen, in der anderen sah Melrose zu seiner Überraschung eine Reihe Einarmiger Banditen stehen.

»Also, was kann ich für Sie tun?«

»Ich habe Seabourne für ein paar Monate gemietet. Und da wollte ich Sie kennen lernen.«

»Das ist ja ganz was Neues. Normalerweise ist der Vermieter der Letzte, dem sein Mieter begegnen will. Obwohl ich das Haus ja eigentlich nicht mehr verwalte. Na und, ist was nicht in Ordnung? Nicht warm genug oder knackt's in den Rohren? Wenn Sie Probleme haben, wenden Sie sich an die Maklertante.«

»Nein, nein. Es ist nichts. Das Haus ist wunderbar.«

»Na, gut. Also was ist dann der wahre Grund?«

»Wie bitte –«

»Dass Sie hier sind.« Mit gespitzten Lippen blies Moe Bletchley einen dünnen Rauchfaden aus.

Melrose lächelte.»Ich habe Ihre Schwiegertochter kennen gelernt. Sie war zu Besuch da.«

Argh. Moe Bletchley entfuhr ein kehliger Laut.»Was wollte – Karen?« Sein Gesichtsausdruck blieb unverändert.

»Das weiß ich eigentlich auch nicht, vielleicht wollte sie ihrem früheren Zuhause einen Besuch abstatten.« Moe stieß einen weiteren unverbindlichen Laut aus.»Sie kam ohne Danny.« Es war keine Frage, sondern eine Schlussfolgerung.

Melrose nickte.»Ihr Sohn? Ja, sie war allein. Sie erzählte mir von den Kindern.« Er wollte ein passendes Wort des Mitgefühls hinzufügen, doch ihm fiel einfach nichts ein.

Daraufhin wandte Moe sich eine Zeit lang schweigend ab. An der Reglosigkeit seines Gesichts in der grünen Stille des Raumes ahnte Melrose eine heftige innere Gefühlsregung.

Schließlich fragte der alte Mann, der in der Stille plötzlich sichtlich gealtert schien:»Was hat sie Ihnen denn erzählt?«

Melrose berichtete es ihm so exakt wie möglich. In diesem Fall konnte selbst das kleinste Detail wichtig sein.

Doch Moe Bletchley sah Melrose an wie einen Nachrichtensprecher, der über irgendeinen Unglücksfall berichtete.»Das hat sie Ihnen also erzählt?«

Melrose runzelte die Stirn.»Ja.«

Wieder dieses kehlige *Argh.*

Irgendwie war dieses Geräusch beunruhigender – vielleicht abweisender – als sämtliche Worte. Melrose holte wieder sein Zigarettenetui hervor und hielt es Bletchley hin, dem die Zigarette zwischen den Fingern zu Asche verglommen war. Endlich blickte Moe von dem Aschenstummel auf in Melrose' Augen, als hätte dieser ihm gerade einen Streich gespielt. Zerstreut nahm er sich eine Zigarette aus dem Etui, steckte sie aber nicht in den Mund. »Und der Detective?«

»Commander Macalvie. Der war damals vermutlich noch Detective Chief Inspector.«

»Hmm, hmm. Ein heller Kopf. Er hat ihr übrigens nicht geglaubt. Das mit den Fremden im Wald und am Teich. Ich auch nicht.«

Ich, dachte Melrose, übrigens auch nicht.

Moe Bletchley steckte die Zigarette in den Mund und nahm das Feuerzeug, das Melrose immer noch in der Hand hielt. Er klappte es auf und wieder zu. »Wieso reden wir eigentlich darüber? Ach, ja. Deshalb sind Sie ja offenbar hier. Trotzdem frage ich Sie, warum? Warum sind Sie so verdammt daran interessiert?«

Melrose beugte sich gespannt vor. »Wer wäre das *nicht*, Mr. Bletchley? Lieber Gott, das ist doch eine ganz wahnsinnige Geschichte. Furchtbar. Es gibt aber noch einen anderen Grund: Es hat da einen Mordfall gegeben –«

»In Lamorna Cove drüben. Ich weiß. Nachrichten erreichen mich immer sehr schnell, mein Lieber.« Er ratschte immer noch mit dem Feuerzeug herum. »Ich weiß so ziemlich alles, was hier vorgeht.«

»Dann –«

Moe musterte ihn mit zusammengekniffenen Augen. »Nein, das Opfer kenne ich nicht. Eine Frau mit Adelstitel, heißt es. Da bin ich überfragt. Sagen wir mal so: Die Leute in Bletchley kenne ich ziemlich gut. Schließlich wohne ich seit fünfzehn Jahren hier. Ich bin übrigens Amerikaner. Hab mit Chick'n King drüben ein Vermögen gemacht, kam dann hierher und machte noch mal ein Vermögen. Die Leute sind ganz wild auf Schnellimbissgerichte. Und mit einem *guten* Schnellimbiss, dachte ich, tut man jedem einen Gefallen.«

»Das ist ja sehr interessant, aber ich sehe da keinen Zusammenhang.«

»Damit will ich nur sagen: Blöd bin ich nicht.«

Melrose hob erstaunt die Augenbrauen. »Daran habe ich nicht eine Sekunde gezweifelt. Habe ich Ihnen etwa diesen Eindruck vermittelt?«

Moe sah zu den ältlichen Pensionären hinüber, die sich immer noch über ihre Schachfiguren beugten. »Nein, aber so werden wir doch landläufig betrachtet.« Mit einem Kopfnicken deutete er zu den alten Männern hinüber. »Tatterig, vergesslich und zu nichts mehr zu gebrauchen.«

»Mr. Bletchley, nur jemand, der nicht recht bei Trost ist, könnte Sie so sehen.«

»Na ja«, erwiderte Moe, »hier drin vielleicht nicht.«

»Überhaupt nirgends.« Melrose hatte das Gefühl, der alte Mann hatte seine eigene dezidierte Meinung zu den Ereignissen, wollte sie ihm aber nicht mitteilen. »Sie verstehen sich mit Ihrer Schwiegertochter nicht besonders gut, habe ich Recht?«

Moe hob den Arm und umklammerte mit der Hand die Korbstuhllehne, als wollte er sich hochhieven, tat es aber nicht. Nach einer Weile fragte er: »Sind Sie verheiratet? Nein, vermutlich nicht, sonst hätten Sie ja Weib und Kind dabei. Nicht viele Männer haben den Schneid, sich auf eine als Dienstreise getarnte Vergnügungstour zu begeben.«

»Nein, ich bin nicht verheiratet.«

»Da haben Sie wahrscheinlich Glück.«

»Das klingt ja so, als fänden Sie, Ihr Sohn hätte keins.«

Er ließ die Hand sinken und nahm seine Zigarette wieder auf, die ebenfalls zu Asche verglommen war. »Hat er auch nicht.«

Melrose schwieg. Er würde Moe Bletchley bestimmt nicht verraten, dass er Karen Bletchley charmant gefunden hatte. Aber hatte er das wirklich? Er erinnerte sich an einen Augenblick, in dem er die Stille nicht mehr als angenehm empfunden hatte, allerdings wusste er nicht recht, weshalb die Stimmung umgeschlagen war.

»Sie hat Ihnen sicher gefallen.«

Melrose nickte.

»So geht es den meisten.«

Melrose überlegte eine Weile. Mehr zu sich selbst als zu seinem Gesprächspartner sagte er: »Warum ist sie hier?«

»Gute Frage.« Moe zuckte die Achseln und wurde ausweichend. »Wissen Sie, nur Chick'n King kriegt meine vorbehaltlose Zustimmung.«

Melrose lächelte. »Ich muss es unbedingt mal ausprobieren.«

»Hier gibt's aber keins, ich meine, hier in der Gegend. In Mousehole wollte ich eins starten, doch die Stadtväter waren dagegen. Hübscher kleiner Ort, ich kann ja verstehen, dass die dort kein Schnellrestaurant haben wollten. Dabei vergessen die Leute aber, was für einen Haufen Geld so eine Kette abwirft und wie viele Leute dort Arbeit finden. Die denken bloß dran, dass es ein Schandfleck in der Landschaft ist. Ich finde, es macht aber doch was her. So ein Huhn sieht doch ganz nett aus. Na ja, das nächste liegt ein Stück außerhalb von Truro. Von dort lasse ich einmal pro Woche liefern. Da freuen sich die Leute hier wirklich drauf.«

»Das kann ich mir denken.« Melrose dachte einen Moment nach. »Wenn Sie die Dorfbewohner kennen, dann kennen Sie sicher auch Chris Wells.«

Er nickte. »Jawohl. Johnny – ihr Neffe – muss jetzt das Gebäck ausliefern, weil Chris verschwunden ist. Also, was ist passiert? Was soll dieser ganze faule Zauber? Wieso plötzlich das ganze Elend?« Er nahm einen Zug an seiner Zigarette und sah Melrose argwöhnisch an, als sei der Neuankömmling daran schuld.

Melrose stand auf und wollte gehen, setzte sich dann aber wieder hin. »Mr. Bletchley –«

»Sagen Sie Moe zu mir, Jungchen.«

Melrose lächelte. Dieses »Jungchen« gefiel ihm. »Sicher halten Sie mich jetzt für unhöflich, und Sie brauchen die Frage auch nicht zu beantworten, aber – wer bekommt später einmal Ihr riesiges Vermögen?«

Moes Gesicht nahm wieder diesen unglücklichen Ausdruck an, den es zuvor gezeigt hatte. »Schon gut, es macht mir nichts aus, darauf zu antworten. Jetzt bekommt es mein Sohn Danny. Und natürlich hab ich wohltätigen Stiftungen und so weiter einiges zugedacht.«

»Sie sagten *jetzt.*«

»Richtig. Ich musste natürlich mein Testament umschreiben. Vorher bekamen es die Kinder.«

»Die Kinder?«

»Die Kinder.«

29

Es war Marshall Trueblood, der ihn mit *Hallo!* aufweckte und damit Diane zuvorkam. Nachdem er blind nach dem Telefon herumgetastet hatte, vergewisserte sich Melrose blitzschnell, dass diese ganze Episode zu seinem Traum gehörte und ihm unsichtbare Hände den Hörer ans Ohr pressten. Er blieb mit geschlossenen Augen im Bett liegen und fühlte sich nicht im Geringsten für seinen Anteil am Telefongespräch verantwortlich.

»– mir das! Sie machen wieder alles *falsch, Diane!* Geben Sie –«

Bei den Traumgestalten schien es sich um Diane Demorney und Marshall Trueblood zu handeln, die gerade ein Streitgespräch führten über – was? Er wälzte sich auf die andere Seite, und der Hörer wälzte sich gleich mit, immer noch von Feenhänden gehalten.

»– meinen Hut! Kommen Sie wieder mit –«

Diane war in seinem Traum ganz deutlich zu erkennen, mit der rasanten, schwarzen Sonnenbrille und dem Hut, dessen Krempe so breit war, dass außer ihrem Mund und Kinn nichts zu sehen war.

»Wenn Sie mir den Hörer geben! Dann können Sie ja –«

Kreisch!

Melrose wälzte sich wieder herum. Guter Gott, das hätte ihn ja beinahe aufgeweckt.

»Melrose! Melrose!«, schrie Diane. »Wir wissen, dass Sie dran sind, Sie haben ›Hallo‹ gesagt.«

»Hallo«, sagte er. Er hörte sich schnarchen, stufenleiterchenartig den Atem einziehen, ausatmen, wie ein herumwühlendes Schwein schnüffeln.

»Hören Sie, alter Kämpe, Sie müssen unbedingt wieder herkommen! Vivian – was? Hören Sie doch auf! Aufhören!«

Nun folgte Dianes Stimme, spiegelglatt, als hätte sie nicht eben noch wild gekreischt. »*Mel*-rose. Er ist *hier*! Er ist – geben Sie doch her!« Knister, knister, raschel, raschel.

»Ich bin's wieder, altes Haus. Hören Sie, wir wollen ja nicht –«

»*Lord Ardry!*«

Melrose fuhr wie von der Tarantel gestochen im Bett hoch. Welche Stimme aus seiner Vergangenheit war das? Welche verwünschte idiotische Traumfigur? Scroggs natürlich!

»Nein, sie sieht gar nich gut aus, Sir, wenn Sie mich –«

Wer denn nun? Wieder dieses kratzende Schweineschnüffelgeschnaufe im Rachen.

»Gut? Würden *Sie* denn gut aussehen, wenn jemand *Ihr* Blut saugt?«

Truebloods Stimme. Melrose' geträumtes Ich runzelte gewaltig die Stirn. Nein, das klang aber gar nicht gut. Sein geträumtes Ich trollte sich davon.

Geschepper, lauter werdende Stimmen in der Ferne, dann wurde jemandem der Telefonhörer deutlich hörbar entwunden und Truebloods Stimme hob sich hervor. »Giopinno, alter Kämpe. Er ist hier. Er ist endlich gekommen. Wir tragen hier schon alle unsere Holzkreuze und Knoblauchketten!«

Schnüffel, schnüffel, wühl, wühl.

30

Melrose blätterte wieder eine Seite des *Telegraph* um und hielt nach der neuesten Fortsetzung der Nachbarschaftsfehde über einen Papagei Ausschau. Sie war während seiner Abwesenheit eskaliert.

Nachdem sie so gesund und munter wie mit Great Western Railway eben möglich in Bletchley angekommen war, ihr Gepäck (Überseekisten, Eisenbahnkoffer, Hutschachteln und diverse Überbleibsel aus der *Titanic*) abgestellt und sich mit ihrer neuen Freundin Esther Laburnum kurzgeschlossen hatte, saß Agatha nun im Woodbine beim Tee und erkundigte sich bei Melrose angelegentlich, ob er denn nun endlich die Nase voll hätte von seinem »absurden Abstecher« nach Cornwall und diesem arktisch kalten Scheunenbau namens Seabourne.

Sprach's und nahm sich eine herzförmige Meringue.

»Und was ist mit deinem eigenen ›Abstecher‹ nach Cornwall? Diese Grafschaft wird in ihrem Mangel an Ehrfurcht vor Königin und Flagge nur noch von Armagh in Nordirland übertroffen. Armagh ist übrigens der Ort, an den Jury *seinen* ›Abstecher‹ gemacht hat, und ich wünschte, er käme endlich zurück.«

»Was treibst du eigentlich?« Agathas Augen hatten sich zu Schlitzen verengt.

»Was ich treibe? Ich nehme mir eine von diesen köstlichen Meringuen. Keine Sorge, es ist nicht die Letzte auf der Kuchenplatte.«

»Du weißt genau, was ich meine. Du machst dich wieder über mich lustig, der Herr im Himmel weiß warum!« Sie häufte sich Chivers' grob geschnittene Orangenmarmelade auf ein Scone.

»Der Herr im Himmel wird's wissen. *Ich* weiß es jedenfalls nicht.«

Ihre Augen waren immer noch Schlitze. »Sei's drum, wie gesagt – ganz Long Piddleton findet es grotesk, dass du nach Cornwall in ein riesiges, leeres Haus gezogen bist, und alle sind der Meinung, du sollst zurückkommen.«

»Nett zu hören, dass ich vermisst werde.« *Dafür* würde sie ihm mit Sicherheit eins draufgeben.

»Vermisst? Ich habe nicht gesagt, dass sie dich vermissen, nur dass du vollkommen verantwortungslos und albern bist. Diane meint« – mit diesen Worten zog sie eine Zeitungsseite aus einer mit verwahrlost aussehenden Katzen bedruckten Einkaufstüte hervor –, »du begibst dich in Gefahr. Da!« Sie streckte sie ihm entgegen.

»Ach, seit wann zitierst du denn Diane? Etwa *die* Diane, die du als *Mondziege* bezeichnet hast?« Melrose sah auf die Horoskopkolumne, die für ihn dick angestrichen war (für den Fall, dass er in Cornwall erblindet sein sollte), und sein persönliches Sternzeichen, Steinbock, das ebenfalls angestrichen war und neben dem nur ein halbes Sternchen prangte. Diane schrieb (falls man es als Schreiben bezeichnen konnte) die Horoskopkolumne für den *Sidbury Star* und war vor kurzem dazu übergegangen, jedem Sternzeichen für den jeweiligen Tag eine bestimmte Anzahl von Sternchen von eins bis fünf zuzuordnen. Fünf Sternchen bedeuteten, es gelang einem alles spielend, vier verhießen einen sagenhaften Tag und so weiter bis hinunter. Nur ein halbes Sternchen zu bekommen, bedeutete Verhängnis, der absolute Super-GAU von einem Tag, der überhaupt vorstellbar war (außer natürlich für den, der nicht mal ein halbes bekam, aber das gab es nicht, nicht einmal im Falle von Melrose. Noch nicht).

SEHEN SIE SICH VOR! DIE REISE, AUF DIE SIE SICH BEGEBEN HABEN, WIMMELT VOR GEFAHREN. NACHDEM SIE <u>EIN</u> ABSURDES VORHABEN BEREITS AUSGEFÜHRT HABEN, RISKIEREN SIE NUN, EIN WEITERES EINZUGEHEN, WAS WOMÖGLICH DAS ENDE BEDEUTEN KÖNNTE!

»Da hast du's«, sagte Agatha.

»Was denn? Du hast dich doch immer über Dianes Horoskope lustig gemacht, und jetzt deutest du drauf, als wäre es die Konkurrenz zur Offenbarung des Johannes?«

»Ich sage nur eins: Wundere dich nicht, wenn Trueblood und die Demorney plötzlich bei dir vor der Tür stehen.«

Das interessierte ihn jetzt aber *doch*, denn er musste an seinen Traum von gestern Nacht denken. Er knüllte die Zeitung auf seinem Schoß zusammen. »Du meine Güte, wie kämen sie denn darauf?«

»Siehst du, jetzt interessiert es dich doch! Ha, es wird dir aber überhaupt nichts nützen. Ich bin nämlich fertig.« Damit meinte sie jedoch offenbar nicht ihr Teestündchen, denn sie drehte sich zu Johnny um, der gerade an einem anderen Tisch bediente, hob die Hand und schwenkte sie mit der heiter grüßenden Geste der Königin huldvoll auf und ab.

Melrose kehrte zu seiner Zeitung zurück. »Hast du dich im Lemming Cottage schon häuslich eingerichtet??«

Ihr Blick war schneidend. »*Lemon* Cottage, wie du sehr wohl weißt.«

»Stimmt. Mir ging nur gerade blitzschnell das Bild durch den Kopf, wie alle Gäste mit Volldampf auf eine Klippe zusteuern.«

»Sehr witzig.«

»Nur ein kleiner Abstecher ins Humorvolle.«

»Ich möchte doch hoffen, du nimmst das ganze Geschehen etwas *ernster*.«

Melrose spähte im Raum umher, in dem jeder Tisch besetzt war. »Welches Geschehen soll ich ernster nehmen? Nimmst *du* denn irgendwas ernst, abgesehen von der cremegefüllten Meringue, mit der du gerade dein Scone hinunterschwenkst?«

Was Agatha sich in den Mund schob, war eine Sweet Lady, eine Spezialität des Woodbine, ein köstliches Konfekt, bestehend aus einer langen, dünnen Meringue, bestrichen mit einer üppigen Schicht Schokolade, die ihrerseits von einer Schicht *mousse au chocolat* gekrönt war. Die Knusprigkeit der Hülle bildete quasi den Kontrapunkt zu den üppigen Schokoladeschichten. Sinnierend betrachtete Melrose die Seite aus dem *Sidbury Star* und überlegte, ob er vielleicht eine Rezept- und Restaurantkolumne ins Leben rufen sollte.

Agatha tupfte das letzte Krümelchen Meringue auf und meinte, es sei tatsächlich äußerst schmackhaft. »Davon hätte ich gern das Rezept.«

Der Wunsch war hier Vater des Gedankens, und so machte sie sich auch gleich ans Werk und winkte die gestresste Megs zu sich herüber. Sie befahl ihr, das Rezept für die Sweet Ladys zu besorgen, die Köchin danach zu fragen.

Wie vom Blitz gerührt schob Megs das kleine Tablett, das sie trug, auf die andere Hüfte. »Ähm, das kann ich nich sagen, Madam. Das kann ich nich sagen, wie sie das findet – also Brenda, mein ich.«

»*Ich aber.*« Agatha hatte einen Ton angeschlagen, in dem man vielleicht mit geistig Behinderten sprechen würde.»Darum sage ich ja, *fragen* Sie die Köchin.«

Dazu war das Mädchen aber noch nicht bereit, jedenfalls nicht, ohne zuvor einen kurzen Abriss über die Geschichte der Rezeptforderungen zum Besten gegeben zu haben.»Erst letzte Ostern wollte jemand ihr Häschenrezept –«

Ein Rezept, überlegte Melrose, auf das er gut verzichten könnte.

»– und wie Miss B. es nich rausrücken wollte, wurde die aber ganz schön sauer. Kurz drauf wollte 'ne andere Dame wissen, wie man die Meringuen macht – also die von Miss C., weil die sind anders wie die von Miss B. –«

Würden sie nun das gesamte Alphabet durchwandern?

»– aber das wollte sie auch nich rausrücken, und Miss C. ihres auch nich.« Megs stützte das Tablett wieder auf die andere Hüfte.»Und dann wollte jemand –«

Agatha ließ sie gar nicht erst ausreden.»Ach, du liebe Güte! Ab in die Küche, Mädchen! Man weiß ja nie, wann die es sich anders überlegt. Die ist doch völlig donquichottisch.«

Die Art, wie sie dieses Wort aussprach, würde Melrose sich für den späteren Gebrauch merken.

»Oh, aber *ich* weiß es.«

Melrose war schon drauf und dran, einen Stuhl für Megs herzurücken und sie aufzufordern, ihnen Gesellschaft zu leisten.

»Ich arbeite jetzt schon fünf Jahre hier, und Miss B. hat noch *nie* ein Rezept rausgerückt. Ein *Herzog* war auch schon mal hier und hatte die Jumbooliven, und Sie glauben gar nich, was der für 'n Stunk gemacht hat, wie sie sagte, also, ganz nett hat sie's gesagt, es täte ihr Leid, aber sie würde nie ihre Rezepte verraten. Besonders nich das für die Meringuen. Und Miss C. ihr's auch nich.« Megs wurde rot, als ihr einfiel, dass Miss C. dazu vielleicht nie mehr Gelegenheit haben würde. Doch sie fuhr tapfer fort: »Die machen sie nämlich verschieden, wissen Sie, die tun da geheime Zutaten rein. Sie kennen nich mal gegenseitig ihr Rezept, es säh also Miss C. oder Miss B. gar nich ähnlich, es rauszurücken. Einmal hat eine Dame –«

Agatha schnippte das Mädchen ungehalten weg, *fort mit dir, fort mit dir,* und Megs flitzte davon. Agatha wandte ihre Aufmerksamkeit wieder der Kuchenplatte zu, als Johnny Wells in dem Moment die Schwingtür aufstieß und der Serviererin begegnete, die von der Speiseraumseite kam. Er band sich die Schürze um und blieb neben einem eben frei gewordenen Tisch stehen, wo er Teller und Tassen abräumte und auf ein Tablett stapelte. Er war bleicher als sonst und wirkte dadurch noch byronesker und attraktiver. So eine Haut, solches Haar – dafür würden Weiber zu Hyänen.

Johnny blickte zu Melrose hinüber und lächelte sogar freundlich, als er sah, dass Agatha wieder im Lande war. Er kam an ihren Tisch und nahm unterwegs ein paar Bestellungen von anderen Gästen auf.

»Hallo, John«, sagte Melrose. »Meine Tante wollte der armen Megs zumuten, der Eigentü – ich meine, Miss B. ein Rezept abzuluchsen.« Weil sich *Eigentümerin* zu sehr danach anhörte, als gäbe es nur eine, hatte Melrose das Wort nicht ganz ausgesprochen.

Johnny lachte. »Das können Sie ziemlich vergessen, fürchte ich«, sagte er an Agatha gewandt.

»Fragen kostet ja nichts«, konterte diese. »Mein lieber Junge, das mit Ihrer Tante tut mir ja Leid. Und was unternimmt die Polizei? Wenn sie überhaupt mal was unternimmt.«

Melrose' Stimme knallte wie eine Backsteinmauer auf sie herunter. »Im Gegenteil, die unternimmt sogar eine ganze Menge.« Er ließ seinen Furienblick im Raum umherschweifen, woraufhin sich die naseweisen Gäste wieder ihrem Tee und ihren Sweet Ladys zuwandten.»Ich bin mir ganz sicher, dass sie tun, was sie nur können. Sie haben Commander Macalvie doch kennen gelernt. Der hat, glaube ich, bis jetzt noch jeden Fall gelöst.«

Agatha steuerte noch ein paar höchst willkommene Nachrichten bei.»Das heißt aber nicht, dass der Betroffene dann noch lebt, wenn er ihn gelöst hat.« Sie steckte die Nase in die Teekanne.

»Besten Dank, Agatha, für diese aufmunternde Note.«

»Ach, sie taucht schon wieder auf, nur keine Sorge«, sagte Agatha.

Johnny ignorierte die banale Bemerkung und wandte sich an Melrose.»Das Problem ist nur – die Polizei hat alle Hände voll zu tun und kann sich nicht auch noch um eine Vermisste kümmern, die vielleicht gar nicht vermisst ist. Da ist doch die Geschichte mit Lamorna Cove.«

Inzwischen hatten sämtliche Gäste ihre Lauscher aufgerichtet und scherten sich nicht mehr um ihren Tee. War es denn nicht die tollste Story in Bletchley, seit Moe den Adelssitz in ein Sterbehospiz verwandelt hatte?

»Das ist aber doch ein guter Grund, dem Verschwinden Ihrer Tante *umso mehr* Aufmerksamkeit zukommen zu lassen.«

»Ja … hm, ich weiß schon, was Sie meinen.« Als ein anderer Gast nach ihm rief, drehte er sich um und ging.

Jedes Stückchen Erkenntnis, das die Ursache von Chris Wells' Verschwinden aufdeckte, wäre für Johnny, der ziemlich in der Luft hing, nur willkommen, dachte Melrose. Die kleine Cassie fiel ihm wieder ein und ihre Mutter Maggie, und ihm wurde bewusst, dass diese Ungewissheit die reine Hölle war. Doch es war Macalvie gewesen, der die *wahre* Hölle durchgemacht hatte. Ihn hatte man mit der schlechten Nachricht allein gelassen.

Polizisten bekamen immer die Rolle des Boten zugeschanzt,

der die schlechte Nachricht zu überbringen hatte. Melrose konnte sich nicht vorstellen, dass er selbst in der Lage wäre, diese Rolle zu übernehmen. Er fragte sich, wie Richard Jury es aushielt. Die Antwort lautete wahrscheinlich: gar nicht.

31

An jenem Abend, während einer der Huskys in der Tür von dem Hirtenhund abgelöst wurde, sah sich Melrose in der Bar des Drowned Man plötzlich in Gesellschaft zweier weiterer Gäste – einer Frau im braunen Kostüm, die lesend am Kaminfeuer saß und dabei einen Cocktail trank, und eines Mannes etwa Mitte vierzig, der jedoch jünger sein mochte; harte Getränke von der Art derer, die er vor sich auf der Theke stehen hatte – ein Glas Whisky und ein Pint Bier – mochten seine Züge gezeichnet haben. Der Whisky wurde blitzschnell hinuntergekippt, ein kräftiger Schluck Bier verschwand ebenso schnell.

»'n Abend«, sagte Melrose und kam sich im Vergleich zu diesem durchreisenden Gasthausbesucher wie ein echter Bletchleyaner vor, wenngleich Bletchley eigentlich kein »auf dem Weg gelegenes« Dorf war, sondern weitab von den Hauptverkehrsadern lag. Seit sich Melrose in Seabourne häuslich eingerichtet hatte, hatte er nicht das Gefühl, unter falscher Flagge zu segeln, wenn er sich als Einheimischer ausgab. Mit der Frage »Kommen Sie mit den Hunden gut zurecht?« ergänzte er seinen Gruß und nickte dabei erklärend in Richtung Eingangstür, wo sich inzwischen alle fünfe versammelt hatten.

Der Mann lachte. »Sieht ja ganz nach einer polizeilichen Gegenüberstellung aus. Sollen wir jetzt den Schuldigen rausfinden?«

Melrose stimmte in sein Lachen ein. »Ich heiße Melrose Plant.« Er rückte von seinem Platz an der Bar etwas näher und streckte ihm die Hand hin.

»Charlie Esterhazey. Freut mich.«

»Wohnen Sie in Bletchley? Wir sind uns, glaub ich, noch nicht begegnet.«

»Nein. Ich besuche einen Verwandten, Johnny Wells. Ich glaube, er arbeitet hier.«

Das war also der Onkel, den Johnny einmal erwähnt, dann aber nicht mehr zur Sprache gebracht hatte. Vermutlich Alkoholiker, aber von der sympathischen Sorte. »Dann sind Sie mit Chris Wells verwandt.«

Charlie wandte sich seinem Pint zu, trank den Rest vollends aus und sagte etwas wehmütig: »Nein, aber mit Johnny. Schrecklich, was da passiert ist. Chris ist ein großartiger Mensch.« Wieder einen Schluck. »Alle haben Johnny im Stich gelassen. Erst ist sein Vater gestorben, dann ist seine Mutter abgehauen – und jetzt das. Damit will ich natürlich nicht sagen, Chris hätte es darauf angelegt.«

Wieso nicht?

Die Frage drängte sich praktisch auf. Bisher war sie gestellt und so beantwortet worden, als hielten es alle für völlig ausgeschlossen, Chris Wells könnte vielleicht aus eigenem Entschluss fortgegangen sein. Es wäre zwar eine total überstürzte Abreise gewesen, sozusagen Hals über Kopf… Aber warum eigentlich nicht? Alle hatten von einem Notfall gesprochen, nicht von wirklich »wohl überlegtem« Weggehen. Als ob sie nur auf irgendein unvorhergesehenes, ernstes Ereignis hin fortgegangen sein könnte. Das war aber nicht stichhaltig, denn sie hatte Johnny nicht informiert – und es sah immer weniger nach einem freiwilligen Abgang aus, weil sie Johnny immer noch nicht verständigt hatte.

Er schalt sich ziemlich schlampig und gedankenlos, weil er nicht schon früher auf diese Möglichkeit gekommen war. Und Brian Macalvie? Ein »schlampiger, gedankenloser« Commander Macalvie war ein Widerspruch in sich. Und doch – seit Chris Wells' Verschwinden ihn wieder an Cassies schrecklichen Tod damals und an die Bletchley-Kinder erinnert hatte, zeigte sich, dass selbst Macalvies sonst so kühler, klarer Kopf von all dem, was er darin hatte, vernebelt werden konnte.

»...als Zauberer geschickt mit Spielkarten und bunten Tüchern und zieht einem Münzen hinter den Ohren hervor.«

Melrose hatte Charlie nicht recht zugehört. »Verzeihung, was sagten Sie gerade?«

»Johnny. Ich sprach von seinem Faible für Zauberei. Er ist übrigens ziemlich gut. In Bletchley Hall ist er schon ein paar Mal aufgetreten. Mit den üblichen Tricks, aber er führt sie so flott vor, dass sie wie neu wirken.«

Melrose war tief in Gedanken versunken. »Wäre sie dazu im Stande gewesen?«

»Wie bitte?«

»Seine Tante. Wäre sie im Stande gewesen, einfach so von sich aus wegzugehen?«

»Na ja...« Charlie überlegte. »Ich weiß, dass die Polizei ein unvorhergesehenes Ereignis in Betracht zog, irgendetwas, das sie zwang, alles liegen und fallen zu lassen und zu fahren.«

»Nein, das meine ich nicht. Ich meine ›von sich aus‹ im Sinne von ›nach reiflicher Überlegung, wohl überlegt‹. Nehmen Sie doch mal an, sie hat sich einfach davongemacht, ohne jemandem Bescheid zu sagen. Aber jetzt drehe ich mich im Kreis. Deshalb frage ich Sie – wäre sie dazu im Stande gewesen?«

Charlie schüttelte den Kopf, während er gleichzeitig Mr. Pfinn ein Zeichen gab. »Völlig ausgeschlossen. Sie ist der zuverlässigste Mensch, dem ich je begegnet bin, mit einem fast übertriebenen Pflichtbewusstsein. Meine Antwort lautet also, nein, dazu wäre sie nicht im Stande gewesen. Ich kann mir nur denken, dass sie schnell weg ist, weil jemand ihre Hilfe brauchte. Dringend. Ich zum Beispiel.« Als Melrose ihn fragend ansah, lächelte Charlie. »Nein, ich habe sie nicht gerufen. Ich *bin* der Erste, an den Johnny gedacht hat, sozusagen der wandelnde Notfall.«

Wie üblich zeigte Pfinn wenig Neigung, die bestellten Getränke auszuschenken. Er kam angeschlurft und warf den beiden einen abweisenden Blick zu. »Woll'n Sie zwei etwa hier Abend essen?«

»Wir zwei.« Mit hochgezogenen Brauen sah Melrose zu Charlie hinüber. »Mr. Esterhazey?« Charlie nickte und Melrose beschied Mr. Pfinn: »Ja, wir zwei wollen hier Abend essen.«

Ohne anzudeuten, dass ihm die Mitteilung willkommen war, stieß Pfinn einen kehligen Laut aus und ging zu der Frau in Braun hinüber. Es hatte den Anschein, dass sie ebenfalls im Speisezimmer des Drowned Man zu Abend essen würde.

»Mr. Esterhazey —«

»Bitte, sagen Sie doch einfach Charlie. Wieso so förmlich, wo wir doch hier zusammensitzen und uns betrinken?« Mit einem Blick auf den Pegelstand in Melrose' Bierglas sagte er: »Beziehungsweise, *ich* hier zusammensitze und mich betrinke.« Aus einem Schälchen nahm er sich ein paar Erdnüsse und kippte dann den Whisky hinunter, gefolgt von einem kühlen Schluck Bier. »Boilermaker nennt sich das in den Staaten, Kesselschmied – erst Whisky pur und dann Bier hinterher.«

Melrose lächelte. Dieser Charlie, Alkoholiker hin oder her, war ein höchst angenehmer Zeitgenosse. Vielleicht weil er so gerade heraus war. »Chris Wells hat Ihnen also aus der Klemme geholfen, stimmt's?«

»O ja, mehr als einmal schon. Weshalb ich annehme, dass sie es in der besagten Nacht bei jemand anderem getan hat.«

»Dass dieser Jemand aber nicht derjenige war, für den er sich ausgab, oder dass sonst etwas schief ging.«

Charlie schwieg eine Weile, trank, aß Erdnüsse. »Glauben Sie, sie ist tot?«, fragte er schließlich.

Die Anspannung in seiner Stimme deutete an, dass er diese Möglichkeit nicht in Betracht ziehen wollte.

Melrose wurde die Antwort erspart, denn Mr. Pfinn kam herüber und knallte ihnen die Speisekarten hin. »Geht schneller, wenn Sie gleich bestellen. Die Hunde müssen noch raus.«

»Mit *uns*?« Mit gespieltem Entsetzen sah Melrose zu den fünfen an der Tür hinüber.

»'türlich nich. Mit mir.«

»Nun denn.« Melrose warf einen flüchtigen Blick auf die Speisekarte, was auch genügte, da nur zwei Gerichte zur Auswahl standen: Shepherd's Pie und Dorsch à l'Angélique, was auch immer das sein mochte. »Ich nehme den Dorsch, minus die Angélique.«

Charlie sagte: »Ich das Gleiche und noch einen Whisky, wenn Sie so freundlich sind.«

Pfinn war aber nicht freundlich. »Bring ich Ihnen ins Speisezimmer rüber.« In einem klaren Akt von Erpressung nahm er ihm das Glas weg.

Die Frau im braunen Kostüm trank ihren Cocktail aus und erhob sich. Offensichtlich war sie der einzige andere Essensgast. Melrose und Charlie steckten ihre Zigaretten ein und folgten ihr.

Sie setzten sich an einen Tisch in ihrer Nähe, jedoch nicht direkt neben sie. Zwei benachbarte Tische, dachte Melrose, ersparten es Johnny, im ganzen Raum herumrennen zu müssen. Sie wünschten der Frau in Braun einen guten Abend, und sie erwiderte den Gruß mit einem Nicken. Eine gut aussehende, fast würdig wirkende Frau, die einst schön gewesen, nun aber – mit fünfundfünfzig oder vielleicht sechzig – in einem Alter war, in dem man sie eher als gut aussehend bezeichnete. Sie schien seelenruhig und überhaupt nicht geneigt, auf einen schlichten Gruß hin ein Gespräch vom Zaun brechen zu wollen.

Sie breiteten sich gerade die aufgeschüttelten Servietten über den Schoß, als Johnny aus der Küche kam. Auf der Schulter balancierte er ein Tablett mit Salaten, Brötchen, einer Karaffe Wasser und dem frisch gefüllten Whiskyglas. Er hatte ein etwas bemüht wirkendes Lächeln aufgesetzt, als er Charlie kurz seinen Whisky hinstellte und zu der Frau am Fenster hinüberging. Das inzwischen besser einstudierte Lächeln wurde dann Melrose und Charlie zugedacht. »Hast du zu Hause alles gefunden, was du brauchst?«

»Keine Sorge«, erwiderte Charlie.

»Danke, dass du gekommen bist. Das ist wirklich nett von dir«, sagte Johnny.

»Schon gut. Ich will ja bloß helfen, wenn ich kann.«

Johnny nickte und verschwand in Richtung Küche.

Während sie sich an ihren Salaten zu schaffen machten, bemerkte Melrose: »Sie sagten, seine Mutter sei verschwunden und hätte ihn im Stich gelassen. Warum?«

»Weil sie nichts taugt. Sein Vater – mein Bruder – war auch nicht viel besser. Wie die zwei sich gefunden haben, weiß ich auch nicht, aber na ja. Weiß Gott, wie aus dieser Verbindung einer wie Johnny entstehen konnte. Ehrlich, in der verdammten Familie ging's zu wie an einem mittelalterlichen Hof – bei Heinrich dem Achten oder Elisabeth oder so. Intrigen, Verleumdungen, Heldentaten und Missetaten, Ränke und Komplotte – da hat sich keiner mit Ruhm bekleckert. Und dazwischen eine wie Chris. Wahrscheinlich ist bei ihr, wie bei Johnny, dieses spezielle Gen nicht weitervererbt worden.«

»Kennen Sie die Bletchleys?«

»Von denen Sie das Haus gemietet haben? Nicht sehr gut. Der Frau bin ich ein paar Mal im Woodbine begegnet. Sieht gut aus, muss man sagen.« Er pickte ein paar Sonnenblumenkerne aus seinem Salat und fügte hinzu: »Chris konnte sie absolut nicht ausstehen.«

Melrose blickte auf. »Tatsächlich? Warum?«

Charlie zuckte die Schultern. »Dieser gewissensprüfende Blick. Nicht ihrer, der von *Ihnen*.«

»Das höre ich ja zum ersten Mal.«

»Hmm, ja.« Charlie lächelte zufrieden.

Jetzt erst fiel Melrose auf, dass er die gleiche unbefangene, aufrichtige Art hatte wie Johnny Wells. »Was machen Sie denn so in Penzance?«

»Zaubern.« Er lächelte über Melrose' staunenden Blick. »Wahrscheinlich hat Johnny es von mir. Ich habe einen kleinen Laden, der heißt JETZT AUFGEPASST.« Er zog ein nagelneues Spielkartenset aus der Hosentasche. »Hier ist was ganz Einfaches: Ich mische die Karten –« Er tat es. »Sie ziehen eine –« Melrose tat es. »Und stecken sie wieder zu den anderen.« Melrose tat es. Charlie mischte die Karten neu. Dann breitete er sie fächerförmig auf dem Tisch aus, zog eine und hielt sie hoch.

Melrose schüttelte den Kopf. Es tat ihm Leid, dass es nicht funktioniert hatte. »Nein, die war's nicht.«

Charlie lächelte. »Ich weiß. Sie liegt unter Ihrem Glas. Kreuzkönig.«

Und da lag sie. »Wie zum Teufel haben Sie das gemacht?«

»Sorry.« Charlie schüttelte den Kopf, sammelte die Karten wieder ein und schob sie sich in die Tasche. Über den Rand seines Glases zwinkerte er Melrose schalkhaft zu.

»Wirklich erstaunlich, Mann«, sagte Melrose.

»Hmm, hmm. Der Zauberladen ist mein Hauptjob. Dann fahr ich auch noch mit Booten raus. Sie wissen schon, für die Touristen, die Penzance aus der Ferne begucken wollen. Bei dem tollen Klima hier kriegen wir eine Menge Touristen. Die fahr ich raus. Mit Booten kann ich besser umgehen als mit Menschen.« »Tatsächlich?« Melrose musterte ihn nachdenklich.

32

Eine göttergeweihte Begegnung – so stellte sich Melrose das Zusammentreffen zwischen Sergeant Wiggins und Bletchley Hall vor. Durchtränkt von der Aura des Todes, am Tode haarscharf vorbeigeschrammt als quasi gegebene Tatsache.

Wiggins schwafelte etwas von »Heimen für pensionierte bessere Leute auf dem Lande«, während sie im bleichen spätnachmittäglichen Sonnenlicht in Richtung Bletchley Hall fuhren. »Da hätten wir zunächst einmal natürlich das typische Pflegeheim – klein, düster, voll gepfropft mit Zeug, als Mobiliar Eisenbetten, dazu gelblich fahles Licht aus Vierzigwattbirnen und alte Zeitschriften. So alt, dass man nicht mal durchhalten kann bis zur nächsten Mainummer, o nein, mein Lieber, der Mai ist aus und vorbei, und das Juniheft auch längst nicht mehr dabei.«

Bei dem Leihwagen handelte es sich um ein billiges Modell, das sich mühselig den sanften Hang hinaufquälte, als sei es der Gipfel des Mount Everest. Es ratterte und knatterte, allerdings auch nicht mehr als Sergeant Wiggins, der offenbar quasseln konnte ohne Ende, wenn ihn ein Thema inspirierte. (Jury hatte ihm bestimmt schon oft einen Dämpfer versetzt, wenn die beiden in einem Fall zusammen ermittelten.)

»– Blechtablett mit Rührei aus einem Pulvermix und schwachen Kaffee, einen Fingerhut Saft, dünnen Toast –«

»Klingt nach der üblichen Bed-&-Breakfast-Kost, Sergeant Wiggins.«

Wiggins fuhr unbeirrt fort. »Bekommt man da überhaupt ein eigenes Zimmer? Oder muss man sich eins teilen? Also, mir wäre das zuwider, wirklich. Ich meine, wenn man schon im Sterben liegt, kann man wenigstens ein bisschen Privatsphäre verlangen. Weil man *danach* nämlich todsicher keine mehr hat.«

Melrose fragte sich, was für einem Redemarathon Wiggins sich im Jenseits ausgesetzt glaubte. Wenn ihm ein imaginäres Pflegeheim schon einen derart üppigen Festschmaus an Themen bescherte, was geschah dann erst bei der Vorstellung vom Paradies?

»Sergeant, Sie sind ein Meister des Details.«

Daraufhin Wiggins: »In dem ja bekanntlich der Teufel steckt.«

In *deinen* Details ganz bestimmt, dachte Melrose.

In den folgenden seligen fünf Minuten Stille bogen sie um die Kurve, die ihnen den ersten kurzen Blick auf Bletchley Hall bot. Die Fassade war in der Tat imposant, und Wiggins' Staunen offenbarte, dass er den Anblick zu würdigen wusste. Es verschlug ihm – Gott sei Dank – die Sprache.

An den steinernen Pfeilern, die den Eingang flankierten, machten sie Halt. In den Stein eingelassen, als sei sie dort festgewachsen, befand sich eine Messingtafel mit der Aufschrift: BLETCHLEY HALL. Die lange Auffahrt führte zwischen honiggelben, üppig bewachsenen Steinmäuerchen hindurch. Jenseits der Mäuerchen waren Orchideengärten und Beete voller Ringelblumen zu sehen. In diesem gemäßigten Klima schien sich sogar hie und da eine Palme wohl zu fühlen.

Auf ein Exemplar dieser Art deutend, meinte Wiggins überrascht: »Palmen, Mr. Plant?«

»Nun, Sie wissen ja, wie man diesen Teil von Cornwall nennt: Klein-Miami.«

»Jetzt machen Sie aber Witze.«

»Passen Sie auf sich auf und achten Sie auf Ihre Geldbörse.«

Sie hielten auf dem Kiesweg zwischen den Marmorstufen und dem Springbrunnen an, in dem bronzene, grünspanverkrustete Fische Wasserstrahlen hochspritzten und kleine Putten herumtollten und die Delfine, auf denen sie ritten, fast strangulierten. Selbst der Kies zu ihren Füßen glitzerte wie lauter zerstoßene Diamanten. Weiter weg sah man den Bach, die Orchideen und die hohen Gräser.

»Mein lieber Schwan«, sagte Wiggins voller Bewunderung, während er die Wagentür zumachte. »Das zu unterhalten muss ja *einen Haufen Moos* kosten.«

»Ich bin sicher, Morris Bletchley *hat* das Moos. Der unselige Viscount und seine Lady hatten es nicht.«

Die Eingangstür stand offen. Vielleicht stand sie tagsüber immer so offen, um einem das Gefühl zu geben, man hätte freien Durchgang oder sei in einem Viersternehotel. Und da steuerte Mutter Oberin auch schon geradewegs auf sie zu. In ihrem grauen, mit winzigen Röschen übersäten Kleid sah sie aus wie eine Teehaube. Ihren Namen wusste Melrose zwar immer noch nicht, doch da ihr die Anrede »Mutter Oberin« sehr zu behagen schien, stellte er sie Wiggins als solche vor.

Der überreichte ihr eine seiner Visitenkarten, und der Name schien auf ihren Lippen zu erstarren, als sie »New Scotland Yard« aussprach. Aufgeregt komplimentierte sie sie hinein und fragte, nervös an ihrem Gürtel herumnestelnd: »Was kann ich für Sie tun?«

»Ich würde gern Mr. Bletchley sprechen, wenn Sie so freundlich wären, ihn zu holen?«

Mutter Oberin nickte und schlingerte davon, als müsste sie sich durch Untiefen kämpfen, in denen Delfine und Putten sie am Fortkommen hinderten.

Melrose hatte einen Hauch von irgendetwas Undefinierbarem erschnuppert, das sich mit ihrem Toilettenwasser vermischte. Womöglich ein Schlückchen Gin in der Dämmerstunde? Es würde ihn überhaupt nicht wundern, wenn sich herausstellte, dass Moe Bletchley zwischen Dominospiel und Dinner ein Cocktailstündchen festgelegt hätte. Du liebe Güte, warum eigentlich nicht? Wenn einer an der Schwelle des Todes steht, was machte es dann schon, ob er halb beduselt darüber stolpert? Melrose sah sie den prächtigen Kirman entlanggehen, der über die gesamte Länge des Wandelgangs ausgelegt war, vom dem das Speisezimmer und andere Gemeinschaftsräume abgingen.

Voller Bewunderung betrachtete Wiggins den Salon, in dem sie nun warteten: blaue Brokat- und Samtstoffe, dunkelblaue Vorhänge und Teppichböden und ein Kronleuchter, der von der Sonne geküsst über ihnen hing und einen Konfettischauer von Licht über den Teppich ausgoss.

Sie befanden sich in Gesellschaft zweier alter Frauen, die in Ohrensesseln saßen und aussahen, als wären sie verhext und dazu verdonnert, weder zu sprechen noch sich zu bewegen. Sie wirkten – nun ja, wie *festgeklebt*.

»Verzeihen Sie, meine Herren.«

Eine zaghafte Stimme ertönte hinter ihnen, und als sie sich umdrehten, bemerkten sie einen adrett aussehenden Mann unbestimmbaren Alters im dunklen Anzug, bei dessen Anblick man an einen Bestattungsunternehmer denken musste.

»Ich bin Dr. Jaynes. Sie wünschen?«

»Wir möchten Morris Bletchley sprechen.«

Auch Dr. Jaynes bekam von Wiggins eine Karte überreicht.

»Sie sind von Scotland Yard?«

»Er schon.« Melrose deutete mit dem Kopf zu Wiggins hinüber. »Ich bin von Northants.«

Dr. Jaynes schien etwas verblüfft über diese seltsame Paarung von Lokalitäten. An Wiggings gewandt, erkundigte er sich: »Und Sie sind in offizieller Funktion hier?«

Mein Gott, dachte Melrose, wenn die Leute hier so schwer von etwas zu überzeugen waren, was deutlich auf einer Visitenkarte stand, wie sollte man ihnen dann je klarmachen, dass man noch nicht tot war?

»Nein, Sir«, erwiderte Wiggins, »ich würde nur gern Mr. Bletchley sprechen. Wir sagten es Ihrer Mutter Oberin bereits.«

Er schien immer noch nicht ganz überzeugt. Das Leben in Bletchley Hall bewegte sich offenbar wirklich auf streng rituellen Bahnen, wenn das Auftauchen von zwei Fremden einen derartigen Aufruhr verursachte.

Dr. Jaynes schien um Worte verlegen. »Mr. Bletchley hat natürlich keine Zeit, Besuche zu empfangen, außer Sie haben einen Termin vereinbart.«

Melrose seufzte. Wieso war ihm beim letzten Mal das Vergnügen entgangen, Jaynes Bekanntschaft zu machen? Er teilte Jaynes mit, dass er mit Morris Bletchley bereits gesprochen hatte.

»Verstehe, verstehe.« Jaynes war ein Leisetreter, der es aber verstand, da zu bleiben, wo die Musik spielte. »Dann spreche ich kurz mit Mr. —«

Er hätte sich sein Gequatsche sparen können, denn schon kam Morris Bletchley schwungvoll über die Schwelle des blauen Salons gebraust. Er fuhr dicht an sie heran und bremste. Melrose glaubte, er hätte ein paar Funken stieben sehen.

»Dr. Jaynes, ich kümmere mich um die Herren. Sollten Sie nicht lieber wieder nach Ihren Patienten sehen?«

Dr. Jaynes lächelte Moe Bletchley verdrossen zu und schob ab.

»Was ist denn los?« Moe Bletchley fummelte mit einem Hebel an seinem Rollstuhl herum. »Ich meine nicht mit *Ihnen* beiden, sondern mit meinen Bremsen. Um ein Haar hätte ich

Mrs. Fry da drüben umgenietet.« Er kicherte. »Will mich hier vielleicht einer abmurksen?«

In seine amtliche Haltung überwechselnd, sagte Wiggins: »Dafür wäre ein Rollstuhl aber wohl nicht sehr effizient, Sir.« Diesen Hinweis auf das Offenkundige fand Morris Bletchley anscheinend zum Schießen. »Sie sind also« – er warf einen Blick auf die Karte, die Mutter Oberin ihm ausgehändigt haben musste – »Mr. Wiggins von Scotland Yard, stimmt's?«

»Ganz recht, Sir. *Detective Sergeant* Wiggins.«

Melrose wusste, dass diese leichte Herablassung ein schnelles Ende finden würde, sobald Wiggins die Nase etwas tiefer in diesen Sterbehospiz-Pflegeheim-Laden gesteckt hatte.

»Nun, Sergeant, sehr viel mehr als vorher weiß ich über die Wells jetzt auch nicht, als ich mit Ihrem Kumpan hier gesprochen habe.« Er neigte den Kopf in Plants Richtung. »Chris Wells hilft uns manchmal hier aus, macht ihre Sache verdammt gut. Hat ein paar von den Gästen auch schon mal auf Verwandtenbesuch gefahren oder ins Krankenhaus und dergleichen. Ich hatte also Kontakt zu ihr, wusste aber nichts von ihrer Familie oder Freunden. Kommen Sie, wir gehen ins Wohnzimmer hinüber – das stört die schon nicht«, fügte er mit einem Seitenblick auf die alten Damen hinzu.

Die sich, davon war Melrose überzeugt, nicht einen Zentimeter vom Fleck gerührt hatten. Licht flackerte, Schatten verschoben sich in dieser blauen Umgebung, sodass sich ein viel hübscherer Unterwassereffekt einstellte als im Drowned Man. Melrose fand ihn ebenso wirksam wie ein Schlafmittel und wunderte sich nicht, dass die alten Damen eingenickt waren. Er hatte selbst alle Mühe, die Augen offen zu halten.

»Gehen wir auf die Glasveranda. Ich muss unbedingt eine rauchen, und hier drin darf man nicht. Das wäre schlimm für unsere Patienten mit Lungenemphysem.«

»Für Sie aber auch«, schulmeisterte Wiggins.

Moe erhob sich aus seinem Rollstuhl und schob ihn auf den Flur. »Ich muss mir ein bisschen die Beine vertreten. Kommen Sie.«

Sie setzten sich um den gleichen Tisch wie beim letzten Mal. Die beiden alten Schachspieler waren abwesend, doch in der anderen Ecke der Glasveranda fütterte eine Frau den Einarmigen Banditen mit Münzen und hielt ihr Gesicht dabei so dicht an die Anzeigetafel, dass sie sie hätte ablecken können.

»Sind Ihre Patienten hier alle wohlhabend?«, fragte Wiggins.

»Nein. Wieso? Muss man das sein, wenn man im Sterben liegt?«

»Äh, nein, es scheint mir nur ein recht teurer Betrieb zu sein.«

»Stimmt. Aber ich kann's mir leisten. Wenn sie reich wären, wieso sollten sie sich dann nicht einfach kaufen, was sie brauchen? Irgendwo in Arizona oder in Südfrankreich, Pflegeschwestern rund um die Uhr, schicke Geräte?«, brummte Moe und steckte sich eine Zigarette an, als ihm einfiel, dass Melrose ebenfalls Raucher war. »Verzeihung. Möchten Sie eine?« Er reichte das zerknitterte Päckchen herum.

Kopfschüttelnd schob Melrose die Zigaretten von sich. Er hatte keine Lust, unter Wiggins' strengem Blick zu rauchen. Sobald sie wieder beim Thema Mord und Verschwinden statt bei Lungenemphysemen und anderen Krankheiten waren, würde er sich auch eine anstecken. Es würde bestimmt nicht lange dauern. »Aber es geht ihnen doch nicht eigentlich um Südfrankreich, oder, jedenfalls nicht ausschließlich?«

Moe und Wiggins hoben verwirrt je eine Augenbraue. Wiggins sagte: »Ich kann Ihnen da nicht ganz folgen, Sir.«

»Wenn man stirbt, will man das doch nicht alleine tun. Wenn man keine oder nicht einmal gleichgültige Verwandte hat und nur wenig Freunde, wird man doch vermutlich einfach ins

Krankenhaus gekarrt, freudlos und antiseptisch. Keine besonders erquickliche Aussicht, oder?«

»Nein, das stimmt«, pflichtete Moe Bletchley ihm bei.

Da Krankenhäuser ganz oben auf der Liste der Orte standen, an denen Wiggins sich gern häuslich niederlassen würde, ignorierte der die Frage und holte eines der Fotos von der Toten, die Macalvie ihm gegeben hatte, aus seiner Innentasche. »Ihr Name ist Sada Colthorp. Kannten Sie sie?«

Moe runzelte skeptisch die Stirn, während er sich das Foto dicht vors Gesicht hielt und es dann weit von sich wegstreckte. So probierte er mehrere verschiedene Haltungen aus, als könnte ihm das Bild mehr von der darauf gezeigten Frau verraten, wenn er es hin und her bewegte. Er schüttelte den Kopf. »Haben Sie noch andere Aufnahmen von der Frau?«

Wiggins holte ein im Leichenschauhaus aufgenommenes Bild hervor, eine Frontalaufnahme.

Bletchley hielt sie nebeneinander. »Irgendwie kommt sie mir bekannt vor. Wie sagten Sie noch, heißt sie?«

»Sada Colthorp. Sie kannten sie vielleicht unter ihrem Mädchennamen Sadie May.«

Er schüttelte stirnrunzelnd den Kopf. »Nein. Von den Namen sagt mir keiner was.«

»Als Kind lebte sie in Lamorna Cove.«

Moe schüttelte erneut den Kopf. »Sagt mir immer noch nichts.«

In ebendiesem Augenblick kam Morris Bletchleys Rollstuhl aus dem Speisezimmer herüber auf die gekachelten Fliesen der Glasveranda geschossen, besetzt von einem dunkelhaarigen, jungen Mann etwa Anfang dreißig, der eine große weiße Schachtel auf den Knien hielt. »Lieferung vom Woodbine!« Als er die Schachtel aufklappte, kamen Krapfen mit Zuckerglasur und einige andere Sorten von Gebäck zum Vorschein. Melrose rechnete rasch hoch und kam zu dem Schluss, dass es sich um mindestens zwanzig Gebäckteilchen und ein Dutzend Krapfen handelte.

»Was zum Teufel hast du in meinem Rollstuhl zu suchen, Tom? Wie oft soll ich dir das noch sagen?« Neugierig spähte Moe in die Schachtel, weit mehr an dem Eclair, das er sich nun herausholte, als an der Tatsache interessiert, dass jemand seinen Rollstuhl okkupierte. »*Verdammt*, sind die Dinger gut!«

»Die hat Brenda gebracht. Wussten Sie eigentlich, dass sie früher in Fulham gewohnt hat? Ganz in der Nähe von Putney.«

»Das hast du mir schon mal erzählt. Das ist Tom –«

Moe Bletchleys gegenseitige Vorstellung wurde von Münzengeklimper unterbrochen, das von dem Einarmigen Banditen herübertönte. Die alte Dame hüpfte auf und ab, jedenfalls so gut es ihre steckendürren Beinchen erlaubten.

Moe Bletchley sah in ihre Richtung. »Spuckt die verdammte Maschine schon wieder Geld aus? Die muss ich unbedingt frisieren.« Grinsend führte er seine Vorstellung zu Ende. »Das ist Tom Letts.«

Tom Letts war gut aussehend, wirkte aber etwas zerbrechlich. Seine Haut war bleich wie die von Johnny. Im Gegensatz zu der von Johnny trug sie die schrecklichen Spuren von Kaposi-Sarkom.

Aids. Es war Melrose gar nicht in den Sinn gekommen, es könnte zu den tödlichen Krankheiten gehören, denen man in Bletchley Hall begegnen würde.

Tom freute sich, sie kennen zu lernen, und sah erwartungsvoll umher, als erwarte er von einem von ihnen, ohne zu wissen, von welchem, dass er etwas sagte, was er schon lange hatte hören wollen. Melrose hatte selten ein so gewinnendes Lächeln gesehen und fühlte sich erneut an Johnny Wells erinnert. Sie hätten Brüder sein können.

Tom wandte sich an Wiggins:»Sind Sie wegen dem Mord in Lamorna hier?«

Wiggins nickte lächelnd, und Melrose stellte staunend fest, dass der Sergeant auf Toms Krankheit nicht mit Reißaus nehmen reagierte, sondern ihm mit rücksichtsvoller Achtung begegnete. Wiggins, der behauptete, er werde von jedem frühlingshaften Blättchen und Blümchen als Testvieh für Pollen auserkoren, derselbe Wiggins saß hier, ohne mit der Wimper zu zucken, dem zerstörten Körper eines Aidskranken gegenüber.

»Das ist die Frau.« Er gab Tom die Fotos, obwohl Melrose sich ziemlich sicher war, Wiggins rechnete nicht damit, dass er sie erkannte. Ihm lag nur daran, dass Tom sich nicht ausgeschlossen fühlte.

In der Zwischenzeit waren die beiden alten Schachspieler hereingekommen und hatten sich, ihr Schachbrett in der Mitte, wieder auf die gleichen Stühle gesetzt. Nun aber erregte die weiße Schachtel vom Woodbine ihre Aufmerksamkeit, und sie begannen darauf zuzusteuern.

Moe beugte sich zu Melrose und Wiggins hinüber und flüsterte:»Mit den beiden müssen Sie etwas Nachsicht haben. Bei denen ist das Gedächtnis im Eimer.«

Ein Gedächtnis, das im Eimer war, stellte für Sergeant Wiggins kein Hindernis dar.

»Die Hooper-Brüder«, stellte Moe Bletchley vor.»Und da kommt ja auch Miss Livingston. Irgendwann schafft die's auch noch.«

Auf ihren Krückstock gestützt, in der Hand ein antikes, mit Geldstücken schwer gefülltes Netzsäckchen, bewegte sich Miss Livingston langsam auf sie zu, einen Ausdruck grimmiger Entschlossenheit auf ihrem eichelförmigen Gesicht.

Die beiden alten Herren verschwendeten erst gar keine Zeit auf die Fremden, sondern hielten direkt auf die Backwaren zu. Hände zuckten und verharrten unschlüssig über der Schachtel.

Daraufhin einer von den Hoopers: »Also, ich nehme mein Übliches, äh … äh …«

»Krapfen«, ergänzte Moe beinahe geistesabwesend, als sei er daran gewöhnt, dem Hooper-Bruder auf die Sprünge zu helfen.

»Genau!« Hoopers Hand stieß hinab und schnappte sich einen mit Schokoglasur.

»Ich auch!«, rief sein Bruder. »Ich nehme ein« – er sah sich an, was sein Bruder genommen hatte – »ich nehme so ein … eins von den …«

Mittlerweile hatte Miss Livingston sie erreicht. »Krapfen, du gottverdammter Idiot!«, schrie sie. »Hände weg da!« Und sie teilte sie wie Moses das Rote Meer. »Ich will eins von den Windbeuteldingern da.« Geschickt griff sie in die Schachtel nach einem cremegefüllten Windbeutel. »Hallo, mein Hübscher!«, sagte sie zu Melrose.

Er schenkte ihr ein verschwenderisches Lächeln, erhob sich und zog ihr einen Stuhl heran. Beim Anblick der grauhaarigen Miss Livingston mit ihrem Hakennäschen, den flink umherhuschenden Augen und Fingern, die so kräftig wie eine Pinzette waren, musste Melrose an einen kleinen Raubvogel denken.

Einer der Hooper-Brüder sah, wie der Stuhl herangezogen wurde, und schleppte seinerseits einen Bugholzstuhl an, der an der Wand gestanden hatte. Sein Bruder tat es ihm nach, und nun saßen alle sieben um den Tisch versammelt, die Neuankömmlinge jene vier, die schon dagesessen hatten, neugierig beäugend.

»Wieso wollten Sie uns sprechen, Colonel?«, fragte der andere Hooper verdrießlich.

»Ich glaube, jemand hat das Kryptogramm entschlüsselt«, sagte Moe und nahm ein Cremetörtchen ins Visier.

Die Hoopers schauten sich an. »Ach, *ja*?«

»Sie alle beide. Am besten, Sie gehen gleich auf Plan A, bevor die kommen.«

Die Hoopers standen so ruckartig auf, dass dem einen der Stuhl nach hinten umkippte. Er hob ihn auf, stellte ihn mit ohrenbetäubendem Krachen wieder hin, und sie kehrten zu ihrem Schachspiel zurück, nachdem Melrose einen der beiden den anderen hatte fragen hören, was denn Plan A sei, und gesehen hatte, wie der andere bedauernd den Kopf schüttelte, er wisse es nicht mehr.

»Kryptogramm?«, erkundigte sich Melrose.

Moe zuckte die Schultern. »Wenn ich das zum Teufel wüsste. Die quasseln andauernd von Geheimcodes und behaupten, sie seien Spione. Natürlich vergessen sie es, bevor sie recht durchs Speisezimmer sind, es tut also keinem weh.«

Tom lachte. »Es ist immerhin etwas, das sie sich mit einiger Regelmäßigkeit merken können.«

»Regredierende Amnesie ist das, Gedächtnisschwund oder so was Ähnliches«, sagte Moe. »Wenn man sich etwas nicht merken kann, was man vor nicht mal zwei Minuten gehört hat. Sie haben beide Alzheimer, aber ob es daran liegt, weiß der Doc nicht. Wundert mich nicht.«

Ohne sich die Bohne um den Gesundheitszustand der Hoopers zu scheren, grub Miss Livingston ihre kräftigen Finger in Melrose' Unterarm. »Wir beide könnten doch draußen einen Spaziergang machen. Es gibt da ein paar Eckchen, die kenne nur ich, mein Süßer. Da finden sie uns nie. Außerdem« – sie schüttelte ihr perlenbesetztes Täschchen, dass die Münzen nur so klimperten – »bin ich reich.«

Von dieser Einladung nicht im Geringsten in Versuchung geführt, warf Melrose ihr nichtsdestotrotz ein liebreizendes Lächeln zu und befreite sich mit einem heftigen Ruck von ihrem festen Zugriff.

Moe Bletchley, an Miss Livingstons kleine Eigenheiten vermutlich gewöhnt, ließ sie links liegen und sagte: »Tom war in London jahrelang mein Chauffeur. Er ist ein so begnadeter Fahrer, dass ich mir manchmal wünschte, ich könnte eine Bank oder einen Juwelier überfallen, bloß damit ich mit der Beute zum Auto rauszischen kann, Tom auf die Tube drückt und wir mit Karacho losrasen.«

Moe sagte es mit so offenkundiger Zuneigung, dass Melrose sich schon denken konnte, wie ein Aidsfall nach Bletchley gelangt war.

»Wie lange sind Sie denn schon hier, Sir?« Wiggins stellte Tom die Frage, ohne (wie Melrose feststellte) angewidert vor ihm zurückzuweichen.

»Seit einem halben Jahr. Aber das habe ich erst, seit es wirklich schlimm geworden ist.« Er deutete auf sein Gesicht und brachte dennoch ein Lächeln zu Stande. Immerhin hatte er das Glück gehabt, in Bletchley Hall aufgenommen zu werden, im Gegensatz zu vielen anderen.

»Wie viele Patienten haben Sie hier eigentlich?«, fragte Wiggins.

»Zwölf. Mit zwölf sind wir ausgelastet. Es gibt zwölf Zimmer, außer den vier für Mutter Oberin, eine Vollzeitpflegeschwester, Jaynes und mich. Die übrigen Mitarbeiter wohnen nicht hier. Dann haben wir natürlich auch noch Ärzte. Einer wohnt in St. Buryan, einer in der Nähe von Penzance.« Moe Bletchley bot Wiggins an, einen Rundgang durchs Haus zu machen, und Wiggins willigte begeistert ein. Tom rollte mit ihnen hinaus.

Melrose lehnte dankend ab, brachte ungefähr fünf Minuten damit zu, sich von Miss Livingston und ihren pinzettenartigen Fingern zu befreien, und ging zurück ins Haus.

33

Er ging durch das üppig ausgestattete, grüne Speisezimmer: dieses Kristall! Dieses Silber! Die Vorstellung gefiel ihm, dies alles wäre sogar für den Fall, dass nur ein einziger Gast es schaffte, zum Abendessen herunterzukommen, so prächtig aufgeputzt. Vielleicht lag im Decken eines schönen Tisches mehr Hoffnung auf Genesung als in der Verabreichung eines neu entwickelten Medikaments.

Vor einem Tisch blieb er stehen, um das zarte Arrangement aus malvenfarbenen Orchideen und Alpenveilchen zu betrachten, leicht an das feine Kristall eines Weinkelches zu tippen, das so zart war, dass es der Glasbläser mit einem Seufzer ins Leben gehaucht zu haben schien, ein Messer anzuheben, das gewichtig war wie ein Gewölbe und schwer lastend wie eine Erinnerung.

Genau dieses Gefühl verspürte er: Erinnerung konnte tatsächlich schwer auf einem lasten. So war es vielleicht den Hooper-Brüdern gegangen. Sie hatten sich am Ende an allzu viel erinnern müssen und beschlossen, lieber an gar nichts mehr zu denken. Melrose setzte seinen Rundgang fort.

Auf der anderen Seite des blauen Zimmers befand sich ein weiterer Salon, in dem die beiden alten Damen immer noch saßen und sich immer noch kein bisschen gerührt hatten. Ob er vielleicht Hilfe holen sollte? Nein, bei der einen hob sich durch ihren Atem soeben die Rüsche am Spitzenkrägelchen ihrer Hemdkrause. Sie zumindest atmete noch, was so viel hieß, dass es die andere vermutlich auch tat.

Der Salon gegenüber dem blauen Zimmer, den er nun betrat, war etwas schmaler und länger und im tiefen Rot eines alten Bordeaux gehalten. Dieser Raum war dunkler und – falls man es so beschreiben konnte – tiefer, wie in Wein getaucht. Die Farben in Bletchley Hall, fiel Melrose auf, waren außerordentlich kräftig – keine Spur von diesen schmalbrüstigen Rohweiß-, Ecru- oder Pastelltönen. Es war, als forderten die Farben einen auf, noch ein Weilchen bei der Stange zu bleiben.

In das rote Zimmer fiel nur wenig natürliches Licht, da es nach Norden hinausging, und so war es auf brennende Lampen angewiesen und Holzscheite im Kamin, die – so wie jetzt – im lodernden Feuer brannten. Wegen des Zusammenspiels von Hell und Dunkel hatte Melrose Tom nicht sofort gesehen, der dort an der Feuerstelle saß. Er hielt die Augen geschlossen oder halb geschlossen und hatte Melrose' Eintreten ebenfalls nicht bemerkt. Melrose zögerte, er wollte ihn beim Dösen nicht stören.

Als er sich gerade wieder zum Gehen wenden wollte, sagte Tom:»Hallo. Kommen Sie doch herein.« Er saß immer noch in Moe Bletchleys Rollstuhl. Melrose ging zu einem Ohrensessel vor dem Feuer hinüber.

Tom hielt ein Gläschen Sherry in der Hand, die er nun erhob.»Möchten Sie auch einen?«

»Ja, gern. Sagen Sie mir nur, wo er steht.«

»Dort drüben.« Tom deutete auf den Tisch neben einem Fenster, vor dem ein Meer von dunkelroten Vorhängen hing. Melrose entdeckte die Sherrykaraffe inmitten weiterer Karaffen – aus Kristallglas, vermutlich Waterford, im so genannten »Waterford-Blau«, einer einzigartigen Verbindung aus Blau- und Grautönen. Der Tisch war mit den besten und teuersten Sorten von Whisky, Gin und Wodka bestückt. »Da staune ich ja«, sagte er und kam mit seinem Sherryglas wieder – höchstwahrscheinlich Lalique, dachte er in Erinnerung an Marshall Truebloods Lehrstunden. Das Glas hatte die Form einer sich gerade öffnenden Tulpe.

»Noch erstaunlicher, wie selten wir davon Gebrauch machen – von den Getränken, meine ich. Es liegt wohl daran, dass etwas leicht Zugängliches viel von seiner Verführungskraft verliert. Man könnte meinen, wir würden alle der Trunksucht anheim fallen, stimmt's?«

Melrose lächelte.»Schon möglich. Hören Sie, warum mögen Sie eigentlich den Rollstuhl so gern?«

Tom erwiderte sein Lächeln.»Na, er ist schick, macht Spaß – und *ihn* bringe ich damit auf die Palme. Wohnen Sie nicht in Seabourne?«

»Ganz recht. Für eine Weile zumindest.«

»Das Haus ist verhext.«

Melrose lachte.»Sie sind nicht der Erste, von dem ich das höre.«

»Es stimmt aber.«

»Na, na, Tom. Doch ehrlich gesagt, hatte ich bei dem Haus schon das Gefühl, es wäre – äh, ein Set für einen Film. Wirklich. Man denkt immer, jetzt werden sich gleich gespenstische Gestalten am Treppenabsatz oben formieren. Wie dem auch sei, ich nehme an, Sie waren einmal drin?«

»Ich hab mal dort gewohnt.«

»Dann kennen Sie Morris Bletchley also schon länger?«

»Wie er ja sagte, war ich jahrelang sein Chauffeur. Hauptsächlich in London. Er hatte ein schönes Reihenhaus in Putney, hat es vielleicht immer noch, obwohl er jetzt nicht mehr viel von hier wegkommt.« Er wandte den Kopf, um aus dem hohen Fenster zu sehen, und lächelte dabei, als erinnerte er sich gern an diese Zeiten.»Das war typisch für ihn: in Putney zu wohnen statt in Belgravia oder in einem protzigen Haus in West-One. Es war übrigens ziemlich klein, das Haus in Putney. Bloß eine Köchin, die täglich ins Haus kam, und ein Aupairmädchen für die Kinder, die oft zu Besuch bei ihm waren. Sie liebten ihn abgöttisch.«

»Seine Enkel?«

Tom nickte.»Noah und Esmé. Nette Kinder. Ich hab sie in der Gegend rumgefahren: in den Zoo, ins Kino, zu Chick'n King.« Er warf Melrose ein strahlendes Lächeln zu.»Natürlich.«
»Ich hörte, sie sind ertrunken. Ein seltsamer Unfall.«
»Seltsam, ja. Seltsam war es schon«, wiederholte er. Schweigen. Dann fragte er:»Wollen Sie noch einen Sherry?«
»Gern, danke.«
Vielleicht mochte Tom den Rollstuhl auch noch aus anderen Gründen als nur zum»Spaß«. Er erhob sich langsam und, wie es schien, unter Schmerzen. Schmerzen, die ihn auf der Glasveranda nicht gestört zu haben schienen, die Melrose jedenfalls nicht registriert hatte. Tom sprach weiter, während er einschenkte und den Stöpsel wieder auf die Karaffe steckte.»Mr. B. war in London, im Haus in Putney. Nachdem er den Anruf erhalten hatte, kam er in mein Zimmer und sagte, ich solle den Wagen schon mal warm laufen lassen, er wolle sich zum Flughafen fahren lassen.« Tom stand vor Melrose und reichte ihm das frisch gefüllte Glas.»Ich kann Ihnen sagen, so hatte ich Mr. B. noch nie gesehen: Er sah aus wie *untergegangen*, ja, als wäre er selbst ertrunken. Ich chauffierte ihn zum Flughafen. Dort hat er immer eine Lear bereitstehen, die er aber selten benutzt, bloß wenn er mal nach Schottland rauf muss oder nach Paris oder sonst wohin. Er hält sie sich eigentlich eher für seine Geschäftsführer und Angestellten. Eins von den Mädchen, die im Chick'n King in Watney arbeiten – als ihr Vater einen Herzinfarkt hatte, ließ Mr. B. sie zum Flughafen bringen und eine Stunde später war sie in Edinburgh. Er mag das Flugzeug nicht. Angeben liegt ihm nicht, er ist ein ganz schlichter Mensch.«
Melrose lachte.»Da bin ich aber nicht Ihrer Meinung, dazu ist er viel zu kompliziert. Obwohl ich zugeben muss, dass er sich um den Eindruck bemüht.«
Tom drehte sein tulpenförmiges Glas zwischen den Fingern

hin und her und nickte.»Na, schlicht vielleicht nicht gerade, – aber ziemlich großzügig. Nachdem ich das hier« – er fuhr mit der Hand über seinen Körper –»schon ein paar Jahre hatte und wegen der Krankheit nichts mehr tun konnte, brachte er mich hierher. Die meisten Leute hier kennt er von früher. Die Hoopers hatten in South Ken einen Buchladen, wo er Stammkunde war. Und Miss Livingston war früher die Internatslehrerin seines Sohnes.«

Weil er befürchtete, Tom vom Thema der Enkelkinder abgelenkt zu haben, sagte Melrose:»Und was geschah in der Nacht, als er hierher flog?«

»Bis er ankam, war im Haus natürlich schon alles gelaufen. Die Polizei war da gewesen, und der Krankenwagen hatte die Toten mitgenommen. Der Detective, der die Ermittlungen führte, ich glaube jedenfalls, dass der zuständig war, unterhielt sich ziemlich lange mit Mr. B. Dann gingen alle.

Er sagte mir, es sei ein Gefühl gewesen wie nach einer Schlacht: wenn man bloß noch das blutüberströmte Schlachtfeld ansehen kann. Die Frau von seinem Sohn war zuerst da – also, nach der Köchin Mrs. Hayter. Daniel, sein Sohn, kam später dazu. Sie hatten Schwierigkeiten gehabt, ihn ausfindig zu machen, er war also erst einige Zeit nach seiner Frau gekommen. Deshalb musste sich Mr. Bletchley von seiner Schwiegertochter informieren lassen. Karen heißt sie. Das hat ihn unheimlich geärgert.«

»Warum das?«

»Warum? Weil er sie nicht leiden kann. Er hat immer gesagt, sie hätte Daniel wegen des Geldes geheiratet. Da wäre sie nicht die Erste, würde ich mal sagen. Er hatte eine unheimliche Wut auf die beiden, weil sie nicht zu Hause waren, als die Kinder aufgestanden sind. Ich kann mir vorstellen, dass Mrs. Hayter auch was zu hören kriegte.« Tom seufzte.»Nachdem Noah und Esmé gestorben waren, hielt er es vor Kummer in dem Haus nicht mehr aus. Andererseits brachte er es aber auch nicht fertig, das Dorf zu verlassen. Deshalb hat er dieses Anwesen gekauft. Er wusste nicht recht, was er damit anfangen sollte, bis ihm die Idee mit dem Hospiz kam – wo nur Leute aufgenommen werden sollten, die sterbenskrank waren. Komisch, dass er ausgerechnet darauf kam, finden Sie nicht?«

»Nicht, wenn einer sich die Illusion verschaffen will, den Tod beherrschen zu können.« Karen Bletchley gegenüber hatte er es ähnlich ausgedrückt.

Tom kam mit dem Rollstuhl etwas näher an Melrose' Ohrensessel. Er beugte sich zu ihm vor wie jemand, der etwas Wichtiges mitzuteilen hat und nicht will, dass andere ihm dabei zuhören. »Komisch, dass Sie es so ausdrücken, weil hier nämlich nicht alle im Sarg rausgetragen werden. Manchen von uns geht es mit der Zeit tatsächlich besser. Allzu oft ist es zwar noch nicht vorgekommen, aber doch schon ein paar Mal. Speiseröhrenkrebs – der lässt sich wohl kaum besiegen. Und doch – bei einer Frau ist er remittiert, und sie hält seither immer noch Kontakt. Oder nehmen Sie zum Beispiel Linus Vetch, der schon vor einem Jahr hätte tot sein sollen und immer noch da ist. Es hat noch andere Fälle gegeben – wir sind ja alle im Endstadium, was für ein schreckliches Wort –, wenn also so was vorkommt, ist es ein Wahnsinnswunder. Denken Sie jetzt aber nicht, ich mache mir falsche Hoffnungen. Bei mir müsste *tatsächlich* ein Wunder geschehen.

Ich glaube nicht, dass man sich hier so geborgen fühlt, weil man nicht allein sterben muss. Sondern wenn man schon sterben muss, dann doch lieber an einem Ort wie diesem oder auf einem Schlachtfeld, wo der Tod eine nackte Tatsache ist, um die nicht drum herum geredet wird. Man verdrängt den Tod doch sonst überall im Leben. Die Menschen leugnen ihn, wo sie bloß können.«

»*Der Tod des Iwan Iljitsch*«, sagte Melrose.

»Was meinen Sie damit?«

»Eine Geschichte von Tolstoj. Iwan Iljitsch ist schon lange krank und weiß, dass er sterben muss. Doch die Ärzte, seine Frau, seine Kinder leugnen es hartnäckig.«

»Aber so läuft es doch, oder?«, sagte Tom. »Man macht die fürchterlichste, gewaltigste Erfahrung seines Lebens und will den anderen irgendwie mitteilen, wie einem zu Mute ist, und es ihnen begreiflich machen. Aber sie lassen einen nicht. ›Ach, hör doch auf, so zu reden. Sei nicht so niedergeschlagen!‹ Oder: ›Du wirst schon sehen, bald bist du wieder auf dem Damm.‹« Er schwieg. Dann fuhr er fort: »Hier haben viele das Ende ihrer Tage so erlebt, wie sie es ohne Bletchley Hall nie hätten erhoffen können. Ab und zu kommen Kinder oder Eltern zu Besuch. Aber nicht oft. Meine nicht.«

Es entstand eine Pause. Sie hielten ihre Sherrygläser umklammert, und Melrose wusste nicht, was er hätte sagen können, ohne dass es banal klang.

»Außer meiner Schwester Honey«, fuhr Tom fort. »Sie ist erst sechzehn und hat vor drei Monaten ihren Führerschein gemacht – ihre, wie sie sagt, ›Lizenz zum Töten‹. Die erste Ausfahrt von Dartmouth machte sie hierher, um mich zu besuchen. Das ist ganz schön weit. Ich dachte, Dad würde ihr deswegen vielleicht Schwierigkeiten machen, tut er aber nicht. Ich glaube, irgendwie sind er und Mum insgeheim froh, dass Honey sich traut. Sie hält mich auch davon ab, dass ich die beiden echt hasse. Sie sind eben so, erinnert sie mich immer wieder. Sie wissen es nicht besser. Honey … Erst sechzehn ist sie und weiß schon Bescheid. Das ist uns über andere eben nicht klar. Wir tun, was wir tun, weil wir nun mal nicht anders können.

Sie fährt mich spazieren. Manchmal begleitet uns Mr. B. Wir waren auch schon ein paar Mal in Seabourne. Wissen Sie, was wir dort tun? Wir suchen nach Spuren.« Tom lächelte.»Er meint, irgendwas kommt dort ans Licht, und wenn wir es nicht finden, dann jemand anderes.«

Mit einem Blick auf Melrose fügte Tom hinzu:»Vielleicht sind Sie dieser Jemand.«

34

Als induktiv handelnder Mensch, der sich allerdings nie damit abgab, Schnürchen abzuzählen oder in Zinnienbeeten Fußabdrücke auszuklamüsern, hatte Sergeant Wiggins nie etwas mit T. S. Eliots berühmtem Satz von der Rose und der Schreibmaschine anfangen können. Er besagte, dass man das Zeug zum Dichter hätte, wenn man sich diese beiden Gegenstände im gleichen Atemzug zusammen vorstellen könnte. Wiggins, der ganz offensichtlich das Zeug dazu *nicht* hatte, konnte sich zwar die Rose und die Schreibmaschine durchaus zusammen vorstellen. Gegensätze schreckten ihn absolut nicht, ebenso wenig wie Kehrseiten, Umkehrschlüsse und Antipoden. In Eliots Buch steuerten die Rose und die Schreibmaschine geradewegs auf ein drittes allumfassendes Emblem zu. Doch Wiggins' Verstand gebar keine Lösung: Die Rose und die Schreibmaschine blieben voneinander getrennt bestehende Elemente. Sie brachten erst dann eine objektive, wechselseitige Bedingung hervor, wenn ein Macalvie oder Jury oder (das hielt dieser sich zumindest zugute) ein Plant auf den Plan traten. Jury betrachtete sich die Schreibmaschine und die Rose und machte *Aha!* Macalvie und Jury waren intuitiv handelnde Menschen.

Doch Macalvie (mit dem sie sich in Lamorna verabredet hatten, wohin sie soeben auf dem schmalen Küstensträßchen rasten) wollte schlicht und ergreifend immer alles wissen – jedes Rosenblättchen, jeder gebogene Grashalm, die genaue Länge jedes Stückchens Schnur interessierten ihn, denn er war berühmt für seine Detailversessenheit. Mit Macalvie zu arbeiten war nicht einfach, wenn man (wie bestimmt die meisten Menschen) der Ansicht war, dass manche Kleinigkeit durchaus beiseite gelassen werden konnte.

Wiggins war ebenfalls kein Freund des Vergessens. Für ihn war alles erinnerungswürdig. Sein Verstand funktionierte wie ein Akkumulationsticket für vier Pferderennen: Man ließ den Wettbetrag auf dem Tisch liegen und »akkumulierte« während der folgenden drei Rennen die Gewinne.

Gegenwärtig klärte er Melrose (der sie chauffierte) darüber auf, dass Kaposi-Sarkom keine Krebsart war wie ursprünglich angenommen. »Hervorgerufen wird es durch einen Herpesvirus namens HIV8. Obwohl ich bezweifle«, fügte er mitfühlend hinzu, »dass sich für den armen Tom dadurch etwas geändert hätte.«

Melrose staunte: Dieser Wiggins, der sich oft anhörte, als könnte ihm der Spaziergang durch eine Löwenzahnwiese den Garaus machen, war tatsächlich im Stande, Tom die Hand zu schütteln, sich neben ihn zu setzen und die gleiche Luft zu atmen – und das alles, ohne auch nur mit der Wimper zu zucken.

Wiggins fuhr fort, den Gesundheitszustand jedes einzelnen Gastes in Bletchley Hall in sämtlichen Schwindel erregenden Einzelheiten zu schildern. Er hatte sie alle kennen gelernt, sich mit allen unterhalten, ihnen allen zugehört. Das war Wiggins' großartiges Talent, auch wenn er selbst nicht recht wusste, *worauf* es beim Zuhören ankam (das war Jurys oder Macalvies Aufgabe).

Mr. Clancy beispielsweise mit dem inoperablen Bauchspeicheldrüsenkrebs, Mrs. Noonan, die nach einer fehlgeschlagenen

Knochenmarktransplantation nach Bletchley Hall gekommen war (»Sie können sich nicht vorstellen, was sie alles durchgemacht hat! Sie wissen ja, wie schmerzhaft eine Transplantation ist«), Miss Timons-Browne, die Klavierlehrerin gewesen war, bevor rheumatoide Arthritis sie ihres Auskommens beraubte, Mr. Bleaney –

»Das ist doch ein Gedicht von Philips Larkin«, warf Melrose ein, um zu zeigen, dass er sich für das Schicksal dieser armen Leutchen interessierte. Er deklamierte:

»*Das war Herrn Bleaneys Zimmer. Er wohnte hier,*
solange er beim Schiffsbau war, bis
er dann gehen musste.«

»Hmm, das mag schon sein, Mr. Plant, ich bezweifle allerdings, dass *Ihr* Mr. Bleaney an Bauchspeicheldrüsenkrebs litt.«

»Philip *Larkins* Mr. Bleaney, Wiggins, außerdem hat er genauso gelitten wie jeder andere – na, reden Sie weiter.« Er versuchte, sich auf die Wellen (dort draußen) zu konzentrieren, die ans Ufer (hier drinnen) klatschten. Es hätte eigentlich eine recht angenehme Fahrt sein können, wäre die Straße nicht von Schlaglöchern übersät gewesen und hätte er nicht die Inkarnation von Hippokrates oder Sir Richard Burton neben sich sitzen gehabt: Die Krankheit eines jeden Patienten würde in allen Einzelheiten von Wiggins ausgeführt und obendrauf als Dreingabe noch ein vollständiges Bild der jeweiligen undankbaren, ungezogenen buckligen Verwandtschaft gegeben.

»Die arme Mrs. Atkins – hat drei Schlaganfälle überstanden, man weiß gar nicht, wie sie überhaupt durchhält, da sollte man doch meinen, ihre Schwiegertochter bringt ab und zu mal die Enkel vorbei –«

Und so weiter, dachte Melrose. War Wiggins nun endlich

durch? Hatte er die gesamte Liste der zwölf Patienten herunter-geleiert? Abzüglich der drei, die sie auf der Glasveranda kennen gelernt hatten – nein, vier, Tom noch dazu –, blieben also noch acht. Minus Bleaney, Timons-Browne, Clancy, Noonan, Atkins, Fry. Blieben immer noch zwei.

Der lange Kampf der Hoopers gegen Alzheimer begleitete sie bis nach Lamorna hinein. Erde und Kies aufwirbelnd, fuhr Melrose vor dem Wink vor.

»Sieht ziemlich verschlafen aus, nicht?«, meinte Wiggins, während er die Wagentür zuknallte. In seinem Ton war eine Spur von Arroganz zu erkennen, die man bei einem Londoner – in diesem Fall Wiggins, der normalerweise absolut nichts von einem Großstadtsnob an sich hatte – vielleicht erwartet hätte. Allerdings war Melrose sonst immer mit Jury unterwegs, dem unarrogantesten Wesen, dem er je begegnet war. Ach, wär er doch hier!

Obwohl sich das Wink in Grundriss und Aussehen vollkom-men von seinem Pub in Long Piddleton unterschied, fühlte sich Melrose doch an den Jack and Hammer erinnert. Vielleicht lag es an dem harten Kern von Stammgästen, die um einen runden Tisch saßen – dieselben drei Männer und zwei Frauen, die drei Abende zuvor auch hier gewesen waren. Er stellte sich vor, es wären die leibhaftigen Modelle für einige Dorian-Grey-artige Porträts von Frequenteuren (Melrose dabei Frequenteur Num-mer eins) des Jack and Hammer. Der Alte dort mit der zusam-mengedrückten Zigarette und dem pockennarbigen Gesicht wäre doch sicher kein anderer als das wahre Inbild des wahren Marshall Trueblood, die Frau im staubbraunen Pullover mit dem langen, traurigen Gesicht Vivian Rivington und die andere, stämmig und untersetzt, mit den grauen Haarflusen um die Stirn – nun, die ähnelte Agatha nicht direkt vom Wesen her, da-für war sie ihr aber wie aus dem Gesicht geschnitten.

Während er mit Wiggins an der Bar stand, auf die Getränke wartete und sich heimlich an seiner Tagträumerei erfreute, war er sich ziemlich sicher, dass alle Anwesenden großen Gefallen daran fanden, etwas Tolles durchzuhecheln und ihre Fänge in etwas Skandalöses hineinschlagen zu können: nämlich Mord! Nun brauchten sie den Touristen nicht mehr weiszumachen, dass Lamorna kein verschlafenes Dorf war. Nein, inzwischen hatten sie *tatsächlich* etwas zu bieten! Tonpfeife, schwarze Augenklappe, Holzbein, Triefauge, Öllämpchen – das waren jetzt Dinge, auf die man sich gefasst machen musste.

»Ich weiß gar nicht, was ich will«, sagte Wiggins in so banalem Ton, dass sich Melrose schlagartig von Piratengold und *Jamaica Inn* in die Wirklichkeit zurückversetzt fand.

»Was soll das heißen? Das hier ist ein ganz normales Pub. Nehmen Sie das Gleiche wie immer: Krötenhorn, Froschauge, was weiß ich. Nehmen Sie ein Bier!«

Wiggins betrachtete ihn bloß stumm. *Nehmen Sie ein Bier* war kein Wiggins'scher Notnagel, auf den er im Bedarfsfall zurückgriff. »Hmm«, seufzte er, »vielleicht eine Limonade.« Und zog bereits ein röhrenförmiges Glasfläschchen hervor.

Bromo-Seltzer – mittlerweile fester Bestandteil von Wiggins' Grundausstattung. Melrose fragte sich, wie viel von dem verdammten Zeug er seit der Reise nach Baltimore eigentlich schon konsumiert hatte. Wiggins war diese Stadt bloß noch als Heimat von Bromo-Seltzer in Erinnerung. Von dem hohen Gebäude mit dem Firmenlogo hatte er einen Schnappschuss gemacht.

»Wird ja auch Zeit«, ertönte eine Stimme in ihrem Rücken. Es war natürlich Brian Macalvie, für den man nie früh genug kommen konnte. Ständig war er in Eile, auch ein Grund dafür, dass er den Mantel immer anbehielt. Er versetzte Wiggins einen enthusiastischen Schulterstoß. Im Hauptquartier in Camborne hatte er ihn bereits begrüßt.

Das »Wird-ja-auch-Zeit« hatte offenbar Melrose Plant gegolten, der – wenn Melrose ihn bitte schön daran erinnern durfte – weder bei der Kripo von Devon und Cornwall noch bei New Scotland Yard auf der Gehaltsliste stand. Mit einem Blick auf die Zapfhähne sagte Macalvie:»Ich weiß gar nicht, was ich nehmen soll.«

»Ist das die größte Entscheidung, die Sie beide heute zu treffen haben?«, fragte Melrose.»Nehmen Sie das Gleiche wie ich.« Er legte ein paar Geldstücke hin, dass es nur so klimperte.»Oder was er nimmt. Was weiß ich – Hauptsache, mit Bromo-Seltzer.«

Nachdem Macalvie sich ein Guinness bestellt und es bekommen hatte, gingen die drei zu demselben Tisch hinüber, an dem Melrose und Macalvie schon einmal gesessen hatten.

»Ich und meine Leute und die hiesige Polizei, wir haben schon mit allen hier gesprochen« – er wies mit einer Armbewegung über den ganzen Schankraum – »und absolut null dabei herausgefunden, außer dass sich zwar ein paar an Sadie May erinnerten, sonst aber nichts über sie wussten.« Macalvie schüttelte den Kopf.»Das kann kein Zufall sein. Zwei kleine Kinder sterben unter merkwürdigen Umständen, eine Frau verschwindet, eine andere wird ermordet, die Mutter der Kinder taucht auf, nachdem sie vier Jahre nicht mehr hier war« – Er schüttelte erneut den Kopf, zündete sich wieder eine Zigarette an und sagte:»Daniel Bletchley...« Seine Stimme verflüchtigte sich zusammen mit dem Rauch seiner Zigarette.

»Er hat Ihnen den Namen der Frau immer noch nicht genannt?«, vermutete Wiggins.

»Null«, sagte Macalvie.

Wiggins schwieg eine Weile. Dann sagte er:»Bletchley hätte wegfahren und gleich wieder zurückkommen können, aber was ist mit dieser Haushälterin? Hätte er denn nicht Bedenken gehabt, sie könnte ihn sehen?«

»Wieso sollte er? Schließlich ist es *sein* Haus«, wandte Melrose ein. »Vielleicht mag man an diese Variante nicht denken, weil einem das Ganze so widerwärtig vorkommt. Ich kann es schlicht nicht fassen: dass Eltern ihren Kindern so was antun könnten.«

»Erzählen Sie das mal Medea«, erwiderte Macalvie.

Melrose sah sich im Pub um, wo der Rauch wie in Federwölkchen zur Decke stieg. »Morris Bletchley sagte, Sie hätten Karens Geschichte nicht geglaubt, die mit den Leuten im Wald.«

Macalvie zog ein zerdrücktes Zigarettenpäckchen hervor. »Stimmt, habe ich auch nicht.«

»Ich auch nicht. Seabourne ist mit Wein und Henry James gut bestückt. Karen Bletchleys Geschichte klingt mir verdächtig nach *Die Drehung der Schraube*: zwei Kinder, Miles und Flora, die Frau jenseits des Teichs ist die Erzieherin, der Fremde, der mit ihnen sprach – Peter Quint, ja, sogar Mrs. Grose, die phantasielose, nüchterne Haushälterin ist dabei. Ich würde sagen, Mrs. Hayter ist deren perfekte Verkörperung.«

Macalvie wirkte nachdenklich. »Das ist ja interessant.« Schweigend trank er sein Bier. »Na ja, vielleicht hat sie sich die Geschichte auch ausgedacht, um von sich abzulenken.«

»Oder um Ihre Aufmerksamkeit von ihrem Mann abzulenken?«, bemerkte Melrose.

»Falls sie dachte, Bletchley könnte womöglich etwas mit dem Tod ihrer Kinder zu tun haben?«, warf Wiggins ein.

Melrose schüttelte den Kopf. »Sie will doch das Geld. Wenn die Kinder von Daniel sterben, bekommt er das gesamte Chick'n King-Vermögen. Wenn er aber wegen Mordes verurteilt wird, geht das Geld woandershin, aber *nicht* an die Ehefrau. Jedenfalls konnte sich Karen nicht darauf freuen, es von Morris Bletchley überreicht zu bekommen. Er mag sie nicht, er traut ihr nicht über den Weg. Deshalb hat er das Vermögen doch auf die Kinder überschrieben – und sicherlich ausreichende Vorkehrungen für die treuhänderische Verwahrung getroffen –, damit Karen es nicht in ihre zarten weißen Händchen kriegt.«

Eine Zeit lang schwiegen sie.

»Und Chris Wells?«, meinte Melrose schließlich. »Sie glauben, sie ist tot, nicht wahr? Lautet nicht die Regel, dass jede weitere Stunde, die sie vermisst wird, mehr in diese Richtung deutet?«

»Sie deutet darauf hin, dass sie eine weitere Stunde vermisst wird.«

»Sehr witzig.«

»Witzig sein will ich gar nicht«, sagte Macalvie. »Ich gehe von der Annahme aus, dass es keine Regeln gibt.«

Jemand hatte Geld in die Jukebox gesteckt, woraufhin »When You and I Were Young, Maggie« ertönte. Bei den ersten traurigen Worten des alten Songs sah Melrose ängstlich zu Macalvie hinüber, doch der starrte ins Leere und hielt sein Pint reglos in der Luft, als wollte er den anderen beiden gleich zuprosten. Dann stellte er das Glas ab, stand auf, ging zur Jukebox hinüber und riss bei *The sunshine has gone from the hill, Maggie* den Stecker heraus. Unter dem lautstarken Protest der wenigen, die zugehört und nun auch derer, die nicht zugehört hatten, trat er an den Tisch zu dem Mann, der die drei Songs eingetippt hatte, und knallte ihm einen Zehnpfundschein hin. Die anderen Gäste blickten verblüfft zu ihm hoch.

Vor Jahren hatte Macalvie in einem alten Pub im Dartmoor die Jukebox eingetreten.

Er besserte sich.

35

Im Woodbine Tea-Room saß Johnny an dem kleinen Schreibtisch in der Küche, an dem Brenda immer ihre Buchhaltung erledigte. Er mischte seine Spielkarten durch, breitete sie fächerförmig aus, nahm sie wieder zusammen und mischte von neuem. Das Einzige, was ihn davon abhalten konnte, ständig an Chris zu denken, war sein Repertoire an Zaubertricks.

Brenda holte gerade die Backbleche aus dem Ofen. Wie Chris backte auch sie meistens abends. »Ich weiß, es ist schwer, mein Schatz, und es fällt einem immer schwerer, dran zu glauben, dass sie wiederkommt, aber sie kommt bestimmt, das weiß ich. Das weiß ich ganz bestimmt.«

Er hatte seinen besorgten Gesichtsausdruck nicht verbergen können. Er würde nie einen guten Taschenspieler abgeben. »Nein, damit willst du mich doch bloß trösten.« Als sie vom Ofen herüberschaute, um zu widersprechen, hob er mit einem abwehrenden Lächeln die Hand. »Ist schon okay, Brenda.« Er legte wieder die Karten aus, und sie wandte sich wieder den Lebkuchenmännern zu, die sie mit kleinen Rosinen verzierte.

»Zieh mal eine.« Johnny hielt ihr die gefächerten Karten hin.

Brenda fuhr mit der mehligen Hand über ihre Schläfe, um sich eine Strähne aus den Augen zu wischen. »Ist das wieder dein alter Trick? Den hab ich doch schon tausendmal gesehen.«

»Mindestens.« Sie nahm eine Karte, steckte sie wieder zurück. Er mischte, zog ihre Karte heraus.

»Na, so eine Überraschung!«, sagte sie und drückte eine Rosine in den Teig.

»Tu das doch nicht so ab, du weißt ja nicht mal, wie der Trick funktioniert.« Er legte die Karten beiseite und betrachtete die verschiedenen Gegenstände, die den Schreibtisch bedeckten: das große Scheckheft, die Umschläge und oben auf der Ablagefläche die Fotos, Schnappschüsse von Brendas toter Tochter. Er schlug die Augen nieder; beim Anblick der Tochter musste er wieder an Chris denken. Wie hatte sie so spurlos verschwinden können und dabei so überstürzt? Er fragte Brenda.

Sie hielt inne und griff nach ihrem Henkelbecher mit Kaffee. »Vielleicht sehen wir ja bloß den Wald vor lauter Bäumen nicht, Liebes.« Sie sah zu ihm hinüber. »Vielleicht ist es was ganz Simples – was passiert ist, mein ich.«

»Ach was, Brenda, die Polizei ist doch auch nicht blöd. Immerhin ist ein Commander für die Ermittlungen zuständig. Das ist einer von den hochrangigsten Leuten bei der Kripo von Devon und Cornwall.«

Sie stieß einen langen, aufgestauten Seufzer aus. »Du wirst wohl Recht haben.«

Johnny wandte sich wieder den Schnappschüssen von Ramona zu. Auf den Fotos war sie in unterschiedlichen Altersstufen zu sehen, wie auf rätselhafte Weise von der Kindheit ins Jugendalter gezaubert: als Kleinkind, Schulmädchen, Teenager. Von Chris wusste er, dass Brenda selten über Ramona sprach. Die Trauer war einfach zu überwältigend.

Er erinnerte sich noch gut an Ramona; als junges Mädchen war sie wunderschön gewesen, in den letzten Monaten ihres Lebens aber immer blasser und schwächer geworden, es war, als würde sie sich vor aller Augen auflösen. Wie die Schöne in der Zaubernummer – sie verschwindet in der verschlossenen Truhe, die, wenn sie wieder aufgemacht wird, leer ist. *Jetzt seht ihr sie, jetzt seht ihr sie nicht mehr.* Er ließ das Kinn auf die verschränkten Arme sinken und sah die Bilder unverwandt an. »Sie war schön – Ramona, wirklich schön.« Er erschrak fast vor seiner eigenen Stimme, denn er hatte es eigentlich nicht laut sagen und dadurch Brenda an ihre Tochter erinnern wollen.

Du Arsch, als ob die arme Frau sie je vergessen könnte. Er spürte ihr Schweigen schwer auf sich lasten. Dann trat sie hinter ihn und legte ihm die Hand auf die Schulter. »Das war sie, nicht wahr?«

Johnny hörte einen so kummervollen Ton in ihrer Stimme, dass er schon dachte, er müsste auch gleich weinen. Stattdessen griff er nach hinten und legte seine Hand auf ihre. Er konnte sich fast in sie hineinversetzen. Ganz richtig konnte man es wahrscheinlich nur nachempfinden, wenn man selbst Kinder gehabt und sie verloren hatte. Die armen kleinen Bletchleys fielen ihm ein. Lieber Gott, man mochte gar nicht daran denken.

»Weißt du noch, wie sie auf dich aufgepasst hat, als du acht oder neun warst?«, fragte Brenda.

»So alt jedenfalls, dass ich keine Aufpasserin mehr gebraucht hab.«

»Ach, hör auf. Das hättest du mit zwei auch schon gedacht.«

»Hab ich ja.« Was Johnny an Ramona besonders in Erinnerung geblieben war, war der Eindruck von einem goldenen Glückskind. Ihr Haar war flachsblond, ihre Haut schimmerte wie vom Sonnenlicht beschienen. Sie hatte klare, bernsteinfarbene Augen und einen von Natur aus pinkfarbenen Mund. Sie brauchte die Farben gar nicht besonders zu betonen. Erst hatte sie irgendein Internat besucht und war dann nach London gegangen. Wie blass sie ausgesehen hatte, als sie zurückkam! Im Lauf der Zeit wirkten ihre Augen kaum dunkler als Wasser, ihre Lippen wurden silbrig. Eine Art von Leukämie, die einem die Farbe aussaugt. Die Schwingtür dort drüben klappte auf, durch die war sie gegangen. Auf dem Pflaster draußen hallten ihre Schritte wider. Im Fenster spiegelte sich ihr Bild.

Brendas Hand lag immer noch auf seiner Schulter, seine hatte er verstohlen wieder weggenommen, denn die Geste war nur ein schwacher Trost. Er versuchte sich vorzustellen, wie es Brenda *nach* Ramonas Tod wohl ergangen war. Diese Stelle, dieser Stuhl, auf dem Ramona gesessen hatte. Ramona hatte diesen Raum erfüllt, der nun leer war. Wie konnte Brenda es ertragen, dass sie nun fehlte? Der stille Raum, das stumme Pflaster, das spiegelbildlose Fenster, die leere Tür? Er stützte den Kopf in die Hände und dachte an Chris, die ihm fehlte, und der Gilbert-&-Sullivan-Song ging ihm durch den Kopf:

If anyone anything lacks,
He'll find it all ready in stacks –

Er stand auf. Er musste gehen. Er verabschiedete sich von Brenda bis morgen und vermied es, ihr dabei in die Augen zu sehen.

Sie rief ihm irgendetwas nach, vermutlich nur *Gute Nacht, mein Schatz.*

Als er am Kastanienbaum vorbeikam, stolperte Johnny über die mächtige Wurzel, der er jahrelang mit Erfolg ausgewichen war, und fiel hin – nicht schlimm, bloß eine blamable Bauchlandung. Peinlich, wenn ihn jemand gesehen hätte. Er fiel vornüber und blieb eine Weile reglos liegen.

Schließlich drehte er sich um, wischte sich Erde und Sand aus dem Gesicht und betrachtete den toten, weißen Mond, der sein schönes, nutzloses Licht über das Pflaster warf.

Nach einer Weile stand er auf, putzte sich die Erde von den Jeans und stapfte nach Hause.

36

Police Constable Evans gelangte, nachdem er um Mitternacht den Anruf erhalten hatte, zu der Überzeugung, dass die Anwesenheit der höheren Tiere der Kripo von Devon und Cornwall auch eine erfreuliche Seite hatte. *Sollen doch die sich damit rumschlagen*, war sein zweiter Gedanke gewesen, sein erster – totale Fassungslosigkeit.

Er war gerade dabei gewesen, in die Hosen zu steigen, als seine bessere Hälfte schlaftrunkend die Frage gemurmelt hatte, wo er denn hin wollte. Er speiste sie mit der Antwort ab, irgendwo hätte sich mal wieder so ein blödes Katzenvieh auf den Baum verirrt. Um nichts in der Welt hätte er was von »Mord« verlauten lassen, sonst wäre sie wie der Blitz im Bett hochgefahren mit ihren Lockenwicklern und hätte ihn mit Fragen zugeschüttet. Er zog sich die blaue Uniformjacke an, steckte ein paar Bonbons ein – Sasparillafässchen, seine Lieblingssorte –, ging hinaus, schwang sich auf sein Rad und rollte in schneidigem Tempo zum Drowned Man.

Pfinn, den alten Sack, aus den Federn zu jagen, indem er heftig an die Eingangstür des Pubs wummerte, war ein Extrazuckerchen gewesen. Ihn dazu zu kriegen, die dunkle Stiege hinaufzuschlurfen, um den Detective von Scotland Yard wach zu schreien, war Zuckerchen Nummer zwei gewesen. Oh, in solchen Momenten fühlte er sich wahrhaftig wie ein echter Bulle.

Mit dem Gefühl, die Mühlen Gottes liefen allein auf sein Geheiß, lutschte PC Evans an einem Sasparillafässchen und hielt die Handfläche auf den Klingelknopf, um jedem kundzutun, dass er hier unten stand und wartete, während die Leiche zusehends erkaltete. Zunächst war Evans himmelangst geworden bei dem Gedanken, er müsste die Verantwortung für die Leiche in

Bletchley Hall übernehmen, doch nun war er hocherfreut darüber, an Türen wummern, Glocken läuten und Leute zur Eile antreiben zu können, die ihrerseits die Verantwortung übernehmen mussten.

Er stellte daher, als er schließlich in Bletchley Hall eintraf, zu seiner tiefen Enttäuschung fest, dass bereits sechs Streifenwagen mit Blaulicht dort standen. Außerdem fand er übers Gelände verstreut, mit auf und ab hüpfenden Taschenlampen, mindestens ein Dutzend Polizisten vom Hauptquartier in Camborne vor. PC Evans kannte keinen von ihnen. Wie waren die eigentlich so schnell hergekommen?

Die Kugel war mit derartiger Wucht durch die Rückenlehne des Rollstuhls gedrungen, dass sie eine etwa zitronengroße Eintrittswunde hinterlassen hatte und vorn knapp unter dem Brustkorb durch eine Wunde etwa in der Größe von einem Sasparillafässchen wieder ausgetreten war, bevor sie sich schließlich in ein mit dunkelroter Strukturtapete bezogenes Wandpaneel am anderen Ende des Raums gebohrt hatte, direkt neben der Tür, in der Mutter Oberin nun leicht schwankend stand.

Brian Macalvie hatte es die Sprache verschlagen, diesmal aber nicht, weil er seine volle Aufmerksamkeit auf den Schauplatz des Verbrechens richtete, sondern vor schierer Fassungslosigkeit. Er war nicht erschüttert darüber, dass ein Mensch ermordet worden war, sondern dass *dieser* Mensch ermordet worden war.

Detective Sergeant Wiggins war weiß im Gesicht und bekam den Mund nicht mehr zu. Trotzdem war er der Erste, der etwas sagte. »*Warum?* Der arme Teufel – erst heute Nachmittag habe ich ihn doch noch gesehen. Und Mr. Plant auch. Soll ich ihn verständigen?«

Macalvie nickte. Er wandte sich der untersetzten Frau im Flanellmorgenrock zu, die PC Evans angerufen hatte. Ein langer

Zopf hing ihr über die Schulter, und sie hielt ihren Oberkörper fest umklammert.

Constable Evans sah zu, wie die Polizeifotografin ein Blitzlichtfoto nach dem anderen schoss; es sah aus, als würde ein Film gedreht. Dann, glücklich, seinen Polizistenpflichten endlich genügen zu dürfen, wenn auch nur, um Divisional Commander Macalvie zu sagen, wer wer war und was was, deutete er auf den älteren Mann, dessen Gesicht heiß und straff wie eine Brandblase aussah, und sagte: »Das ist der Herr, an den Sie sich wenden sollten, Sir. Mr. Morris Bletchley.«

Macalvie nickte. »Wir kennen uns bereits. Moment noch.« In *diesem* Moment hockte er gerade vor dem Rollstuhl.

Seine beschränkten Pflichten derart zusätzlich beschränkt zu sehen, dachte PC Evans nur, arroganter Scheißer, und ließ die Hand sinken.

Aufmerksam spähte Macalvie von unten in das gesenkte Gesicht. Der Kopf des Toten war nach vorn gesunken, sodass es aussah, als schliefe er. Dann erhob sich der Commander, trat hinter den Rollstuhl und besah sich die zersplitterte Holzleiste, eine von mehreren, die quer über die Rückenlehne des Stuhls angebracht waren.

Wiggins war wieder da, nachdem er in Seabourne angerufen hatte: Mr. Plant käme sofort, in zehn Minuten, höchstens.

Und nun fragte Macalvie endlich: »Wer war er, Mr. Bletchley?«

»Tom Letts.«

Macalvie nickte. »Sergeant Wiggins, kommen Sie mal her.«

Nicht »Constable Evans, hierher«, o nein, sondern zu dem ausgehungerten Bürschchen von Scotland Yard – hierher. Dabei vertrete *ich* hier im Dorf die Polizei. Aber nein, keine Spur von Respekt. Saftsäcke! Evans richtete sich kerzengerade auf, bloß um allen zu zeigen, dass es ihn überhaupt nicht juckte, ignoriert zu werden.

Draußen fuhr ein Wagen vor, eine Tür wurde zugeschlagen, der Gerichtsmediziner aus Penzance trat ein. »Was haben wir denn hier?« Ohne nach links oder rechts zu gucken, steuerte er auf den Toten zu und machte sich an die Voruntersuchung.

Erneut hörte man Reifen auf dem Kies knirschen, einen Wagen anhalten, das Trappeln von Füßen, dann stand Melrose Plant in der Tür zum roten Salon, den Mantel über den Bademantel gezogen, die Füße immer noch in Hausschlappen.

»Ah, nein.« Plant wandte sich ab.

Bisher hatte sie keinen Ton gesagt, doch aus irgendeinem Grund, vielleicht weil die Bemerkung so ein trauriges Understatement war, begann Mutter Oberin plötzlich zu schluchzen. Eine andere Frau, kleiner und älter als sie, tätschelte ihre Schulter und fing ebenfalls an zu weinen. Morris Bletchley bedeutete der kleinen alten Frau, sie solle Kaffee für alle bringen.

Melrose Plant blickte in dem Raum umher, in dem er und Tom sich vor sieben oder acht Stunden miteinander unterhalten hatten. Der arme Junge, dachte er, hatte über Wunder geredet, die in Bletchley Hall geschehen waren. Melrose hatte gestaunt, wie glücklich Tom dabei ausgesehen hatte. Vielleicht war allein das schon Wunder genug.

Melrose sah zu Macalvie hinüber, der den Blick erwiderte, und schüttelte den Kopf.

Macalvie erkundigte sich, wie viele Fälle sie zurzeit in Bletchley Hall hätten, und bekam die Antwort, ein Dutzend. »Mehr können wir nicht unterbringen«, sagte Mutter Oberin.

»Sind sie bettlägerig? Das heißt, hätte jemand vielleicht aufstehen und herumlaufen können?«

Morris Bletchley sagte: »Einige natürlich schon. Nicht alle sind bettlägerig.«

»Dann soll Sergeant Wiggins von Zimmer zu Zimmer eine Befragung durchführen. Inzwischen sind ja sicher alle wach, nachdem ein Schock Polizisten hier lautstark die Blumenbeete umgepflügt hat. Sie brauchen sich keine Sorgen zu machen, dass jemand unnötigerweise in Aufregung versetzt wird. Wenn Sie ihm bitte den Weg zeigen wollen, Mr. Bletchley?«

Moe Bletchley nickte und ging mit Wiggins und Mutter Oberin hinaus. PC Evans wurde von Macalvie ins Gelände beordert.

»Was mir unverständlich ist«, sagte Dr. Hoskins, während er seine über Leben und Tod gebietenden Instrumente einpackte und aufstand, damit die Sanitäter die Leiche auf eine Tragbahre legen konnten, »wieso erschießt jemand einen Menschen, der sich im Endstadium von Aids befindet? Der arme Kerl wäre doch sowieso bald gestorben. Wieso sollte ihn jemand töten wollen?«

Mit belegter Stimme sagte Melrose: »Das wollte ja niemand, glaube ich.«

Überrascht sahen Hoskins und Macalvie ihn gleichzeitig an.

»Tom war gar nicht gemeint. Er war nicht das ausersehene Opfer. Sondern Morris Bletchley.«

Dr. Hoskins klappte seine Tasche heftig zu. Er war ein Mensch, der sich mit der Leiche *in situ* befasste. Was darüber hinausging, interessierte ihn nicht.

Macalvie nickte ihm zu. »Wann können Sie –«

»Morgen früh. In aller Frühe. Wir sprechen uns dann.« Dr. Hoskins deutete vor Melrose einen Diener an und ging.

Macalvie sah Melrose abwartend an.

»Der Rollstuhl. Er gehört Morris Bletchley.«

»Bletchley? Der braucht aber doch gar keinen.«

»Nein. Er benutzt ihn, sagt er, um den todkranken Patienten gegenüber nicht das Inbild von strotzender Gesundheit zu repräsentieren.«

Eine Stimme hinter ihnen sagte: »Er hat Recht.« Morris Bletchley trat einen Schritt nach vorn, als müsse er sich die beiden näher besehen. »Die Kugel galt mir. Und *dafür* gibt's jede

Menge Verdächtige. Damit sind Sie jetzt vermutlich jahrelang beschäftigt, Commander Macalvie.«

Macalvie starrte ihn an. »Diesmal nicht, Mr. Bletchley.«

37

Inzwischen hatten sie – allerdings nicht bequem – Platz genommen, Macalvie und Melrose auf dem einen der dunkelroten Samtsofa, Moe Bletchley auf dem anderen. PC Evans war noch draußen im Gelände und half bei der Spurensuche.

»Alle haben mich in dem Rollstuhl gesehen und denken, es ist meiner.«

»Auch Besucher?«

Moe zuckte die Schultern. »An was für Besucher dachten Sie denn?«

Mit einem dünnen Lächeln erwiderte Macalvie: »An was für Besucher denken *Sie* denn?«

»An gar keine. Hierher kommen nicht viele, Superintendent. Sterbenskranke sind nicht sehr verlockend.«

»Pflegeheime sind bei Familie und Freunden aber auch nicht beliebt, selbst wenn jemand nicht sterbenskrank ist.«

»Stimmt«, sagte Moe Bletchley und sah plötzlich traurig aus.

So traurig, wie Melrose zu Mute war. Bei dem Gesprächsthema – niemand kommt, um einen aufzumuntern, wenn man wirklich am Ende ist – musste er an Tom denken und an Toms Eltern. Andererseits war da seine Schwester Honey, eine junge Dame, die Melrose gern kennen lernen würde. Bei der Beerdigung würde sich vermutlich die Gelegenheit dazu ergeben.

»Käme aber jemand auf die Idee, dass Sie spätabends noch in Ihrem Rollstuhl sitzen könnten, Mr. Bletchley?«

»Wieso nicht? Ich gehe sowieso nie vor Mitternacht ins Bett. Ich sitze immer gern noch irgendwo herum und lese oder denke nach. Es besteht also eine hohe Wahrscheinlichkeit, mich nachts allein irgendwo anzutreffen.«

Macalvie nickte. »Okay. Können Sie sich irgendjemanden denken, der Ihnen vielleicht den Tod wünscht?«

Bletchley schwieg eine Weile, dann schüttelte er den Kopf.

»Warum nicht?«

»Was?«

»Wieso fällt Ihnen niemand ein? Schließlich sind Sie davon überzeugt, dass die Kugel Ihnen galt.«

Morris Bletchley sah Macalvie direkt ins Gesicht, fügte aber nichts hinzu.

Macalvies Blick war blau und durchdringend. Seine tief in die Manteltaschen vergrabenen Hände schienen ihn auf dem Sofa gleichsam nach vorn zu ziehen. »Na, was ist, Mr. Bletchley, Sie sind doch Milliardär. Wollen Sie etwa behaupten, Ihnen fällt niemand in Ihrem Testament ein, der vielleicht scharf ist auf einen Batzen von Ihrem Geld?«

Moe lächelte düster. »Eine ganze Reihe. Ich nehme aber kaum an, dass das Heim für ältere Seemänner mich deswegen umbringen würde.«

»Wer profitiert am meisten davon?«

»Mein Sohn Dan natürlich. Jetzt, wo die Enkel nicht mehr da sind.«

»Und Ihre Schwiegertochter.«

Moe Bletchley sagte nichts.

»Soviel ich mich erinnere, haben Sie für Karen Bletchley nicht viel übrig.«

»Stimmt. Sie mag mich auch nicht besonders. Das muss aber nicht heißen, dass wir uns gegenseitig über den Haufen schießen würden.«

»Oh, *Sie* würden *sie* vielleicht nicht erschießen. Was haben Sie eigentlich gegen sie?«

Moes Achselzucken deutete an, dass das doch klar sein müsste. »Das hab ich Ihnen doch an dem Abend damals gesagt. Sie hat Dan wegen seines Geldes geheiratet. Das weiß ich.«

»Woher?«

»Commander Macalvie, wenn es etwas gibt, was ich drei Meilen gegen den Wind rieche, dann eine Person, die scharf aufs Geld ist. Sie war übrigens hier.«

»Wann?«

»Vor drei Tagen. Sie kam vorbei, um mich zu besuchen.«

»Macht sie das öfter?«

»Nein, nie. Ich hatte sie seit über einem Jahr nicht mehr gesehen, das letzte Mal in London. Sie kommt nicht mehr nach Bletchley. Dan habe ich ein paar Mal gesehen, aber immer ohne Karen. Deshalb war ich auch so überrascht.«

»Weshalb war sie hier?«

Moe blickte zu dem Fenster hinüber, durch das der Schuss gekommen war, doch Melrose nahm an, dass er einfach nur ins Leere starrte – in den schwarzen Himmel, die noch schwärzeren Bäume. »Sie sagte, sie wollte Seabourne wieder sehen. Sie sagte, sie wollte versuchen« – er rieb sich die Augen, wie um innerlich etwas zu fokussieren – »den Tod von Noah und Esmé zu bewältigen. Ich brauche Sie wohl nicht daran zu erinnern –«

»Nein. Aber warum gerade jetzt? Noch dazu, wo das Haus an einen Fremden vermietet ist. Wusste sie nicht, dass Mr. Plant dort wohnt?«

»Doch. Sie war bei Mrs. Laburnum gewesen. Das ist die Maklerin, die das Anwesen für mich verwaltet.«

Macalvie beugte sich vor. »Mr. Bletchley, finden Sie es nicht eigenartig, dass sie zum ersten Mal in vier Jahren ausgerechnet dann auftaucht, wenn all diese anderen Dinge passieren?«

Moe sah erneut zu den schwarzen Scheiben an den hohen Fenstern hinüber. »Doch, irgendwie schon.«

Nachdem ein paar Sekunden lang nur das Ticken der Standuhr zu hören gewesen war, fragte Macalvie: »Wer könnte Ihnen sonst noch Böses wollen? Wenn man bedenkt, wie Sie dieses Geschäftsimperium aufgebaut haben, sind Sie sicher ein paar Leuten auf die Zehen getreten. Sie haben sich doch bestimmt ein paar Feinde gemacht.«

»Klar. Aber keine, die gleich losknallen würden.«

»Was haben Sie dann, von dem ich nichts weiß, was jemand von Ihnen haben will oder loswerden will?«

Moe runzelte die Stirn. »Was soll die verquaste Frage?«

»Dass Sie etwas haben, von dem Sie nicht wissen, dass Sie es haben, oder – was wahrscheinlicher ist –, dass Sie von etwas Kenntnis haben, ohne zu wissen, dass dieses Wissen tödlich ist. Für jemand anderen. Ein Geheimnis, das Sie mit jemandem teilen, aber vielleicht schon vergessen haben. Nur als Beispiel. Oder anders gesagt – jemand glaubt, Sie könnten ihm gefährlich werden.«

»Aber das ist doch – das kann ich mir eigentlich nicht recht vorstellen, Commander Macalvie.«

Daraufhin lehnte Macalvie sich zurück und musterte Morris Bletchley lange und eingehend.

Macalvie, überlegte Melrose, wollte den alten Mann nicht daran erinnern, dass das Vorhaben, zwei kleine Kinder eine Steintreppe hinunter ins eiskalte Wasser zu führen, noch viel unvorstellbarer war.

38

»Also, ich kann keine Erdbeeren essen, ich vertrag sie nicht«, sagte Wiggins zum Beweis seiner Seelenverwandtschaft mit Mrs. Crudup. »Sobald ich eine schmecke, etwa im Pudding oder Trifle, bin ich hinüber.« Um ihr zu zeigen, wie der Verzehr einer Erdbeere einen Menschen entstellen konnte, rieb Wiggins schwungvoll beide Handflächen gegeneinander.

Die alte Mrs. Crudup wirkte dünn wie Seidenpapier, als wollte sie mit jedem Atemzug die Unverträglichkeit der Luft beweisen, es war, als hätte sie in höchsten Bergregionen gelebt und wäre nun in einer Luftblase heruntergebracht worden. Sie war wie hauchzarter Stoff, durchsichtig wie die gazeartigen Vorhänge vor dem Fenster.

So durchgeistigt war sie offensichtlich nun auch wieder nicht, dass sie sich nicht auch aus dem frei verfügbaren Beschwerde-katalog hätte bedienen und mit gleicher Münze Paroli bieten können. »Ach, weiß ich doch, weiß ich doch, erzählen Sie mir doch nichts.« Ihr dünnes Stimmchen zitterte. »Erdbeeren haben mir dieses ganze Schlamassel eingebrockt, so viel ist sicher. Hundeelend ist mir, hundeelend. Bis der Morgen tagt, bin ich vielleicht schon gestorben.«

»Sagen Sie so was nicht, Mrs. Crudup. Ich kann es Ihnen nachfühlen, ich kann es Ihnen nachfühlen.«

Offenbar, dachte Melrose, hatte Wiggins Mrs. Crudups Ange-wohnheit, alles zweimal zu sagen, recht schnell übernommen. Melrose fiel außerdem auf, dass Mrs. Crudup überhaupt nicht zu den Patienten zählte, bei denen Wiggins die Befragung hatte durchführen sollen. Mit den Infusionsschläuchen und anderen Geräten, an die sie angeschlossen war, hätte man ohne weiteres ein ganzes Frankenstein-Laboratorium ausstatten können.

Auf Macalvies Aufforderung hin war Melrose losgezogen, um nachzuforschen, ob Wiggins irgendetwas herausgefunden hatte. Und siehe da – offensichtlich hatte er herausgefunden, dass sowohl er als auch die geisterhafte Mrs. Crudup unter einer Erdbeerallergie litten.

Wobei Mrs. Crudup, wie Melrose beim Herumstehen im Türrahmen erfuhr, nicht nur unter einer Allergie, sondern gleich unter einer ganzen Erdbeerverschwörung litt.

»Sie verstecken sie in der Schokolade. Und denken, ich merk's nicht! Tun Sie sie weg, Mr. Wiggins! Tun Sie sie weg!«

Wiggins hielt den Teller in der Hand. »Aber sicher doch. Ich spreche gleich mit Mr. Bletchley, damit er dafür sorgt, dass man sie Ihnen nicht mehr bringt.«

Melrose meldete sich zu Wort. »Sergeant Wiggins?« Wiggins fuhr herum. »Commander Macalvie will Sie sprechen.«

Wiggins verabschiedete sich von Mrs. Crudup, die ihm das Versprechen abrang zurückzukommen, sobald er die zur Schnecke gemacht hatte, die ihr nach dem Leben trachteten.

Drei oder vier von den alten Leutchen, die sich auf den Beinen halten konnten, hatten in ihrer Zimmertür gestanden, als Melrose vorbeigekommen war. Mr. Clancy hatte ihm den Weg zu Mrs. Crudups Zimmer gewiesen.

Auf dem Rückweg stellte er nun fest, dass sich noch ein paar dazugestellt hatten: die Klavierlehrerin Miss Timons-Browne, Mr. Bleaney und Miss Livingston, die Wiggins mit ihren kleinen Klauen am Ärmel zu fassen kriegte und anfing, über den Mord an dem armen Tom zu quasseln.

Es gelang Wiggins, sich loszumachen, doch verfolgten ihn den ganzen Korridor entlang die Rufe der Bewohner. Mr. Bleaney und Mrs. Noonan (beide ebenfalls auf der Nicht-befragen-Liste) gehörten zu den Lautstärksten. Wie um alles in der Welt hatte er es eigentlich geschafft, die alle zu besuchen, geschweige denn zu befragen? Doch er winkte ihnen zu und grüßte hierhin und dorthin, als würde er sie schon eine Ewigkeit kennen.

Unterwegs blätterte er die Seiten in seinem Notizbüchlein zurück. »Erinnern Sie sich noch an die Hoopers?«

»Wer könnte die vergessen? O Verzeihung, *sie* könnten vergessen, wer sie sind.«

»Die haben was gesehen.«

Melrose blieb stehen und sah ihn erstaunt an. »Was?«

»Irgendjemanden oder irgendetwas, gleich um die Ecke.«

»Ecke?«

»Sie saßen im Wintergarten beim Schachspielen.«

»Um Mitternacht? Du liebe Güte, dürfen die Leute hier eigentlich bis in die tiefe Nacht umherwandeln?«

»Wundert mich nicht, wenn man bedenkt, wie sehr Mr. Bletchley auf die Freiheit seiner Patienten bedacht ist, Sir.«

Das sah Melrose ein. Er setzte sich wieder in Bewegung. »Irgendjemand oder irgendetwas. Das sieht ihnen ähnlich, bei ihrem Gedächtnis.«

Macalvie saß auf dem gleichen Polstersofa wie vorher, hatte diesmal aber die Hoopers vor sich. Alle drei saßen vornübergebeugt, als wollten sie miteinander gleich Armdrücken probieren.

»Okay«, sagte Macalvie. »Was genau haben Sie gesehen?«

Die Hoopers beugten sich noch näher zu Macalvie hinüber und schauten verdutzt drein. »Und Ihr Name –?«

»Macalvie, Kriminalpolizei Devon und Cornwall.«

Sie waren einander selbstverständlich vorgestellt worden, zumindest hatten die Hoopers sich gegenseitig vorgestellt. Das war aber schon ganze fünfzehn Sekunden her.

»Ein Polizist?«, sagte der eine, und seine geschwungenen Augenbrauen tanzten.

Melrose rechnete damit, dass Macalvie nun gleich über den verführerisch geringen Abstand greifen und ihre Köpfe gegeneinander schlagen würde. Was die Hoopers betraf – nun, die schienen darauf zu warten, dass Macalvie weiterredete.

Was er auch tat. »Zu Sergeant Wiggins hier sagten Sie, Sie hätten zu dem Zeitpunkt, als – wie wir annehmen – der Schuss abgefeuert wurde, jemanden oder etwas gesehen.«

Die Hoopers saßen still, die Standuhr tickte.

Dann sagte der eine plötzlich: »Es war…«

Der andere schnalzte mit den Fingern. »Ja, es war ein…«

Sie blickten sich an und halfen sich gegenseitig auf die Sprünge. »Es war ein…«

Macalvie kniff die Augen fest zu. Als er sie wieder öffnete, sagte er zu Wiggins gewandt: »Wäre es zu viel verlangt, wenn Sie –?«

Wiggins, dessen Stirn wie aus Mitgefühl mit den Brauen der Hoopers tief gefurcht war, blinzelte nervös. »Oh. Aber selbstverständlich. Sorry, Sir.« Seite um Seite begann er sein Notizbuch durchzublättern.

Melrose fragte sich, was in drei Teufels Namen dort drinstehen konnte. Wie viele Leute hatte er in ihren Schlafzimmern droben eigentlich interviewt und wie lange?

»Aha, hier ist es.« Wiggins las vor: »Hoopers: ›Wir waren gerade mittendrin im Spiel, obwohl – wer weiß, was das heißt, mittendrin, jedenfalls war es fast Mitternacht, weil gleich darauf die Uhr schlug. Wir schauten zum Fenster raus – und sahen jemand, äh, eine Gestalt am Fenster vorbeigehen.‹«

»Und?«, fragte Macalvie.

»Ich fürchte, mehr habe ich hier nicht stehen, Sir.«

Macalvie musterte die Hoopers. »Sie sahen also diese Gestalt. Könnten Sie das vielleicht genauer ausdrücken?«

»Es war ein…«

255

»Er hätte – ziemlich klein sein können.«

»Oder *sie*, sie hätte – äh, ziemlich klein sein können.«

In diesem Moment schob einer der Polizisten von draußen das Fenster hoch, das sich seitlich von dem befand, durch das der Schuss abgegeben worden war, und rief Macalvie zu, ob es das sei, was er gemeint hatte.

»Ja, das ist es.«

»Ausgerechnet jetzt, wo die Unterhaltung interessant wird.« Melrose trat ans Fenster hinüber.

Schließlich durften die Hoopers wieder gehen. Die kleine Frau, die um Kaffee geschickt worden war, brachte ein Tablett mit Tassen, Untertellern und Keksen herein, dicht gefolgt von Mutter Oberin mit einer riesigen Kaffeekanne. Nachdem sie gemerkt hatten, was für eine Partystimmung herrschte, drängten Mr. Bleaney, Mr. Clancy und Miss Livingston hinter ihnen ins Zimmer.

Das gefiel Melrose an diesen Leuten – ihre unternehmungslustige Art, dass sie sich selbst im Angesicht aller Widrigkeiten noch ein Lächeln bewahrten, und so stellte er seine Überlegungen an über das Gefühl, das zwischen Menschen herrschte, für die der Tod nicht mehr weit war. Um Toms Metapher zu verwenden: so musste es im Krieg gewesen sein, zumindest wurde der Krieg immer so dargestellt. Wie an der Front bewegten Wiggins und er sich zwischen müden Soldaten umher und schöpften auseinander Kraft und Stärke. Um durchzukommen, dachte er, war man vom Lebensmut des anderen abhängig. Und überwacht wurde das alles – Schlachtplan, Truppenaufmarsch und schließlich Truppenauflösung und Ausmusterung, der ganze klischeebeladene, schamlose, phrasendreschende Patriotismus – von Morris Bletchley.

39

»Ich hab gehört, was passiert ist. Hat ja wohl jeder. Es ist furchtbar. Und noch furchtbarer, falls Tom ... aus Versehen erschossen wurde. Er wäre sowieso gestorben, sagen die Leute, schon bald. Als ob es damit in Ordnung wäre. Ich finde, das macht es nur noch schlimmer. Zehnmal schlimmer. Sogar das kleine bisschen Leben, das er noch vor sich hatte, ist jetzt vorbei.«

Johnny stand vor Melrose in der Tür von Seabourne, und die Worte strömten hervor, noch bevor er überhaupt eingetreten war. Er drehte sein Chauffeurskäppi zwischen den Händen, und in seinen Augen glänzten Tränen.

»Kommen Sie rein, Johnny. Sie haben Recht. Das macht es wirklich noch schlimmer. Kommen Sie mit in die Küche, ich habe gerade Kaffee gemacht.« Es war am frühen Vormittag, und Melrose war eben aufgestanden, nachdem er in der Nacht zuvor nicht besonders viel geschlafen hatte.

Johnny folgte ihm und sprach dabei unentwegt von Tom, nervös, als könnte ihm jeden Moment die Redeerlaubnis entzogen werden, weshalb er besser schnell damit herausrückte. »Ich hab mich immer mit ihm unterhalten, wenn wir in Bletchley Hall droben waren. Er hatte so was – irgendwie Beruhigendes. Es ist Ihnen vielleicht noch nicht aufgefallen, aber ich bin ziemlich aufgedreht –«

Melrose nickte lächelnd.

»– und Toms Nähe war immer irgendwie entspannend. Eigentlich komisch, wo er solche Probleme hatte. Man könnte doch meinen, er wäre verbittert gewesen, weil er Aids bekommen hatte, obwohl er nicht mal schwul war. Er war aber gar nicht verbittert, überhaupt nicht –«

»Tom war nicht schwul? Aber –«

Johnny schüttelte den Kopf. »Er hat es mir mal erzählt, als wir darüber sprachen, wie hoch die Wahrscheinlichkeit ist, dass man Alzheimer oder Speiseröhrenkrebs kriegt, Sie wissen schon, was die Leute in Bletchley Hall so alles haben. Wir haben über Aids geredet, und er sagte, die Wahrscheinlichkeit, es sich durch einmaligen – äh, Kontakt zu holen, liegt bei irgendwas zwischen 0,1 und 3 Prozent, da bin ich mir nicht mehr so sicher. Die Beziehung, die er damals hatte, ist schon lange vorbei und hielt ja auch nur kurz. Na ja –« Johnny zuckte die Achseln. »Aber in einer Krise zeigt sich vielleicht erst, aus welchem Holz man geschnitzt ist«, schloss er mit einem sinnierenden Blick auf die Tasse Kaffee, die Melrose ihm hingestellt hatte, und sah nicht gerade aus, als wäre er selbst aus besonders kräftigem Holz geschnitzt.

»Toms Krise hat sich in der Vergangenheit abgespielt, Johnny. Eine furchtbare Qual, doch er hat lange mit ihr gelebt. Sie war alt. Ihre ist ganz neu.«

Johnny verharrte einige Zeit schweigend und sagte dann: »Die Polizei denkt, Chris hätte diese Sada Colthorp erschossen und sei dann abgehauen, nicht wahr?«

»Nein, den Eindruck hatte ich ganz und gar nicht. Commander Macalvie ist in Bezug auf diesen Mordfall noch zu keinem Schluss gekommen.«

»Chris konnte sie aber nicht leiden. Ich glaube, sie sind ein paar Mal aneinander geraten.«

»Vom Aneinandergeraten bis zum Mord ist es ein langer Weg, Johnny.«

Johnny schüttelte sich eine Strähne aus dem Gesicht, die ihm über die Stirn gefallen war. »Verdammt, was ist hier eigentlich los? Wieso sollte jemand Mr. Bletchley umbringen wollen? Er hat für dieses Dorf doch nur Gutes getan.«

»Den Eindruck habe ich auch.«

Johnny schob die Tasse weg, setzte sein Käppi auf und rückte es zurecht. »Ich hab Bereitschaftsdienst. Muss einen Fahrgast abholen und nach Mousehole fahren. Danke für den Kaffee.«

»Ist Ihr Onkel noch bei Ihnen?«

»Charlie? Der ist gestern früh wieder nach Penzance gefahren.«

»Vorgestern haben wir unter Mr. Pfinns wachsamem Auge zusammen zu Abend gegessen. Ich fand ihn einen recht sympathischen Zeitgenossen.«

»Hat er mir erzählt. Er Sie übrigens auch. Bye.«

Wieder klingelte es, und Melrose erhob sich von seinem gemütlichen Plätzchen am Kamin und dem Buch, in dessen Lektüre er gerade versunken gewesen war. Er zögerte erst, weil er dachte, es wäre vielleicht schon Agatha oder – noch schlimmer (weil Agatha vielleicht eine Fahrgelegenheit gebraucht hatte) – Agatha mit ihrer Busenfreundin Esther Laburnum.

Er ging leise auf Zehenspitzen. Lächerlich, schalt er sich und legte die letzten Meter aufrecht gehend zurück. Trotzdem machte er die Tür nicht sofort auf, sondern warf einen verstohlenen Blick durch eine der bleiverglasten Scheiben zu beiden Seiten der Tür. Ein Mann stand draußen, ein Unbekannter im leichten Wollanzug. Von guter Qualität. Zumindest der Rücken kam ihm unbekannt vor. Er war ziemlich groß, seine Haltung wirkte entspannt, nicht steif und unsicher wie bei manchen Menschen, wenn sie sich auf unbekanntem Terrain befinden.

Verärgert über seine Art, den armen Kerl warten zu lassen, riss Melrose die Tür auf.

Der Mann wandte sich um. »Mr. Plant? Oder Lord Ardry? Mrs. Laburnum schien nicht recht zu wissen, wie sie Sie nennen sollte.« Er lächelte ihn an. »Daniel Bletchley.«

Sämtliche gängigen Vorstellungen über Komponisten, die

Melrose lieb und teuer geworden waren – weibisch, entrückt, in den Wolken schwebend – würde er über Bord werfen müssen. Allein das Aussehen dieses Mannes widersprach dem Klischee. Er war groß, allerdings nicht größer als Melrose, jedoch etwas kräftiger gebaut. Er sah zwar nicht auf konventionelle Weise gut aus, hätte es aber auch gar nicht nötig gehabt. Seine erotische Ausstrahlung erinnerte an die von Richard Jury, war aber noch intensiver. (Viele Frauen hätte die Feststellung erstaunt, dass es »noch intensiver« überhaupt *ging.*) Im Ausdruck seines auf unkonventionelle Weise gut aussehenden Gesichts lag nichts Verhaltenes, Unterdrücktes oder Verschlossenes.

All dies ging Melrose in dem Augenblick durch den Kopf, den es dauerte, »Kommen Sie herein« zu sagen.

40

Daniel Bletchley kam der Aufforderung gern nach und blieb in der Eingangshalle stehen, um Melrose die Hand zu schütteln. Sein Blick, bemerkte Melrose, folgte offenbar jedoch dem eleganten Schwung des Treppenaufgangs, den er einst so oft in die ihm vertrauten Zimmer im Obergeschoss hinaufgestiegen war.

»Sie sind der Musiker«, sagte Melrose.

Dan wandte den Blick von der Treppe ab und lachte. »Ich weiß nicht, ob ich *der* Musiker bin, aber jedenfalls einer davon.« Seine Miene und sein Tonfall wurden ernster. »Als ich hörte, was passiert ist, dachte ich, Dad könnte vielleicht etwas Unterstützung gebrauchen. Tom …« Dan schüttelte den Kopf. »Er war lange bei Dad. Sehr lange.« Tief ausatmend stieß er es hervor, wie um anzudeuten, dass die Zeit mit Tom Letts' Leben ruchlos und abscheulich umgegangen war, als ob Tom eigentlich noch mehr hätte zugestanden werden sollen. Dann fügte er hinzu: »Ich hoffe, ich störe Sie nicht.«

»Sie stören mich überhaupt nicht. Um fünf kommt meine Tante zum Tee, und bevor dieses Ereignis über uns hereinbricht, wollen Sie sicher wieder weg sein. Vorher kommen Sie aber doch mit hinüber in die Bibliothek. Ich habe ein Feuerchen und Whisky anzubieten.«

»Klingt ja großartig.« Während Melrose den Weg zeigte, einen Weg, der Dan Bletchley sattsam – und traurig – bekannt war, sagte Dan: »›Hereinbricht‹? Das hört sich sehr ominös an.«

»Ist es auch. Meine Tante, wohl wissend, dass ich Long Piddleton – das ist mein Dorf in Northants – und allem Piddletonischen zur Abwechslung, zur hochnötigen Abwechslung, einmal entfleuchen wollte, ist mir gefolgt und hat sich im Bed & Breakfast im Dorf einquartiert.«

»Keine Sorge«, lachte Daniel, »dort wird sie es nicht lange aushalten. In dem Ding hält keiner mehr als ein, zwei Nächte durch.«

»Irrtum. Daneben getroffen. Sie ist schon über eine Woche dort.«

Wäre er nur nach den Schnappschüssen gegangen, hätte Melrose Daniel Bletchley womöglich nicht wiedererkannt. Im Sessel neben den Fotos sitzend, seinen Drink in der Hand, war er vielleicht immer noch nicht wiederzuerkennen. Er war ein äußerst lebhafter Mann, dessen Lebhaftigkeit von der Kameralinse aber nicht eingefangen wurde. Offensichtlich gehörte er zu den Menschen, die eine Kamera abschwächte, nicht recht zu »treffen« vermochte. Jedenfalls ließ er sich von den Apparaten nicht verführen, denn er schaute entweder weg oder zu Boden oder hielt sich im Schatten. Fast hätte Melrose sich gefragt, ob die beiden Männer überhaupt identisch waren.

Sie waren es aber. An der Art, wie Daniel das Foto mit den Kindern in die Hand nahm und betrachtete, es behutsam wieder hinstellte und in sein Whiskyglas starrte, war unmissverständlich zu erkennen, um wen es sich handelte.

»Dad sagte, Sie seien ihm eine große Hilfe gewesen. Sie seien gestern Abend oben gewesen, sagte er. Mit diesem Detective.«

»Commander Macalvie.«

»Ja. Ich kenne ihn von … hat er eine Ahnung, was da eigentlich los ist?«

»Nein, ich glaube nicht. Noch nicht.«

»Dad macht manchmal den Eindruck, etwas – äh, schwierig zu sein, achtlos gegenüber den Gefühlen von anderen.«

»Davon habe ich aber überhaupt nichts bemerkt.«

Dan lächelte, wenn auch etwas unsicher. »Als Geschäftsmann ist er wirklich zäh. Manchmal walzt er andere einfach gnadenlos nieder. … Ich versuche ja, mir selbst einen Reim drauf zu machen. Die Polizei denkt anscheinend, jemand hätte *ihn* töten wollen und nicht Tom. Ich weiß, Dad kann manchmal ziemlich dickköpfig sein, voreingenommen, eigensinnig, aber –« Er zuckte die Achseln.

»Wenn einem diese Eigenschaften eine Kugel in den Rücken eintragen, wäre eine gewisse Verwandte von mir bereits total durchsiebt.«

Dan lachte. »Stimmt. Na, wahrscheinlich haben Sie Recht.«

Melrose überlegte einen Augenblick. »Könnte es wegen einer alten, unbeglichenen Rechnung sein? Dass Ihr Vater früher mal jemandem Schaden zugefügt hat?«

Dan wurde nachdenklich; den Kopf gesenkt, schwenkte er das leere Whiskyglas zwischen den Fingern hin und her. Melrose stand auf und nahm es ihm ab. Dan dankte ihm zerstreut. Er stützte die Ellbogen auf die Knie, legte die Finger aneinander und drückte den Mund dagegen. Reglos starrte er ins Feuer.

Bis auf gelegentliches Funkenstieben, das Knacken von Holz und das Klingen von Glas gegen Flasche war es im Raum völlig still. Draußen vor dem Fenster lag der ruhige Tag. Nun könnte er doch Karen Bletchleys Bericht über die Ereignisse mit dem ihres Mannes vergleichen.

»Daniel«, sagte Melrose, ohne nachzudenken. Normalerweise ging er bei so neuer Bekanntschaft nicht gleich zum Vornamen über. »Falls Sie nichts dagegen haben, dass ich Sie so nenne?«

Selbstverständlich hatte er nichts dagegen. Die langen Finger, die Pianistenfinger wischten die Frage beiseite und nahmen den Whisky in Empfang. »Sprechen Sie weiter.«

»Ich habe Ihre Frau kennen gelernt. Karen.« Ihm war nicht recht wohl, als er das sagte, es war, als verriete er damit ein Geheimnis. Oder hätte es verraten, wenn er ihre Geschichte nicht von vornherein für ziemlich raffiniert gehalten hätte.

Daniel reagierte überrascht. »Wirklich? Wo haben Sie sich getroffen?«

Sie hatte ihm also nichts davon gesagt. Warum nicht? »Nun, sie kam hierher. Erst vor ein paar Tagen.«

Daniel stellte seinen Drink ab und beugte sich wieder vor, den Mund gegen die verschränkten Finger gepresst. Höchste Konzentration.

»Sie wollte – sagte sie – das Haus wiedersehen. Ich kann mir vorstellen, ein tragisches Ereignis zieht einen – äh, wieder an den Ort hin. Es tut mir wirklich, aufrichtig Leid, das mit Ihren Kindern, was mit ihnen geschehen ist. Es war –« Er suchte nach Worten. »Ich selbst habe keine.« Melrose wurde sich dieses Mangels plötzlich bewusst und schämte sich dessen, als wäre er für die Elternschaft in Betracht gezogen und für ungenügend befunden worden. Lächerlich, aber so fühlte es sich an.

Dan sagte nichts, doch seine Augen, kaum sichtbar über den Fingerspitzen, waren feucht. Es brauchte wohl nicht viel, dachte

Melrose, die Gefühle dieses Mannes zum Vorschein zu bringen. »Sie sagte mir –« Er versuchte, gedanklich klar zu trennen, was Karen vor vier Jahren zu Macalvie und später zu ihm gesagt hatte. Dann berichtete er, was Mrs. Hayter und davor Macalvie ihm erzählt hatten. Und den Rest. »Es ist so: Commander Macalvie hat diesen Fall – was mit Ihren Kindern geschehen ist – nie zu den Akten gelegt. Und nun stellt er sich die Frage, ob die seltsamen Dinge, die hier vorgefallen sind, etwas mit den damaligen Ereignissen zu tun haben. Deshalb bringe ich das hier überhaupt zur Sprache.« Er war ziemlich durcheinander. »Womöglich gehe ich hier zu weit. Macalvie wird mit Ihnen über alles sprechen. Auf keinen Fall will ich etwas anrühren, was Sie schmerzen könnte.«

»Nein, es macht mir nichts aus. Ich *will* ja gar nicht schweigen. Es macht mich eher krank, wenn ich *nicht* darüber sprechen kann. Bitte, fahren Sie fort.«

»Also gut.« Inzwischen hatte Melrose sich ebenfalls vorgebeugt und hielt sein Glas mit den Händen umfasst. »Ihre Frau sprach noch einmal über die schreckliche Nacht. Sie sagte mir, die Kinder seien im Wald diesen Leuten begegnet, und zwar nicht nur einmal – einem Mann und einer Frau. Als sie ihr davon erzählten, dachte Ihre Frau sich erst nicht viel dabei, nach einer Weile kam es ihr aber doch merkwürdig vor. Sie wusste nicht, wer der Mann und die Frau waren. Das heißt, sie hat sie nicht selbst gesehen. Aber ... was halten Sie denn von dem Ganzen?«

»Ich wusste nicht, was ich davon halten sollte. Das hat Mr. Macalvie mich auch gefragt.«

»Dachten Sie, sie hätte es nur – hielten Sie sie für echt?«

»Sie meinen, ob die Kinder sich die beiden nur ausgedacht hatten?«

»Nicht direkt. Ich frage mich, ob –« Was zum Teufel tat er hier

264

eigentlich? Über Bletchleys gegenwärtige Beziehung zu seiner Frau wusste er nichts. Wie kam er dazu, sich in die Polizistenrolle zu versetzen, in Macalvies Rolle, und derartige Fragen aufzuwerfen? »Entschuldigen Sie.«

»Sie brauchen sich doch nicht zu entschuldigen. Sie sind hier unverschuldet in meine Familienangelegenheiten verwickelt worden. Ich weiß nicht, was Karen Ihnen erzählt hat. Seit Noahs und Esmés Tod haben wir nicht viel miteinander gesprochen.« Er wandte sich dem hohen Fenster zu, das auf die Klippe und die Bucht hinauszeigte. »Ich bin mir nicht sicher, ob wir es davor taten.« Er lehnte den Kopf gegen die hohe Sessellehne und schloss die Augen wie einer, der des Lebens überdrüssig ist. Doch würde das Leben Daniel Bletchley nicht einfach loslassen, auf sein eigenes Geheiß. »Manchmal denke ich über das alles nach und frage mich, wie ich überhaupt noch an irgendetwas denken kann außer an das, was diesen Kleinen geschehen ist? Ist es Ihnen schon einmal passiert im Leben, dass ein Ereignis alles andere überflutet und eingeebnet hat?«

Melrose war unfähig, ihm zu antworten. Ihm war, als hätte er einen Kloß im Hals.

In die Stille hinein sagte Daniel plötzlich: »Chris Wells ist verschwunden.«

Die scheinbare Zusammenhanglosigkeit der Bemerkung überraschte Melrose. »Sie kannten sie?«

»Ja. Ich kannte sie gut.« Er nahm einen kräftigen Schluck.

»In Lamorna Cove wurde eine Frau ermordet. Hat Ihr Vater es Ihnen gesagt?« Auf Daniels Nicken hin fuhr Melrose fort: »Sie hat früher einmal im Woodbine gearbeitet.«

»Ich kann mich irgendwie schwach an sie erinnern.« Er beugte sich vor und rollte das Glas zwischen den Fingern hin und her. »Aber ich wusste nicht, dass diese Frau und Chris eine heftige Auseinandersetzung hatten.«

»Ich glaube, es ging um Johnny.«

»Johnny? Ach du liebe Güte, wenn das vor vier Jahren war, kann der Junge nicht älter als – wie viel? – dreizehn gewesen sein?«

»Er hat vermutlich immer älter gewirkt, als er tatsächlich ist. Ein gut aussehender Bursche, ich kann mir denken, dass er auf Frauen sehr anziehend wirkt.« Daniel schüttelte den Kopf. »Ach so – und weil diese Frau jetzt ermordet wurde und Chris verschwunden ist, gilt wohl *post hoc, ergo propter hoc*, folgt das eine quasi zwingend aus dem anderen, ja? Lächerlich. Absolut lächerlich.« Er schüttelte erneut den Kopf, unfähig, seine Verachtung für eine derartige Idee in Worte zu fassen. »Dazu wäre Chris nie im Stande, niemals.«

Dan Bletchley kannte sie offensichtlich gut. »Nicht einmal, um Johnny zu schützen?«, fragte Melrose.

Nun musterte Dan ihn voller Überraschung. »Um Johnny zu schützen? Wovor?«

»Sorry. Ich spiele hier nur den Advocatus Diaboli. Ich habe überhaupt keinen Grund für diese Annahme. Ich kenne sie nicht einmal, bin ihr nie begegnet. Allerdings habe ich den Eindruck gewonnen, dass sie ihn sehr liebt, und er – also, seine Gefühle ihr gegenüber grenzen geradezu an Anbetung.«

»Ja. Sie liebt ihn wirklich sehr. Trotzdem.« Er fuhr sich mit der Hand durch das glatte, hellbraune Haar, das daraufhin senkrecht abstand. Die Geste ließ ihn jung wirken, so musste er als Junge einmal ausgesehen haben. Er hatte durchaus eine gewisse Jungenhaftigkeit an sich, die Frauen wahrscheinlich anziehend fanden. Seine erotische Ausstrahlung wirkte auf Frauen bestimmt schlicht umwerfend. Er hatte etwas Kraftvolles, Heißes an sich, das eine Frau sicher wie einen warmen Wüstenwind in den Dünen spürte.

»Nehmen wir noch einen.« Melrose ging wieder zu dem Tischchen mit den Getränken hinüber. Als er sich wieder gesetzt hatte, wollte er das Gespräch auf ein etwas weniger prekäres Thema lenken und erzählte Daniel, wie das Haus beim ersten Besuch auf ihn gewirkt hatte.

Dan lachte. »*Der ungebetene Gast.* Ich dachte schon, ich wäre der Einzige, der sich noch an diesen Film erinnert. Es muss eine Wiederholungssendung im Fernsehen gewesen sein. Ich muss Ihnen gestehen: Ich fand die Hintergrundmusik einfach wunderbar.«

Melrose schwenkte sein Glas und summte die Melodie dazu. War er etwa betrunken?

Dan trank den letzten Schluck und erhob sich. »Kommen Sie. Und bringen Sie die Karaffe mit.«

»Wohin?«

Dan war bereits aus der Tür. »Nach oben«, rief er ihm über die Schulter zu. »Der Flügel steht doch noch dort, nicht wahr?«

Melrose folgte ihm die Treppe hinauf. »Ich habe versucht, darauf zu spielen.«

Dan stand in dem fast leeren Raum und blickte umher, als hätte seine lange Abwesenheit alles unwiderruflich verändert. »Was habe ich diesen Raum vermisst! Da, wo Sie jetzt sind, konnte ich quasi den ganzen Tag stehen und aufs Wasser schauen, den Rhythmus in mich aufnehmen, mir Musik ausdenken. Ach Gott, klingt das abgedroschen.« Er stellte sein Glas seitlich auf dem Flügel ab und nahm auf der Sitzbank Platz.

Melrose musste wieder daran denken, wie Daniels Blick über das Rosenholzgeländer gewandert war, kaum dass er das Haus betreten hatte. Zwar hatte es wohl der Wahrheit entsprochen, als Dan behauptet hatte, er sei gekommen, um seinem Vater Trost zuzusprechen, doch fragte sich Melrose, ob vielleicht auch dieses Haus und dieser Raum ihn wieder hergeführt hatten. Da Daniel Bletchley bestimmt viele Räume und zahllose Flügel zur Verfügung standen, wunderte sich Melrose, dass er gerade an diesen Ort so eine starke Bindung hatte. Oder vielmehr: Wenn diese Bindung so stark war, hatte ihn dann vielleicht etwas von hier vertrieben?

Die Musik erklang so unvermittelt und so kraftvoll, dass Melrose unwillkürlich einen Schritt zurücktrat. Ein Wasserfall von Musik, Notenkaskaden, in einem reichhaltigen Bogen ertönte das Lied, das Melrose sich mit dem Finger mühsam zusammengesucht hatte. Er stand am Fenster, sah hinaus und stellte sich vor, wie die Melodie gegen die Felsen schlug und die Wellen in ihrer heftigen Annäherung an die Elemente erzittern ließ.

Die Komposition an sich war zwar durchaus anziehend, jedoch kein großartiges Musikstück, kaum strukturiert, ein eher sentimentales Lied mit ziemlich voraussehbaren Crescendos und Diminuendos. Und doch war es so *gefühlvolle* Musik. Allein durch ihre Lautstärke schien es, als wäre alle Luft aus dem Raum gewichen und hätte die Musik anschwellen lassen. Wenn er ehrlich wäre, dachte er, gäbe es nur zweierlei Reaktionen auf einen solchen Klang: entweder man wurde ohnmächtig oder man fing an zu weinen. Er war nicht ehrlich und tat keins von beiden.

»›Stella by Starlight‹«, sagte Daniel. »Wissen Sie, was ich gemacht habe? Ich war elf oder zwölf, als ich es zum ersten Mal hörte. Ich schrieb dem Komponisten und sagte ihm, wie sehr es mir gefiel. Er schickte mir die Originalpartitur. Das war ein einschneidendes Erlebnis für mich.« Kopfschüttelnd suchte er die ersten Takte noch einmal zusammen.

»Aber das ist ja wunderbar. Sie müssen als Junge sehr überzeugend gewirkt haben. Und – nicht zu vergessen – hoch talentiert. Spielen Sie etwas von sich.«

»Von mir? Das habe ich doch gerade.«

»Aber Sie sagten doch –«

Daniel lächelte. »Sorry. Ich spreche in Rätseln.« Er seufzte, überlegte eine Weile und fing an, eine Etüde zu spielen.

Technisch recht gut, befand Melrose, allerdings ohne das Gewicht des Stella-Stücks, das er gerade gespielt hatte. Obwohl »Stella by Starlight« trotz der betörenden Melodie eigentlich ziemlich sentimental war, wurde die mangelnde Komplexität des Stücks durch die komplexen Emotionen des Mannes, der es spielte, mehr als wettgemacht.

Versunken in diese Betrachtungen und das unter ihm liegende Wasser, fuhr Melrose erschrocken zusammen, als er den Türklopfer hörte.

Dan unterbrach sein Spiel. »Ihre Tante?«

Melrose sah auf seine Uhr und antwortete bedauernd: »Meine Tante.«

Wenn man vom ungebetenen Gast spricht.

41

Sie hatte die Schwelle noch nicht übertreten, da legte Agatha auch schon mit dem Mordfall in Bletchley Hall los. »Ist doch sonnenklar, ich habe da ein bisschen – ach, hallo, guten Tag!«, unterbrach sie sich. Sie nahm Daniel Bletchleys Gegenwart nur am Rande zur Kenntnis, bevor sie sich nach rechts ins Wohnzimmer hinüberwuchtete und dabei wie Maschinengewehrfeuer redete, ohne zu bemerken, dass Melrose gar nicht mitkam. Blablabla.

»Na dann, danke für die Drinks«, sagte Daniel.

»Du liebe Güte, ich danke *Ihnen* für die Musik!«

»Keine Ursache.« In der Tür wandte Daniel sich noch einmal um. »Sie kommen doch zur Beerdigung?«

»Ja, natürlich.«

»Ah, gut. Sie gehören ja doch irgendwie dazu. Sie kannten

ihn. Also, bitte kommen Sie.« Mit diesen Worten ging er gemächlich über den Kies zu seinem Wagen hinüber.

Agatha stand am Fenster und sah Daniel Bletchley davonfahren. »Wer ist das?«

»Daniel Bletchley. Du hast ihn soeben kennen gelernt, weißt du noch?«

»So heißt doch der Mensch, der dieses deprimierende Pflegeheim leitet.«

»Er ist Morris Bletchleys Sohn.«

Agatha schlang die Arme um ihren Oberkörper und erschauerte laut und vernehmlich. »Eiskalt ist es hier drin. Du hättest wenigstens ein Feuer machen können. Du wusstest doch, dass ich zum Tee komme.«

»Richtig. Wir trinken ihn auch nicht hier. Komm mit.«

Nachdem sie auf dem Weg quer durch die Eingangshalle und den kleinen Korridor entlang pausenlos gejammert hatte – über die Temperatur, die Größe des Hauses, die samtenen Wandbehänge im Esszimmer, an dem sie vorüberkam, den Luftzug, den kurzen Ausblick durch ein rundes Fenster auf die Bucht hinaus, die Bucht selbst, die Küste von England, ganz England und die Welt –, kam sie auf dem kleinen Sofa am Feuer endlich zur Ruhe. Die Luft, die sie durchschritten hatte, summte und vibrierte wie vom blechernen Ton einer gezupften Banjosaite.

Melrose sagte: »Ich staune ja, dass du Bletchley nicht wiedererkannt hast. Er hat doch damals den weißen Flügel gespielt – in Betty's oder Binkey's oder wie auch immer dieser Tea-Room hieß.«

»Was faselst du da eigentlich?«

Die Geschichte hatte er sich spontan zusammengereimt. »Na, in Harrowgate, liebe Tante. Weißt du nicht mehr, wie du damals mit deiner Freundin Theodore im Old Swan übernachtet hast?«

»Du meinst *Teddy*.«

»Hmmm, sie sah wie ein Theodore aus.« Mit einem genüsslichen Seufzer aus tiefer Brust erinnerte sich Melrose an das wunderbare zwanzigminütige Gespräch, bei dem er sich vorgenommen hatte, kein Sterbenswörtchen zu sagen, und dabei die ganze Zeit den Eindruck gemacht hatte, er sei ein brillanter Gesprächspartner. Eigentlich bemerkenswert, wie blind die Menschen gegenüber dem, was sich um sie herum abspielte, sein konnten!

»Soll das heißen, *dieser Mann* hat bei Betty's zum Nachmittagstee Klavier gespielt?«

Betty's gehörte zu den Wahrzeichen von Harrowgate. Agatha war tief beeindruckt, wie immer von den falschen Dingen.

»Ja. Ich wollte ihn überreden, im Woodbine aufzuspielen. Und jetzt entschuldige mich bitte, bis ich das Teewasser aufgesetzt habe.« Melrose wandte sich zum Gehen.

»Soll das heißen, der Tee ist noch nicht *fertig*?« Ein gequälter Seufzer. »Nein, wirklich, diese Männer!«

Sie hatte anscheinend vergessen, dass Nein-wirklich-diese-Männer ihr in Ardry End ohne Fehl und Tadel tagtäglich den Tee vorgesetzt hatte. Er stellte den Wasserkessel auf den Herd und war so flink wie einer von Johnnys Kartentricks wieder in der Bibliothek.

»Ich erzählte dir gerade von meinen privaten kleinen Nachforschungen. Wir können die Angelegenheit doch nicht tölpelhaften Polizisten vom Schlage eines Constable Evans überlassen!«

»Mit der Angelegenheit sind einige ausgesprochen untölpelhafte Polizisten befasst. In der Hauptsache Mr. Macalvie.«

Sie zupfte eine Rüsche an ihrer überladenen Blümchenbluse zurecht. »Die sind natürlich alle auf dem falschen Dampfer.«

»Was für einem Dampfer denn?«

Den Dampfer links liegen lassend, beugte sie sich vor und

flüsterte (wer sie hätte belauschen sollen, war Melrose schleierhaft): »Den örtlichen Schwulenhasser, den müssen wir suchen, und ich glaube, ich habe ihn dingfest gemacht!«

Der Wasserkessel kreischte.

Kein Wunder.

Melrose war weg und so schnell wieder da, dass die Teeblätter kaum Zeit hatten, feucht zu werden. Diese Theorie seiner Tante versprach ja unterhaltsam zu werden. Er informierte sie, dass ihr Schwulenhass fehl am Platze war, da der Killer gar nicht vorgehabt hatte, Tom Letts zu töten. »Er oder sie hatte es auf Morris Bletchley abgesehen.«

»Das ist doch vollkommen absurd. Siehst du, das ist das Problem mit euch so genannten Intellektuellen – ihr seht nicht einmal das, was ihr direkt vor der Nase habt. Ich habe gehört« – wieder beugte sie sich zu ihm hinüber und wisperte zischend –, »er hat Aids – Aids, voll ausgebrochen! Das geht doch nicht – in einem Dorf! Es würde mich auch überhaupt nicht wundern, wenn ihn dieser Pfinn erschossen hätte. Also, wenn es je einen Schwulenhasser gegeben hat, dann ihn!«

Melrose musste sich sehr beherrschen, ihr nicht den brühend heißen Tee in den Ausschnitt zu schütten. Er war nie ein glühender Verfechter der Rechte von Schwulen oder von sonst irgendwas gewesen. Es war ihm eigentlich mehr oder weniger egal. Doch für Tom, o ja, für ihn würde er zum glühenden Verfechter werden. »Deine Bigotterie –«

»Was?« Schieres Staunen spiegelte sich in ihren Zügen, als sie merkte, dass Melrose sie offen kritisierte.

»– schließt doch von vornherein aus, dass du den wahren Wert eines Menschen erkennst. Du projizierst doch nur deine eigenen Ängste auf eine andere Person oder Situation. Was ist Schwulenhass denn anderes, hä? Die Projektion der eigenen Angst davor, an den Bedürfnissen und Wünschen anderer Menschen teilzuhaben. Phobie im Allgemeinen ist die Angst davor, ›anders‹ zu sein. Im Übrigen kanntest du Tom Letts überhaupt nicht. Ich schon, und ich habe ihn sehr gemocht.«

Agatha sah unruhig umher, als wäre der gefürchtete Virus bereits in Seabourne eingedrungen. Ihr Blick brachte Melrose zum Lachen, denn er ähnelte dem, den Türen hervorriefen, die urplötzlich mit Krachen und Getöse aufgerissen wurden. Der ungebetene Gast!

»Ich weiß gar nicht, was es da zu lachen gibt.«

Pech. »Was deinen auserwählten Schwulenhasser betrifft – es ist Mr. Pfinn, nicht wahr? –, so weiß ich gar nicht, wie du zu dieser bemerkenswerten Schlussfolgerung kommst, da Mr. Pfinns Gesprächsbereitschaft sich auf Widerspruch beschränkt. Er enthält sich gewöhnlich aller Wortwechsel.«

»Na, bei mir und Esther jedenfalls nicht. Aber mir vertrauen sich die Leute natürlich doch eher an, wie du schon bemerkt haben dürftest.«

Melrose spürte, dass seine Augen sich wie bei einer Cartoonfigur weit öffneten. Wie Mr. Pfinn enthielt auch er sich aller Wortwechsel.

Einen Keks auf dem Knie balancierend, beugte Agatha sich vor. »Der Mann hat einen abgrundtiefen Hass auf Homosexuelle!«

»Mr. Pfinn hasst doch jeden. Hass ist kein Kriterium bei der Beurteilung von Mr. Pfinn.«

42

Pfinn entsprach Melrose' Charakterisierung (griesgrämig, gereizt und stur) an jenem Abend im Drowned Man vollkommen, weil er Brian Macalvie in der Bar partout keinen Drink mehr gestatten wollte.

»Bestellen Sie einen zum Abendessen«, befahl Pfinn. »Aber bisschen dalli. Ich kann den Koch ja nich den geschlagenen Abend hier behalten, oder?«

Nachdem ihre Abendessenszeit solchermaßen festgesetzt worden war, hatten sie sich ins Speisezimmer begeben, wo Melrose nun schon wieder eine Gräte aus seinem Steinbutt puhlte. Der war ihm von einer humorlosen Dame mittleren Alters serviert worden, die er hier zum ersten Mal sah. Johnny war nicht da. »Sie sagen, beide seien mit der gleichen Waffe getötet worden?«

»Ja, das wussten wir aber schon. Mit einer .22er Smith Wesson.« Macalvie hatte vor fünf Minuten aufgehört zu essen und paffte nun eine Zigarre, nicht ohne Melrose vorher rücksichtsvoll um Erlaubnis gebeten zu haben.

»*Wir* wussten überhaupt nichts. *Sie* aber offensichtlich.«

»Dachten Sie wirklich, es wären zwei Schützen im Spiel gewesen?«

»Ich –«

»Für diese Vermutung bestehen zwischen den beiden Fällen nämlich zu viele Gemeinsamkeiten.« Macalvie spießte ein Stückchen Aubergine auf die Gabelzinke und betrachtete es, als sei es eine kleine Welt, die er zu entschlüsseln hatte. Er stocherte in seinem Fisch herum, legte die Gabel wieder weg und sah sich suchend nach der Kellnerin um. »Meine Güte, nun sind wir schon mal die einzigen Gäste und werden nicht mal bedient! Ich will noch ein Bier. Ist Ihnen eigentlich schon aufgefallen, Plant, dass alles Maßgebliche bei diesen beiden Fällen – *drei* Fällen, wenn wir die Kinder dazuzählen – vor vier Jahren geschah, etwa einen Monat hin oder her? Passen Sie auf: Sada Colthorp tauchte vor vier Jahren hier auf; die Kinder starben im September vor vier Jahren; Ramona Friel starb im Januar vor vier Jahren.«

Melrose nahm einen Schluck von seinem Wein, einem sündhaft teuren Meursault, den er sich, fand er, aber verdient hatte. Wodurch, wusste er auch nicht so recht. »Macht Ihnen das zu schaffen?«

Macalvie ließ von seinem Speisezimmerabsuchen ab und wandte den Kopf wieder her. Er sah Melrose scharf an. »Finden Sie das nicht höchst beunruhigend? Sie glauben doch nicht etwa, es ist Zufall, oder?«

Melrose war eigentlich noch gar nicht darauf gekommen, dass die Abfolge der Ereignisse zu beachten war. Er sah die Kellnerin verdrossen auf ihren Tisch zuschlurfen und dachte dabei nicht an Macalvies Ausführungen, sondern überlegte, wo Johnny wohl sein mochte.

Macalvie sagte der Frau, was er wollte, woraufhin sie verdrossen wieder davonschlurfte. »In der Nacht, in der die Kinder starben, glaubte die Haushälterin, sie hätte einen Wagen gehört, wachte auf, schlief dann aber wieder ein. Warum?«

»Ich kann Ihnen nicht ganz folgen.«

»Stellen Sie sich vor, Sie sind eine ältere Frau, ziemlich nervös veranlagt und mit zwei Kindern allein in einem abgelegenen Haus –«

»*Die Drehung der Schraube*, wie ich schon sagte.«

»Hmm, hmm. Ein Wagen fährt vor oder fährt davon. Würde Sie das denn nicht davon abhalten, wieder einzuschlafen? Mich schon, und ich habe eine Waffe. Es würde mir einen ganz schönen Adrenalinstoß versetzen – außer natürlich, das Geräusch ist mir vertraut.«

»Sie meinen, von einem der *Familien*autos?«

»Es gab drei: Daniels Sportwagen – den Jaguar –, Karens BMW und Morris Bletchleys Volvo.«

Melrose fiel sein Besuch bei Rodney Colthorp wieder ein. »Oder Simon Bolts. Wenn sie ein bekanntes Auto gehört hat, muss es nicht unbedingt das von Dan Bletchley gewesen sein. Bolt fuhr dieselbe Marke. Dennis Colthorp wollte es ihm abkaufen, erinnern Sie sich? Das Auto muss also weggefahren, nicht angekommen sein, denn Mrs. Hayter ging hinaus, um nachzusehen.«

»Richtig. Das ist eine Möglichkeit. Schade, dass Bolt nicht befragt werden kann. Der ist vor drei Jahren gestorben.« Macalvie zögerte. »Daniel und Karen waren also aus und machten einen drauf. Hören Sie auf mit diesem Alibiblick. Das von Daniel löste sich ziemlich schnell in Luft auf. Und das von Karen war auch nicht ganz wasserdicht. Die anderen Dinnergäste sagten, sie hätten sie nicht *jede* Minute gesehen, weil sie nach dem Essen noch ins Konzert gingen. Es sei schwer gewesen, Karten zu bekommen, und sie hätten getrennt sitzen müssen. Damit rückten sie aber wohlgemerkt erst auf wiederholtes Nachfragen heraus.«

»Für einen gewissen Zeitraum wussten sie also nicht, wo sie war.«

»Eine Stunde zwanzig Minuten. Sie ließen sich nicht genau drüber aus. Ich habe die besagte Veranstaltung daraufhin noch mal überprüft.«

»Damit wollen Sie also sagen, einer der Bletchleys kam nach Hause zurück?« Melrose' Kopfhaut fing an zu kribbeln.

Macalvie zuckte die Achseln. »Nicht unbedingt. Ich weiß es nicht. Und selbst wenn – heißt das noch lange nicht, dass einer von ihnen am Tod der Kinder schuld ist.«

»Und Mrs. Hayter erwähnt das Auto erst jetzt?«

Macalvie nickte. »Sie sagte: ›Mr. Bletchley könnte es gar nicht

276

gewesen sein, weil er mit seinem Geschäftsfreund in Penzance war.‹«

»Wieso hat sie das vorher verschwiegen?«

»Es ist doch manchmal komisch, was die Leute sehen und hören. Wenn Sie einen Zeugen bitten, jemanden zu beschreiben, sagt der vielleicht: ›Er sieht dem Herrn dort drüben sehr ähnlich, grüne Augen, dunkelblondes Haar, gediegene Erscheinung, ja, wie Melrose Plant. Hatte auch so eine goldgerahmte Brille auf, genau wie er.‹ Wären Sie, Plant, *möglicherweise* dort gewesen, wieso dann nicht das Offensichtliche zur Sprache bringen? Es war nicht einer, der aussah wie Sie, es *waren* Sie.«

Melrose sagte nichts; er versuchte, sich gute Gründe dafür auszudenken, weshalb es Dan Bletchley nicht hätte sein können. Irgendwie rechnete er nicht damit, dass Macalvie auf die Netter-Kerl-Masche eingehen würde. Er schob seinen Teller weg, holte Feuerzeug und Zigaretten hervor und hörte weiter zu.

»Die beiden müssen sehr vorsichtig gewesen sein. Ich habe Dan Bletchley nämlich zwei Monate lang beschatten lassen.« Auf Melrose' überraschten Blick hin nickte er bestätigend. »Wir bekamen aber nur heraus, dass er einmal pro Woche mit seiner Frau im Ivy abends essen ging und danach ins Konzert oder Theater. Es musste also eine Frau gewesen sein, die in der Nähe wohnte, sodass er sie besuchen und noch am selben Abend zurückfahren konnte.«

»Vielleicht jemand hier in Bletchley? Das ist doch so ziemlich in der Nähe.« Er ratschte mit dem Feuerstein, um sich eine Zigarette anzuzünden. »Chris Wells.«

Er hatte Macalvie selten überrascht gesehen, doch die Erwähnung ihres Namens in dem Zusammenhang hatte zweifellos diese Wirkung. »Chris Wells? Wie kommen Sie denn darauf?«

»Das schließe ich aus der Art, wie er über sie gesprochen hat. Nicht wie über eine flüchtige Bekanntschaft.«

Macalvie hatte seine Zigarre vollkommen vergessen. Das verkohlte Ende leuchtete schwach. »Und sie ist verschwunden. Menschenskind.« Er nahm die Zigarre aus dem Mund. »Sie war die andere Frau. Chris Wells. Ich wusste, es wäre etwas ganz Simples.«

»Das nennen Sie simpel«, sagte Melrose enttäuscht.

43

Johnny war den ganzen Tag zu Hause geblieben und blieb auch den ganzen Abend dort. Es kam selten vor, dass er bei seinen verschiedenen Arbeitsstellen anrief, um sich abzumelden, doch nachdem er am gestrigen Abend über die blöde Baumwurzel gestürzt war und sich ziemlich elend fühlte, hatte er beschlossen, daheim zu bleiben.

Er putzte abwechselnd das Haus und übte Zaubertricks ein. Bis dahin hatte er nichts getan, nichts angerührt, als könnte ein alchimistischer Prozess – wenn er alles genauso beließ, wie es war – bewirken, dass Chris wieder zurückkam, auf magische Weise wieder auftauchte.

Inzwischen waren fast zwei Wochen vergangen. Zwölf Tage. Es kam ihm so vor, als hätte er seine Tante seit Monaten, seit Jahren nicht mehr gesehen. Er trocknete den letzten Teller ab und stellte ihn ins Regal, schüttelte das Geschirrtuch aus und warf es sich schwungvoll über die Schulter.

Dann nahm er sein Buch mit dem Titel *Der Zauberlehrling*, in dem der »Hexenmeister« den Leser, den Lehrling, durch die einzelnen Tricks begleitete. Die Comiczeichnungen, mit denen das Buch bebildert war, gefielen ihm nicht, doch der Text war in Ordnung. An die Küchenanrichte gelehnt, las er an der Stelle weiter, an der er vorhin aufgehört hatte, um den Fußboden zu kehren. Er betrachtete den großen Tisch, auf dem Chris' Gebäckstücke immer noch auf den Kuchenblechen lagen, die Meringuen und Ingwerplätzchen, und ermahnte sich, die Meringuen später in Plastiktüten abzupacken. Die meisten Plätzchen hatte er bereits verspeist. Aus Meringuen machte er sich nicht viel, obwohl die von Chris besser schmeckten als die von Brenda. Brenda mochte alles ziemlich süß.

Er schaute wieder ins Buch und las sich die Anweisungen für den nächsten Trick durch.

Dazu benötigen Sie: 1. drei Aschenbecher, aus Glas oder Metall, mit 8–10 Zentimeter Durchmesser, und 2. drei kleine Gegenstände – Sicherheitsnadel, Knopf, Pennymünze.

Aschenbecher hatten sie keine, weil sie beide nicht rauchten. Wenigstens hatte Chris angeblich damit aufgehört. Eventuell hatte sich Charlie eins von diesen Blechdingern mitgebracht. Da man Aschenbecher nur mehr selten sah, hatte er immer einen bei sich. Doch konnte Johnny keinen entdecken.

Es war nett gewesen, Charlie hier zu haben, wenn auch nur für vierundzwanzig Stunden. Er kam so selten auf Besuch.

Er betrachtete die frisch gespülten Dessertteller. Um als Aschenbecher herhalten zu können, waren sie zu groß. Er las weiter, um zu sehen, was der Lehrling (also er) damit machen sollte: auf alle drei je einen von den kleinen Gegenständen legen. Er sah sich in der Küche um und entdeckte schließlich den Deckel eines leeren Schraubglases. Ja, das ginge, nur dass er drei davon brauchte. Da fiel sein Blick auf die Meringuen. Er ging zum Tisch hinüber. Acht bis zehn Zentimeter. Perfekt. In der Mitte hatten sie eine kleine Vertiefung, in die er die »kleinen

Gegenstände« legen konnte. Er stapelte fünf übereinander – für alle Fälle, denn sie zerbrachen leicht – und nahm eine große Serviette aus einer Tischschublade, wo er auch einen kleinen Bilderhaken entdeckte, der als »kleiner Gegenstand« dienen konnte.

Seine Ausbeute trug er ins Wohnzimmer hinüber und legte sie auf den Kartentisch. Die glatte, grüne Flanellbespannung bildete eine ausgezeichnete Oberfläche. Dann ging er, eine Meringue mampfend, zu der kleinen Anrichte und zog eine Schublade auf, in der Chris allen möglichen Krimskrams aufbewahrte – sie nannte es ihre »Kramlade« – und wo all das landete, wofür sie keine Verwendung hatte.

Unter mehreren Sicherheitsnadeln suchte er sich die kleinste aus. Ein bernsteingelbes Plastikröhrchen mit weißen Tabletten rollte auf dem Boden der Schublade nach vorn. Die Tabletten waren etwa so groß wie kleine Knöpfe. Aber wofür? Was war das für eine Arznei? Die Beschriftung sagte ihm nichts. Er biss von der Meringue ab und ließ sie sich im Mund zergehen, dabei drehte er das Röhrchen um, um das Datum lesen zu können. Das würde ihm aber auch nichts sagen. Chris war doch keine Pillenfresserin. Hoffentlich war sie nicht krank, ohne dass er etwas davon wusste. Er nahm sich eine der Tabletten; er würde sie statt des Knopfes benutzen.

Er kehrte zum Kartentisch zurück, wo er den Rest der Meringue verputzte und wünschte, er hätte ein paar Erdbeeren und etwas von dieser wunderbaren Eiercreme – Zabaione. Das machte Chris manchmal zum Nachtisch: sie häufte Erdbeeren auf eine Meringue und goss die Eiercreme darüber. Von der Creme konnte man betrunken werden, weil so viel Madeira drin war.

Er musste aufhören, an Chris zu denken, befahl er sich, und sich auf das Buch und den Zaubertrick konzentrieren. Den Anweisungen folgend, reihte er die Aschenbechermeringuen auf und legte sich die Serviette zurecht. Er las:

*Stapeln Sie die Aschenbecher übereinander und bedecken
Sie sie mit dem Taschentuch.*

Johnny stapelte die drei Meringuen aufeinander und breitete die
Serviette darüber. Bestimmt wieder so einer von diesen hirn-
losen Tricks des Hexenmeisters, dachte er. Er nahm die letzte
Meringue und biss – da er sie nicht mehr brauchte – beim Wei-
terlesen kräftig ab:

*Wichtig ist, dass die Zuschauer glauben, Knopf, Münze
oder Sicherheitsnadel kommen wieder zum Vorschein,
wenn sie nur fest darauf vertrauen.*

Johnnys Kopf schnellte hoch. Starr blickte er auf die gegenüber-
liegende Wand. *Warte*, dachte er und schüttelte den Kopf. *Warte
doch, Moment mal.* Er hatte das Gefühl, wenn er weitermachte,
wenn er auch nur einen kleinen Schritt unternahm, würde er
wie eine Lawine auf die Antwort zudonnern, die ihm unfassbar
war.

Gesprächsfetzen kamen ihm plötzlich wieder in den Sinn,
drängten sich ihm geradezu auf. *Sie würde nie weggehen, ohne
mir Bescheid zu sagen … Diesmal aber doch.*

Johnny wusste, dass er sich nicht getäuscht hatte, während
immer mehr Adrenalin seinen Körper durchströmte.

Diesmal aber doch.

Nein, war sie nicht!

Wie der Blitz war er aus der Tür und rannte, die Ausrede mit
dem Virus vergessend, auf das Woodbine zu. An der Stelle, wo
die Wurzeln über den Gehweg wuchsen, blieb er abrupt stehen
und dachte: *Nein. So geht es nicht.*

Er warf einen Blick zum Drowned Man hinüber und flitzte
über die Straße und zur Tür hinein, ohne sich auch hier um den

Virus zu scheren, der angeblich schuld daran war, dass er sich vom Abendessendienst frei genommen hatte.

Mr. Pfinn hatte es allerdings nicht vergessen. Er kam, den Arm voller Schmutzwäsche, aus dem Speisezimmer in den Schankraum herüber. »Na, Johnny? Jetzt geht's dir besser, wo's Essen vorbei is und ich mir Ursula hab holen müssen, hä?«

Johnny vertat keine Zeit mit Ausreden und ging nicht auf den scheinheiligen Ton ein. »Ist Mr. Plant heute zufällig zum Essen da?«

»War er. Jetzt isser weg, der und der andere auch.«

»Welcher andere – Sie meinen, der Detective? Mr. Macalvie?«

Hochzufrieden, Johnny noch etwas länger schmoren lassen zu können, sagte Mr. Pfinn bloß: »Kann schon sein. Weiß nich.«

Mit wildem Blick sah Johnny sich im Raum um, als wäre von den beiden Männern vielleicht etwas zurückgeblieben, irgendein Bruchstück, an das er sich Hilfe suchend wenden konnte. Doch die Einzigen, mit denen hier zu kommunizieren war, waren Pfinn und die Hunde im Türrahmen.

»Wo sind sie hin? Wissen Sie, wo sie hingegangen sind?«

Mr. Pfinns weiße Wimpern flatterten leicht. »Kann ich nich sagen. Weißt du was, Junge, rausschmeißen sollt ich dich.«

»Sie können mich mal, Mr. Pfinn, und Ihren Scheißjob können Sie sich sonst wohin stecken.«

Er war kurz davor, in Tränen auszubrechen. Schon war er an der Tür, machte einen Satz über die Hunde hinweg und zur Eingangstür hinaus, wo er mit Megs zusammenstieß, die mit ihm zusammen im Woodbine kellnerte.

Im Grunde war es egal, doch nun würde auch Brenda erfahren, dass er beim Grund für sein Nichterscheinen geschwindelt hatte. Aller guten Dinge sind drei, dachte er bei sich und ging mit raschen Schritten auf das Büro von Cornwall Cabs zu.

»Geht's dir besser, Schatz?«, fragte Shirley und fuhr, ohne auf die Antwort zu warten, fort: »Bisschen bleich siehst du ja schon aus. Meinst du nicht, du solltest vielleicht lieber im Bett bleiben?«

Zum ersten Mal an diesem Abend lächelte Johnny. »Mir geht's schon besser. Ich muss dich um einen großen Gefallen bitten. Kann ich für paar Stunden einen Wagen haben?«

»Liebend gern, Schatz, bloß dass der eine in der Werkstatt ist und die beiden anderen gerade 'ne Tour haben. Stimmt was nicht?«

»Nein, nein, schon gut. Ich muss bloß was erledigen, und dafür brauch ich einen Wagen.«

»Tut mir Leid. Einer ist nach Mousehole, der andere nach St. Buryan. Ein ziemliches Stück. Wenn du willst, kannst du ja warten.«

Johnny knabberte nervös am Daumennagel. Er schüttelte den Kopf. »Kann ich mal kurz das Telefon benutzen?«

»Klar doch, Schatz.« Shirley schob ihm den schwarzen Apparat hin.

Er tippte die Nummer ein und hörte das trübselige *Brr-brr* in Seabourne widerhallen. Er ließ es ein dutzend Mal klingeln, bevor er den Ausschaltknopf drückte und Shirley den Apparat zurückgab.

»Auch kein Glück?«

»Kein Glück, genau.«

»Der eine müsste eigentlich gleich wieder da sein – ach, wenn man vom Teufel spricht, da ist Trev. Den kannst du nehmen.«

»Danke«, rief Johnny ihr über die Schulter zu und rannte hinaus.

44

Melrose saß in seinem Lieblingssessel, blickte ins Feuer und malte sich zur Unterhaltung eine Séance aus. Natürlich hatte in *Der ungebetene Gast* auch eine Séance stattgefunden, in solchen Filmen gab es immer eine Séance. Er überlegte, ob echte Séancen (oder war das etwa ein Widerspruch in sich?) sich so abspielten wie die im Film gezeigten: Das Medium stößt mit tiefer, kehliger Stimme die orakelhaften Worte eines schon seit Jahrhunderten Toten aus, das Kerzenflämmchen flackert und erlischt; die feuchtkalte Hand in der eigenen entpuppt sich später als behandschuht…

Melrose erschauerte leicht. Er zermarterte oder vielmehr *entmarterte* sich das Hirn, indem er seine Gedanken über den Mord an Tom Letts und den Besuch von Daniel Bletchley wie per Datentransfer in sein Glas Whisky umlud.

Da läutete es an der Tür.

Schon wieder? Wer zum Teufel –?

Seufzend erhob er sich aus dem Sessel, seinen Drink nahm er mit. Froh, dass es wenigstens nicht Agatha war, denn die war ja bereits da gewesen, gelangte er an die Tür und hoffte, während er sie aufriss, wie durch Zauberhand heraufbeschworen Stella davor stehen zu sehen.

Es war Richard Jury. Stand einfach da.

Melrose schnappte nach Luft. Sein Mund klappte auf und zu, auf und zu. Auch er hätte gern einfach lässig dagestanden, den Drink in der Hand und in Jurys beherrschter, gelassener Haltung. Stattdessen sah er bestimmt aus wie ein Fisch. Mund auf, zu, auf, zu.

Endlich fand er die Sprache wieder. »Ist Irland vorbei?«

»Es ist immer noch da. Es wollte mich nur einfach nicht mehr dahaben. Das nehme ich aber nicht persönlich. Persönlich nehme ich es allerdings, hier auf Ihrer Türschwelle herumstehen zu müssen, wenn ich viel lieber mit dem, was Sie da im Glas haben, drinnen sitzen würde.« Jury lächelte.

Es war ein Lächeln, das am Mund nicht aufhörte. Es schien sich überallhin auszubreiten, als legte sich der ganze Kerl mit ins Zeug, um diesem Lächeln auf die Sprünge zu helfen.

»Ach, entschuldigen Sie!« Melrose riss die Tür weit auf.

Jury entledigte sich seines Mantels und sah sich nach einem Mantelständer oder irgendeiner Ablage um. Melrose nahm das gute Stück und warf es über das Treppengeländer. »Kommen Sie rüber in die Bibliothek. Da brennt ein Feuerchen.«

Jury ließ sich in dem Sessel nieder, den Daniel Bletchley zuvor eingenommen hatte. Mit einem starken Gefühl von *déjà-vu* reichte Melrose ihm einen Drink. Es stimmte – irgendetwas an Dan Bletchley erinnerte Melrose an Richard Jury. Kein Wunder, dass er und Daniel sich auf Anhieb gut verstanden hatten.

»Der Bursche, der gestern Nacht ermordet wurde, Tom Letts, dort drüben in dem Pflegeheim in Bletchley.«

Melrose hatte den Eindruck, dass Jury seit ihrer letzten Begegnung voll auf dem Laufenden geblieben war. Es kam ihm so vor, als hätten sie schon die ganze Zeit über diesen Fall gesprochen. »Aber wie haben Sie es denn erfahren?«

»Weil ich in Exeter drei Stunden mit Brian Macalvie gesprochen habe. Und wieso war ich in Exeter? Weil die Fähre von Cork nach Wales fährt. Und wieso war ich in Cork statt in Belfast? Weil ich im letzten Moment noch nach Dublin musste. Und wieso war ich in –«

»Wissen Sie was – wenn Sie meinen, das Gespräch läuft ohne mich besser, kann ich ja gehen.«

Jury lachte. »Tut mir Leid. Ich wollte Ihnen nur die Mühe ersparen, einen Haufen blödsinniger Fragen zu stellen.«

»Blödsinnig? Vielen Dank. Brian Macalvie hat Sie also über alles informiert.«

»Ausführlich. Dieser Fall geht ihm anscheinend ziemlich nahe. Ich wüsste aber nicht, weshalb mich das wundern sollte. Ihm gehen ja die meisten Fälle nahe.«

»Erinnern Sie sich an Dartmoor? An das Pub namens Help the Poor Struggler? Wo er die Jukebox eingetreten hat, als jemand ein Lied spielte – was war es gleich noch?«

»Irgendwas mit Molly.« Jury fing an zu singen: »*Oh, mahn dear, did'ja niver hear, o' pretty Molly da da da.*«

»Brannigan! Genau, das ist es!« Und Melrose legte los: »*She's gone away and* – und – was?«

»*And left me, and* –«

Und nun sangen sie zusammen – oder vielmehr getrennt: »*And left me, and I'll niver be a mahn again!*«

Sie lachten lauthals, doch dann meinte Jury: »Ach herrje, wieso muss Liebe eigentlich so traurig sein?« Er rollte sich das kühle Glas über die Stirn. »Ich bin etwas benommen; ich habe seit ein paar Tagen nicht mehr geschlafen.«

»Sie können natürlich hier übernachten.«

»Danke. Das Pub im Dorf war nicht besonders einladend.«

»The Drowned Man. Dort logiert Sergeant Wiggins.«

Jury lächelte. »Wenn dieser Fall abgeschlossen ist, oder auch nicht, kann ich ihn dann zurückhaben?«

»*Mich* dürfen Sie dafür nicht verantwortlich machen. Es war Fuß-in-der-Jukebox-Macalvie – *er* bestand darauf, dass Wiggins aus London hergeholt wurde.«

»Er hatte ihn schon immer gern um sich. Komisch.« Jury sah sich in dem sanft beleuchteten Raum um. »Nettes Zimmer. Nettes Haus.«

»Für drei Monate ist es meins. Also, wo Sie nun schon hier sind, lassen Sie sich die Sache doch mal durch den Kopf gehen, ja? Das Einzige, was ich mit Hamlet gemeinsam habe: Ich bin wie er einer, der ›zu genau bedenkt den Ausgang‹.«

»Ich glaube nicht, dass es hier ums zu genau Bedenken geht. Das ist bloß ein Symptom. Woher aber rührt es? Ich weiß, woher es für Macalvie rührt: von dem Mord an den beiden kleinen Kindern. Seit vier Jahren ist er nun ziemlich besessen davon. Es erinnert mich tatsächlich an diese ganze Molly-Brannigan-Geschichte. Ich meine – Molly Singer.«

Dabei fiel Melrose ein, dass nicht nur Macalvie sich für Molly interessiert hatte.

Jury hatte sich inzwischen die silbergerahmten Fotos angesehen und nahm nun eins in die Hand. »Das sind also die Kinder? Eine Tragödie. Und eine harte Nuss. Wenn Macalvie sie nicht knacken konnte, wer dann? Er besitzt die Gabe, alles Unwesentliche zu erkennen und wegzuschneiden wie ein Laserstrahl.« Jury trank seinen Whisky vollends aus. »Ich kann es nicht. Ich lasse mich von den Dingen zu sehr verwirren. Na, jedenfalls lässt er Ihnen was ausrichten.«

Melrose verschwieg ihm, dass sich Macalvie ebenfalls verwirren und über Gebühr in die Dinge hineinziehen ließ.

Jury griff in die Brusttasche unter seinem dicken Fischerpulli und zog einen zusammengefalteten Zettel hervor. Er breitete ihn zwischen ihnen auf dem Beistelltischchen aus und strich ihn glatt. »Es geht um Morris Bletchley und Tom Letts.« Eine Zeichnung des roten Salons war zu sehen. »Was meinen Sie, ist es richtig getroffen?«

Melrose setzte die Brille auf. »Ja, absolut.«

»Macalvie meint, für einen besseren Blick auf das Ziel hätte er Fenster Nummer zwei oder drei genommen« – Jury deutete darauf – »und nicht Fenster Nummer eins.« Jury tippte auf das Fenster, durch das die Kugel abgefeuert worden war. »Aber vor Fenster zwei und drei ist dichtes Gestrüpp, außerdem fällt das

Gelände hier etwas ab. *Hereinsehen* könnte durch eines dieser beiden Fenster beinahe jeder, um *durchzuschießen* müsste er aber größer sein als Sie oder ich.«

Melrose runzelte die Stirn. »Der Schütze hat sich also dieses Fenster bewusst ausgesucht.« Melrose deutete auf das gleiche Fenster wie zuvor Jury. »Fenster Nummer eins.«

»Richtig. Macalvie meint nun aber folgendes: Woher weiß man das – außer man hat es vorher ausgekundschaftet? Dass der Erdboden an der Stelle tiefer liegt, weiß man nur, wenn man tatsächlich dort steht. Aber egal durch welches Fenster man auf dieser Seite schaut –«

Melrose sprach den Satz für ihn zu Ende. »Man erkennt auf alle Fälle immer, wer im Rollstuhl sitzt.« Er starrte auf die Zeichnung. »Tom Letts war also doch das Ziel.«

»Sieht so aus«, sagte Jury.

45

Auf dem schweren Empiretisch zwischen den beiden Sesseln stand ein Aschenbecher aus Muranoglas, dessen tiefblau-grüne Farbtöne sich im flackernden Feuerschein immer wieder veränderten. In der Schale lagen kleine, blank polierte Steine, mit denen Jury die tragischen Ereignisse markiert hatte, die sich in Bletchley und Lamorna zugetragen hatten. Momentan war mit vier Steinchen ein unvollständiger Kreis angedeutet: der Tod der beiden Bletchley-Kinder, der Tod von Ramona Friel und die Morde an Sada Colthorp und Tom Letts.

»Sada Colthorp.« Jury wollte gerade etwas sagen, hielt dann inne und suchte in seiner Tasche nach etwas herum.

»Ah ja, richtig, Sadie May«, sagte Melrose. »Gleichermaßen

ehemalige Mrs. Rodney Colthorp und Viscountess Mead. Viscountess Mead, glanzvoller Star schlüpfriger Filme. Seltsam ist doch die Welt! Dieser Bolt, Produzent besagter Filme, tauchte auf dem Herrschaftssitz auf, als sie noch mit Colthorp verheiratet war. Dennis, des Viscounts Sohn, warf ihn im hohen Bogen hinaus. Nicht ohne Bolts Jaguar zuvor genau taxiert zu haben.«

»Macalvie hat mir von diesem Simon Bolt erzählt.«

»Zu ihrer Jugendzeit arbeitete Sada im Woodbine, der hiesigen Teestube, die Chris Wells und Brenda Friel gehört. Die beiden sind Geschäftspartnerinnen. Vor vier Jahren war Sada Colthorp wieder auf Besuch in Bletchley.«

Jury hatte gefunden, was er gesucht hatte – einen braunen Umschlag. Angestrengt nachdenkend tippte er damit gegen seinen Daumen.

Melrose wünschte, er würde mit Nachdenken aufhören und ihm zeigen, was es damit auf sich hatte.

»Da ist es wieder.« Nach vorn gebeugt, blickte Jury auf den kleinen Halbkreis aus Steinchen, den er auf dem Tisch ausgelegt hatte.

»*Was* ist wieder da? Und was ist eigentlich in dem Umschlag drin – das Los mit der Glücksnummer?«

»Vor vier Jahren. Wann vor vier Jahren?«

»Weiß ich nicht genau. Brenda Friel könnte es Ihnen sagen. Sie hat sie jedenfalls identifiziert. Die Leute in Lamorna haben sie auf dem Polizeifoto nicht erkannt.«

»Vielleicht hat sich ihr Aussehen verändert, nach all den Jahren, die sie als Viscountess lebte.« Jury legte noch ein Steinchen zu dem, das die Todesfälle mit den zwei Kindern darstellte.

»Nach den paar Jährchen, meinen Sie wohl. Viscountess Mead war sie davon nämlich keine zwei. Es war Rodney Colthorp offenbar höchst peinlich, dass er sie überhaupt geheiratet hatte. Ein typischer Fall von Midlifecrisis, würde ich mal sagen.«

Jury hatte den Umschlag geöffnet und ein Foto herausgenommen – zwei Fotos, wobei es sich bei dem einen um die bekannte Tatortaufnahme von Sada Colthorp handelte. Er reichte sie Melrose hinüber.

»Jetzt verstehe ich, was Sie meinen.« Auf einem Foto war Sada zu sehen, oder vielmehr Sadie, wie sie damals hieß, als sie noch in Lamorna und Bletchley lebte. Die junge Frau auf diesem älteren Foto hatte ziemlich helles, blasses Haar, im Gegensatz zu dem kruden Gelb auf dem aktuelleren Foto, der Aufnahme vom Schauplatz des Verbrechens, auf dem sie tot auf dem öffentlichen Fußweg lag. Die Augen waren ebenfalls ganz anders, was allerdings der üppig aufgetragenen Schminke zuzuschreiben war: Lidstrich, Lidschatten und Wimperntusche. Der verräterische Unterschied lag jedoch darin, dass sich das ziemlich rundliche Gesicht auf dem älteren Foto in ein hageres, eckiges, wenn auch nicht unattraktives verwandelt hatte. Die Veränderungen waren offenbar durch etwas anderes als die Zeit verursacht worden.

»Sie unterscheiden sich doch recht stark voneinander, nicht? Wenn man weiß, dass es dieselbe Person ist, fällt einem die Ähnlichkeit trotz veränderter Frisur und Haarfarbe auf, obwohl sie durch Drogen stark gezeichnet ist. Die Kollegen vom Sittendezernat haben sie in Sheperd Market ein paar Mal wegen illegaler Prostitution aufgegriffen. In Soho wurde sie wiederum beim Drogenhandel erwischt, die Anklage wurde später aber fallen gelassen.«

Melrose war schockiert – nicht über Sadas übles Treiben, sondern weil Jury Bescheid wusste. Er war noch keine acht Stunden mit dem Fall beschäftigt und wusste anscheinend bereits mehr als Melrose selbst. Und jetzt las er auch noch Melrose' Gedanken.

»Macalvie bekam den Bericht eben erst herein, deswegen haben Sie noch nichts davon gehört.«

Melrose beschloss, an der polizeilichen Praxis der Berichterstattung herumzunörgeln. »So lang hat das gedauert? Die Polizei braucht eine ganze Woche, um das zu schicken?«

Jury nickte. »Das kommt manchmal vor. Bürokratische Hürden, oder vielleicht war es schwer, etwas über die Tote herauszubekommen. Wer weiß? Jedenfalls war Sada schwer drogensüchtig und konnte die Sucht mit ihrem mickrigen Gehalt als Animierdame in einem Club in Shepherd's Bush nicht finanzieren, musste also dazuverdienen, und Prostitution und Drogenhandel waren die einträglichsten Methoden. Bei ihrer Sucht hieß das, dickes Geld musste her. Ich vermute mal, dass sie deswegen hier war. Das ist aber nur so eine Vermutung.«

»Erpressung?«

»Das oder um etwas zu verkaufen.«

»Das ist doch das Gleiche, oder?« Melrose stand auf und trug ihre Gläser zum Abstellbecken. »Der Einzige mit ›dickem Geld‹, wie Sie es nennen, den ich hier kenne, ist Morris Bletchley.«

»Was ist mit Daniel Bletchley, seinem Sohn? Oder mit seiner Schwiegertochter – die Zugang dazu hätte, auch wenn sie selbst über kein eigenes Vermögen verfügt?«

Karen. Melrose ließ es sich durch den Kopf gehen. »Sie war hier in der Gegend, als Tom erschossen wurde. Sie hat mich besucht. Oder wollte das Haus sehen.«

»Kam sie oft nach Bletchley zurück? Das muss doch sehr schmerzlich für sie sein.«

»Oft? O nein, es war das erste Mal seit –«

Jury lächelte. »Vier Jahren.«

»Genau.« Wieder besah Melrose sich den Kreis aus Steinchen. Irgendetwas hatte er übersehen.

»Wieso Lamorna?«

»Was?« fragte Melrose zerstreut.

»Wieso wurde sie in Lamorna gefunden?«

Melrose zuckte die Schultern. »Da bin ich überfragt.« Er sagte es ein wenig gereizt, weil Jury nämlich wahrscheinlich *nicht* überfragt war.

»Gibt es dort ein Pub?«

»Ja, das Lamorna Wink.«

»Kommen Sie.« Jury stand plötzlich auf.

»Verdammt! Dauernd geht einer irgendwohin, und ich soll mitkommen.« Doch es kam ihm nicht ungelegen. »Nach Lamorna? So *spät* noch?«

»›So spät noch‹ heißt erst halb zehn. Kommen Sie.«

»Können wir die kniffligen Fragen denn nicht hier im Sitzen lösen? Müssen wir dazu unbedingt *Schritte* unternehmen?«

»Ich verfüge nun mal leider nicht über Ihre kleinen, grauen Zellen; mir bleibt also nur – tapp, tapp, tapp, tapp, tapp.« Jury streckte Melrose die Hand hin und zog ihn vom Sofa hoch.

»Sie klingen wie Lear. Wie es beim Publikum wohl angekommen wäre, wenn er bei Cordelias Tod hätte sagen müssen: ›Oh du kehrst wieder, tapp, tapp, tapp, tapp, tapp‹ anstatt ›Niemals, niemals, niemals, niemals, niemals?‹«

Johnny brachte das Taxi zum Stehen und sah durch die Fenster im unteren Stockwerk mehrere Lichter brennen, sah auch Melrose Plants Wagen. Er lief die Stufen zum Haus hinauf, betätigte den Türklopfer mit aller Macht und wartete. Nach einer halben Minute klopfte er noch einmal. Und wartete wieder. *Wenn sein Auto hier ist…*

Im Handschuhfach fand Johnny ein Päckchen Zigaretten, die Trevor dagelassen hatte, blieb im Wagen sitzen und rauchte. Das tat er höchst selten, doch half ihm das Rauchen, sich zu beruhigen, und machte ihm den Kopf frei. Er konnte gut verstehen, weshalb es manchen so schwer fiel, diese Gewohnheit aufzugeben.

Bis kurz nach zehn hatte er schließlich drei Zigaretten ausgedrückt. Er rutschte tiefer in den Vordersitz und versuchte nachzudenken, nachzuvollziehen, was geschehen war. Doch ihm war, als würde er gegen eine Mauer anrennen.

Das Problem war: Er hatte Angst. Er hatte Angst davor, etwas auf eigene Faust zu unternehmen. Verstärkung – nannten sie es bei der Polizei. Er brauchte Verstärkung. Charlie fiel ihm ein, aber Charlie war in Penzance.

Er blieb noch ein paar Minuten im Taxi sitzen, bevor er die Hoffnung auf Plants Rückkehr schließlich aufgab. Wahrscheinlich war er irgendwo unterwegs mit diesem Polizisten, mit Commander Macalvie.

Noch eine Zigarette, dann ließ er den Wagen an, löste die Kupplung, fuhr rückwärts und – wie um sich in seiner Frustration und Angst Luft zu machen – rammte den Fuß aufs Gaspedal und raste fast im Zickzackkurs die Auffahrt hinunter.

Wieso war die Polizei eigentlich immer nie an der Stelle, wo man sie gerade brauchte?

46

»Ein ziemlich schweigsames Häufchen, werden Sie feststellen«, sagte Melrose, während er aus Jurys gemietetem Honda kletterte. »Ich meine, falls Sie vorhaben, sie zu befragen.«

Der dichte Dunst, der vom Meer herüberwehte, lag über dem Fußweg und verhüllte ihre Unterschenkel, sodass es aussah, als gingen sie ohne Füße auf die Tür des Lamorna Wink zu.

Melrose fuhr fort: »Macalvie sagt, man muss ihnen alles aus der Nase ziehen.« Er seufzte.

Im Pub kam es Melrose vor, als wären es wieder die gleichen

Leute, die er und Macalvie schon bei ihrem letzten Besuch dort angetroffen hatten. Warum auch nicht? Wo sollten sie denn sonst hin? Sie traten an die Theke und setzten sich zwischen einen alten Mann im Ölzeug und eine schwergewichtige Frau, die ein helles Bier vor sich stehen hatte. Der Hefesatz auf dem Boden des Glases deutete darauf hin, dass es sich um ein örtlich hergestelltes Gebräu handelte.

Es war vielleicht nicht Fett, was sich in den Melrose zustehenden Platz herüberwölbte, sondern möglicherweise ihre verschiedenen Kleiderschichten. Unter einem senfgelben Pullover trug sie ein kariertes Wollhemd mit hochgerollten Ärmeln, unter dem ein schmuddliges, keksfarbenes Flanellding hervorlugte, vielleicht Unterwäsche, was Melrose jedoch bezweifelte, da er knapp über ihrem Ellbogen etwas Klumpiges hervorblitzen sah, was eigentlich nur auf ein weiteres Kleidungsstück darunter hindeuten konnte.

Während Melrose überlegte, wie er ein Gespräch anknüpfen könnte – sie hatte ihm noch nicht einmal einen flüchtigen Blick zugeworfen –, ertappte er sich dabei, dass er dem alten Mann links von Jury lauschte, der bereits übertrieben ausführlich auf irgendeine Frage von Jury antwortete, indem er den Wasserlauf von Mounts Bay bis in den Atlantik beschrieb, den er als Fischer anscheinend einst befahren hatte.

Oder als Schmuggler, dachte Melrose, obgleich diese Rolle wahrscheinlich eher seinem Großvater zugefallen war. Als er nun sah, dass das Glas der Frau leer war, bat er die Barfrau, ihr nachzuschenken und ihm ein Old Peculier zu bringen. Nachdem das in die Wege geleitet war, wandte er sich seiner Zechkumpanin mit der Frage zu: »Sind Sie hier in Lamorna ansässig oder nur auf Besuch hier?« Nicht gerade der brillanteste Schachzug, um ein Gespräch vom Zaun zu brechen.

Die Frau, von der Barfrau »pig trot« (Schweinsgalopp) tituliert – so hörte es sich jedenfalls an –, war bezüglich der Angebrachtheit seiner Frage offenbar seiner Meinung. »Ich? Nö. Ich bin grad auf Landgang von dem Kreuzfahrtschiff. Von der Princess – is da draußen angedockt.« Sie hatte ihm ein Gesicht zugewandt, das sich offensichtlich nicht im Klaren darüber war, welch potenziellen Wohltäter es hier vor sich hatte.

Melrose gab sich einen Ruck. »Melrose Plant. Sehr erfreut.« Er streckte ihr die Hand hin, die sie jedoch schlicht ignorierte.

»Peg Trott, ganz kurz und bündig.«

»Wohnen Sie schon lange hier?« Noch so eine dämliche Frage.

»Ay.« Aus einer Schachtel auf der Theke zog sie eine ziemlich eklig aussehende Zigarette. Es war eine Marke, die Melrose noch nie gesehen hatte und die ausreichte, einem die Lust am Rauchen gründlich zu vergällen.

Melrose gab ihr eilfertig Feuer. »Lamorna ist wirklich reizend.«

Peg Trott zuckte die Achseln und inspizierte das brennende Ende, um nachzusehen, ob er es hingekriegt hatte. Zufrieden steckte sie die Zigarette wieder in den Mund.

»Sie finden es bestimmt recht aufregend, was letzte Woche hier passiert ist. Ich meine, dass jemand erschossen wurde.«

»Ay.«

Ihre vorhin erwähnte Kurz- und Bündigkeit war anscheinend wörtlich zu nehmen. Mehr als ihr Name war ihr nicht zu entlocken. Und ihr Glas, das mittlerweile wieder leer war. Sie nahm es in die Hand und besah es sich eingehend, als wollte sie die Kunstfertigkeit des Glasbläsers überprüfen.

Melrose machte der Frau hinter der Theke erneut ein Zeichen, die daraufhin herüberkam und nachschenkte. Nachdem ihm auf der Konversationsebene solchermaßen kein Glück beschieden war, wandte sich Melrose nach rechts, wo der Alte im Ölzeug auf Jurys einzige bisher gestellte Frage immer noch eine ausführliche Antwort vom Stapel ließ. Dabei gab Jury ihm nicht einmal ein Bier aus. Irgendwo rief jemand plötzlich: »Halt's Maul, Jimmy!«, ein Befehl, der im auf- und abschwellenden Chor der Gespräche unterging.

Während Melrose sich für einen zweiten Angriff auf Peg Trott rüstete, spürte er plötzlich eine Hand auf seiner Schulter, sah in den Spiegel und erblickte einen gewissen Mark Weist, einen von mehreren ortsansässigen Künstlern, der sich wohl für attraktiver hielt, als er tatsächlich war.

»Na, kommen Sie denn voran mit Ihren Ermittlungen?« Er fand die Frage anscheinend so possierlich, dass er selbst darüber lachen musste.

»Ich nicht, aber er.« Melrose deutete mit einem Kopfnicken zu Jury hinüber, der sich herüberwandte und dem Maler vorgestellt wurde.

»New Scotland Yard!« frohlockte Weist. »Da fahren wir jetzt also die großen Kaliber auf, na?«

Jury lächelte nachsichtig. »Das große Kaliber haben Sie bereits kennen gelernt. Commander Macalvie.«

»Ach ja. Kluger Bursche.« Es war alles so unerträglich herablassend. »Wie ich ihm schon sagte – dem Commander Macalvie –, war uns die Frau nicht bekannt.«

Melrose staunte über Weists umfangreiches Banalitätenkabinett. Dieser Mensch schien außerdem Meister in der Kunst, sich zum Sprecher für ganz Lamorna aufzuschwingen.

»Paar von uns schon«, meldete sich Peg Trott nun zu Wort. »Erst fieses Gör, dann fieses Weib, aber wen wundert's.«

»Inwiefern?« fragte Jury.

»Die Göre hat sich nackich sehen lassen.«

Melrose fielen die Cripps-Kiddies ein, und er dachte, tun sie das denn nicht alle?

»Na, Sie wissen schon, was ich mein. He, Tim!« Sie beugte

sich über Melrose zu dem drahtigen Männchen neben Jury hinüber.

»Mannstoll war die«, bestätigte Tim.

»Was weiß ich«, sagte Peg. »Hat Sachen rausgekriegt, so privates Zeugs von Leuten, und dann gegen sie verwendet.«

»Sie meinen Erpressung?« sagte Jury.

»Nennen Sie's wie Sie woll'n. 'n gewisser McPhee, armer Kerl – is inzwischen tot –, von dem hat sie spitzgekriegt, dass er fünfzehn Jahre gesessen hat, in Dartmoor oben, dafür dass er seiner Alten 'n Messer reingerammt hat. Und Sadie erzählt's überall rum. Was weiß ich, ob die ihn erpressen wollt oder nich. Gezahlt hat er wohl nich, hat sich aufgehängt.« Sie verfiel in Schweigen und hielt ihr bereits wieder geleertes Glas in die Höhe.

Wenn ein paar Drinks reichten, um sie in Fahrt zu bringen, würde Melrose ihr bereitwillig das ganze Pub kaufen. Die Barfrau stand direkt neben ihnen und hörte zu. Und tatsächlich hatte ein kleines Grüppchen die grausige Geschichte offenbar auch mitgekriegt, denn inzwischen hatte sich etwa ein halbes dutzend Leute zu ihnen gesellt. Die Leute in Hörweite spitzten gespannt die Ohren. Ein jüngeres Pärchen, ganz offensichtlich Londoner, das etwas weiter entfernt an der Theke stand, interessierte sich ebenfalls für die kleine Zechrunde und kam herüber. Die Frau war von einer gleichsam filigranen Schönheit, mit einem fast transparenten Teint, zinngrauen, meerwasserklaren Augen und Haar in einer Art hell durchscheinendem Weißgold. Sie war ganz in weiße Seide gekleidet. Der Mann, ebenfalls gut aussehend, trug Tweedanzug und schwarzen Seidenrolli.

Es ließ sich schwer sagen, wer in Lamorna wohnte und wer nicht. Melrose konnte sich vorstellen, dass der Ort eine gewisse Anziehungskraft auf geistig höchst anspruchsvolle Menschen ausübte, die Sorte, zu der Mark Weist sich auch zählte.

Peg Trott nahm den Faden wieder auf. »Sadie war erst zehn, da hat sie sich schon an die Männer rangeschmissen, so die Hand in die Hosentasche gesteckt und da unten rumgegrapscht – na, Sie wissen Bescheid, Sie sind ja 'n Bulle. Wenn's dunkel war, hat sie sich an die Fenster geschlichen und zugeguckt. Bis tief in die Nacht war die draußen, die Sadie. Furchtbar. Ihre Mum war auch um kein Haar besser. Is dann ja auch abgehau'n, keiner weiß wohin, und Sadie is bei ihrem Daddy geblieben. Da ham die Leute auch ziemlich komisch geguckt – von wegen, na, Sie wissen schon …«

Obwohl sie ihre Ausführungen an den einnehmenden Jury richtete (wobei es allerdings der uneinnehmende Plant war, der ihr die Drinks bezahlte), nickte das versammelte Grüppchen einvernehmlich und weise.

Peg trank einen Schluck von ihrem uringelben Bier und wischte sich mit dem Handrücken über den Mund. »Wie sie dann so vierzehn, fünfzehn war, fing der Ärger erst *richtich* an.«

»Die Lolita von Lamorna!«, ließ sich Weist vernehmen, der das Gefühl hatte, von diesen frischen Eröffnungen abgedrängt zu werden. Als Peg auf diese Interpretation ihrer Geschichte nicht einging, erläuterte er: »*Lolita*, Nabkovs *Lolita*.«

Sie funkelte ihn wütend an. »Weiß ich doch, wer die blöde Lolita is.« Sie wartete ab, bis ihr Melrose eine neue Zigarette angezündet hatte, und redete dann unverdrossen weiter. »Dann kam einer nach Lamorna, so 'n Londoner, Simon Bolt hieß er. Also, wenn unsre Sadie schon 'ne üble Type war, war's der Bolt aber dreimal. Da ham sich zwei aber schnell gefunden, kein Wunder. ›Filmproduzent‹ sei er, hat er gesagt.« Sie malte Schnörkel in die Luft, um ihren Argwohn gegenüber Bolt kundzutun.

Die Frau in weißer Seide hob ihre seidigen Augenbrauen.

»Pornografie?«

Peg Trott nickte knapp. »Und Schlimmeres.« Sie schien eine Spur verärgert, dass ihr eine gut aussehende Städterin die Schau stehlen wollte. »Der Teufel, heißt es, hätt sie übers Bodmin Moor gejagt.«

In dieser Gegend ist ja immer irgendein Teufel im Spiel, dachte Melrose.

»Das ist wohl kaum überraschend im guten alten, verhexten Cornwall«, merkte Weist an, um auch seinen Senf dazuzugeben, solange sich die Gelegenheit bot, und stopfte seine Bruyèrepfeife.

»Also, Tim –«

Tim nickte eilfertig, ohne zu wissen, was für eine Figur er bei dieser Geschichte abgeben würde. »Tim sagt, er hätte Elfen und Kobolde gesehen drüben im Glockenblumenwäldchen, und Lydi Ruche – da drüben« – sie deutete auf einen Tisch, an dem drei Männer und eine ziemlich raubeinig wirkende Dunkelhaarige saßen – »sagt, wie sie bei den Merry Maidens vorbeigefahr'n is, hätte sie 'n … Gespenst gesehen – ein Gespenst.« Peg sprach es klar und deutlich aus, offensichtlich gefiel ihr der Klang des Wortes.

»The Merry Maidens, das ist dieser Steinkreis«, bot Weist als Erklärung an, um die niemand gebeten hatte.

Weist mit um ein bis zwei Dezibel erhöhter Stimme resolut beiseite stoßend, fuhr Peg Trott fort: »Is doch egal, darum geht's mir gar nich. Dieser Bolt, also, wie gesagt, der machte so Filme. In dem alten Leary-Haus droben auf der Klippe hat er gewohnt, und von der Frau, die geputzt hat für ihn, ham wir gehört, es gäb ein extra Zimmer, wo er Filme gezeigt hat. O rumgemacht hat sie da nich, war eh schon riskant, überhaupt reinzugeh'n. Aber ein Projektor war da, sagte sie, und daneben ein Stapel Kassetten.

Simon Bolt und Sadie May – ja, da ham sich die Richtigen gefunden. Simon mochte so junges Gemüse, hieß es, je jünger je besser. Zu mir sagte Sadie: ›Ich geh zum Film. Ich werd nämlich Filmstar.‹«

»Er drehte pornografische Filme, wollen Sie das damit sagen?«

Peg Trott nickte. »Schlimmer. Mit Gören. Und Sadie, die hat sie ihm finden helfen, die armen Würmchen.« Peg schüttelte den Kopf. »Wieso will jemand kleine Kiddies sterben seh'n?«

Melrose sah sie fragend an. »Sterben?«

»Na, hab ich jedenfalls gehört.«

In der schrecklichen Stille, die sich über sie senkte, starrten alle Peg Trott fassungslos an.

»Snuff-Filme«, sagte der Mann im schwarzen Rollkragenpullover.

47

Die Vorstellung war derart widerlich, dass sich einige, kaum dass sie es gehört hatten, sofort entsetzt abwandten. Doch das Thema war verführerisch, und so verließen sie den kleinen Kreis an der Theke nicht und wandten sich wieder her.

»Wie kommt es, dass die hiesige Polizei nichts davon erfahren hat?«, fragte Jury.

Peg zuckte die Schultern. »Hat sie wahrscheinlich, hat ihn aber nich dabei erwischt, könnt ich mir denken.« Sie ließ sich von Melrose Feuer geben. »Er war viel in London, wenn er nich hier da oben gewohnt hat.«

Jury sah sie verständnislos an. »Wo oben, Peg?«

Mit dem Glas deutete sie in ungefähr nördliche Richtung zum Mond hinauf. »Da gibt's 'ne Straße, die kann ich Ihnen zeigen.«

»Wir wären Ihnen sehr verbunden.« Jury warf Geld auf den Tresen und erhob sich.

Peg Trotts Anweisungen befolgend, ließen sie den Wagen in einer Parkbucht stehen und legten die restlichen paar hundert Meter zu Fuß zurück.

Vom Haus hatte man einen wunderschönen Ausblick – prächtiger als von Seabourne aus. Das sachliche Gebäude besaß keinerlei architektonische Spielereien, die die strenge Fassade etwas aufgelockert hätten. Zumindest konnten Plant und Jury im Schein ihrer Taschenlampen keine erkennen. Jury hatte immer eine zweite Lampe im Auto, die er Melrose überlassen hatte.

Ein Kästchen mit Dietrichen hatte er ebenfalls dabei. »Erinnern Sie mich dran, dass ich mir einen Durchsuchungsbefehl hole, wenn ich das nächste Mal in Exeter bin.« Das Schloss war alt und leicht zu öffnen. »Das hätte ich auch mit dem Finger geschafft«, meinte Jury und stieß die Tür auf.

Im Inneren war es düsterer als draußen. Der Raum, der aufs Meer hinausging, war mit einem Sofa und zwei hässlichen Polstersesseln möbliert. Einen kleinen Kamin mit gekachelter Einfassung gab es und ein paar hässliche Art-déco-Wandleuchter.

Sie gingen von einem Raum zum anderen, die Treppe hinauf und wieder herunter und dann in ein Untergeschoss, das offenbar als Weinkeller diente.

»Da haben wir ja was ganz Feines«, sagte Melrose und pustete den Staub von einer Flasche Meursault, einem Premier Cru (bestimmt direkt aus der Abtei – oder brachte er das jetzt mit Lindisfarne durcheinander?). »Meine Güte, was für ein Jammer. Holt denn den Wein keiner hier weg?«

Jury ließ den Lichtstrahl seiner Taschenlampe bedächtig über die Wände gleiten. Doch er sah nichts, was als Versteck für die

Videos hätte dienen können, von denen er sich sicher war, dass sie sich hier befanden, was er auch laut sagte.

»Wieso glauben Sie, dass sie hier sind anstatt in London? Laut Peg Trott verbrachte er doch die meiste Zeit in London.«

»Ich glaube nicht ›anstatt‹, sondern eher ›außerdem‹. Er hatte vermutlich zumindest eine kleine Auswahl hier aufbewahrt.«

Melrose nahm gerade eine einfache Lage Puligny in Augenschein, als Jury sich anschickte, die Kellertreppe wieder hinaufzugehen, und angelegentlich nachfragte: »Wollen Sie jetzt eine Weinprobe machen, oder kommen Sie mit?«

Widerstrebend legte Melrose die Flasche ins Regal zurück.

Oben machte Jury mit der Taschenlampe einen zweiten Rundgang durchs Zimmer. Melrose sagte: »Das hatten wir doch schon. Was wollen Sie denn finden?« Er knipste seine Taschenlampe aus, ließ sich in einem Sessel nieder und zündete sich eine Zigarette an.

»Weiß ich nicht. Ich gehe von der Vermutung aus, dass dieses Haus möglicherweise der vereinbarte Treffpunkt war.«

»Treffpunkt?«

»Sie hatte offenbar eine Verabredung. Ich bezweifle sehr, dass sie ihrem Mörder rein zufällig draußen auf dem Fußweg in die Arme lief.«

»Sie hätten sich ja an der Stelle verabredet haben können, wo ihre Leiche gefunden wurde.«

»Schon möglich. Es ist nur schwierig, im Voraus einen bestimmten Punkt auszumachen, wenn er nicht deutlich gekennzeichnet ist. Sada Colthorp wollte sich vielleicht hier treffen, weil sie sich in dem Haus auskannte und es ziemlich abgelegen war. Hier würden sie nicht gesehen werden.« Jury knipste seine Lampe ebenfalls aus und nahm gegenüber von dem Sessel auf dem Sofa Platz.

Es war die finsterste Finsternis, die Melrose je erlebt hatte. Er konnte Jurys Umrisse kaum ausmachen.

»Ich kann mir vorstellen, sie gingen aus dem Haus, um noch einen Spaziergang zu machen. Wer auf die Idee kam? Höchstwahrscheinlich der Mörder. Er – oder sie – war nicht besonders scharf darauf, dass die Leiche zu nahe am Haus gefunden wurde, wollte also etwas Abstand zwischen das Haus und die Stelle bringen, an der er sie tötete.«

»Warum?«

»Warum was?«

»Warum sollte die Leiche nicht im Haus gefunden werden?«

»Weil sich dann womöglich eine Verbindung zwischen Bolt und dem Tod der Bletchley-Kinder ergeben könnte.«

»Denken Sie, so hat es sich abgespielt?«

»Ja. Herbeigelockt mit weiß Gott was für Belohnungen und Versprechungen, stolperten die Kleinen die Steinstufen hinunter, während Simon Bolt das Ganze filmte. Er sah ihnen zu, wie sie ertranken.«

»Wie bringt ein Mensch so etwas fertig?«

»Weil es einen Markt dafür gibt. Einen großen Markt.«

Melrose knipste seine Taschenlampe an und aus, an und aus. »Eins begreif ich nicht – warum zieht einer ein junges Mädchen so ins Vertrauen, wie er die junge Sadie? Sie weiß doch dann Bescheid, was er vorhatte.«

»Schon mal *Lolita* gelesen?«

»Ja, sowohl Peg Trott als auch ich kennen *Lolita*.«

»Mit Vertrauen hat es jedenfalls nichts zu tun. Leute in Bolts Branche vertrauen wahrscheinlich überhaupt keinem.« Jury schaltete seine Taschenlampe ein, dann wieder aus. »Haben Sie abends mal was zu essen und andere Sachen mit ins Baumhaus genommen und eine Taschenlampe zum Lesen?«

Melrose' Zigarette glühte in der pechschwarzen Finsternis.

»Nein, ich kann mich nicht erinnern, überhaupt ein Baumhaus gehabt zu haben. Sie?«

»Nein. Manche Kinder aber bestimmt. Man hört doch oft von so einer Kindheit. Idyllisch.« Er schwenkte die Lampe in Melrose' Richtung.

Melrose duckte sich, aber nicht rechtzeitig genug. »Wer hatte die schon. Eine idyllische Kindheit ist vermutlich nur Einbildung.« Als er seine Taschenlampe auf das Sofa richtete, rückte Jury rasch ein Stück beiseite.

»Vielleicht.«

»Man hat es schwer, wenn man ein Einzelkind ist«, sagte Melrose. »Sie waren doch auch eins. Es fühlt sich an, als fehlte etwas, als sei man durch ein Loch in der Welt gefallen. Meine Kindheit war natürlich nicht so schlimm wie Ihre. Mit Ihrer kann man Mitgefühl empfinden, mit meiner vermutlich nicht.«

»Sie meinen, Ihre war nur oberflächlich gesehen besser? Dabei hatten Sie doch Ihre Mutter, Ihren Vater.«

Schweigend knipste Melrose die auf den Fußboden gerichtete Lampe an und aus. »Meine Mutter ja, meinen Vater...« Er wechselte das Thema. »Wissen Sie, es gibt da etwas, was mich schon lange frage.« Lichter aus, Zigarette ausgedrückt – wieder waren sie von der Finsternis verschluckt. »Es geht um Sie und Vivian.«

Absolute Stille. Keiner regte sich. Bis Melrose Jury mit seiner Lampe anblitzte.

»Schummler! Sie wussten, dass mich die Frage ablenkt!«

»Na, na, Freundchen.« Melrose lachte. »Dann ist also was dran? Sie und Vivian...?«

»Das Weihnachtsessen vor Jahren. Erinnern Sie sich?«

»Ja.« Melrose wollte noch eine Zigarette, doch damit würde er seine Position verraten.

»Ich begleitete Vivian nach Hause, wir tranken noch etwas

und redeten. Ich konnte es einfach nicht begreifen, wissen Sie, diese Geschichte, dass sie Simon Matchett heiraten wollte. Er war gar nicht ihr Typ. An der leidenschaftslosen Art, wie sie über ihn redete, merkte man, dass sie überhaupt nicht in ihn verliebt war. Sie kennen ja Vivian. Sie kann zwar manchmal ganz schön gerade heraus sein, aber wenn es um ihre Gefühle geht, ist sie – hmmm, indirekt.

Während wir nun also über verschiedene Leute sprachen, dämmerte mir allmählich, dass Vivian *tatsächlich* jemanden liebte, doch wer war dieser Jemand?« Jury blitzte mit der Lampe und erwischte Melrose voll im Gesicht.

»He! Nicht mittendrin in etwas *Wichtigem*.«

»So haben Sie es mit mir aber auch gerade gemacht, stimmt's?«

Sie saßen wieder im Dunkeln.

»Wollen Sie eine Zigarette?«, fragte Melrose.

»Nein. Sie wissen, dass ich seit über einem Jahr nicht mehr rauche.«

»Okay, dann müssen wir eben eine Auszeit nehmen, während ich mir eine anstecke. Sonst können Sie ja das Streichholz flackern sehen.«

»Ich kann auch das glühende Ende sehen, wenn Sie rauchen, also was soll's? Jedes Mal, wenn Sie einen Zug nehmen, könnte ich Sie erwischen.« Jury lehnte den Kopf an die Rückenlehne des Sofas. »Simon Bolt«, sagte er und ließ sich den Namen durch den Kopf gehen.

»Ja. Simon Bolt ging da ein gewaltiges Risiko ein«, sagte Melrose, »als er in Seabourne auftauchte, obwohl es Nacht war. Er hätte leicht gesehen werden können.«

»Wenn die Bletchleys zu Hause gewesen wären, doch sie waren ja aus. Die einzige potenzielle Zeugin wäre die ältliche Haushälterin gewesen. Sagten Sie nicht, dass ihr Zimmer auf der anderen Seite des Hauses lag?«

»Woher hätte Bolt das wissen sollen?«, fragte Melrose.

»Von der Person, die Simon Bolt überhaupt erst auf die Kinder gebracht hat.«

»Sie meinen Sada Colthorp.«

»Nein. Sada fungierte vermutlich als Vermittlerin. Wer die Kinder umgebracht haben wollte und sich diese Methode ausgedacht hat, kennt sich mit den Gewohnheiten der Bewohner von Bletchley aus. Möglicherweise handelte es sich bei den Leuten im Wald um Bolt und Colthorp. Jedenfalls haben die Kinder jemanden gesehen.«

»Ich korrigiere: Ihre Mutter *sagte*, sie hätten jemanden gesehen.«

»Sie glauben, ihre Geschichte ist fingiert«, sagte Jury.

»Ich glaube, Henry James hat sie geschrieben.«

Es entstand eine lange Pause.

»Wollen Sie wirklich keine Zigarette?«

»Was? Menschenskind, Sie sind mir vielleicht ein Freund – stiften mich dazu an, mir diese Laster wieder anzugewöhnen.«

»Ach, hören Sie doch auf – Sie klingen ja wie der Missionar, der die Eingeborenen bekehren will. Ich dachte nur, wenn wir beide eine rauchen, haben wir das gleiche Handikap.«

»Grundgütiger Himmel! Ich soll also rauchen, damit Sie mir mit der blöden Funzel ins Gesicht leuchten können?«

»Erzählen Sie weiter, was Sie über Vivian gesagt haben, über ihre – du lieber Himmel!« Melrose ließ die Lampe fallen, hob sie aber rasch wieder auf. »Vivian! Das habe ich ja glatt vergessen. Vivian behauptet, sie würde in ein paar Wochen Giopinno heiraten.«

»Jetzt lügen Sie.«

»Nein, tu ich nicht.«

»Sie wollen mich überrumpeln.«

»Ach, machen Sie sich doch nicht lächerlich. An die Taschenlampe denke ich doch schon gar nicht mehr.«

Jury beugte sich auf dem Sofa vornüber. »Wollen Sie damit etwa sagen, dass sie diesen widerlichen Kerl tatsächlich heiratet?«

Melrose schüttelte den Kopf. »Wer weiß? In dieser komischen Beziehung ist alles möglich. Vielleicht gibt ihm Viv ja auch den Laufpass.«

»Den Laufpass? Wie kann man jemandem nach all den Jahren noch den Laufpass geben? Ihn umbringen vielleicht, aber den Laufpass – nein.«

»Na, wie dem auch sei.« Plötzlich ging Melrose' Taschenlampe an.

Jury schaltete seine ebenfalls ein. »Also bitte, wieso richten Sie jetzt die Lampe woanders hin auf dem Sofa? Kindskopf!«

Melrose kicherte.

»*Was zum Teufel geht hier eigentlich vor?*«

Wie auf Kommando schwenkten beide Taschenlampen zur Wohnzimmertür hinüber und erfassten Brian Macalvie in einem Zwillingslichtkreis.

»*So* führen Sie also einen Auftrag aus?«

»Sie haben mir doch gar keinen erteilt«, sagte Jury.

»Woher wussten Sie, dass wir hier sind?«

»Ich war bei Schankschluss im Wink. Die alte Fuchtel dort sagte mir, Sie seien hier heraufgefahren. Wollte mir aber nicht verraten, wie ich Sie finden könnte.«

»Und deshalb haben Sie ihr einen Kinnhaken verpasst.«

»Na, eine Auskunft habe ich ja offensichtlich bekommen, meine Methoden gehen Sie aber nichts an. Und ich will von Ihren todsicher auch *nichts* wissen. Gehen Sie doch endlich mit der verdammten Funzel aus meinem Gesicht. Also – dann wollen wir mal losfahren.«

Um sie herum dunkelte es, als sie zwischen Macalvies Ford und Jurys Honda standen, die – dunkelgrün und dunkelblau – auf der unbeleuchteten Lichtung beide schwarz aussahen.

Es ging um Simon Bolt.

»Simon Bolt? Den wollten wir uns wegen Besitz und Vertrieb von pornografischem Material schnappen. Mit ›wir‹ meine ich das Sittendezernat. Ich selbst war mit dem Fall nicht befasst. Er machte Fotos, auch Filme, habe ich gehört. Aber *Snuff*-Filme von Kindern? Verdammt, nein, davon weiß ich nichts. So was haben die aber bestimmt nicht gefunden, das hätte ich sonst erfahren.« Macalvie wandte sich leise fluchend zur Seite.

Nach verletztem Selbstwertgefühl hörte es sich aber überhaupt nicht an, in dem selbstbezichtigenden Ton schwang eher schuldhaftes Versäumnis mit.

»Mit *dem* Fall waren Sie damals nicht befasst. Wie kommen Sie dann drauf, ihn mit diesem hier in Verbindung zu bringen?«

»Sie haben es aus einer Zeugin rausgekriegt, Jury. Das wäre eigentlich meine Aufgabe gewesen.«

»Macalvie, es war schlicht und einfach Glück. Ich habe eben zufällig eine Frage gestellt, die Peg Trott veranlasste, mit der Auskunft herauszurücken.«

»Fahren wir doch zu mir nach Seabourne«, schlug Melrose vor. »Dort gibt's wenigstens ein Kaminfeuer und einen Drink. Ich kann uns sogar ein frühes Frühstück machen.«

Während er sich hinter das Steuerrad des Honda klemmte, sagte Jury: »Aber bitte keine weichen Eier und Reiterchen. Ich weigere mich, in Reiterchen geschnittenen Toast zu essen.«

Melrose ließ sich auf dem Beifahrersitz nieder. »Das war der Lichtblick in einer ansonsten ruinierten Kindheit. Reiterchen.«

»Wie herzzerreißend.« Jury drückte auf die Tube und sie rasten los, so gut man auf dem schmalen, holprigen Sträßchen eben rasen konnte, und schluckten dabei Macalvies Staub.

48

Johnny stellte das Taxi vor seinem Haus ab und fragte sich, ob er seiner momentan natürlich etwas überreizten Phantasie womöglich gestattete, mit ihm durchzugehen. Es gab ja vielleicht noch eine andere Erklärung.

Vielleicht – obwohl er es eigentlich bezweifelte. Denn wie er glaubte, dass es sich abgespielt hatte, erklärte zu viel, als dass er sich nun noch irren könnte. Es erklärte aber nicht alles. Es erklärte nicht, *warum*.

Er stieg aus dem Wagen, ohne sich die Mühe zu machen, ihn abzuschließen – das war ja mit der springende Punkt: Wer machte sich hier im Ort die Mühe, Autos und Häuser abzusperren? – und legte das kurze Stück zum Woodbine hinüber zu Fuß zurück. Brenda war eigentlich immer auf, gewöhnlich backte sie bis in die tiefe Nacht hinein, was ihn in letzter Zeit wirklich getröstet hatte, falls er nicht schlafen konnte und noch reden wollte.

Die Türglocke gab ein misstönendes leises Scheppern von sich, als er die Tür zur Teestube öffnete. Der Raum strahlte immer eine gewisse Wärme aus, sogar mitten in der Nacht, wenn die Heizung heruntergeschaltet war.

Aus der Küche drangen Backstubengeräusche und -düfte herüber. Das Geklapper und Geschepper von Töpfen, das Schwirren der großen Teigrührmaschine, das Surren des Mixers – es hörte sich immer an, als hätte Brenda ein ganzes Heer von Küchengehilfen und Sous-Chefs dort versammelt. Er konnte den Duft von Ingwer ausmachen.

Johnny konnte gut verstehen, weshalb morgens und nachmittags die Leute hierher kamen, um sich hier in ein wohliges Gefühl, in eine Illusion von Behaglichkeit versetzen zu lassen, selbst wenn diese in Wirklichkeit weit weg war. Im Mondschein oder in seiner Erinnerung sah er das Heidekrautmuster auf den blitzsauberen Baumwollvorhängen vor sich, das ausgebleichte Rosenmuster auf den Stuhlkissen, die verkohlten Holzscheite und die mit Mittelsprossen unterteilten Erkerfenster, durch die sich das silbrige Mondlicht ergoss. Alles – die ausgebleichten Rosen, der Ingwerduft – vermengte sich wie Gewürze, Milch und Honig zu einem seidig geschmeidigen Teig der Zufriedenheit. Es war alles so überwältigend sinnlich.

Wie Sex, dachte Johnny.

Er blieb in der offenen Tür stehen, die zur Küche führte.

Brenda zog gerade ein Backblech mit Lebkuchenmännchen aus dem Ofen, richtete sich dann auf und drehte sich lächelnd zu ihm herum. »Na, mein Schatz, konntest du nicht schlafen?«

»Nein. Wo ist sie, Brenda?«

49

Wiggins' verschlafene Begrüßung an seiner Zimmertür im Drowned Mann war nur geringfügig enthusiastischer als die von Mr. Pfinn zuvor. Wenigstens war Wiggins sich darüber im Klaren, dass polizeiliche Ermittlungen weder Zeit noch Stunde kannten. Mr. Pfinn dagegen scherte sich nicht die Bohne darum, ob es sich bei den dreien um Leichenfledderer handelte, die es vielleicht auf seinen Körper abgesehen hatten. Er brauchte nun mal seinen Schlaf, meinte er.

Wiggins' Stimmung hellte sich jedoch gewaltig auf, als er feststellte, dass einer der drei Richard Jury war. Gleich Feuer und Flamme, wollte er sich noch im Schlafanzug an der Tür mit Jury ausgiebig über dessen Reisen unterhalten.

»Null zu eins für Irland und Scotland Yard«, schaltete sich Macalvie gnadenlos in das fröhliche Wiedersehen ein. »Ziehen Sie sich an.«

Inzwischen waren sie in Seabourne. Melrose und Wiggins hatten sich in die Küche begeben, um irgendetwas zu essen zu machen. Jury und Macalvie blieben in der Bibliothek.

»Was sind denn das für Steine? Soll das Avebury sein? Stonehenge? The Merry Maidens?« Macalvie inspizierte Jurys kleinen Steinkreis, beziehungsweise Halbkreis.

»Sehr witzig. Ich wollte mir die zeitliche Abfolge dessen klarmachen, was in den letzten vier Jahren wem passiert ist. In den meisten Fällen hat es mit dem Tod geendet. Ich habe versucht, mir über die Ereignisse von vor vier Jahren einen gewissen Überblick zu verschaffen. Und über die Vorfälle, die vor kurzem erst passiert sind.«

Jury nahm sich noch einen Stein. »Nun können wir dem vier Jahre alten Teil des Kreises noch Simon Bolt hinzufügen, gleich neben Sada Colthorp, die ja vor vier Jahren zurückkehrte und die ganze Zeit über mit Bolt in Kontakt geblieben war – äh, musste sie ja wohl, schließlich trat sie in seinen Filmen auf.«

»Und laut Rodney Colthorp«, sagte Macalvie, »stattete Bolt dem Herrensitz auch einen Besuch ab. O ja, in Kontakt geblieben sind sie.«

Jury legte die beiden Steinchen nebeneinander.

»Na, dann lassen Sie mal hören.«

»Es beginnt mit den Bletchley-Kindern, wobei Simon Bolt und wahrscheinlich Sada Colthorp etwas damit zu tun hatten, dann der Tod von Brenda Friels Tochter Ramona – das ist der vier Jahre alte Teil. Und vor kurzem dann Chris Wells' Verschwinden, der Tod von Sada Colthorp und der Tod von Tom Letts.«

Macalvie schob sich einen Streifen Kaugummi in den Mund und betrachtete stumm die schematische Anordnung von Steinen. Er hatte sich weder hingesetzt noch seinen Mantel abgelegt.

»Wieso ziehen Sie eigentlich Ihren Mantel nicht aus?« Jury rechnete nicht damit, dass er es tat, konnte sich die Frage aber nicht verkneifen.

Statt ihn abzulegen, klappte Macalvie die Seiten zurück und schob die Hände in die Hosentaschen. Kaugummikauend überlegte er. »Der Dreckskerl hat Snuff-Filme gedreht.«

»Die Kassette ist irgendwo im Haus oder dort in der Nähe.«

Macalvie starrte immer noch auf den Steinkreis. »Der, der Sada Colthorp ermordet hat, hat sie. Ich habe ein Stück davon gefunden.«

Jury sah ihn forschend an. »Wo?«

»Bloß ein abgebrochenes Stück von dem schwarzen Gehänge. Es lag neben ihrer Leiche. Da bin ich mir jedenfalls ziemlich sicher. Zweifellos gehört es zu einer Videokassettenhülle. Es ist natürlich nicht das einzige Exemplar. Derjenige, der Bolt vor vier Jahren veranlasste, das zu machen – der hat das Original. Bolt behielt natürlich eine Kopie, bestritt aber gleichzeitig, dass eine existierte. Ich nehme mal an, es gibt mindestens drei Kopien. Wir haben sein Haus quasi mit der Pinzette auseinander gefieselt. Sada Colthorp hatte ebenfalls eine Kopie. Oder aber es war die, die Bolt beiseite geschafft hatte. Sie wusste vielleicht, wo die war. Wie hätte sie sonst die Person erpressen können, die die Kleinen umgebracht haben wollte, wenn sie keine Kopie vorweisen konnte?«

»Mit dem Film ließe sich nicht beweisen, wer diese Person war.«

»Nein«, sagte Macalvie. »Aber wie es sich abspielte.« Macalvie ging zum Kamin hinüber und stützte sich mit dem Unterarm auf dem grünen Marmorsims auf. »Schlimm genug, dass die Kleinen gestorben sind, aber *so*?«

Macalvie nahm seine Arbeit immer sehr ernst, fand Jury, doch so betroffen glaubte er ihn noch nie gesehen zu haben. Seit dem Serienmord an den Kindern in Dartmoor und in Lyme Regis nicht mehr. Jury wartete ab, dass er weiterredete.

Was er auch tat. »Ich würde sagen, die Colthorp kannte das Motiv, doch selbst wenn sie es nicht kannte, hätte derjenige, der es auf den Film abgesehen hatte, nicht gewollt, dass die Bletchley-Geschichte neu aufgerollt wird. Jedenfalls ist der Film unsere beste Theorie, eine Arbeitshypothese, mit der sich eine Menge erklären lässt.«

Plant und Wiggins traten durch die Tür, vollbepackt mit Kaffee, frischem Brot, Käse und kaltem Schinken. »Eier konnte ich keine finden, also habe ich keinen Toast gemacht«, sagte Malrose, während er das Tablett absetzte. Wiggins stellte die Kaffeekanne hin.

Jury fing an, sich ein Sandwich zusammenzustellen. »Sie hätten nicht zufällig ein paar eingelegte Zwiebeln da?«

»Nein.«

Wiggins drehte den Mantel um, den er sorgsam über die Rückenlehne eines Sessels drapiert hatte, und zog etwas aus einer Innentasche. Es sah wie ein Schmuckkästchen aus weichem Leder aus, das man zusammenfalten und zubinden konnte. Er löste den Knoten und förderte mehrere Fächer mit Reißverschluss zu Tage. Einem davon entnahm er eine dungfarbene Pille, einem anderen ein paar große, weiße Tabletten. Die Tabletten ließ er in ein Glas Wasser fallen und sah mit fast andächtiger Hingabe zu, wie sie sich sprudelnd auflösten.

Die drei anderen taten es ihm nach und betrachteten kauend das Gesprudel, bis sich ein feiner Schaum aus weißem Puder an der Oberfläche zeigte.

Nachdem er den Höhepunkt des Gesprudels offenbar genau abgepasst hatte, kippte Wiggins das Zeug hinunter, ließ aber ein wenig im Glas übrig, um damit die braune Pille hinunterzuspülen. Erstaunt besah Jury sich die Pille: anscheinend ein Neuzugang im Wiggins'schen Arzneimittelkabinett. Doch er würde sich hüten, danach zu fragen. Von einem neuen Gebrechen oder einer Allergie wollte er nichts wissen.

»Chris Wells«, sagte Macalvie, den Henkelbecher mit Kaffee wärmend zwischen beiden Händen haltend. »Sehen Sie mal in Ihren Notizen nach und sagen Sie mir, was Sie über Chris Wells haben«, wies er Wiggins an.

Wiggins blätterte sein Notizbuch durch. Er schien wahre Riesenmengen von Notizen angelegt zu haben (weshalb Macalvie nämlich im Drowned Man hatte vorbeifahren und ihn aus dem Bett holen wollen). Nachdem er ein paar Worte vor sich hin gemurmelt hatte, las er vor: »Laut Aussage des jungen Johnny nahm ihn seine Tante Chris in Pflege, als er sieben war. Er glaubt, seine Mutter ist in die Staaten gegangen, weiß es aber nicht sicher. Ihr Mädchennahme war Wells, der Name des Vaters ist Esterhazey, doch Johnny änderte seinen Namen in Wells um, wie die Tante heißt. Die Mutter ist abgehauen, er hat seither nichts mehr von ihr gehört.«

Als Macalvie einen leisen Fluch ausstieß, hob Wiggins den Kopf. »Sir?«

»Nichts. Lesen Sie weiter.«

»Chris ist Johnnys einzige Verwandte, außer dem Onkel, der in Penzance lebt – Charlie Esterhazey. Unverheiratet, betreibt einen Laden für Zauberbedarf. Sie wissen schon«, hier wandte Wiggins sich erklärend an Jury, »wo man gezinkte Spielkarten bekommt und diese besonderen Metallringe, bei denen man denkt, sie passen nicht zusammen, und dann tun sie's doch.« Wiggins hörte auf zu lesen und schien darüber nachzugrübeln.

»Keine Sorge, Wiggins. Wir sind von der Polizei. Uns *muss* er den Trick verraten.«

Wiggins warf Jury einen empfindsamen Blick zu. »Um nun auf den fraglichen Abend zu kommen, an dem der junge Johnny die Polizei verständigte. Chris Wells verschwand irgendwann zwischen elf Uhr morgens – als sie das Woodbine verließ und das letzte Mal in Bletchley gesehen wurde – und neun Uhr abends, als John Wells anfing, nach ihr zu suchen.«

»Es hätte auch später sein können«, sagte Jury. »Ich meine, sie hätte in Bletchley sein können, nur dass Johnny sie nicht gesehen hat.«

»Einen Moment mal«, sagte Wiggins. »Die Plätzchen, die hätte sie auch früher machen können. Aber Meringuen – das ist was anderes. Die waren noch im Backofen. Das macht man nämlich so, wissen Sie. Man lässt sie drin, damit sie schön langsam abkühlen können. Der Ofen war noch ein bisschen warm. Und weil sie eine Stunde bei zweihundertzweiundzwanzig Grad gebacken werden müssen, heißt das, sie wurden ungefähr um halb acht in den Ofen gesteckt. Im Woodbine werden zweierlei verschiedene, übrigens sehr schmackhafte Sorten von Meringuen serviert.«

»Danke, Wiggins«, sagte Jury. »Wenn wir diesen Fall abgeschlossen haben, lassen wir uns die Rezepte geben. Falls wir ihn überhaupt je abschließen.«

Macalvie sagte: »Sada Colthorp, Wiggins.«

Wiggins las vor: »Wurde in der Nacht des zwölften September ermordet, der Pathologe meint, zwischen sieben und elf Uhr abends.«

»Mit anderen Worten, in der Zeit, als Chris Wells ihre Verschwindungsnummer aufführte«, sagte Melrose.

Macalvie hatte sich vom Kamin abgewandt und auf einem schmalen, unbequem aussehenden Hocker Platz genommen. »Und die Verbindung zwischen Chris Wells und Sada Colthorp?«

Wiggins blätterte ein paar Seiten weiter. »Diejenige, die davon wusste, war Brenda Friel. Sie sagte, Sada hätte sich an den jungen Johnny heranmachen wollen, der demnach damals nicht älter als dreizehn war. Offenbar haben sich Sada und Chris furchtbar gestritten.«

»Johnny Wells sieht älter aus, als er ist«, sagte Melrose, »das war vermutlich mit dreizehn nicht anders.«

Macalvie fragte: »Und woher wusste es Brenda?«

»Chris Wells hat es ihr erzählt«, sagte Wiggins.

»Trotzdem – einen jungen Kerl verführen zu wollen, kann wohl kaum als Mordmotiv herhalten, oder?«, meinte Jury.

»Die Menschen verhalten sich oftmals nicht so, wie man es von ihnen erwartet, Sir«, sagte Wiggins salbungsvoll. Mit einem Blick auf seine Notizen fügte er hinzu: »Und Brenda Friel sagte mir, Chris Wells hätte Sada Colthorp gedroht, wenn sie sich noch mal im Dorf blicken ließe, würde es ihr Leid tun.«

»Chris Wells«, bemerkte Jury, »scheint hier die Hauptverdächtige zu sein, und zwar allein auf Grund der Tatsache, dass sie genau in dem Moment verschwand, als die Colthorp ermordet wurde?«

»Moment mal, Richard. Sie hört sich nicht an wie jemand, der einfach davonläuft. Dazu hat sie zu viel Verantwortungsgefühl.« Melrose erwähnte ihre Arbeit in Bletchley Hall und die Fürsorge für ihren Neffen. »Im Übrigen müsste man eigentlich nach zwei Mördern suchen, nicht nur nach einem. Ich sehe absolut keinen Grund dafür anzunehmen, sie könnte den Tod der Bletchley-Kinder geplant oder Tom Letts ermordet haben.«

»Sie kennen sie aber doch gar nicht«, wandte Jury ein. »Sie sind ihr noch nie begegnet.«

»Stimmt, da haben Sie Recht. Ich bin ihr noch nie begegnet.«

Macalvie brach das Schweigen. »Man könnte das plötzliche Verschwinden der Frau auch noch anders interpretieren.« Er wandte sich vom Fenster ab. »Vielleicht sollte es nur so aussehen. Vielleicht war es inszeniert.«

Wiggins hob den Blick von dem kleinen Steinkreis und sah Macalvie fragend an.

»Damit es aussieht, als ob Chris Wells Sada Colthorp ermordet hätte.«

»Wo kommt aber dann –«, hob Melrose an, ohne die Frage zu beenden. Er fand, es war einfach unendlich traurig. Und noch zusätzlich verschlimmert wurde das ganze Unglück dadurch, dass es ihm nicht einmal selbst auferlegt war: die Kinder, Tom Letts, die Trauer von Daniel Bletchley und dessen Vater, und Chris Wells. Er stand dem allen als Fremder gegenüber. Er hatte keine Ursache, sich niedergeschlagen und trostlos vorzukommen. Die Akteure in dieser Tragödie gingen ihn nichts an. Es war auch nicht seine Tragödie. »Sie glauben, sie ist tot, nicht wahr?«

Wiggins hatte sein kleines Notizbuch wieder in die Tasche gesteckt und beugte sich nun über Jurys improvisierte Darstellung der Ereignisse – den kleinen Steinkreis. »Sir, gehen Sie das noch mal durch – für mich.«

Jury stand auf und trat zu ihm hinüber. »Diese beiden ersten hier«, sagte er, im Uhrzeigersinn auf die Steine deutend, »das sind die Bletchley-Kinder, die auf den Felsen starben. Daneben haben wir Sada Colthorp und Simon Bolt, die höchstwahrscheinlich den Tod der Kinder arrangiert haben. In zeitlich korrekter Reihenfolge müssten Bolt und Colthorp aber eigentlich hier liegen.« Jury schob die beiden Steine weiter nach hinten. »Als Nächstes stirbt Brenda Friels Tochter Ramona. Vier Jahre danach wird Sada Colthorp ermordet, Chris Wells verschwindet und Tom Letts wird ermordet.« Er sah Wiggins an, der sein Notizbuch wieder hervorgezogen hatte. »Okay?« Jury wandte sich ab.

Wiggins schüttelte den Kopf. »Nein, es stimmt nicht.«

Jury drehte sich wieder her.

Wiggins las in seinen Notizen nach und legte ein weiteres Steinchen hin.

»Wieso das?«

»Sie vergessen das Baby, das ungeborene Baby.« Er hatte den zweiten Stein neben den für Ramona gelegt. »Eigentlich sind hier doch *zwei* Menschen gestorben. Und die Reihenfolge ist auch nicht richtig.« Wiggins legte die beiden Friel-Steinchen auf die erste Position. »Die Bletchley-Kinder starben *nach* diesen beiden, nicht davor.«

Inzwischen waren Macalvie und Melrose zu Jury an den Tisch getreten, und alle drei betrachteten nun Wiggins neues Steinarrangement.

Macalvie starrte durch die schwarze Scheibe zum Fenster hinaus, als wollte er die Dunkelheit mit seinem Blick durchdringen. »Menschenskind«, sagte er und wandte sich wieder her. »Menschenskind, wie konnte mir das bloß entgehen –«

»Wie konnte *uns* das bloß entgehen, Macalvie?«

Wiggins, dem es nicht entgangen war, lächelte lorbeerbekränzt. »Es ist leicht zu übersehen, Sir. Sie sind alle im selben Jahr gestorben, Ramona Friel und ihr Baby starben schon im Januar. Die Bletchley-Kinder kamen erst Monate später zu Tode, ungefähr um diese Zeit – im September.«

Macalvie sah sich im Zimmer um, als suchte er nach einem Gegenstand, den er schmeißen könnte. Er hob den Aschenbecher aus blauem Muranoglas mit den übrigen Steinchen hoch und starrte sie wütend an. Dann stellte er die Schale fast behutsam wieder auf den Tisch.

»Bin ich hier vielleicht etwas schwer von Begriff?« Melrose war irritiert, dass er nicht auf das gekommen war, auf das sie gekommen waren.

50

»Wo ist wer, mein Schatz? Ich weiß nicht, von was du redest.«
Brenda wischte sich mit dem Unterarm über die Schläfe, um ein
paar Haarsträhnen zurückzuschieben.

»Chris *ist gar nicht* plötzlich abgehauen. Und ich hatte Recht.
Sie wäre nie einfach so fortgegangen.«

Verärgert über diesen Unsinn sah Brenda von ihrem Backblech hoch. Sie drückte die Zigarette aus, die sie auf einen Stummel heruntergeraucht hatte. »Aber sicher ist sie das. Was redest
du da?«

Er schüttelte den Kopf. »Du bist rüber ins Haus und hast alles
so hergerichtet, als wäre sie nicht einfach gegangen, sondern
weggerannt. Vor ein paar Stunden hab ich welche von den Meringuen gegessen, die sie angeblich im Backofen hat stehen lassen. Die waren gar nicht von ihr, die waren von dir.« Er zog sich
den Hocker am anderen Ende des Backtischs heran. »Die Meringuen – deine und ihre. Das war immer so ein freundschaftlicher
Wettstreit. Sieht jetzt aber gar nicht mehr freundschaftlich aus.«

Brenda starrte ihn unbewegt an, als er sich auf dem hohen
Hocker niederließ, antwortete aber nicht.

»Ich hab mich gefragt: Wieso wollte Brenda, dass es so aussieht, als ob Chris weggelaufen wäre?«

»Aber das ist doch dumm, Liebling.« Brenda seufzte. »Und
was hast du dir geantwortet?«

»Ich kam nicht drauf. Erst als mir wieder einfiel, dass die Polizei nach Sada Colthorp gefragt hatte. Und du sagtest, sie und
Chris hätten vor vier Jahren eine heftige Auseinandersetzung
gehabt. Und du – du hast es dann noch schlimmer gemacht, weil
du es dem Detective erst erzählt hast und dann nicht mehr drüber reden wolltest. Damit die Polizei denkt, Chris hätte sie in

ihrer Wut umgebracht. Chris geht nach Lamorna und erschießt sie. Mit dem hier?«Johnny hatte Charlies kleinen Revolver aus der Tasche gezogen. Kalt lag er auf seiner Handfläche.

Brenda sah die Waffe eine ganze Weile an, noch länger sah sie Johnny ins Gesicht. Dann zog sie hinter ihrem Rücken eine Schublade auf. »Nein.« Der Revolver kam aus der Schublade, als wäre sie gewöhnlich diejenige, die Seidentücher aus Ärmeln zog und weiße Tauben aus der Luft zauberte. »Damit.«

Die Waffe war doppelt so groß, doppelt so schwarz und sah doppelt so gemein aus wie die in Johnnys Hand. Er hatte noch nie im Leben einen Revolver abgefeuert; bis heute Abend hatte er noch nie eine Waffe in der *Hand* gehabt. Da er es an Fingerfertigkeit aber mit jedem Scharfschützen aufnehmen konnte, hatte er den Revolver in null Komma nichts aus der Handfläche zwischen Daumen und Zeigefinger gebracht.

»Wenn du mit dem schießt«, sagte sie, »wirst du mich vermutlich treffen, aber lebenswichtige Organe verfehlen. Du bist den Umgang mit Waffen nicht gewohnt.«

»Aber du.«

»Wenn ich mit dem schieße, Johnny, bist du tot.«

Als er in den Lauf der Waffe blickte, war ihm, als würde er aus einer Trance erwachen, als wäre bisher alles nur Einbildung gewesen. Seine Hand fühlte sich taub an. Er legte den kleinen Revolver auf den klobigen Holztisch.

»Sie ist tot, stimmt's?« Die Gewissheit dieser Tatsache wog schwerer als die Gefahr, die von der auf ihn gerichteten Waffe ausging.

»Chris?« Brenda schnaubte verächtlich. »Nein, natürlich nicht. Sie *ist* weggefahren. Nach Newcastle.«

Die Erleichterung über diese fast komische Wendung der Ereignisse brachte ihn zum Lachen. »Nach Newcastle? Sie kennt aber dort gar niemand.«

»Wirklich, mein Schatz, du bist manchmal ganz schön einge-
bildet. Du glaubst wohl, Chris hätte im Leben nichts außer dir,
was? Kinder, Kinder.« Es klang wie eine Ermahnung, in leicht
ungehaltenem Ton ausgesprochen, als hätten sie sich eben über
das Aufziehen von Kindern unterhalten. »Denken, sie wissen
alles über ihre Eltern. Und ihre Tanten.« Ihr Lächeln wirkte beinahe nachsichtig. »Dort hat sie eine alte Freundin. Die brauchte
jemand, der sich sofort um sie kümmerte, weil ihre Hauspflege-
rin unerwartet gestorben war. Es war für zwei Wochen gedacht,
bis die Frau in so ein Heim für ›pensionierte bessere Herrschaf-
ten‹ einziehen könnte, wie sie immer annoncieren. Den Ausdruck finde ich jedes Mal amüsant, du nicht? Aber du hast
Recht. Es sollte tatsächlich so aussehen, als ob Chris weggelaufen wäre, und viel Zeit zum Improvisieren blieb mir nicht, weil
Sadie May – die *Viscountess*, sollte ich wohl besser sagen – in
Lamorna war.«

Johnny blickte auf seine leeren Hände hinunter. Es wurde
nicht klarer, es wurde nur verworrener. Wie wenn man eine Stu-
fenleiter hinuntergeht bis zum Meer, immer weiter hinunter.
Wie die Steinstufen in den Felsen, auf denen die kleinen
Bletchleys ihr Ende gefunden hatten. Schließlich hob er den
Kopf. »Du hast Sada Colthorp getötet.«

Brenda sagte nichts.

»Warum?«

Sie sagte immer noch nichts.

»Und wenn Chris in dem Moment abhaute, sähe es so aus, als
wär sie's gewesen. Das steckte also dahinter, ja? Aber wenn es
stimmt, was du sagst, kommt sie zurück. Und was dann?«

»Die Polizei in Newcastle wird sie festnehmen. Sobald ich denen sage, wo sie ist. Sie könnte ja auch jederzeit anrufen.« Mit der
freien Hand griff Brenda nach der Zigarettenschachtel, merkte,
dass sie leer war, und knüllte sie leise fluchend zusammen.

Ich muss hier raus, dachte Johnny. *Raus aus dieser Küche. Wieder dahin, wo ich wenigstens eine reelle, wenn schon keine faire Chance habe.* Allein die Gewissheit, dass Chris am Leben war, hatte seinen Kopf ganz frei gemacht, sogar frei von der Angst. Er war jetzt in der Lage zu denken. »Wenn *ich* das mit den Meringuen gemerkt habe, kommt jemand anderes sicher auch dahinter.«

»Das war sehr schlau von dir, mein Schatz. Dass du schlau bist, wusste ich ja, aber nicht *so* schlau. Ich kann mir ehrlich gesagt nicht denken, wie jemand anderes dahinter kommen sollte, aber –«, sie trat mit Seitwärtsschritten zum Mantelständer hinüber und nahm ihren Mantel vom Haken – »ich schmeiß den Rest einfach weg. Steh auf.« Umständlich zog sie den Mantel an. »Komm jetzt. Und merk dir eins: Wenn du versuchst wegzulaufen, *schieße* ich. Halt dich also neben mir, wenn wir draußen sind.«

Die faire Chance bot sich nun. Wenigstens würde er in seinem eigenen Wohnzimmer vielleicht einen Ausweg aus dieser Situation finden können. Johnny drehte sich langsam, fast widerstrebend um und wartete ab, bis sie die Lichter ausgeschaltet hatte. Dann trat er auf die Pendeltür zu und überlegte, ob er sie ihr ins Gesicht knallen konnte, wenn sie hinterherkam, wusste aber gleich, dass es nicht ging. Sie würde ihn *wirklich* erschießen. Dabei war ihr der Irrsinn des Ganzen gar nicht klar, denn wie sollte sie *das* der Polizei erklären? Es war ihr nicht klar, weil ihre Gedanken wie ein Pfeil nur auf eine einzige Sache gerichtet waren, und er wusste immer noch nicht, was es war. Daran hatte er überhaupt keinen Zweifel. Er durchschritt die Teestube, wo das Mondlicht immer noch die Fensterscheiben überflutete, als sei gar nichts geschehen. Der Gedanke, dass Räume, die man durchschritt, ihre Identität behielten, hatte fast etwas Tröstliches.

»Wenn du Chris was angetan hast, bring ich dich um, Brenda.«

Wirklich. Sie ist mein Ein und Alles.« Er öffnete die Tür. Die Glocke ließ ihre leise, misstönende Willkommensmelodie erklingen.

»So wie Ramona«, erwiderte Brenda, »*mein* Ein und Alles war.«

51

Inzwischen war es nach Mitternacht, und Macalvie kam zu dem Schluss, dass sie nicht sehr viel mehr unternehmen konnten, bis sie ein paar handfeste Beweise hatten. »Was«, fragte er, »hatte sie gegen die Bletchleys?« Keine ihrer Theorien ergab eine Verbindung zwischen ihr und dem Mord an Sada Colthorp oder Simon Bolts Film.

Als Macalvie und Wiggins sich verabschiedeten, klopfte Melrose Wiggins anerkennend auf die Schulter und sagte: »Gut gemacht, Sergeant. Gut gemacht. Außer Ihnen ist es keinem von uns aufgefallen.«

Wiggins versuchte, lässig darüber hinwegzugehen. Sein Notizbuch salopp in die Höhe haltend, meinte er: »Man muss sich bloß genaue Notizen machen, Mr. Plant. Der Tod der Bletchley-Kinder – hmmm, der war so dramatisch, dass man darüber den Tod der armen Ramona leicht vergisst.« Seine eigene Rolle bei der Lösung herunterspielend, fügte er großmütig hinzu: »Wir wissen es ja auch nicht genau, stimmt's? Mit dem Mord an Tom Letts müssen wir uns noch beschäftigen. Vorausgesetzt natürlich, Mr. Macalvie hat Recht und es geht gar nicht um Morris Bletchley. Das ist aber auch bloß eine Theorie.«

Jury stand da und hörte Wiggins zu. Er lächelte. Es war vermutlich mehr, als der Sergeant je über einen Fall gesagt hatte, ohne gleich ins Meditieren über seine Krankheiten oder die eines anderen zu verfallen. Auf jeden Fall war es das erste Mal, dass Wiggins eine von Macalvies Theorien in Frage stellte.

Sie wünschten einander eine gute Nacht.

Wieder in der Bibliothek, den Whisky in der Hand, sagte Melrose: »Noah und Esmé, die armen, unschuldigen Kinderchen. Man sollte nicht denken, eine Mutter, egal, was für eine, könnte sich zu so einem Arrangement hergeben.«

Jury erhob sein Glas und betrachtete das verglimmende Feuer durch einen Fingerbreit Whisky, der die Feuerstelle in ein flüssiges, bernsteingelbes Meer verwandelte. »Daniel Bletchley. Was ist, wenn er statt mit Chris Wells ein Verhältnis mit Ramona Friel hatte?«

»Er hatte aber eins mit Chris Wells. Die Nacht, in der seine Kinder starben – das hätte Ramona Friel gar nicht sein können. Die Arme war ja schon tot.«

Jury ließ sein Glas sinken. »Früher – meine ich. Wenn er ein Verhältnis mit Ramona Friel gehabt hätte und das Kind von ihm wäre und sie an den Komplikationen der Geburt gestorben wäre, könnte ich mir vorstellen, dass eine Mutter auf Rache sinnt.«

Melrose runzelte nachdenklich die Stirn. »Was für Komplikationen denn?«

Jury sah ihn fragend an.

»Na, Leukämie ist doch keine Komplikation bei der Geburt. Ich habe keine Ahnung, wie eine Schwangerschaft sich auf so eine Krankheit auswirken könnte.«

»Soviel ich weiß, gar nicht. Für ihre Mutter war es vermutlich aber nebensächlich. Ramona starb und das Baby auch. Das würde für Brenda Friel auf Mord hinauslaufen«, sagte Jury.

»Warum zum Teufel schnappt sie sich dann keine Knarre und bringt Daniel Bletchley um die Ecke, wenn sie denkt, er ist der Vater? Nein, Sie irren sich. Dass Bletchley einen unmoralischen

Lebenswandel hat, kann ich mir nicht vorstellen. Um ihn zu beeindrucken, müsste es schon eine sehr ungewöhnliche Frau sein – wohlgemerkt eine *Frau*, kein knapp zwanzigjähriges Kind.«

»Mag sein. Sei haben ihn kennen gelernt, ich nicht. Mir tut der Junge Leid, dieser Johnny. Wie alt ist er? Sechzehn? Siebzehn?«

»Siebzehn. Er ist Zauberer. Amateur, aber ziemlich beachtlich, finde ich.«

»Tatsächlich?«

Plant nickte. »Ein Freund des Kartenspiels. Nun ist in der Richtung in Bletchley ja nicht viel geboten. Aber wissen Sie, was ihm vorschwebt? Er will nach Las Vegas. Ich kann mir denken, für einen wie ihn ist Las Vegas das Gelobte Land. Ins Mirage will er, um sich Siegfried und Roy anzusehen.«

»Die Burschen sagen mir nichts.«

»Nein? Na, Sie wissen ja nicht viel über die Staaten.«

»Soll das heißen, man weiß nicht viel über die Staaten, wenn man Siegfried und Roy nicht kennt?«

»Die kennt aber doch jeder. Das sind die Zauberer mit den weißen Tigern. Die den Elefanten zum Verschwinden bringen können. Die können alles zum Verschwinden bringen.« Melrose schlug die Augen zur Decke. »Außer Agatha.«

»Einen Elefanten? Meine Güte, wie machen sie denn das?«

»Na, sie machen es eben gar nicht! Charlie hat es mir so erklärt: man geht von der Prämisse aus, dass sie es *nicht* tun. Wenn man diese Prämisse akzeptiert – und erstaunlicherweise tun es die Leute tatsächlich oft nicht –, dann läuft alles unter dieser Voraussetzung weiter. Es geht um Spiegel oder so was in der Art, ganz genau habe ich es eigentlich auch nicht verstanden –« Melrose hielt unvermittelt inne, um nachzudenken.

»Was ist los?«

»Wieso sind wir bei Johnny nicht …?«

»Na, was denn?«

»… von der Prämisse ausgegangen, dass seine Tante nicht weggehen würde, ohne ihm eine Nachricht zu hinterlassen? Und wenn wir das voraussetzen – dann bedeutet das, sie *hat* eine Nachricht hinterlassen, einen Zettel, oder sie hat es jemandem gesagt.«

Jury richtete sich auf. »Dann war ihr Verschwinden also inszeniert.« Er schloss die Augen und lehnte den Kopf zurück. »Siegfried und Roy.« Er seufzte. »Wir könnten ein bisschen Zauberei gut gebrauchen.«

52

Er wünschte, er hätte sich von Charlie ein paar Knallzigaretten besorgt. Doch wenn er Pech hatte, ging eine davon Brenda im Gesicht los, und sie würde ihn erschießen.

Eine Zigarette verlangte sie, und er entdeckte ein Päckchen in der Tasche von Chris' blauer Wickelschürze, die sie immer zum Gärtnern trug. Angeblich rauchte Chris gar nicht, doch war die Schürzentasche ein relativ sicheres Versteck, weil er selbst nämlich nie gärtnerte. »Rumpöttern« nannte Chris es, wenn sie auf Händen und Knien kriechend in der Erde herumgrub.

Brenda hatte mit der Waffe in der Hand in der Küche gestanden und dabei zugesehen, wie er sämtliche Meringuen zerbröselt, die Krümel ins Spülbecken geschüttet und hinuntergespült hatte.

Nun saßen sie im Wohnzimmer. Statt des mit grünem Flanellstoff bezogenen Tisches für die Spielkartentricks hatte er sich für die Truhe im Alkoven entschieden. Brenda saß etwas weiter weg in Chris' Lieblingspolstersessel. Johnny deutete auf den Revolver, den Brenda neben sich auf dem Klapptisch abgelegt hatte und den sie, wie ihm klar war, in weit weniger Zeit, als er für den raschen Zugriff darauf brauchen würde, wieder an sich nehmen konnte. »Was hast du jetzt vor?«, fragte er.

Sie exhalierte nicht, sondern ließ den Rauch langsam durch den leicht geöffneten Mund entweichen. Bei ihrem Anblick musste Johnny an Ektoplasma denken. Es war wie bei einem Medium – die Substanz tritt aus dem Körper aus und materialisiert sich. »Das weiß ich noch nicht, mein Schatz. Ich werd Bletchley wohl verlassen müssen, und das könnte heißen, ich muss dich mitnehmen.«

Er versuchte, seine Nervosität zu verbergen, und war froh, dass er einige Zeit darauf verwendet hatte, sich ein perfektes Pokergesicht zuzulegen, und bei sich und anderen aufmerksam die Körpersprache studiert hatte. Seine eigene beherrschte er gut. Auch hatte er sich beigebracht, auf die kleinen Hinweise und Andeutungen zu achten, mit denen andere sich verrieten. Sie hatten sich gewöhnlich nicht unter Kontrolle, außer sie verstanden sich ebenfalls darauf, nichts von sich preiszugeben – Polizisten beispielsweise. Dieser Detective Macalvie würde bestimmt einen guten Zauberer abgeben.

»An was denkst du?«, fragte Brenda verdrossen.

Er antwortete nicht gleich. Schweigen, hatte Johnny schon des Öfteren festgestellt, konnte eine ausgezeichnete Waffe sein. Nach ein paar Takten Schweigen erwiderte er nur: »An nichts.«

Sie rauchte und beobachtete ihn argwöhnisch. »Du bist ganz schön gelassen, mein Schatz. Aber das weißt du wohl. Ziemlich erstaunlich für einen in deinem Alter. Eigentlich toll.«

Er erwiderte nichts darauf. Sie wollte, dass er ihr Fragen stellte. Er merkte, damit sie weiter glaubte, *sie* beherrschte diese kleine Inszenierung, musste er derjenige sein, dem die Antworten verweigert wurden. Wenn er also etwas fragte, dann nur etwas Unverfängliches. Nach Chris würde er sie nicht noch einmal fragen. Was immer mit Chris passiert war – es war das Ass, das Brenda gegen ihn im Ärmel hatte. Ihr einen Strich durch die Rechnung machen zu wollen konnte gefährlich werden, doch er musste jeden verfügbaren Trick ausprobieren, um sich aus dieser Situation zu retten. Er nahm die Spielkarten zur Hand, die er ein paar Stunden zuvor auf dem Tisch liegen gelassen hatte – ein ganzes Leben, eine ganze Kindheit war seither vergangen –, und hielt sie fragend in die Höhe. »Stört's dich?«

»Ja.« Sie nahm den Revolver.

Er legte die Karten wieder hin. »Warum?«

»Weil ich dir nicht trau, mein Schatz. Du heckst irgendwas aus.« Ihr Lächeln schien sich in einer unangenehmen Erinnerung zu verfangen.

Er stieß ein kurzes Lachen aus. »Eine Knarre lässt sich doch nicht von einem Pack Spielkarten aufhalten.«

Das fand sie erstaunlicherweise amüsant und lachte auch.

Johnny fragte sich, was sie in diesem Moment tatsächlich über ihn dachte. Er wusste, dass sie ihn immer sehr gemocht hatte, und wurde betrübt. Selbst jetzt, als sie dort drüben saß mit einer Waffe, von der sie womöglich Gebrauch machen würde, selbst jetzt betrübte es ihn. Doch konnte er dieses Gefühl beiseite packen. Dass sie ihn gern hatte, war für ihn günstig; es machte sie verletzlicher.

»Na, mach schon«, sagte sie und seufzte, als wäre er ein widerborstiges Kind. »Führ uns einen Trick vor.«

Er nahm die Karten, tastete nach der glatten Karte, mischte, breitete die Karten halbmondförmig aus, raffte sie wieder zusammen, mischte noch einmal. Das war für einen Trick alles völlig unerheblich, verschaffte ihm jedoch ein paar Sekunden Zeit zum Nachdenken. Und die brauchte er, Zeit zum Denken, während es aussah, als konzentrierte er sich auf die Karten. Mit der glatten Karte konnte er einen Trick nach dem anderen vorführen, ohne einzeln darüber nachdenken zu müssen. Er sah, dass sie die Zigarettenschachtel auf dem Beistelltischchen abgelegt hatte, und blickte sich suchend im Zimmer um, bis er einen Aschenbecher entdeckte. »Hast du was dagegen, wenn ich mir eine nehme?«

»Ich geb sie dir.«

»Und den Aschenbecher dort drüben?«

Den Revolver fest im Griff, brachte sie ihm den Aschenbecher und hob dann mit derselben Hand die Zigaretten auf. Die Waffe blieb die ganze Zeit über auf ihn gerichtet. »Seit wann rauchst du eigentlich?«

Er antwortete mit einem Lächeln. »Danke.« Ihr Blick folgte seinen Bewegungen, als er sich eine Zigarette nahm. »Streichholz? Nein, warte, in der Schreibtischschublade ist ein Feuerzeug. Das hat Charlie dagelassen.«

Ihr Lächeln war voller Herablassung. »Wieso soll ich dir das Feuerzeug holen, wo hier ein Streichholzbriefchen drin ist?« Sie drehte die Zigarettenschachtel um und deutete auf die Streichhölzer, die unter der Zellophanhülle steckten.

Ein wundervoller Zug im menschlichen Verhalten und die wichtigste Stütze bei der Zauberei: Ablenkung. Du lässt sie etwas völlig Unwichtiges anschauen, während ihnen das entgeht, was sich direkt vor ihrer Nase befindet. Es funktionierte jedes Mal. Brenda kam sich besonders vorsichtig vor – die Zigaretten, der Aschenbecher, die Schublade, ihr »Nicht bewegen!« –, während ihr das Ganze entging.

Johnny zündete sich eine Zigarette an, zog den Aschenbecher näher heran. Er war ziemlich schwer, erinnerte er sich. »Wenn du schon mal hier bist, zieh eine Karte.« Er streckte ihr die Karten hin, die glatte Karte wie immer in der Mitte. Er rechnete nicht damit, dass sie nach einer greifen würde – es spielte zwar keine Rolle, doch sie griff danach. Zog ihre Hand dann aber doch zurück, ohne eine genommen zu haben.

»Lieber nicht.« Sie wich zurück und tastete nach dem Sessel, in dem sie vorhin gesessen hatte.

Er legte sich die Spielkarten auf Kante zurecht, klopfte ein paar Mal auf den Stapel und breitete sie wieder fächerförmig aus. So geschmeidig waren seine Bewegungen, dass man auf ihnen wie auf Schlittschuhen hätte dahingleiten können. Darauf kam es aber natürlich auch an. Die Karte hatte sich, außer dass sie umgedreht worden war, nie wirklich vom Fleck bewegt. Es war Fingerfertigkeit, reine Fingerfertigkeit.

Brenda hatte sich an ihrer Zigarette eine neue angezündet und die erste ausgedrückt. »Das hab ich dich schon ein dutzend Mal machen sehen und begreif's immer noch nicht.«

Mit den Karten in der Hand trat er ein paar Schritte auf sie zu. Sie griff hastig nach dem Revolver. »Na, na! Zurück da. Was hab ich gesagt? Ich trau dir nicht.«

Zurück wollte er ja genau, deshalb war er ja überhaupt vorgetreten. »Okay, und jetzt was Komplizierteres. Dazu brauch ich aber die Requisiten aus der Schublade dort.« Er wollte auf die Anrichte zugehen.

»Johnny! Ich bin auch nicht blöd.« Der Revolver dirigierte ihn zurück.

Er trat wieder in den Alkoven, diesmal etwas weiter nach rechts. »Also noch einen Kartentrick. Ich weiß aber nicht, ob du den aus dieser Entfernung sehen kannst.«

»Ich hab gute Augen.«

»Also, aufgepasst.«

53

Schlaf, wusste er, würde er keinen finden, also saß er in der Bibliothek und las einen von Polly Praeds Thrillern. Obwohl es ihm überhaupt nicht gefiel, fühlte er sich zur Lektüre des Buches verpflichtet, das eine Freundin geschrieben hatte. Das Problem war, Polly hatte so viel publiziert, dass er sein ganzes Leseleben mit dem Versuch zubringen konnte, dem Detektiv bei der Auflösung zuvorzukommen, was ihm jedoch nie gelang, weil er das Rätsel nicht auseinanderklamüsern konnte, geschweige denn auf die Lösung kam. In dem Werk, das er gegenwärtig in Händen hielt, war ihm die Handlung irgendwo in der walisischen Wildnis verschütt gegangen, nachdem sich die Mise-en-scène (einer von Pollys Lieblingsausdrücken) von Aruba nach Wales verlagert hatte. Das Einzige, stellte Melrose sich vor, was einen von Aruba nach Swansea bringen konnte, wäre ein Revolver im Rücken, was hier auch der Fall war. Der Held war derart langweilig, dass er ihm wünschte, er würde von Kugeln gründlich durchsiebt. Der Held hätte ihn direkt in Morpheus' Arme treiben sollen, tat es aber nicht, ebenso wenig die Verfolgungsjagd. Melrose legte das Buch beiseite und griff in der Hoffnung, Brandy und Soda würden eine heilsamere Wirkung entfalten, nach seinem Glas. Taten sie aber auch nicht.

Melrose verließ daher die kleine Bibliothek und ging die Treppe hinauf ins Musikzimmer, wo er sich seiner Traurigkeit gebührend hingeben konnte, einer Traurigkeit, die ihn gestern Abend überkommen hatte und deren Ursprung in der Geschichte dieses Hauses zu liegen schien.

Das gebührend Hingeben fiel ihm in Anbetracht des schwarzen Himmels jenseits der hohen Fenster und des unablässigen, stetigen Dröhnens der Wellen nicht schwer. Er dachte daran, wie

Daniel Bletchleys wunderbares, unbefangenes Klavierspiel diesen Raum erfüllt hatte. In Gedanken an die Musik blickte er in der sicheren Erwartung, die Natur wäre ihm gnädig und würde den Wind einen Wasserschwall aufpeitschen lassen, hinunter...

Dort unten bewegte sich etwas.

Vom Fenster aus konnte man zwar nur einen Teil des Weges sehen. Doch dort unten – er war sich ganz sicher – stand oder ging jemand.

Als die Gestalt teilweise sichtbar wurde, glaubte er schon, es sei Karen Bletchley. Es war zwar eine Frau, aber nicht mit Karens hellem Haar; es war dunkel, mahagonifarben. Auf einmal sah sie direkt zu ihm herauf. Obwohl es mitten in der Nacht war, glühte der Mond wie weißes Feuer.

Das Glas fiel ihm aus der Hand, Brandy spritzte auf das Hosenbein aus makellosem Flanell und ergoss sich über die Schuhspitze.

Er hätte sie überall erkannt.

Stella.

TEIL IV

STELLA IM STERNENLICHT

54

Dan.

Als sie von hier unten zu dem schwach erleuchteten Fenster hinaufschaute und einen groß gewachsenen, hellhaarigen Mann in dem Zimmer sah, in dem Daniels Flügel stand, wo er seine Kompositionen schrieb, dachte sie natürlich, es wäre Dan.

Dieser Fehler konnte einem leicht unterlaufen, oder nicht? Nein, eigentlich nicht, wenn keine Musik zu hören war. Das allein hätte es ihr schon verraten müssen. Sonst hätte sie doch das Klavier gehört. Ach, *wenn* sie es doch gehört hätte!

Sie hatte sie schon in ihren Bann geschlagen, diese Musik, bevor sie ihn überhaupt je gesehen hatte. Dabei hatte sie sich eigentlich nie für eine leidenschaftliche Musikliebhaberin gehalten. Sie hatte ihr natürlich gelauscht – und Gefallen an ihr gefunden. (Ihr Geschmack, fürchtete sie, war vielleicht etwas banal.) Doch noch nie zuvor war sie von Musik derart bewegt worden, noch nie.

Als sie damals für ein Kinderfest die Schachteln mit Gebäck gebracht hatte – der kleine Junge hatte Geburtstag gehabt – und in der großzügigen, ganz in Marmor und Granit gehaltenen Eingangshalle gestanden hatte, war von irgendwo oberhalb des prächtigen Treppenaufgangs Klaviermusik erklungen. Donnernd erklungen, mit einem kräftigen Donnerton, der sie unwillkürlich schwanken machte. Die Triller, die schwungvollen Gebärden, die Arpeggio-Akkorde waren so schön, dass sie den Blick fest auf den Marmorfußboden heften musste, um nicht plötzlich etwas furchtbar Dummes zu tun – zu weinen oder etwas in der Art.

»Mein Mann«, sagte Karen Bletchley in ungerührtem Ton wie zur Erklärung und riss den Scheck ab, den sie für das Gebäck ausgeschrieben hatte.

Chris bekam einen ganz trockenen Mund, als sie ihn entgegennahm. Sie wusste, dass Karen Bletchley sie ansah, als sei sie es schon gewöhnt, dass Frauen auf ihrer Türschwelle in Verzückung gerieten.

Hatte sich Karen schon so an diese Musik gewöhnt, daran, sie zu hören, dass sie sie schlicht mit »mein Mann« bezeichnete?

Chris fiel keine Ausrede ein, mit der sie ihr Verweilen rechtfertigen könnte. Sie verstand sich nicht besonders gut auf die Art von Unterhaltung, die es ihr gestattet hätte, besonders mit dieser Frau, die so glatt und so kühl war. Strohblondes Haar, auf eine Länge geschnitten, als hätte ihr Gesicht schon immer in diesem Rahmen gesessen. Die grauen Augen aber, so matt und stumpf wie die Keramik, die hier herumstand, besaßen keinerlei Tiefe.

Also war Chris rasch gegangen und hatte sich in ihr Auto gesetzt, das zum Glück außer Sichtweite der Haustür stand, allerdings nicht außer Hörweite. Durch das heruntergekurbelte Fenster drang die Musik so lebhaft herein wie das Rauschen der Wellen. Wie war ein Mensch nur zu so etwas fähig? Wie konnte ein schlichtes männliches Wesen einen aufspalten und alles neu anordnen, Herz, Lunge, Fleisch und Knochen?

Sie hielt die Stirn in die über dem Lenkrad gekreuzten Hände gestützt. Und so, dachte sie amüsiert, war es um sie bereits geschehen, bevor sie ihm überhaupt begegnet war. Wäre er der Rote Zwerg gewesen, dieser Stern mit der großen Leuchtkraft – sie wäre ihm bereitwillig bis in die Hölle gefolgt. Doch Dan Bletchley war alles andere als der Rote Zwerg. Ob es daran lag, dass sie ihn schon vorher so romantisch verklärt hatte, ihn schließlich körperlich einfach anziehend finden *musste*? Nein. Er war es eben.

Als sie ihm dann begegnete – Gott sei Dank zufällig, und Gott sei Dank allein –, überkam sie wieder das gleiche Gefühl wie damals, als sie ihn hatte spielen hören. Wieder löste sich alles in ihr auf, wieder wurde alles in ihr neu angeordnet.

Es war schon um sie geschehen. Und dann – war es doppelt um sie geschehen.

Herz, Lunge, Fleisch und Knochen.

Das Gesicht verschwand vom Fenster – hatte er sie gesehen? –, und Chris blickte zu Boden und schob knirschend den Kies mit der Schuhspitze umher, in einer ihrer typischen Gesten, über die Dan immer lächelte und dann die Arme um sie legte. *Chrissie.* Außer Charlie hatte sie nie jemand so genannt. *Chrissie.*

»He, Chris«, hatte Johnny gesagt. »*He, Chris, siehst du komisch aus, du siehst ganz verzaubert aus, du siehst aus wie eine Prinzessin im Märchenland.*«

Johnny. Sie hätte gleich direkt ins Dorf gehen sollen, hatte aber das Gefühl gehabt, unbedingt erst hierher kommen zu müssen, zu diesem Haus, das nach den Innendekorateuren – über den Ausdruck musste sie jedes Mal unwillkürlich lächeln – unbewohnt geblieben war. Es hatte zwar leer gestanden, doch brauchte Morris Bletchley es ja nicht zu verkaufen und brachte es wahrscheinlich auch nicht übers Herz. Er konnte den Ort, an dem seine Enkelkinder gestorben waren, doch nicht einfach veräußern. Das Haus zu behalten bedeutete für ihn vielleicht, einen Teil von ihnen bei sich zu bewahren. Es war das Schlimmste, was Morris Bletchley je widerfahren war.

Auch für sie, für sie und Dan, hatte es natürlich das Ende bedeutet. Er war an jenem Abend mit ihr zusammen gewesen, und sie wusste – obwohl er es nie ausgesprochen hatte, sonst könnte es ja scheinen, als machte er sie dafür verantwortlich –, dass er irgendwie glaubte, er sei schuld.

Bis dahin waren sie unbeschwert gewesen. Während dieses einen Jahres, das sie einander kannten, hatte sie sich sorgenfrei gefühlt, frei schwebend irgendwie. Sie waren schwerelos gewesen, schuldlos. Bis dann die Kinder…

Eine Tür ging auf und knallte im Wind wieder zu.

Er hatte sie also *doch* gesehen.

Unbefugtes Betreten des Grundstückes – sie setzte ein Lächeln auf. Es war nach Mitternacht – kein Wunder fand dieser Mann es merkwürdig, dass sich hier draußen jemand aufhielt und auf seinem (wenn auch gemieteten) Grundstück aufs Meer hinaus und zum Musikzimmer hinauf starrte.

Wer war das? Auch er war gut aussehend, noch ein Grund, weshalb sie ihn mit Dan hätte verwechseln können. Aber etwas größer, etwas dünner war er und sah vollkommen verrückt aus.

55

Wie der Blitz war er die Treppe hinunter und zur Hintertür hinaus.

Sie stand immer noch dort. Das Gesicht, das sie vorhin zum Meer gewandt hatte (als könnte es ihr den Beistand bieten, den Menschen ihr nicht mehr bieten konnten), war jetzt ihm zugewandt.

Der Wind wehte ihr dunkles Haar über die blasse Haut, und ihm fiel auf, wie sehr sie ihrem Neffen ähnlich sah, die Farbe ebenso vererbtes Merkmal wie die gerade Nase und das kleine, kräftige Kinn.

Als er aus der Tür trat, fragte er sich, wieso ihr plötzlich dieser glückliche Ausdruck übers Gesicht huschte, wie Marmor, vom Licht mit Wärme erfüllt. Und als er jetzt auf sie zuging, fragte er sich, wieso der Ausdruck ebenso plötzlich verflog, als sie wie angewurzelt stehen blieb.

Seine Gefühle waren völlig durcheinander. Er war natürlich sehr froh – ja, fast entzückt –, dass sie lebte, war sich gleichzeitig aber nur allzu deutlich bewusst, dass er sich diese Frau, oder irgendeine Frau, die ganze Zeit in einem Tagtraum zusammenphantasiert hatte, und zwar von dem Augenblick an, als er dieses Haus zum ersten Mal betreten hatte. Und nun kam es ihm so vor, als wäre der Traum zu Fleisch und Blut geworden, nur um ihn aus der Fassung zu bringen.

Seine wachsende Wut überraschte ihn, doch er wehrte sich nicht dagegen. Melrose war kein unbesonnener Mann, fällte auch keine vorschnellen Urteile, doch brachte ihn die nonchalante Art dieser Frau zusehends in Rage, mit der sie einfach so wieder auftauchte und anscheinend nicht begriff, dass sie ihre Mitmenschen ganz schön in Aufruhr versetzt hatte. Wie konnte sie so daherkommen, sich hinstellen und aufs Meer hinausschauen?

Er wusste, dass sich seine Wut an der plumpen Art zeigte, mit der er ihren Arm ergriff, denn sie war über seine Geste offenkundig ehrlich schockiert und bestürzt. Ebenso offenkundig war, dass sie sich nicht aus Unachtsamkeit hierher verlaufen hatte. Das war ihm klar, gleichzeitig wusste er, dass sie ihn – als sie ihn vorhin ganz kurz am Fenster gesehen hatte, bevor er sich abgewandt hatte – mit seinem vom Mondlicht beschienenen, hellen Haar für Daniel Bletchley gehalten hatte. Den Gedanken fand er unerträglich, aber warum? Als Bletchley vor drei Tagen von ihr gesprochen hatte, war klar gewesen, wem seine Gefühle galten – sein Herz, seine Musik, seine Vergangenheit, aber nicht (so ließ sein Klavierspiel erahnen) seine Zukunft. Chris Wells war die Frau, mit der Daniel zusammen gewesen war, die er aber nie namentlich erwähnt hatte (ungeachtet dessen, dass sie ihm ein Alibi verschafft hätte).

Wenn sie annähernd, auch nur *annähernd* so charmant war wie ihr Neffe – so attraktiv wie er war sie allemal –, konnte Melrose gut verstehen, weshalb Bletchley sie begehrt hatte, ebenso wie er verstand, weshalb sie ihn begehrt hatte. Das alles ging ihm in den paar Sekunden durch den Kopf, in denen er auf sie zutrat und sie am Arm packte.

»Wo zum Teufel waren Sie?«

Vor Verblüffung verschlug es ihr einen Augenblick lang die Sprache. Dann lachte sie etwas unsicher. »Wer sind Sie?«

Melrose ließ ihren Arm los und spürte, wie eine heftige, pubertäre Röte sich über sein Gesicht ausbreitete. Mit einem Lächeln erwiderte er: »Der ungebetene Gast.«

Als Erstes zeigte er ihr das Telefon, damit sie bei sich zu Hause anrufen konnte. Niemand meldete sich.

»Ob er vielleicht in seinem Taxi unterwegs ist? Die haben doch eine Vermittlung. Probieren Sie es da mal.«

»Bei Shirley. Ja, es ist aber doch schon nach Mitternacht.«

»Probieren Sie's trotzdem.« Er blieb währenddessen wachsam hinter ihr stehen, als fürchtete er, sie könnte wieder verschwinden.

Chris wusste immer noch nicht, was eigentlich vor sich ging, befolgte aber seinen Rat und rief bei Cornwall Cabs an. Erst war Shirley eine Weile sprachlos, und Chris musste ein paar Mal *Hallo, hallo* sagen.

Endlich fand Shirley die Sprache wieder und versprach Chris, alles zu versuchen, um Johnny irgendwie zu erreichen. Er habe einen der Wagen genommen und nach Seabourne fahren wollen, das sei aber schon drei Stunden her. »Wo warst du bloß, Liebes? Ist denn alles in Ordnung? Johnny ist völlig durch den Wind.«

»Ach ja? Aber – mir geht's gut, Shirley. Es hat da ein Missverständnis gegeben. Versuch das Taxi aufzutreiben, ja?« Sie legte auf und sagte zu Melrose: »Ich rufe noch im Woodbine an. Brenda –«

»Nein. Lieber nicht.«

Melrose hatte sich für sein rüdes Benehmen von vorhin entschuldigt, als sie nicht gewusst hatte, wer er war oder warum er hier war. Und erklärt, weshalb er so überrascht gewesen war, dass *sie* hier war.

Mittlerweile saßen sie in der Bibliothek, dem immer noch einzigen richtig warmen Raum im Erdgeschoss, als er schließlich fragte: »Wieso sind Sie eigentlich einfach verschwunden? Ihr Neffe ist ja vor Sorge schon ganz krank.«

Sie sah ihn verständnislos an. »Verschwunden? Das stimmt aber *nicht* ganz. Hat er denn meinen Zettel nicht bekommen?« Sie lehnte sich zurück. »Offensichtlich nicht. Ich hätte von Newcastle aus anrufen sollen.«

»Newcastle? Sie waren also die ganze Zeit in *Newcastle*? Und wir dachten schon, Sie wären tot. Ist ja vielleicht dasselbe.« *Oder des Mordes schuldig* fügte er nicht hinzu.

Sie sah ihn immer noch verständnislos an. »Ich habe dort eine Freundin, die sehr krank ist – aber das ist jetzt nicht so wichtig. Was ist denn passiert?«

»Lesen Sie keine Zeitung? In Lamorna Cove wurde jemand ermordet. Eine Frau, die Sie anscheinend kannten: Sada Colthorp.«

Ihr Gesicht wurde noch blasser. »Sadie? Ermordet?«

»Man hat ihre Leiche auf dem Fußweg zwischen Lamorna und Mousehole gefunden.«

Chris schien nur mühsam zu begreifen. »Aber … aber sie kam doch vor vier oder fünf Jahren wieder hierher …«

»Fällt Ihnen dazu vielleicht etwas ein?«

»Was? Nein. Was soll mir dazu einfallen? Hören Sie bitte auf, in Rätseln zu sprechen.«

»Tut mir Leid. Es ist aber ein Rätsel. Jemand hat sie ermordet, und die Polizei hat Sie im Verdacht.«

Sie stieß das Telefon um, als sie sich vom Sessel erhob. In ihrem Gesicht spiegelte sich höchstes Erstaunen.

»Also, was ist mit dem Zettel passiert? Wem haben Sie ihn gegeben?«

Chris schüttelte den Kopf. »Niemandem. Ich hab ihn auf dem Kartentisch liegen lassen, weil ich wusste, da sieht er ihn bestimmt.« Sie machte eine wegwerfende Geste. »Auf jeden Fall weiß Johnny, dass ich nie weggehen würde, ohne ihm vorher Bescheid zu sagen. Wie konnte er daran zweifeln?«

»Aha, hat er ja gar nicht. Er beteuerte immer wieder, so was würden Sie nicht tun. Wir hätten auf ihn hören sollen. Wenn wir auf seine wiederholten Beteuerungen gehört hätten, Sie würden eine Nachricht hinterlassen, statt zum Schluss zu kommen, er irrte sich und Sie täten es nicht – dann hätte Gott weiß was verhindert werden können. Also, wer hat den Zettel weggenommen?«

»Keine Ahnung. Ich kann's mir nicht denken. Brenda hätte erklären sollen, wieso ich gefahren –«

Ihr Gesicht wurde kreideweiß. Sie sprang vom Sessel auf, und das Weiß lief heiß an. Sie kochte vor Wut. »In dreißig Sekunden oder weniger. Los, sagen Sie's mir. Ich muss nämlich hier weg. In dreißig Sekunden.«

Melrose stand ebenfalls auf. Es gelang ihm sogar in kürzerer Zeit.

Was sie aber nicht davon abhielt wegzufahren. Sie rannte los.

Sie rannte durch die riesige Eingangshalle und zur Tür hinaus zu ihrem Wagen.

Melrose rannte ebenfalls hinaus. Bis er den Motor angelassen hatte, war sie schon die Auffahrt hinunter und außer Sicht.

56

Es war der »Karte-unter-Glas-Trick«. Den hatte Charlie ihm beigebracht. Er beherrschte ihn zwar immer noch nicht perfekt, doch das war für seine Zwecke nicht so wichtig. Statt mit einem Glas würde er mit dem Revolver improvisieren, den sie gerade wieder hingelegt hatte. Jetzt musste sie nur noch den Blick von ihm abwenden und so lange nicht hersehen, wie er brauchte, um die Kordel zu lösen, die hoffentlich nur einmal um die Halterung geschlungen war.

Er breitete die Karten fächerförmig auf der Oberfläche der Truhe aus und fragte: »Willst du eine ziehen?«

»Denkst du etwa, ich komm so nah an dich ran?«

»Wahrscheinlich nicht. Dann mach ich's eben wieder für dich.« Mit dem Zeigefinger schnippte er den gesamten Halbmond von Karten mit der Bildseite nach oben. »Ein komplettes Set, wenn du dich überzeugen willst.« Dann mischte er, hob zweimal vom Stapel ab, breitete die Karten wieder fächerförmig aus, wobei er trotz seiner misslichen Lage die Ironie der Tatsache genoss, dass sich alles auf der Truhe abspielte. Es war wie in dem Hitchcock-Film, *Cocktail für eine Leiche*. Doch wie immer im Leben war das Gute daran, dass man wusste, was man wollte, und in der Lage war, es zu tun. Und während man es tat, trat alles andere in den Hintergrund.

Er zog die Pik-Ass-Karte aus dem Halbmond heraus, hielt sie hoch und schnippte mit dem Finger daran, bevor er sie wieder zwischen die aufgefächerten Karten steckte. Dann schob er alle Karten zusammen, mischte, hob ein paar Mal rasch ab, breitete die Karte wieder fächerfömig aus.

»Pik-Ass? Weg.«

»Ich glaub's dir ja, Schätzchen. Wo ist sie?«

»Schau mal unter dem Revolver nach, Brenda.«

Das ließ sie aber zusammenzucken und genau hinsehen.

Er hätte auch irgendetwas anderes sagen können: schau mal auf den Boden, auf den Sessel, zur Tür. Doch er folgerte logisch, dass es nur mit der Waffe klappte, nur die würde sie lange genug ablenken. Weil sie nämlich (wie übrigens die meisten Menschen) die primitive Angst hätte, irgend so eine unbestimmte Gewissheit – die die Zauberkunst sich ja so geschickt zunutze machte –, er könnte den Revolver tatsächlich verschwinden lassen. Und in dem Bruchteil einer Sekunde, den sie zu der Waffe hinsah, die neben ihr auf dem Tisch lag, hakte er die Kordel auf, die den Vorhang hielt, und zerrte den schweren Stoff ruckartig über die ganze Breite der Türnische.

Der erste Schuss drang in dem Moment durch den Vorhang, als er den Aschenbecher durch die Scheibe warf und die Verandatür heftig aufstieß. Damit sie sich verwirrt fragte, was er vorhatte. Der zweite Schuss fiel, als er den Truhendeckel hob, der dritte, als er hineinsprang, den Deckel zumachte und den doppelten Boden über sich klappte. Er wusste, sie würde in der Truhe nachsehen, aber erst, nachdem sie an die offene Verandatür getreten war, durch die er, wie sie annehmen würde, das Haus verlassen hatte.

Ihre Verblüffung war beinahe mit Händen zu greifen. Nachdem es eine Sekunde ganz still gewesen war – sie hatte nichts gesehen –, ging der Truhendeckel auf. Sie konnte es sich nicht anders erklären, als dass er durch die Terrassentür ins Freie gegangen war.

Doch sie würde zurückkommen. Nach einiger Zeit würde ihr wieder einfallen, dass er ja Zauberer war und die Truhe genug Platz für einen Körper bot.

Während er im Dunkeln dalag, lauschte er lächelnd dem Regen, der zur Tür hereinwehte. Bisher hatte er sich so konzentriert, dass ihm überhaupt nicht aufgefallen war, dass es regnete. Doch nun hörte er es laut prasseln, es hörte sich an, als würde der Truhendeckel zugenagelt. So gern er liegen geblieben wäre, (es verschaffte selbst ihm die Illusion, unsichtbar zu sein) – er musste verschwinden, bevor sie zurückkam, und das konnte nicht mehr lange dauern.

Würde es klappen, wenn er hier drin liegen blieb? Er verwarf die Idee gleich wieder. Zu unsicher. Besser, wenn er sich im Haus umherbewegen könnte. Er scheute sich, das Haus zu verlassen, bevor sie wieder hereingekommen war. Womöglich ging sie im Kreis, und diesmal hätte er bestimmt Pech und würde ihr direkt in die Arme laufen. Es war besser, abzuwarten und zu sehen, wo sie hereinkam – vermutlich zur Haustür –, dann konnte er hinten hinausschlüpfen.

Inzwischen war er aus der Truhe gestiegen. Ihm war noch nie aufgefallen, wie grell ganz normales Lampenlicht sein konnte. Um durchs Fenster nicht gesehen zu werden, ging er in die Hocke und bewegte sich in dieser Position so schnell er konnte quer durchs Wohnzimmer. Dann ging er in die Küche. Dort öffnete er das graue Metalltürchen am Sicherungskasten, legte den Hauptschalterhebel um und tauchte das ganze Haus in Finsternis.

Er stand reglos und horchte. Der heftige Regen ließ allmählich nach. Irgendwo schlug eine Wagentür zu.

57

Erst ging sie von ihrem Wagen aus rasch die Straße entlang, wobei sie sich fragte, welcher Instinkt ihr wohl eingegeben hatte, es wäre gefährlich, an ihrem gewohnten Platz zu parken, und sie sollte den Wagen lieber etwas weiter weg vom Haus abstellen. Am Woodbine ging sie schnell vorbei, spielte kurz mit dem Gedanken, hineinzugehen und Brenda anzubrüllen: sie solle es ihr erklären, die Sache in Ordnung bringen. Doch Chris wusste, dass es da nichts zu erklären gab. Der Zettel, den sie für Johnny auf dem Kartentisch hinterlassen hatte, die Botschaft, die Brenda ihm hatte ausrichten sollen ... Es war einfach nicht zu fassen.

Wieso Brenda es ihm nicht gesagt hatte, war ihr unbegreiflich, es ging schlicht und einfach über ihren Horizont. Was das mit ihrem angeblichen Weglaufen gewesen sein sollte, war genauso rätselhaft. Die vielen Ungereimtheiten waren ihr augenblicklich aber ziemlich egal; ihr ging es nur darum, Johnny zu verständigen, dass sie wieder da war und dass mit ihr alles in Ordnung war.

Durch die Fenster ihres Hauses konnte sie Lichter brennen sehen, die dann plötzlich ausgingen. Auf einmal wurde es oben und unten gleichzeitig dunkel. Dass die Lichter nicht nacheinander ausgeschaltet wurden, dass das Haus schlagartig in Dunkelheit versank, machte ihr nun doch Angst. Sie blieb stehen. Im schwachen Lichtschein der Straßenlampen hörte sie von irgendwo in der Ferne ein Auto näher kommen, vielleicht seines – Plants. Sie wusste, dass er zu seinem Wagen gegangen war, als sie abgefahren war. Vielleicht sollte sie lieber warten ... ach, so zu zögern, war doch lächerlich.

Sie schob die geballten Fäuste in die Manteltaschen. Ihre Wut wurde von Angst noch verstärkt. Was fiel Brenda eigentlich ein?

Chris ging – ganz langsam allerdings – auf ihr Haus zu, das ihr plötzlich fremd vorkam, denn nicht einmal die Lampe über der Eingangstür leuchtete ihr den Weg.

Vor dem Drowned Man sah sie eine Gestalt stehen, die Hände über eine Zigarette gewölbt, um das Streichholz gegen den Wind und den leichten Regen – mittlerweile nur noch feuchter Dunst – abzuschirmen. Eine Gestalt. Sah sie ihn jetzt schon überall, nachdem sie ihn so lange nirgends gesehen hatte?

Dan. Sie wich in einen Hauseingang zurück. Wieso war er denn jetzt hier? Aber dann fiel ihr wieder ein, was Melrose Plant über Tom Letts und seine Beerdigung gesagt hatte. Dan war natürlich hier, um seinem Vater beizustehen. Ganz gleich, wie schwer es für ihn war und welche schmerzlichen Erinnerungen dieser Ort in ihm wachrufen würde. So war Dan nun einmal, er liebte Morris Bletchley wirklich sehr.

Inzwischen hatte sich eine andere, etwas untersetzte Gestalt im dunklen Morgenmantel zu Dan gesellt. Sicher Mr. Pfinn. Sie hörte ihre Stimmen leicht verzerrt durch den Sprühregen herüberwehen. Was sie sagten, konnte sie nicht ausmachen, da sie in die andere Richtung zu ihrem Haus hinübersahen.

Chris starrte auf den Teil von Dans Gesicht, der beim Inhalieren vom glühenden Ende der Zigarette erhellt wurde. Sie brauchte Hilfe, sie war sich sicher, dass sie Hilfe brauchen würde. Sie hätte nicht allein herkommen dürfen, sondern Mr. Plant mitbringen sollen.

Doch sie verzichtete auf Hilfe und steuerte wieder auf das Haus zu, das jetzt kaum mehr als fünfzehn Meter von ihr entfernt war. Nur noch ein paar Häuser weiter. Wonach hatten sie Ausschau gehalten, Dan und Mr. Pfinn? Warum waren sie auf den Bürgersteig herausgetreten? Sie verließ ihren schützenden Hauseingang erst, als sich die beiden umgedreht hatten, um wieder ins Pub zu gehen.

Ohne zu wissen, weshalb sie davor zurückschreckte, das in völliger, unwirklicher Dunkelheit und Stille liegende Haus durch die Vordertür zu betreten, ging sie seitlich auf der rechten Seite herum auf die Verandatür zu, als sie unter den Füßen plötzlich Kies knirschen hörte und noch etwas anderes. Glas. Im wolkenverhangenen Mondlicht sah sie, dass die Tür zerschmettert war. Sie trat durch den Türflügel und fand sich einer noch dunkleren Dunkelheit ausgesetzt als draußen. Sie streckte die Hand aus und konnte den schweren Vorhang fühlen, der von der Halterung, an der er gewöhnlich befestigt war, gelöst worden war.

Sie hörte ein Geräusch, gleichzeitig weit entfernt und ohrenbetäubend nah, dann spürte sie etwas, das ihr wie eine derbe, brutale Hand vor die Brust stieß und sie rückwärts schleuderte. Sie stolperte über den schweren Vorhang, der vor ihr zu Boden fiel. Nein, sie war gar nicht gestolpert. Der Schmerz flackerte erst ganz schwach auf und nahm dann entsetzliche Kraft an.

»*Johnny!*« Chris glaubte erst, sie hätte es geschrien, hörte aber nur ein leises Wispern, leiser als das Zischen, mit dem die See auf den Felsen aufschlug, das sie selbst über diese Entfernung hören konnte, leiser sogar als Dans wohl tönende Stimme auf der anderen Straßenseite. *Johnny!* Sie wusste, sie hatte es nicht laut gesagt, diesmal nicht. Bei ihm waren ihre Gedanken in diesem blendenden, sengenden Licht, in dem ihr das ganze Haus plötzlich vollkommen von der Sonne erleuchtet schien.

Das war alles.

58

Melrose sah Wiggins beim Drowned Man aus der Tür kommen, kurz nachdem ein – wie es sich anhörte – Schuss gefallen war. Er lief zu ihm hinüber.

»Sergeant! War das ein –?«

Wiggins blieb stehen. »Das kam von den Wells' herüber.«

Bevor sie den Weg bis zur Haustür der Wells' zurückgelegt hatten, wurde das Haus plötzlich vom Licht durchflutet. Die Tür stand offen.

»Ich gehe hinten herum«, sagte Wiggins. »Sie halten sich besser außer Sichtweite.«

Tat er nicht. Melrose wartete einen Augenblick ab und steuerte dann auf die Haustür zu.

Brenda Friel stand mit dem Rücken zum Türpfosten zwischen Küche und Wohnzimmer, die Arme steif ausgestreckt, den Revolver ruhig und sicher in der Hand. Er war auf Johnny gerichtet.

Melrose trieb sich an: *Tu doch was, verdammt, tu doch was!* Aber was? Er war wie gelähmt, als er Chris Wells in dem kleinen Alkoven am anderen Ende des Zimmers liegen sah.

»Ich bring dich um, ich schwör's bei Gott.«

Johnny hatte es nicht geschrien, doch die Intensität, mit der er die Worte hervorstieß, ließen keinen Zweifel daran, dass er es tatsächlich tun würde.

Brenda sagte nichts. Ihr Gesicht war völlig ausdruckslos.

Plötzlich sah Melrose, wie sich Wiggins von der Küche her lautlos näherte, hinter sie trat und ihr mit der flachen Hand auf den Arm schlug. Ein Schuss löste sich, gleichzeitig flog ein Messer quer durch den Raum und blieb im Holz des Türrahmens genau an der Stelle stecken, wo Brendas Herz gewesen war.

Johnny trat zu dem leblosen Körper seiner Tante hinüber, wo er sich aber nicht hinkniete, sondern schlaff zu Boden sank. Er schob einen Arm unter ihre Schulter und hob sie hoch. Dann fing er an zu weinen.

Wiggins hielt Brenda Friel fest, die sich aus seinem Griff zu befreien suchte.

Wie erstarrt stand Daniel Bletchley in der Tür und sah Johnny und seine leblose Last fassungslos an. Den Leichnam seiner Tante in den Arm gebettet, wiegte Johnny sich langsam hin und her. Dan war entsetzt, unfähig sich zu rühren.

Hoffte wohl, sie wäre nur ohnmächtig, dachte Melrose.

Denn äußerlich war an Chris keine Verletzung zu entdecken. Das Blut, das in den dunklen Teppich gesickert war, hatte sich nun unter dem dunklen Vorhang in ihrem Rücken gesammelt. Auf ihrer ebenfalls dunklen Kleidung war keine Wunde sichtbar. Es war, als wäre Johnny mit der Hand über Chris' toten Körper gefahren und hätte die Verletzung dadurch unsichtbar werden lassen.

Das ganze Blut war an Johnny. Als er sich zurücklehnte, sah Melrose, dass sein T-Shirt an der Stelle, wo er sie an sich gedrückt hatte, blutbefleckt war.

Daniel Bletchley ging zu Johnny hinüber, kniete sich neben ihn und legte schweigend den Arm um den Jungen.

Denn was er auch gesagt hätte, ob er ihn getröstet oder ihm gut zugesprochen hätte – es wäre gelogen gewesen.

59

Der Trauergottesdienst fand in der kleinen Kirche in Bletchley statt und wurde von einem Pfarrer etwa in Toms Alter abgehalten. Jugend sah für Melrose nun traurig aus, dieses Lebensalter, um das einen die Alten so beneideten, das man aber, fand er inzwischen, besser nicht durchschritten hätte. Zusammen mit dem Grüppchen von Trauernden sah er zu, wie der Sarg im Boden versank, neigte den Kopf und dachte, dass er in den vergangenen vierundzwanzig Stunden genug vom Tod gesehen hatte und es ihm für den Rest des Lebens reichte.

Diejenigen Bewohner von Bletchley Hall, die nicht bettlägerig waren, waren gekommen, zusammen mit dem Pflegepersonal. Die Hooper-Brüder standen im schwarzen Anzug neben Morris Bletchley, Daniel und Karen zu seiner anderen Seite. Die kleine Miss Livingston, das eichelförmige Gesichtchen von einem kleinen schwarzen Schleier verhüllt, wirkte sogar noch gebeugter als sonst. Neben ihr stand Mrs. Atkins; Mr. Bleaney und Mr. Clancy waren auf der anderen Seite des Grabes.

Melrose stand neben Johnny, der es sich nicht hatte nehmen lassen, auch teilzunehmen, obwohl ihm in den kommenden Tagen die Beerdigung seiner eigenen Tante bevorstand. Ihr Leichnam lag nun in der Gerichtsmedizin in Penzance aufgebahrt und würde, sobald die Autopsie abgeschlossen war, »der Familie« (hier sprach der Gerichtsmediziner) übergeben.

Die Erste, die vorgetreten war, um eine Hand voll Erde auf den Sarg zu streuen, musste Toms Schwester Honey gewesen sein – ein schmales Mädchen, sehr blond und hübsch. Sie trat zurück, woraufhin Morris Bletchley nach vorn kam und das traurige Ritual wiederholte. Dann brachte der Gemeindepfarrer von Bletchley Kirche die Feier zum Abschluss.

Man hätte Honey Letts vermutlich kein Kompliment gemacht, wenn man ihr gesagt hätte, Schwarz stünde ihr gut und sie wäre für traurige Anlässe wie diesen wie geschaffen. Es ließ ihre zerbrechliche Blondheit noch intensiver erscheinen und verdunkelte das Blau ihrer Augen zu Schwarz.

Obwohl sie erst sechzehn war, besaß sie die gemessene Haltung einer um Jahrzehnte älteren Frau. Wie sie wohl dazu gekommen war, überlegte Melrose. Jedenfalls nicht durch Vater und Mutter, nach dem zu urteilen, was Tom ihm erzählt hatte.

Nicht einmal heute waren sie bei ihr. Melrose fand es schwer begreiflich, dass Eltern so hartherzig und unversöhnlich sein konnten.

»Honey«, sagte Melrose und sah zu der kleinen Person hinunter, »ich kannte Tom gar nicht lange und hatte trotzdem das Gefühl, ihn gut zu kennen.«

Sie nickte und sah mit diesen unendlich dunkelblauen Augen zu ihm auf.

»Sie wissen gar nicht, was Sie alles für ihn getan haben«, sagte Melrose.

»Nein, das wissen andere meistens nicht. Es war aber überhaupt kein Opfer für mich. Ich kenne nicht viele Leute, und jedenfalls keinen, der so interessant ist wie Tommy.« Sie wandte den Blick zu Toms Grab. Ein paar Augenblicke verharrte sie schweigend in dieser Haltung, ein junger Mensch, der Stille ertragen konnte.

»Ihre Eltern sind nicht gekommen.« Eine deutlichere Anklage konnte er nicht formulieren. Dass sie nicht gekommen waren versetzte ihn in Rage.

Sie schüttelte den Kopf, die Augen immer noch unverwandt auf das Grab geheftet. »Sie konnten es einfach nicht verwinden, dass Tommy Aids hatte. Das haben sie einfach nicht gepackt. Manche Leute sind eben so – sie verrennen sich in was und kommen nicht weiter. Das Tragische dran ist bloß – Tommy *war* gar nicht schwul.« Honey wandte sich um und sah zu Melrose hoch. »Es lag ihm nichts dran, es den Leuten zu erzählen, sie hätten es ihm doch nicht abgenommen. Außerdem fand er, es sollte eigentlich gar keine Rolle spielen. Mum und Dad sagte er es irgendwann dann doch, aber die haben's ihm auch nicht abgenommen. Er war abgestempelt, was machte es also, ob er schwul war oder nicht?«

Melrose fiel wieder ein, was Johnny ihm gesagt hatte. »Ich hätte es ihm abgenommen, Honey. Ich glaube, ich hätte ihm alles abgenommen, was er mir erzählt hätte. So war er eben – man musste ihm einfach glauben.«

Eine Träne rann über Honeys Wange. »Danke. Danke. Es war nur dieser eine Typ – wollen Sie's hören?«

Sie stellte ihm die Frage ganz im Ernst, nicht nur rhetorisch. Honey, hatte es den Anschein, nahm die Dinge sehr ernst.

»Aber natürlich, Honey. Natürlich.«

»Es war nur ein einziges Mal, es ist schon lange her – bestimmt fünfzehn, sechzehn Jahre. Es war mit einem Freund von ihm, der sehr krank geworden war und auch bald darauf starb, kurz nachdem Tom seine Diagnose bekommen hatte. Es war sein bester Freund, schon seit der Kindheit. Sie sind zusammen zur Schule gegangen, haben sich gemeinsam mit Freundinnen verabredet – Tom war bei Mädchen immer sehr beliebt. Sie haben so ziemlich alles gemeinsam erlebt. Nachdem Bobby sich infiziert hatte, dauerte es nicht mehr lang, weniger als zwei Jahre, bis Aids bei ihm voll ausbrach. Tom besuchte ihn, als er im Sterben lag. Er blieb nicht mal zwei Wochen bei ihm. Das hat er mir erzählt, als er selber krank wurde. Er hatte Bobby trösten wollen, sagte Tom. Mehr nicht, nur trösten wollen. Ein paar Mal ist es passiert. Er sagte mir, nach Bobbys Tod hätte er mehrere Tests gemacht, ohne dass es irgendwelche Anzeichen dafür gegeben hätte, dass er es hatte. Bis vor drei Jahren.« Honey musste sich abwenden. »Dass es Tom so passieren musste, ist furchtbar, trotzdem frage ich mich, ob Tom vielleicht so jemand ist, durch den wir alle zu besseren Menschen werden. Ich weiß nicht, ob ich das jetzt richtig ausdrücke.«

Der kleine Nachruf kam so von Herzen, dass Melrose nichts sagen konnte und nur einfach gerührt nickte.

Sie schwiegen eine Weile gemeinsam. Dann fragte Melrose: »Sehen Sie den Jungen dort drüben?« Mit dem Kopf deutete er zu Johnny hinüber.

»Ja. Der sieht ja richtig traurig aus.«

»Ist er auch. Gestern Abend wurde seine Tante ermordet.« Dass Honeys Gesicht noch blasser werden konnte, hätte Melrose nicht für möglich gehalten.

»*Was?*«

»Die Polizei glaubt, es war ein und derselbe Täter.« Das war für Honey aber kaum ein Trost.

»Der Arme. Das ist ja furchtbar für ihn. Ob ich vielleicht rübergehen und mit ihm reden sollte?«

Melrose lächelte. Wenn sich jemand in menschliches Leid gut genug einfühlen konnte, um diese Frage zu beantworten, dann Honey.

»Das finde ich eine gute Idee.«

Sie tat es. Melrose beobachtete sie. Er sah, wie Johnny sich ihr zuwandte, und beobachtete, wie Johnny ihr lauschte. Honey sprach ein Weilchen, während ihre Hand auf seinem Arm ruhte und sie zu ihm aufblickte.

Melrose sah, wie Johnnys Gesichtsausdruck sich plötzlich veränderte. Es war, als ob der Deckel eines Sarges geöffnet würde und der Mensch, der dort lag und für tot gehalten worden war, endlich wieder atmen konnte.

Honey besaß Einfühlungsvermögen.

60

Mord oder kein Mord, Beerdigung hin oder her – Agatha ließ sich nicht auf ewig aus dem Weg gehen. Melrose sollte am selbigen Nachmittag den Tee mit ihr einnehmen und hatte Richard Jury überreden können, ihn zu begleiten.

Überraschenderweise war der Woodbine Tea-Room – wie immer um vier Uhr – geöffnet und voll besetzt. Dass überhaupt geöffnet war, war zum Teil den Bemühungen von Mrs. Hayter zu verdanken, die – wie Melrose sich nun auch erinnerte – des Öfteren ihre beliebten Beerenkuchen für das Woodbine buk und aushalf, wenn Brenda einmal verhindert war.

Brenda war in der Tat »verhindert« und, wie Mrs. Hayter erklärte, »*das* Thema nun aber sicherlich erschöpft«.

Melrose bemerkte, dass sich auf ihren Unterlidern Tränen gebildet hatten, ihr Mund aber vor kaum gebändigter Wut ganz verkniffen war. »Erschöpft« war das Thema aber nicht, dem Geflüster nach zu urteilen, das hinter vorgehaltener Hand an den anderen Tischen hin und her huschte.

Und für Agatha war ein Thema ja weiß Gott nie »erschöpft«. So sehr fieberte sie danach, es aufs Tapet zu bringen, dass sie für Richard Jury kaum ein *hallo* erübrigen konnte, den sie sonst eigentlich immer mit Beschlag belegte. »Schon als ich das erste Mal mit dieser Brenda zu tun hatte, wusste ich, da stimmt was nicht.«

»Was hatten Sie denn mit ihr zu tun, Lady Ardry?«, erkundigte sich Jury und nippte an seinem Tee. Da war immer noch einiges, das nicht aufging, das keinen Sinn ergab – vor allem der Mord an Tom Letts.

»Überhaupt nichts hatte sie mit ihr zu tun«, sagte Melrose. »Abgesehen von deinem vergeblichen Versuch, ihr das Rezept für die Sweet Ladys abzuluchsen.« Melrose sah Johnny durch die Pendeltür kommen: Der Junge schulterte seine Verantwortung wie das schwere Tablett, auf dem Tassen, Kuchen und süße Brötchen aufgetürmt waren.

»Sei doch nicht albern«, sagte Agatha. Nachdem sich ihre Entgegnung dergestalt erschöpft hatte, wechselte sie das Thema. Ihre Stimme senkte sich zu einem Flüstern: »Wundert mich ja, dass der Junge arbeitet, immerhin wurde seine Tante gestern Abend erschossen.«

Melrose beobachtete ihn. Seine Bewegungen wirkten schwerfällig, sein Lächeln wie ein Überbleibsel von gestern. »*Mich* wundert es gar nicht. Meinst du etwa, es wäre besser, er würde im Bett liegen und an sie denken und daran, wie sie gestorben ist?«

»Arbeit«, sagte Jury, »ist das beste Heilmittel für alle Plagen, behauptet jedenfalls mein Chef, der diesbezüglich auf wenig Erfahrung zurückgreifen kann. Ich bin sicher, Sergeant Wiggins wäre in Sachen bestes Heilmittel anderer Meinung, wobei *er* allerdings auf eine Menge Erfahrung zurückgreifen kann.«

Johnny kam an ihren Tisch herüber. Er wurde Jury vorgestellt, der sich erhob, um ihm die Hand zu schütteln. »Johnny, ich möchte Ihnen mein herzliches Beileid aussprechen.«

Als er Jury ansah, schien er fast in sich zusammenzufallen. So wirkte Jury oft auf andere Menschen. Er konnte ein Mitgefühl ausstrahlen, das ihnen die Fassung raubte und oft dazu führte, dass sie sich weinend abwenden mussten. Unter anderem deshalb konnte er mit Zeugen so gut umgehen.

»Danke«, erwiderte Johnny. Und als schiene ihm die Antwort zu dürftig, sagte er noch einmal: »Ich danke Ihnen.« Er musste ein paar Mal blinzeln. »Chris war doch toll, stimmt's?«, wandte er sich an Melrose.

Melrose hatte Johnny von Chris' Besuch in Bletchley House erzählt. »Sie war die Tollste, Johnny.« Obwohl er sie nur ganz kurz erlebt hatte, hatte er das Gefühl, die Wahrheit zu sagen. »Die Tollste«, wiederholte er.

Selbst Agatha murmelte ein paar mitfühlende Worte. »Tut mir Leid... ein Jammer... schrecklich für Sie.«

»Wo ist eigentlich Honey?«, erkundigte sich Melrose. »Ist sie wieder nach Dartmouth zurückgefahren?«

Johnny sah über die Schulter. »Nein, sie ist in der Küche.«

Zu Melrose' großer Überraschung und als hätte sie nur auf ihr Stichwort gewartet, stieß Honey in dem Moment mit einem Hüftschwung die Tür auf und brachte eine volle Teekanne und eine mehrstöckige Kuchenplatte herein, die sie beide auf Melrose' Tisch abstellte.

»Für Sie, mit den besten Empfehlungen des Hauses«, sagte Honey, als arbeitete sie hier schon seit Jahren. Ihr Lächeln war strahlend.

Das von Agatha nicht weniger, als sie die Auswahl an Kuchen und Meringuen erblickte. »Vielen Dank, ach du meine Güte.«

Johnny sagte: »Für all Ihre Hilfe.«

»Wir tun, was wir können«, meinte Agatha, das Verdienst für sich einheimsend.

»Was für Hilfe denn?«, fragte Melrose ehrlich erstaunt. »Ich habe eigentlich nicht das Gefühl, eine besondere Hilfe gewesen zu sein.«

»Waren Sie aber, Mr. Plant«, sagte Johnny. »Sie haben die Polizei ja überhaupt erst hierher gebracht, weil Sie Mr. Macalvie kannten.«

»Auch er würde für sich wohl nicht beanspruchen, eine große Hilfe gewesen zu sein.«

»Okay«, sagte Jury. »Dann nehme ich es für Sergeant Wiggins in Anspruch und gebe Ihnen sein Rezept für Kräutertee, damit für ihn hier immer welcher bereitsteht.«

Weil ihm aufgefallen war, dass Johnny in Honeys Gegenwart

sichtlich gelöster war, fragte Melrose sie, wie lange sie denn bleiben wollte.

Honey seufzte. »Ich würde ja gern noch länger bleiben, aber ich muss wieder in die Schule. Ich habe drei Tage frei bekommen, morgen ist der dritte, dann muss ich wieder fahren.«

»Ich hätte es gern, wenn sie den Sommer über hier arbeiten könnte.« Und wie zur Rechtfertigung fügte Johnny hinzu: »Mrs. Hayter und ich sind allein, und ich würde das Geschäft gern weiter betreiben. Es war schließlich Chris' Lebenswerk.«

Honey sagte: »Würde ich wirklich gern, aber ich hab dieser Familie versprochen, mit nach Frankreich zu fahren und die Kinder zu hüten, als Aupairmädchen. Das kann ich aber vielleicht absagen, wenn ich jemand anderen als Ersatz finde. Hoffe ich jedenfalls. Bletchley hat mir schon immer gefallen, und vielleicht kann ich mich ja auch um Mr. Bletchley kümmern und ihn ein bisschen ablenken.«

Melrose hörte ihr gar nicht mehr zu. Er saß da und starrte gedankenverloren in den Raum. Dabei versuchte er, sich zu erinnern. An etwas, das Tom gesagt hatte. Oder Moe Bletchley. Hatten sie nicht von Südfrankreich gesprochen? Er dachte angestrengt nach. Nein, das war's nicht. Offenbar hatte er Honey so durchdringend gemustert, dass sie ihn fragte, ob etwas nicht stimmte.

Plötzlich hatte er es.

Das Aupairmädchen!

Er stand so abrupt auf, dass die Tassen klapperten. »Kommen Sie«, sagte er zu Jury.

»Wohin denn? Ich bin doch noch gar nicht fertig.«

»Los! Agatha kann sich um die Rechnung kümmern.«

Jury erhob sich. Alles hat seine Zeit, dachte er.

61

»Mr. Bletchley«, sagte Jury, »Richard Jury, New Scotland Yard.«
Morris Bletchley schüttelte die ihm dargebotene Hand. »Sie
sind ein bisschen spät dran, Sir, nicht?« Er konnte nicht verhindern, dass seine Stirn sich umwölkte. »Ein bisschen spät.«

»Das tut mir Leid«, erwiderte Jury mit der Ernsthaftigkeit
dessen, der tatsächlich das Gefühl hatte, er hätte früher erscheinen sollen.

»Er war in Nordirland«, ließ sich Melrose vernehmen, als
hätte er Jurys Pflichtvergessenheit zu rechtfertigen und als wäre
mit einem Auftrag in Nordirland alles zu rechtfertigen.

»Natürlich«, meinte Moe Bletchley. »Das war bloß ein bisschen schwarzer Humor und nicht einmal besonders witzig. Setzen wir uns.«

Sie hatten in der großzügigen Eingangshalle zwischen dem
blauen und dem roten Salon gestanden. Moe führte sie in den
blauen hinüber und erkundigte sich, was sie gern trinken würden: Tee? Whisky? Beide lehnten dankend ab.

»Ich hätte da eine Frage«, begann Melrose. »Tom hat mir Ihr
Haus in Putney beschrieben: nicht besonders groß, drei Schlafzimmer, eins davon für das Aupairmädchen, das Sie immer hatten, wenn die Kinder auf Besuch kamen.«

Moe sah ihn etwas verwundert an. »Ganz richtig.«

»Wer war das?«

Morris Bletchley wirkte plötzlich sehr bekümmert. »Sie gab
den Namen Mona Freeman an. In Wirklichkeit war es Ramona
Friel.« Moe sah sie beiden mit einem hilflosen Schulterzucken
an. »Ich hätte es nicht gemerkt, wenn sie es mir nicht gesagt
hätte, allerdings erst viel später, kurz bevor sie wieder nach
Bletchley zurückkam.« Er runzelte die zerfurchte Stirn. »Ich

war vollkommen überrascht. Vom Sehen kannte ich Ramona nicht, sie war ja jahrelang auswärts zur Schule gegangen, außerdem ging ich selten ins Dorf, wenn ich in Seabourne war. Da hätte ich sie sowieso nicht gesehen, sie war ja wie gesagt immer weg. Sie hat ihrer Mutter nie erzählt, dass sie bei mir arbeitete – hmm, ist ja klar, schließlich hatte sie deswegen auch ihren Namen geändert. Brenda hatte etwas dagegen, dass sie in London arbeitete.

Ramona bat mich nur, ihr zu helfen – wohlgemerkt, keine Abtreibung, nur ihr etwas unter die Arme zu greifen, bis das Baby geboren war. Ich sagte, sie sollte es doch ihrer Mutter sagen, aber das wollte sie nicht. Schließlich tat sie es aber doch. Ich vermute, Mona brauchte einfach die Unterstützung von ihrer Mutter. Danach habe ich sie nie wieder gesehen, bis ich hörte, dass das arme Mädchen gestorben ist. Den Schmerz konnte ich Brenda wirklich nachfühlen, das kann ich Ihnen sagen.«

»Hat sie Ihnen gesagt, wer der Vater war?«

Betrübt schüttelte Moe den Kopf. »Nein. Ich wusste, es war Tom. Aber das hat Ramona ihrer Mutter ganz sicher nicht gesagt, ich musste ihr versprechen, darüber Stillschweigen zu bewahren. Ich hätte es ja sowieso erfahren. Sie weigerte sich, es Tom zu sagen, und zwar kategorisch. Sonst hätte er doch etwas unternommen, er hätte sie geheiratet. Sie wollte aber niemanden heiraten. Ein sehr eigenwilliges Mädchen.« Er lächelte leicht, dann sah er von Plant zu Jury hinüber, als ahne er schon, was nun kommen würde. »Wie ich hörte, starb sie an diesem Non-Hodgkin-Lymphom.«

»Das hat Brenda Friel allen erzählt. Ich gehe aber jede Wette mit Ihnen ein, dass Ramona Friel an einer Komplikation im Zusammenhang mit Aids gestorben ist. Wenn nicht direkt an Aids, dann indirekt. Was immer Ramona fehlte, wurde von diesem Virus noch verschlimmert. Kannte Brenda eigentlich Tom Letts? Hat er Sie nicht von London hierher chauffiert?«

Moe schüttelte den Kopf. »Vielleicht ein- oder zweimal. Es ist eine ziemliche Gewalttour von London hierher. Nein, Brenda kannte Tom nicht. Jedenfalls wusste sie nicht, dass er in London für mich gearbeitet hatte.«

»Brenda Friel wusste nicht, wer der Vater war, und fand erst kürzlich heraus, was es mit dem Putney-Arrangement auf sich hatte. Dann war ihr aber doch klar, dass Tom Letts der Vater gewesen sein musste.«

Morris Bletchley wandte sich erst ab und dann gleich wieder her. »Dann hat Brenda Friel ihn also erschossen? Du lieber Gott.« Er beugte sich vor, den Kopf in die Hände gestützt.

»Auf jeden Fall hatte sie ein Motiv«, sagte Jury. »Sie fand es irgendwie heraus.«

Moe hatte den Kopf immer noch zwischen die Hände gestützt und wiegte ihn hin und her, hin und her. »Vor ein paar Wochen – es kommt mir wie Jahre vor – hat Tom ihr von Putney erzählt. Sie sagte, sie hätte Verwandte in Fulham – irgendwelche Kusinen, was weiß ich. Also direkt in der Nähe. Brenda ist ja auch nicht auf den Kopf gefallen. Ramona hatte in Putney gearbeitet, und Ramona war an Aids gestorben.«

Melrose und Jury musterten ihn schweigend.

Schließlich fragte Moe: »Und Chris Wells? Was hatte sie mit dem allen zu tun?«

»Es ist wiederum nur eine Vermutung, aber ich würde sagen, nach dem Mord an Tom stellte Chris Wells eine Gefahr für sie dar. Chris wusste nämlich als *Einzige*, dass Ramona den Virus hatte. Es ging also nicht darum, was Chris vorher gewusst hat, sondern was sie *sich denken würde*, wenn Tom Letts plötzlich ermordet würde.«

Morris Bletchley stützte erneut den Kopf in die Hände. »Arme Ramona, armes Mädchen. Sie konnte mit Noah und Esmé so gut umgehen.« Er stand auf. »Es ist einfach zu viel. Wissen Sie, wen ich im Verdacht hatte? Meine Schwiegertochter. Ich konnte Karen nie recht leiden. Sie tut mir zu *gefällig.*«

Melrose wusste genau, was er meinte. Gefällig. Er erinnerte sich an den angenehmen Abend in Seabourne, der von einem etwas unbehaglichen Augenblick überschattet gewesen war, als sie nämlich ihre Abneigung gegenüber Morris Bletchley geäußert hatte und ein wenig banal geworden war. Es war zwar nur um eine Kleinigkeit gegangen, und vielleicht war es auch kleinlich von ihm, trotzdem war er der Meinung, dass man auf seine intuitive Reaktion gegenüber Kleinigkeiten achten sollte.

»Mir war immer klar, dass sie Danny seines Geldes wegen geheiratet hat. Danny« – er blickte die beiden traurig an – »wollte nie von hier weg. Karen war diejenige, die ihm keine Ruhe ließ und wieder nach London wollte.«

»Mir hat sie genau das Gegenteil erzählt«, sagte Melrose. »Eine Geschichte, die halb wahr, halb erfunden war. Sie wollte die Polizei wohl davon überzeugen, dass noch andere Leute involviert waren, weil sie Angst hatte, Ihr Sohn würde unter Verdacht geraten.«

»Sie meinen wohl, *sie* würde unter Verdacht geraten.« Moe seufzte. »Sie wollte der ganzen Welt die untröstliche Mutter vorspielen. Der Untröstliche war aber Danny.« Er blickte in dem schönen Raum umher, als hätte sich das Blau plötzlich verflüchtigt, als sei alle Farbe daraus gewichen. »Ob wir wohl je erfahren werden, was tatsächlich geschehen ist?«

Plant war hinübergegangen, um auf dem Polizeirevier in Penzance anzurufen, wo – nahm Jury an – Macalvie inzwischen Brenda Friel verhörte. »Keine Sorge, Mr. Bletchley. Wir werden es schon noch erfahren.«

62

Seit einer halben Stunde saß er nun auf dem Revier in Penzance in einem der Vernehmungsräume und wartete, dass sie etwas sagte.

Abgesehen von einem knappen »Hallo« und der Bitte um eine Zigarette hatte Brenda Friel sich noch nicht geäußert.

»Wo sind die Videokassetten, Brenda?«

Macalvie rechnete damit, dass sie auch diese Frage nicht beantworten würde. Doch sie überraschte ihn, wenngleich die Antwort eine Gegenfrage war.

»Was für Kassetten?«

»Den Film, den Simon Bolt für Sie und für sich gedreht hat, vermutlich um ihn übers Internet zu verscherbeln. Eine gelungene Kreuzung zwischen Snuff-Film und Kinderporno. Den Sada Colthorp bei sich hatte, als Sie sie erschossen.«

Sie lächelte in sich hinein. Verklemmt, armselig – mehr hatte sie für andere nicht mehr zu erübrigen, nicht einmal schlechte Laune. Für ihn jedenfalls weiß Gott nicht.

Obgleich sie hartnäckig schwieg, merkte Macalvie, dass er ihr gewaltig auf die Nerven ging. Es war ein merkwürdiges Zusammenspiel, das er schon bei anderen Verdächtigen gespürt hatte. Nicht seine Erfahrung als Polizist drang zu ihnen durch, auch nicht sein kluges Geschick. Es war etwas anderes, irgendeine Eigenschaft, die die verhörte Person offenbar mit ihm gemeinsam zu haben glaubte. Macalvie hasste dies. Mitgefühl spürte er nicht, brachte auch kein Verständnis auf. Obwohl er manche Mörder mit der Zeit tatsächlich verstehen lernte. Brenda gehörte nicht dazu. Er hatte das ungute Gefühl, dass sie ihn durchschaute. *Dein Problem, Bürschchen.*

»O ja, ein echter Klassiker«, fuhr er fort, »dieser Film. Ich sehe schon, wie sich sämtliche Pädophile von Bournemouth bis John o'Groat's besabbern.«

Jetzt funkelten ihre Augen aber doch, wie Stromkabel unter Spannung. Vor Wut? Gut.

»So hat es aber nicht angefangen, Brenda.« Er stand auf und ging, die Hände tief in die Hosentaschen vergraben, den Regenmantel zurückgeschoben, zu dem kleinen Fenster hinüber. »Vor Ramonas Tod wäre Ihnen nicht im Traum eingefallen, einen Soziopathen wie Bolt dazu zu bringen, diese Kinder in den Tod zu verfolgen. Ich sehe es vor mir, ich kann es direkt vor mir sehen. Noah und Esmé –« Er drehte sich zu ihr um; sie saß da, ohne ihn anzublicken. Die Erwähnung ihrer Namen ließ sie offenbar kalt – kein Mitleid, keine Reue. Wenigstens schlugen diese Emotionen sich nicht in ihrem Gesichtsausdruck nieder.

Er fuhr fort. »Wissen Sie, was ich mich schon die ganze Zeit frage? Wieso Sie das Band nicht Morris Bletchley geschickt haben. War das nicht der Zweck des Ganzen? Ihn so leiden zu lassen, wie Sie gelitten hatten?«

»Nein.«

Macalvie drehte sich absichtlich nicht um, ließ sich seine Überraschung nicht anmerken. Ihn überraschte, dass der Film nicht in Doppelfunktion als Werkzeug des Todes und sadistischer Rache gedient hatte.

»Nichts wissen ist viel schlimmer. Aber jetzt würde ich's tun. Ich würde ihm das Ding um die Ohren hauen«, sagte Brenda. »Dadurch, dass er Ramona in sein Haus holte, hat er sie genauso umgebracht, wie wenn er ihr eine Waffe an die Schläfe gesetzt hätte.«

Verdammt melodramatisch, dachte Macalvie. »Mir scheint eher, dass Mr. Bletchley Ihrer Tochter einen sicheren Zufluchtsort geboten hat. Wäre es Ihnen lieber gewesen, sie wäre in London herumgezogen? Sie wollten sie nicht weglassen, mit Ihnen konnte sie ja nicht reden.« Macalvie war sich klar darüber: dass er Bletchley als Retter in der Not darstellte, würde ihre Wut noch zusätzlich steigern.

»Sicherer Zufluchtsort? Sie mit einem scheißschwulen Chauffeur ins Bett zu schicken, der Aids hatte?« In dem kehligen Knurren klangen Abscheu und Ablehnung mit.

Macalvie fuhr herum. »Morris Bletchley –« Nein. Er wollte ihn nicht noch mehr in Schutz nehmen, obwohl Moe weiß Gott verdiente, dass ihn jemand in Schutz nahm. »Das war wohl nicht besonders schlau von ihm.«

Ihr säuerliches Lachen hörte sich eher wie Fauchen an.

»Er hat einen hohen Preis dafür bezahlt, Brenda – seine Enkelkinder.«

»Kein Preis wäre hoch genug gewesen.«

Sie weinte zwar nicht, unterdrückte jedoch nur mühsam die Tränen, die ihr im Hals steckten. Abwarten. Einfach ein Weilchen abwarten. Macalvie lehnte sich gegen die kühle Wand, erschöpft, todesüberdrüssig. Sein Überdruss war nicht gespielt. Er überschwemmte ihn gewissermaßen.

Ihr einziges Kind. In der Hinsicht empfand er durchaus Mitgefühl. Doch da kam ihm schlagartig die Erkenntnis. »Sie haben ihn überhaupt nicht gesehen. Den Film. Sie haben ihn sich gar nicht angeschaut.« Er hätte sie erschlagen können. *Du Aas!*

Und dann wurde ihm klar, dass sie ihre Verbindung zu Simon Bolt endlich eingestanden hatte. Sie hatte sich so weit vergessen und es zugegeben, ebenso wie er sich so weit vergessen hatte, sie umbringen zu wollen. »Sagen Sie mir, wie er es gemacht hat.«

Sie zuckte bloß die Achseln, als ginge es sie im Grunde nichts an, da sie ja nicht dabei gewesen war. »Er hatte – äh, eine Assistentin, könnte man es wohl nennen. Ich kann mir denken, Simon Bolt hatte eine ganze Latte von Assistentinnen, unter anderem Sadie May. Sie trafen sich ein paar Mal mit den Bletchley-Kindern in dem Wald nicht weit von ihrem Haus. Er machte Bilder, Polaroidfotos – hat er mir auch gezeigt. Natürlich nichts Schmutziges. Das hätten sie den Erwachsenen im Haus ja gesagt. Er fotografierte sie einfach beim Spielen. Erzählte ihnen, er sei Filmemacher, und zeigte ihnen eins seiner Werke. Er hatte einen kleinen Fernseher dabei. So mit einem handtellergroßen Bildschirm. Wenn sie Lust hätten, sagte er ihnen, könnte er von ihnen auch einen machen. Er bekam eine Menge über die Bletchleys raus, zum Beispiel das mit dem Boot, das an den Steinstufen unten lag. Ich nehme an, er oder das Mädchen dachten sich irgendeine Geschichte aus, um sie dazu zu kriegen, da runterzusteigen. Oder das Mädchen führte sie in dem Moment runter, als die Flut reinkam. Keine Ahnung. So genau hab ich nicht nachgefragt.« Ihre Stimme klang auf einmal fad, hohl, als ginge sie das, was sie da beschrieb, überhaupt nichts an.

Tat es auch nicht. Sie hatte es zwar nicht arrangiert, aber auch nicht den Mut gehabt, es sich anzuschauen. So hatte es sich – aus ihrer Sicht vielleicht – ganz ohne sie abgespielt. »Er hätte Ihnen doch eine Kassette gegeben. Eine Kopie. Und ein paar für sich behalten.«

»Hat er auch. Als Beweisstück, sagte er. Na, ich brauchte kein Beweisstück, oder? Sie sind ertrunken. Das ist Beweisstück genug. Die Bletchleys gingen weg von Seabourne. Ende einer Ehe, sozusagen.«

»Morris Bletchley nicht. Der blieb. Er hätte eher in der Hölle ausgeharrt statt seine Enkelkinder im Stich gelassen. So hat er es bestimmt gesehen.«

Darauf erwiderte sie nichts.

»Sada Colthorp brachte Sie mit Bolt in Kontakt.«

»Durch sie hab ich von ihm erfahren. Ich hätte sie nie als Vermittlerin benutzt. Der war doch nicht zu trauen. Wie man sieht.«

»Vor ein paar Wochen kam Sada wieder hierher und wollte Sie erpressen. Sie hatte eine Kopie der Kassette dabei, oder vielleicht war es auch Bolts Kopie, die sie im Haus gefunden hatte. Bloß dass auf dem Band nichts war, was Sie mit den Kindern in Verbindung gebracht hätte. Dafür hatten Sie schon gesorgt. Also stand Sadas Aussage gegen Ihre. Dachten Sie, man würde ihr eher glauben als Ihnen?«

»Ihre Aussage – das, was sie Morris Bletchley ins Ohr flüstern wollte. Und ihm dazu die Kassette in die Hand drücken. Und wenn er sich das Ding angeschaut hätte? Dann hätte er Himmel und Hölle in Bewegung gesetzt, um rauszukriegen, wer dafür verantwortlich war, und wenn sie ihm eingeredet hätte, es sei meine Idee gewesen, hätte er sich auf mich eingeschossen. Er hätte gegen mich ermitteln lassen, wie es sich die Polizei zeitlich gar nicht leisten kann – die muss sich mit hundert anderen Leuten rumschlagen, mit hundert anderen Morden. Morris Bletchley hätte sich ganz auf mich konzentrieren können. Auch wenn er es nicht hätte beweisen können, auch ohne diese Genugtuung hätte ich Morris Bletchley für den Rest des Lebens im Nacken sitzen gehabt.«

»Und Chris Wells?« Macalvie brauchte gar keine Frage oder Schlussfolgerung zu formulieren. Sie war inzwischen an einem Punkt angelangt, an dem es für sie kein Zurück mehr gab. Sie war noch erschöpfter als er und dachte wohl, nun könnte sie mit dem Rest auch noch vollends herausrücken. Das wollten Verdächtige am Ende immer. Man sollte entweder merken, wie gewieft sie waren, oder aber, wie sehr sie gelitten hatten. Am Ende wollte Brenda Friel, dass er es merkte.

Sie sagte: »Wenn Chris plötzlich überstürzt das Dorf verlässt, und zwar zur gleichen Zeit, als sich in Lamorna Cove ein Mord ereignet, und wenn es jemand war, den Chris bekanntermaßen gehasst hat – was soll die Polizei dann anderes draus schließen als das, was Sie ja auch draus geschlossen haben? Sobald sie in Bletchley wieder aufgetaucht wäre, hätten Sie sie doch festgenommen. Meine Aussage gegen ihre. Hab ich Recht?«

Ihr Lächeln wirkte wie mit Säure eingeätzt. Er hätte es ihr am liebsten aus dem Gesicht geprügelt. »Aber warum?«, fragte er. »Wieso wollten Sie Chris Wells aus dem Weg schaffen?«

»Na, sie wusste doch Bescheid, oder? Über das mit dem Aids. Sie war die Einzige, der ich es sagte. Sie wurde für mich erst gefährlich, nachdem ich Tom Letts umgebracht hatte. Ich musste sie aus dem Weg schaffen, denn sie hätte es sich zusammengereimt. Dazu hätte Chris nicht lang gebraucht, die nicht, die ist genauso clever wie ihr Neffe.«

»Warum haben Sie so lange gewartet, Tom Letts umzubringen? Vier Jahre.«

»Warum? Weil ich nicht *wusste*, dass er es war. Das hab ich erst vor ein paar Wochen rausgefunden. Ramona hat mir nie gesagt, wer der Vater des Babys war.«

Sie saßen ein paar Augenblicke schweigend da.

Dann sagte Macalvie: »Die Bletchleys hatten Kinder, Chris hatte Johnny. Und was dazukommt: Johnny war auch immer da, vor Ihrer Nase, ein Kind, das so ist, wie alle Eltern es sich wünschen.«

Darauf gab sie keine Antwort, sondern wandte sich stumm zur Wand, als könnte sie hindurchsehen.

Ein paar Minute lang saßen sie so – Macalvie starrte sie an, sie starrte irgendwo ins Leere.

»Wo ist die verdammte Kassette, Brenda?«

TEIL V

DER UNGEBETENE GAST

63

Jury und Plant standen auf dem Bürgersteig vor dem Drowned Man, als sich plötzlich ein weißer Rolls-Royce ins Blickfeld schob und Bletchleys Hauptgeschäftsstraße entlangglitt. Die spätnachmittägliche Sonne leckte an Kühlerhaube und Kofferraum des Gefährts und blendete die Vorübergehenden, die wie Jury und Plant stehen blieben und ihm staunend nachsahen.

»Was zum Teufel ist das?«, fragte Jury.

»Moby Dick. Was haben *die* denn hier zu suchen?«

Jury blinzelte, als der Wagen langsam näher kam. »Sieht gar nicht aus wie ein Wal. Ich glaube, da sitzt Marshall Trueblood am Steuer.«

»Ist doch das Gleiche. Grundgütiger Himmel!«

Der Wagen fuhr bis auf ihre Höhe heran, dann ging mit einem Wispern die Beifahrerscheibe herunter. Ein in weiße Seide gewandeter Arm schoss heraus, und eine Hand winkte. Der Wagen kam sanft zum Stehen. »Richard Jury! O was für ein Glücksfall!«, rief Diane Demorney aus. Melrose, der Pechfall, erntete nur ein flüchtiges »Ach, hallo«.

Wie der Korken von einer Champagnerflasche ploppte Marshall Trueblood hinter dem Lenkrad hervor. Champagner war auch die Farbe seines Armani-Anzugs; Hemd, Stecktüchlein und Krawatte in wässrigen Pastellschattierungen à la Monets Garten – lauter Pink-, Blau- und Zitronentöne – erinnerten aber eher an eine Schachtel Salzwasserdrops als an den Garten in Giverny. Doch war er wie immer das Inbild begnadeter Schneiderkunst.

Trueblood konnte nur mit Mühe an sich halten. Nachdem er den Wagenschlag auf der Beifahrerseite aufgerissen hatte, streckte er Diane die Hand entgegen, die zum Aussteigen ungefähr so lange brauchte wie Kleopatra, wenn sie ihrer Barkasse entstieg.

Dianes Garderobe passte zum Rolls: weiß, raffiniert und sündhaft teuer. Doch beeilte sie sich hurtig vom Wagen zum Randstein, als es so aussah, als würde Trueblood ihr gleich die Schau stehlen, indem er sagte: »Warten Sie, bis Sie das mit Viv zu hören kriegen!«

»Marshall!« Wenn sie es drauf anlegte, konnte Diane die Peitsche ordentlich knallen lassen. Und in der Tat war Diane gerade in Hochform: Sie redete sogar ohne dass ein Martini zur Hand war, ein Mangel, den sie umgehend zu beheben trachtete.

Jury meinte: »Gleich hinter Ihnen auf der anderen Straßenseite befindet sich eine nette kleine Teestube.«

Wenn ein Blick die Schultern zucken lassen konnte, tat es ihrer jetzt. »Gleich vor mir auf dieser Seite befindet sich eine nette kleine Bar.« Wenn es um Bars ging, war Diane das reinste Radarblitzgerät. Sie ortete diese Etablissements schneller, als die Polizei ein rasendes Auto ausmachen konnte.

Während sie im Gänsemarsch in den Drowned Man einfielen, fragte Jury: »Also, was ist denn jetzt mit Vivian? Was ist eigentlich los?«

»Viv-Viv hat doch tatsächlich vor, zu –« Die Antwort wurde Trueblood von Dianes Schuhabsatz abgeschnitten, der sich in den Rist seines Hugo-Boss-Modells bohrte.

»Können wir hier ein Zimmer bekommen?«, fragte Diane. »Oder gibt es irgendwo eine Pension?«

»Gesellen Sie sich doch zu Agatha im Lemming Cottage. Ein Bed & Breakfast.«

Diane erschauerte.

»Hören Sie«, sagte Melrose genervt. »Hat das etwa alles mit dem zu tun, was Sie vor ein paar Nächten gelabert haben, als Sie mich um zwei Uhr morgens aus dem Schlummer rissen?«

»Ach, lassen wir das«, sagte Diane und steuerte bereits auf die Theke zu.

Nachdem sie sich um einen Tisch gesetzt hatten und von dem unenthusiastischen, unterbeschäftigten Pfinn bedient worden waren, sagte Melrose: »Sie hätten den Zug vom Bahnhof Paddington nehmen sollen, statt die ganze Strecke mit dem Auto zu fahren.«

Diane ließ den ersten Martini auf dem Weg zu ihren blutroten Lippen tatsächlich in der Luft verharren. »*Was* hätten wir nehmen sollen?« Sie war noch nie geneigt gewesen, alternative Reisemöglichkeiten auszutesten.

»Da sind Sie aber zügig vorangekommen, wenn Sie heute Morgen in Long Pidd losgefahren sind.«

»Sind wir gar nicht. Wir sind am Dienstag abgefahren.«

»Dienstag? Aber das sind ja schon drei Tage!«

Trueblood lächelte spitz zu Diane hinüber. »Ungeachtet der gebotenen Eile bestand Diane darauf, im Le Manoir aux Quat' Saisons abzusteigen. Sie wissen schon, das Restaurant, wo Raymond Blanc Küchenchef ist.«

Jury blickte skeptisch. »Aber liegt das nicht in der Nähe von Oxford? Nicht sehr weit von dort hatte ich mal einen Fall.«

Trueblood klopfte mit seinem Glas auf den Tisch. »Hört, hört! Ein Scotland-Yard-Mann als Bonvivant. Richtig, es liegt in der Nähe von Oxford.«

»Oxford liegt im Norden, Diane, Cornwall im Süden«, sagte Melrose belehrend.

»Das weiß ich inzwischen auch«, versetzte Trueblood. »Wir haben zweimal dort übernachtet. Das Essen ist allerdings spitzenmäßig, muss ich zugeben.«

Diesmal war es Jury, der in einer für ihn ganz untypischen Geste mit seinem Bierglas auf den Tisch klopfte. »Also, raus damit. Was für grandiose Neuigkeiten enthalten Sie uns vor?«

Während sie sich eine Zigarette in die lange Ebenholzspitze steckte, sagte Diane: »Unsere Vivian heiratet den Grafen.«

»Graf Dracula«, erläuterte Trueblood, für den Fall, dass Jury es vergessen hatte.

Was er aber nicht hatte. »Ach du meine Güte. Das soll was Neues sein? Den heiratet sie doch schon seit – wie viel? Seit acht Jahren? Neun?« Solchermaßen wieder beruhigt, nahm er erst mal einen Schluck Bier.

»Nein, alter Kämpe, Sie verstehen nicht: Dracula ist *hier*. Das Schiff ist gelandet, der Sarg ist an Land, und in ganz Northants sind Kreuze und Knoblauch knapp geworden.«

»Ach, halten Sie doch den *Rand*«, herrschte Diane ihn an, bei der gelegentlich wieder durchbrach, dass sie in Manchester aufgewachsen war. Sie wandte sich an Jury und Melrose. »Er ist in Long Pidd. In zwei Wochen ist Hochzeit, und sie ist gerade dabei, die Einladungen zu verschicken. Deshalb sind wir hergekommen – um Sie einzusammeln«, sagte sie zu Melrose. An Jury gewandt, fügte sie hinzu: »Sie auch, bloß dass Sie nicht so leicht einzusammeln sind.« Sie seufzte. »Sie verdienen sich Ihren Lebensunterhalt ja durch Arbeit.« So wie sie es aussprach, hörte es sich merkwürdig und fremdartig an. »Ich habe natürlich getan, was ich konnte, und ihr Warnungen ins Horoskop geschrieben. So Sachen wie ›Man hüte sich doch vor allen Unternehmen, die neue Kleider erfordern.‹«

»Das ist von Henry David Thoreau«, klärte Melrose sie auf.

»Ach, Mist, und ich dachte, es wäre von mir. Oder das: ›Sie sind drauf und dran, sich auf die finsterste Reise Ihres Lebens zu begeben‹ und ›Sie werden die Torheit noch auf die Spitze treiben bis zum tödlichen Sturz.‹«

»Klingt gut«, sagte Melrose. »Was soll das bedeuten?«

»Ist doch egal, Hauptsache, es klingt gut, oder? Soweit ich sehe, hat das alles aber nichts gefruchtet.« Sie krümmte den Finger zum Zeichen für Pfinn, der dem Tisch aber noch weniger Aufmerksamkeit zukommen ließ als weiland Dick Scroggs. Melrose stand auf und ging zum Tresen, nicht ohne Diane eingeschärft zu haben, bis zu seiner Rückkehr kein Wort zu sagen. Er wollte nichts verpassen.

Als nähmen sie Melrose' Anweisung wörtlich, blieb es still, bis Trueblood mit einem Kopfnicken zu der schwach beleuchteten Tür hinüberdeutete und fragte: »Wessen Hunde?«

Sie waren vollzählig erschienen, alle fünf standen in Reih und Glied, im Glauben treu und fest zusammen und glotzten zu dem Tisch mit den Neuankömmlingen hinüber. »Pfinns«, sagte Jury. »Die stellen sich immer so auf.«

»Okay, also weiter.« Melrose stellte die Runde Getränke und Salz- und Essigchips in der Tischmitte ab.

»Wie ich schon sagte, hat unsere Vivian sich um ihr Horoskop offenbar nicht besonders geschert.«

»Und da wussten wir uns nicht anders zu helfen, als ein bisschen Sabotage zu betreiben«, sagte Trueblood, ein Chipstütchen aufreißend.

»Sabotage?« Melrose vergaß sein frisch gezapftes Pint Old Peculier und beugte sich gespannt vor.

Trueblood kramte in seinen Taschen herum, bis er das Gesuchte in einer Mantelinnentasche fand. Er entfaltete ein kleines, quadratisches Stück kartoniertes Papier und legte es vor Jury und Plant auf den Tisch. »Sie braucht natürlich nur einen neuen Text einzureichen. Trotzdem – ich denke, es wird die Sache ein Weilchen verzögern. Man muss den Leuten ja auch noch genügend Zeit für die Antwort lassen.«

Beide, Jury und Plant, blickten gespannt darauf. Dort stand:

MISS VIVIAN RIVINGTON
UND GRAF DRACULA
GEBEN SICH DIE EHRE, SIE ZU
IHRER HOCHZEIT AM
FÜNFZEHNTEN OKTOBER UM ZWEI UHR
IN DER KIRCHE ST. RULES
EINZULADEN

Melrose kicherte. »Hat sie die tatsächlich so gekriegt?«
»Natürlich. Das Geschäft hat brav geliefert.«
Melrose kicherte wieder.

Jury schaute zwischen ihnen hin und her. »Und natürlich hat
sie absolut *keine* Ahnung, wer das war, ihr Einfaltspinsel.«

Trueblood erhob seinen Campari mit Limone. »Ach, sie wird
schon noch drauf kommen. Ich gehe ihr in letzter Zeit eher aus
dem Weg.«

»Wundert mich nicht«, versetzte Jury.

Diane meinte etwas gelangweilt: »Wie Marshall sagte, es wird
die Sache nur ein Weilchen verzögern, bis sie neue Einladungen
drucken lässt. Ich zermartere mir ja schon die ganze Zeit das
Hirn —«

Das sich nicht nennenswert dagegen gewehrt hat, dachte
Melrose.

»— wegen einer Lösung, aber mir fällt nichts ein, außer ihn
umzubringen. Die Möglichkeit haben wir natürlich immer
noch, obwohl es viel besser wäre, Vivian würde die Sache von
sich aus abblasen, was sie, da bin ich mir sicher, sowieso vorhat.«

»Wieso sind Sie sich da so sicher?«, wollte Melrose wissen.

»*Mel*-rose, jetzt schalten Sie doch mal Ihr Hirn ein, ja? Weil
sie die Hochzeit hier abhalten will natürlich, in Long Pidd,
meine ich, nicht in Venedig. Sie rechnet doch damit, dass wir die
ganze Chose vereiteln.«

»Na, na, Diane«, meldete sich Jury. »So wenig Rückgrat hat Vivian doch nicht.«

»Doch, doch«, sagte Trueblood, wenngleich voller Nachsicht. »Wenig Rückgrat ist ein bisschen hart ausgedrückt, aber inzwischen ist die Ärmste ja völlig verängstigt, weil sie diese Verlobung schon seit Urzeiten hat schleifen lassen.«

»Wie ist er denn so, dieser Dracula?«, erkundigte sich Melrose. Als Trueblood schon den Mund aufmachen wollte, fügte Melrose hinzu: »Ich meine, ehrlich. Ich habe ihn übrigens schon mal gesehen, versuchen Sie also nicht mir weiszumachen, er sähe aus wie eine Kröte.« An Jury gewandt sagte er: »Sie erinnern sich doch an ihn, nicht wahr? Wir waren in Stratford-upon-Avon, im Dirty Duck.«

»Vage«, sagte Jury.

»Außer dass er recht groß und recht dunkelhaarig ist und recht gut aussieht, ist er die Höflichkeit in Person und scheint ständig in die Betrachtung einer Welt jenseits des Jack and Hammer versunken.«

»Gibt es die denn?«, fragte Diane und klopfte ihre Zigarettenasche ab. »Und bin ich drin?« Sie blickte unbestimmt und verträumt umher.

Trueblood fuhr tapfer fort: »Ich denke, intelligent ist er, aber schwer zu sagen, er redet ja nicht viel. Es ist alles so – irregulär.«

»Was soll denn das jetzt heißen?«, fragte Jury.

»Vivian sollte keinen Ausländer heiraten. Sie sollte nicht mal einen heiraten, denn wir nicht kennen. Er passt doch nicht zu – äh, unseren kleinen Ritualen.«

Woraufhin Diane meinte: »Er wird gar nicht *da sein* für unsere kleinen Rituale, Marshall. Ich kann mir denken, dass sie statt in Long Pidd lieber in Venedig wohnen wollen.«

»Guter Gott!«, sagte Jury. »Venedig statt Long Piddleton? Was für Banausen!«

Trueblood hielt es für Ernst. »Stimmt aber doch. Wir sind ganz und gar nicht dafür.«

»Sagen Sie mir, wer ist *wir*?«

»Wer? Na, die Leute von Long Piddleton. Ada Crisp ist absolut dagegen, ebenso wie Miss Twinney. Jurvis, der Fleischer, ist schon völlig durch den Wind, und Dick Scroggs findet, dass dieser Ausländer überhaupt kein Recht hat, einfach so daherzuschneien und Vivian abzuschleppen. Trevor Sly ist schlicht außer sich –«

»Nein«, sagte Jury. »Richard *Jury* ist schlicht außer sich, diesem Geschwätz zuhören zu müssen. Trevor Sly? Seit wann kümmert sich einer von Ihnen hier denn einen feuchten Kehrricht drum, was der denkt? Und wie haben Sie diese Meinungen überhaupt zusammengetragen? Durch eine Umfrage von Tür zu Tür?«

»Äh, nein, nicht direkt...«

»Nicht direkt. Ich will's Ihnen sagen: überrumpelt haben Sie sie alle und sind auf die unschmeichelhafteste Art über Franco Giopinno hergezogen. Wobei zu fragen wäre«, fuhr Jury in ebenso gereiztem Ton fort, »woher Sie wissen wollen, ob es bei ihr nicht Liebe ist?«

Drei Augenpaare starrten ihn an, als hätte er den Verstand verloren.

Liebe?

Die Liebe wurde flugs über Bord geworfen. »Ich hoffe doch, Sie haben vor, mit uns zurückzufahren, alter Kämpe«, wandte sich Trueblood an Plant. »Wir müssen unbedingt etwas – äh – aushecken, um Viv-Viv da rauszuhauen.«

Jurys Ton wurde sarkastisch, worauf er nur selten zurückgriff. »Hoffentlich haben Sie dabei ebenso großen Erfolg wie bei Ihrer Reise nach Venedig, um meine bevorstehende Hochzeit anzukündigen.«

Die hatten sie zwar unternommen, zogen es jedoch vor, nicht daran erinnert zu werden.

Trueblood sagte: »Es hat aber *funktioniert*, Superintendent, wissen Sie noch? Es hat sie nach Northants zurückgelockt, oder etwa nicht? Na, was ist, Melrose, denken Sie doch mal drüber nach!« Er hielt sich die Hand über die Stirn, als würde sein Hirn wegen zu hoher Wattleistung gleich durchknallen.

Melrose seufzte. »Wieso sich die Mühe machen? Da sehen Sie, wer das für uns erledigt.« Er deutete in Richtung Tür.

Lady Ardry, in Begleitung ihrer Doppelgängerin Esther Laburnum, füllte die Stelle gut aus, die die fünf Hunde kurz zuvor frei gemacht hatten. Kein besonders gelungener Tausch, fand Melrose. Die beiden standen untergehakt da und bewegten sich dann, immer noch untergehakt, geschmeidig wie ein Turniertanzpaar auf den Tisch zu.

»Na, was seh ich«, tönte Agatha, »halb Piddleton kommt hierher wie der Berg zum Propheten. Ich möchte Ihnen meine liebe Freundin Esther Laburnum vorstellen.« Sie tat es, kam zu Jury herüber: »Und das hier ist mein großartiger Freund Superintendent Richard Jury, der schon mehr Fälle gelöst hat, als auf eine Kuhhaut gehen, wie jeder typische Polizist aber nie zur Stelle ist, wenn man ihn mal braucht.« Agatha musste über ihr eigenes Witzchen lachen. »Danke«, sagte sie zu Jury, der höflich aufgestanden war und ihnen zwei Stühle hergerückt hatte.

Esther Laburnum, die einem beim Immobilienkauf die Hucke vollquatschen konnte, schwieg. Das wurde von Agatha allerdings gleich wieder ausgeglichen, die immer für zwei redete. Sie setzten sich, und sie bestellte zwei große Sherry für beide.

»Superintendent, das ist ja furchtbar, nicht? Ich war ja höchst verblüfft, als ich hörte, es war diese Friel —«

Melrose unterbrach sie. »Ich dachte, du hättest gesagt, sie sei dir die ganze Zeit schon verdächtig vorgekommen, Agatha.«

»Mehr oder weniger. Also, ich empfinde tiefes Mitgefühl für
diesen jungen Burschen, dem seine Tante so gestorben ist.«

Übermittelte sie, überlegte Melrose, da etwa eine Botschaft an
diesen Burschen, Melrose?

»Was wird jetzt aus ihm?«

Esther Laburnum kippte ihren Sherry in einem Zug hinunter
und stellte – solchermaßen gut geschmiert – fest, dass ihr
Sprechvermögen sie nicht im Stich gelassen hatte. »Das Woodbine ist tief verschuldet. Jetzt gehört es natürlich John, jedenfalls
hat er die Entscheidungsgewalt darüber. Brenda Friels Anteil –
na ja, wer weiß, auf wen der übergeht.« Sie blickte in die Tischrunde, als erwartete sie, das einer mit der Antwort aufwartete.
»Soviel ich weiß, hat sie bis auf ein paar entfernte Verwandte in
London keine direkten Angehörigen. Ihr Leben drehte sich nur
um diese Tochter, Ramona. Ach, was für eine Tragödie, was für
eine Tragödie. Ich nehme an, John wird verkaufen müssen, um
die Schulden bezahlen zu können, aber so eine Teestube ist als
Immobilie ja nicht sehr gefragt.«

Während Esther diese Jammerlitanei vom Stapel ließ, saß
Agatha da und lächelte anerkennend, als sei Esther eine Auf-
ziehpuppe, die die Ansichten ihrer Herrin präsentierte.

»Der gute Junge«, fuhr Esther fort, »wollte anscheinend nicht
auf meinen Rat hören, obwohl ich glaube, dass er im Moment
wohl zu verstört ist, um sich mit praktischen Dingen zu befassen. Ich sagte, vielleicht könnte er ja Mrs. Hayter dazu bringen,
dass sie ihm hilft, den Laden zu betreiben, solange sie noch Mitgefühl verspürt –«

Selbst Marshall Trueblood lauschte dem krassen Zynismus
etwas verblüfft.

»– und die Backerei zu erledigen und so weiter. Allerdings
kann ich mir nicht vorstellen, dass sie alles macht, und habe ihm
deshalb noch mal sehr geraten, doch zu verkaufen.«

»Wer ist denn der Käufer?«, fragte Diane Demorney und betrachtete Esther mit zusammengekniffenen Augen durch einen Schleier von Zigarettenrauch.

Esther richtete sich ruckartig auf und nestelte nervös an ihrem Hals – ihren Perlen, ihrem Ausschnitt – herum. »Was? Was wollen Sie damit insinuieren?«

Diane zuckte achtlos die Schultern. »Ich insinuiere überhaupt nichts. Ich will damit nur sagen, Sie haben bestimmt einen Käufer, sonst würden Sie diesem Jungen nicht so dringend zuraten, seinen Besitz zu verkaufen. Das hört sich ja an, als wäre keine Minute mehr zu verlieren, wenn man sich das anschaut, wie Sie ihm in seiner Trauer auf die Pelle rücken.«

Es wurde totenstill, wie so oft, wenn jemand eine furchtbar peinliche Wahrheit ausspricht. Diane sah zu Melrose hinüber und wandte sich mit einem kurzen, spröden Lächeln wieder ab. Dass Diane eine derartige Rede hielt, kam ungefähr so oft vor, wie ein Chor von Goldfischen Weihnachtslieder sang.

Esther Laburnum blickte Agatha heischend an – um Unterstützung, konnte Melrose sich denken. Nun, man hatte auch schon Pferde kotzen sehen. Dann schlug Esther den einzigen Kurs ein, der ihr noch blieb: Sie wechselte das Thema. Mit einem affektierten Lächeln an Melrose gewandt, sagte sie: »Lord Ardry, ich kann mir vorstellen, Sie hatten keine Ahnung, was Sie da erwartete, als Sie Seabourne House anmieteten.«

Auf diese blödsinnige Bemerkung brachte Melrose lediglich ein »Nein, hatte ich nicht« zu Stande.

»Das war aber doch entsetzlich, was mit diesen armen Bletchley-Kindern passiert ist. Unvorstellbar.«

»Nein, leider eben nicht unvorstellbar. Jemand war durchaus in der Lage, es sich vorzustellen.«

»Es ist aber doch immer noch nicht aufgeklärt. Hatte sie – Sie wissen schon – etwas damit zu tun?«

Mit *Sie-wissen-schon* meinte sie Brenda Friel. Ihren Namen sprach man nun besser nicht mehr aus, es war, als haftete ihm ein schwarzer Zauberbann an, der womöglich weitere Unschuldige ins Meer hinunterlockte.

Melrose erwiderte: »Nicht, dass ich wüsste.«

Esther ließ nicht locker. »Und dieser arme junge Mann in Bletchley Hall. Wie ich hörte, hat *sie* ihn erschossen. Gütiger Himmel! Sie war ja wohl offenbar geistig verwirrt, nicht wahr?«

Jury sagte: »Es herrschte eine ganze Menge Verwirrung.« Er erhob sich. »Ich hole dann also meine Sachen. Muss nach London zurück.«

»Aber doch jetzt nicht!«, sagte Esther Laburnum, als wüsste sie über Jurys Arbeit bestens Bescheid.

»Ich fürchte doch. Sobald ich Sergeant Wiggins aufgetrieben habe.«

»Aber –«, Diane zögerte. »Sie können doch wenigstens einen Zwischenstopp in Long Piddleton einlegen. Das liegt direkt auf Ihrem Weg.«

»Wenn man der Ansicht ist, Oxford läge auf dem Weg nach Cornwall, ja, dann wahrscheinlich schon.« Jury lächelte.

»Wir haben aber ganz *fest* mit Ihnen gerechnet.«

Jury lachte. »So fest wohl auch wieder nicht, Miss Demorney. Sie haben mich ja erst vor einer Stunde gesehen.«

Diane gab nicht auf. »Sie üben nun mal diese besondere Wirkung auf die Menschen aus, wissen Sie das nicht? Sobald man Sie *sieht*, wird man in Ihren Bann gezogen. Man zettelt plötzlich alle möglichen *unmöglichen* Dinge an, weil Sie einen so *mitreißen* können.«

Nun musste Jury noch mehr lachen. »Und Sie nehmen ein Kompliment und drehen ganz schön was daraus.«

Melrose sagte: »Ich werde meinen Aufenthalt also abbrechen,

Miss Laburnum, und mit meinen Freunden nach Northamptonshire zurückfahren.«

»Und ich«, ließ sich Agatha vernehmen, »werde noch ein Weilchen in Bletchley bleiben.«

Hatte Melrose da eben einen allgemeinen Seufzer der Erleichterung vernommen?

»Esther gibt mir einen Intensivkurs in Immobilienverkauf. Sie findet anscheinend, ich hätte ein Naturtalent dafür.«

Melrose hätte am liebsten den Kopf in das Schälchen mit den Erdnüssen gesteckt. Man stelle sich vor – Agatha, die nicht mal im Stande war, einem ein Glückslos anzudrehen, versucht, Häuser zu verkaufen. Er musste sich so sehr das Lachen verkneifen, dass ihm ganz schwach wurde.

»Hmm, ich weiß gar nicht, was daran so lustig sein soll! Ich habe dir nichts mehr zu sagen, Melrose, absolut gar nichts.«

»Ach, ich weiß nicht. Du könntest sagen, du warst in Bletchley, aber dich selber ein Stück weit kennen gelernt hast du noch nie.« Melrose schmiss sich eine Hand voll Erdnüsse in den Mund und lächelte.

Jury war oben und packte (»meine bescheidenen Habseligkeiten«), Trueblood begutachtete die Möbel (»Bei Gott, eine Schreibkommode aus dem frühen 18. Jahrhundert; glauben Sie, dieser Bletchley würde sich davon trennen?«), und Diane stand mit Melrose in der Eingangshalle und ließ ihren staunenden Blick umherschweifen, bis er an der Treppenflucht hängen blieb.

»Melrose, haben Sie diesen alten Film gesehen... wie hieß er doch gleich? Das war natürlich vor meiner Zeit – wie das meiste –, es gibt ihn aber auf Video. Darin geht es um so ein altes Haus...«

Diane erzählte die gesamte Geschichte von *Der ungebetene Gast* nach, während Melrose wie angewurzelt mit offenem

Mund dastand und völlig von den Socken war, dass er und Diane eine gemeinsame Erinnerung hatten.

»Ich fühlte mich dabei die ganze Zeit –«

Diane *fühlte sich*?

»– ziemlich komisch, so ein bisschen daneben.«

Selbst wenn sich ihre Gefühle kaum bis in die trüben Tiefen von »komisch« und »daneben« erstreckten.

»Um ehrlich zu sein, Diane, ja, den kenne ich. Er heißt *Der ungebetene Gast*. Er fiel mir gleich ein, als ich dieses Haus zum ersten Mal sah.« Er war schon drauf und dran, Betrachtungen über diesen merkwürdigen Zufall anzustellen, dass außer Dan Bletchley er und Diane die einzigen Menschen auf der Welt waren, die *Der ungebetene Gast* gesehen hatten und sich daran erinnerten. »Und die Musik, wenn Sie sich erinnern –«

»Aber das *Mädchen*, Melrose. Dieses scheußliche weiße Kleid!«

So viel zum Thema Betrachtungen: sie waren wieder sicher auf dem Demorney'schen Territorium der Papiertiger, Pappalligatoren und Designerklamotten gelandet. Sie steckte sich eine Zigarette in ihren ellenlangen Halter, die er ihr sodann anzündete.

»Was haben Sie mit Vivian vor, Melrose?«

»Vor?«

»Ja, vor.«

»Ach ... Trueblood und mir wird schon noch was einfallen.«

Diane stieß einen tiefen Seufzer aus. »Ich meine aber nicht einen von Ihren *bekloppten Plänen*. Guter Gott, ich muss immer noch an die Geschichte mit dem schwarzen Notizbuch denken.«

Die wollte Melrose nun lieber vergessen. Um es ihr heimzuzahlen, erkundigte er sich grinsend: »Sie interessieren sich doch nicht etwa selbst für Graf Dracula, oder?«

Diane sah gequält drein. »Das ist doch absurd. Und in Venedig will ich auch nicht leben. Immer nur Wein und Wasser.«

»Bei Ihnen klingt das jetzt wie eine religiöse Erfahrung.«

Diane blickte um sich, als erwartete sie, dass die Türen eines Getränkeschränkchens bei ihrem Anblick aufflögen, und fragte: »Sie hätten nicht vielleicht zufällig etwas Wodka da, oder?«

»Oh, ich bin sicher, es lässt sich welcher auftreiben.«

Den Martini in der Hand – oder besser gesagt, den Wodka in der Hand, da Vermouth unauffindbar gewesen war, »als ob es darauf ankäme« –, zottelte Diane Trueblood hinterher und ließ pausenlos ungebildete Kommentare über Teppiche und Büfetts und Silberbesteck ab, egal wie oft er sagte, sie solle den Mund halten.

Jury war mit seinem Matchsack heruntergekommen.

»Drei Wochen Irland, und mehr hatten Sie nicht dabei?«

»Da man dort vielleicht keine drei Tage überlebt, habe ich nicht eingesehen, wieso ich Sachen für ein langes, glückliches Leben packen sollte.«

»Haben Sie Macalvie angerufen? Das wollten Sie doch noch.«

»Nein. Ich dachte, wir machen in Exeter Halt. Das *liegt* im Gegensatz zu Oxford nämlich auf dem Weg.«

Melrose zog ihn (wie vor einem unsichtbaren Publikum) beiseite und sagte: »Hören Sie, Sie sollten wirklich einen Zwischenstopp in Long Piddleton einlegen.«

»Das *wie* Oxford nicht auf dem Weg liegt.«

»Na, was ist? Auf Sie würde Vivian hören.«

Jury lachte. »Nein, würde sie nicht. Und was zum Teufel bilden wir uns eigentlich ein, ihr zu sagen, was sie tun soll? Es ist doch ihr Leben.«

»Also, *bitte*. Sie werden sich doch nicht hinter dem alten Klischee verkriechen, das für Leute gilt, die sich ihrer Verantwortung entziehen wollen?«

»Ich soll für sie verantwortlich sein? *Moi?*« Jury klopfte sich mit den Händen auf die Brust.

»Aber sicher. Es ist nicht ›ihr‹ Leben.«

»Ach ja? Wessen denn dann?«

»Das von uns allen. Sie müssen etwas unternehmen, Richard. Auf *Sie* würde sie hören.«

Jury sah ihn bloß fassungslos an.

»Schauen Sie nicht so. Das ist Ihr *Was-für-ein-Trottel-Blick.*«

»Stimmt.«

64

Brian Macalvie nahm die Durchsuchung persönlich vor.

Er hatte einen »eingeschränkten« Durchsuchungsbefehl ausgestellt bekommen, der ihn ausschließlich zur Suche nach dieser Kassette ermächtigte. Alles andere, was sich im Laufe der Durchsuchung womöglich finden würde, konnte eingezogen werden. *Ihre Rechte,* dachte Macalvie. Er war froh, dass er es sonst auf nichts abgesehen hatte, momentan wenigstens nicht.

Die Kassette lag in einem Küchenschrank, in dem Brenda gute drei Dutzend hübsch eingewickelte Packungen Ingwerplätzchen aufbewahrte, die zur Hälfte Bletchley Hall, zur anderen einem Heim für geschlagene Frauen und Kinder in Truro zugedacht waren.

Verdammt clever, dachte Macalvie.

Die beiden Päckchen, gleich groß und in das gleiche bunte Papier eingewickelt wie die anderen, unterschieden sich von ihnen nur dadurch, dass sie kein silbernes Etikett mit der Aufschrift WOODBINE TEA-ROOM trugen. Dadurch wusste Brenda, in welchen Päckchen die Kassetten waren. Verdammt witzig, wenn jemand, der Plätzchen erwartete, statt dessen den Film vorfand.

Verdammt witzig, dachte Macalvie.

Brenda hatte weitere drei Stunden auf dem zerkratzten Holzstuhl zugebracht. Sie würde die Kassetten nicht herausrücken. Sie sah ihn ungerührt an und blies den Rauch ihrer letzten Zigarette in den bereits rauchgeschwängerten Raum.

»Das ist doch jetzt egal«, sagte sie. »Was wollen Sie denn noch wissen, außer dass Simon Bolt es gefilmt hat? Das hab ich Ihnen doch schon gesagt. Ich kann mir nicht denken, dass es besonders schön ist, sich ihren Tod in allen Einzelheiten anzuschauen.«

»Sicher nicht.« Macalvie war aufgestanden und ging in dem halb dunklen Raum umher. Die einzige Lichtquelle war eine abgeschirmte Glühbirne über dem Tisch, die einen bleichen Lichtkegel über ihre Hände warf. Trügerische Schatten umspielten ihr Gesicht.

Macalvie hörte auf, hin und her zu gehen. »Hören Sie, Brenda, es ist aber nicht vorbei. Für die Bletchleys wird es nie vorbei sein. Für Morris Bletchley wird es nie vorbei sein.«

»Kann ich eine Tasse Tee haben?«

Macalvie ignorierte die Bitte, wie er bisher alles, worum sie gebeten hatte, ignoriert hatte, außer als sie zur Toilette musste. Eine Wachtmeisterin hatte sie begleitet. Ein Glas Wasser hatte sie auch bekommen. Im Polizeicode war sicher ein gewisses Maß an Rücksichtnahme bei der Vernehmung vorgeschrieben, doch darum scherte Macalvie sich einen Dreck.

Er fuhr fort. »Morris Bletchley lebt seither in einer Art Schwebezustand – das haben Sie selbst ja vorausgesagt –, weil er nicht wusste, was passiert war: wie sie dort hinuntergelangten, was sie veranlasste, dort auszuharren. Nichts zu wissen ist so ziemlich das Entsetzlichste. Ähnliches müssen Sie auch erlebt haben, wenn auch nicht in dem Ausmaß wie Bletchley.« Er hielt inne und wartete ab.

»Du meine Güte, Sie werden die Kassette doch nicht *Morris Bletchley* vorführen!«

Es war das erste Mal während des ganzen Verhörs, dass sie eine gewisse Emotion an den Tag legte. Und offenbar auch Schock und Genugtuung. Und Gier, eine Gier danach, sich über das Leid des alten Mannes auszulassen. Es war ihrem Gesicht anzusehen, das etwas von seiner geschmeidigen Glätte zu verlieren schien und eine knochige, fast wie gemeißelte Hagerkeit annahm, als ob ein Totenschädel durchschien. Trügerische Schatten.

Macalvie sagte: »Finden Sie nicht, Bletchley sollte wissen, was da passiert ist? Wenn er es jetzt erfährt, haben Sie ja nichts zu verlieren.«

Sie legte den totenschädelähnlichen Kopf bloß schief und lachte, es war ein Lachen wie ein Überbleibsel aus einer Zeit, als sie noch zurechnungsfähig war, einer sorglosen Zeit, als ihre Tochter noch am Leben war. Mehr war es aber nicht: nur ein Überbleibsel, das rasch aufgebraucht war. Jetzt gab es nichts mehr zu lachen, außer –

»Morris Bletchley.« Sie seufzte. »Wie gern hätte ich ihm die Kassette geschickt! Aber das war nicht der Zweck des Films; es wäre sozusagen das Sahnehäubchen gewesen.«

Sahnehäubchen. Macalvie wandte sich angewidert ab.

»Mir war klar, dass ich das Heer von Ermittlern nicht überlisten konnte, das er auf mich ansetzen würde.«

Macalvie schnitt ihr das Wort ab. »Das sagten Sie mir alles schon.« Er stützte sich auf die ausgebreiteten Arme und lehnte sich ganz nah herüber. »Das wäre also Ihr letzter Wunsch auf dem Totenbett, ja? Dass der arme alte Bletchley sich die Kassette anschaut.«

Brenda lächelte ihr dünnes Totenschädellächeln.

Dann sagte sie es ihm.

Macalvie saß in Brenda Friels kleinem Wohnzimmer und sah, wie eine Handkamera die dunkle Klippe hinter Seabourne und die nass glänzenden Stufen zum Wasser hinunter filmte. Trotz des fehlenden länglichen Stücks oben auf dem Plastikgehäuse hatte die Kassette in den Videorecorder gepasst.

Neben den Steinstufen war eine Beleuchtung installiert worden, die möglichen Zuschauern das kleine Drama offenbart hätte. Doch es kam ja nur Mrs. Hayter in Frage, deren Zimmer auf der anderen Seite des Hauses lag.

Das Licht des Mondes verstärkte noch das künstliche und machte es fast überflüssig. Die Kamera folgte einem hübschen Mädchen – wie alt? Etwa im Teenageralter – in einem Kleid, das der Mond durchscheinend machte, und Macalvie wunderte sich, zu welchen Zwecken sich Schönheit einsetzen ließ. Für das ganze Vorhaben wurde eine Frau gebraucht, irgendein weibliches Wesen, das mit ihnen die Stufen hinunterging, damit sie sich sicher fühlten. Die Gefühle der Kleinen konnte Macalvie nur vermuten und stellte sich vor, dass trotziger Wagemut die Oberhand über Abenteuerlust gewann.

Die Steinstufen waren ihnen bestens vertraut. Die gingen sie nicht das erste Mal hinunter. Natürlich hatte man ihnen eingeschärft, nie ohne Erwachsene dort hinunterzugehen. Aber hier war ja eine Erwachsene dabei, es war also sicher.

Sie standen links und rechts von dem Mädchen, das sie bei den Händen hielt, als sie auf der obersten Stufe standen und für die Kamera posierten. Beim schrillen Kichern der kleinen Esmé fuhr Macalvie zusammen. Er hatte erwartet, Geräusche vom Meer zu hören, nicht von den Kindern.

Die drei begannen, etwas unbeholfen hintereinander die Treppe hinunterzugehen, das junge Mädchen in der Mitte, die beiden Kinder an den Händen haltend. Esmé, die Ältere, ging voraus, Noah hinterher.

Die Kamera folgte dicht hinter ihnen. Es wehte nur ein leichter Wind, und Mounts Bay lag recht ruhig da. Das Wasser, das sich unter dem Boot abzeichnete, überspülte sanft die untersten Stufen. Das Boot der Bletchleys, mit einem langen Tau an einem Ring in der Klippenwand festgebunden, schaukelte friedlich in den leicht plätschernden Wellen.

Während er es beobachtete, hätte Macalvie schwören können, dass eine weiter oben gelegene Stufe inzwischen auch vom Wasser überspült wurde. Es schien, als käme die Flut Bolts Kameraarbeit entgegen, eine künstliche See vor künstlichen Felsen. Doch ließ sich nicht leugnen, dass der Film eine entsetzliche Anziehungskraft besaß, während Macalvie zusah, wie die Kinder immer weiter hinunterstiegen und sich die Kamera immer weiter von ihnen entfernte, als wollte sie es nicht bis zu den untersten Stufen riskieren.

Verfolgen konnte sie jedoch, was sich dort unten abspielte. Die Kinder standen nun bis über die Füße im Wasser, hatten aber immer noch Spaß an dem Spiel, bei dem es offenbar um etwas ging, was das junge Mädchen aus ihrem Schulterbeutel genommen hatte, doch was es war, blieb von ihrem Rücken verdeckt.

Macalvie rückte näher und kniff die Augen zusammen, als sie sich plötzlich umdrehte und der Zuschauer erkennen konnte, was sie machte. Ein Armreif blitzte in der Dunkelheit auf. Nein. Ein Halsband, wie ein Hundebesitzer es einem unfolgsamen Tier anlegen würde. Sein Mund wurde plötzlich ganz trocken. Wie um alles in der Welt hatte es ihm entgehen können? Jetzt sah er, was sie machte: zwei Ketten, eine für Noah, eine für Esmé, schlossen sich um ihre Handgelenke und wurden in dem Ring eingehakt, an dem das Boot vertäut war – Esmé mit dem rechten Handgelenk, Noah mit dem linken, ihre beiden anderen Hände blieben frei.

Das Wasser ging ihnen jetzt bis über die Beine hoch. Sie hatten aufgehört zu lachen. Bolt wagte sich nun vorsichtig auf die glitschigen Stufen (hatte der verdammte Feigling Angst vor dem Nasswerden?), und die Kamera holte ihre Köpfe ganz nah heran. Ihre Gesichter begannen sich zu verzerren. Beide wollten mit dem Spiel aufhören, die Klippe wieder hinaufsteigen.

Doch als die junge Frau allein wieder hinaufging, begriffen sie. Sie waren im inzwischen hüfthohen Wasser unten gefangen und konnten sich kaum mehr von der Stelle rühren. Sie weinten, sie begannen, vor Angst laut zu heulen. Das Mädchen ging unbeirrt weiter.

Da bemerkte Esmé das Boot, das die Wellen ein wenig näher an die Klippe geschoben hatten. Sie packte Noah bei der Hand und stürzte sich darauf zu. Wenn sie das Boot erreichen konnten, würde es sie emportragen.

Inzwischen war Macalvie aufgestanden. Er sah zu, wie die Kinder sich mühsam auf das Boot zubewegten (und das Boot wie in stiller Einwilligung auf sie zuschaukelte); er sah zu, als handelte es sich um eine Geschichte mit noch unbekanntem Ausgang. Als wären die Kleinen in Wirklichkeit Schauspieler und die Szene gestellt.

Sie schaffte es. Esmé war nah genug herangekommen, um sich ins Boot hieven und dann Noah hinter sich hereinziehen zu können, sobald sie –

Auf einmal ging das junge Mädchen, so rasch es die rutschige Oberfläche erlaubte, die Treppe wieder hinunter. Sie stieg bis zur Hüfte ins Wasser, zog Esmé und Noah weg und gab dem Boot einen Stoß, das sich daraufhin drehte und außer Reichweite trieb.

Die Kinder schrien auf. Kopfschüttelnd starrte Macalvie auf das herzzerreißende Bild. Um ein Haar hätten sie sich retten können. Und dann sah er ihnen in die Gesichter, es war der letzte Blick, den er in ihre Gesichter werfen konnte, bevor die Wellen sie überspülten und die beiden freien Hände, an denen sie einander hielten, sich über das Wasser erhoben –

Und das war alles.

Das war das Ende.

Macalvie verschränkte die Arme auf dem Tisch, ließ den Kopf darauf sinken und weinte.

65

Graf Franco Giopinno entsprach mehr oder weniger dem, was Melrose erwartet hatte, abgesehen von seiner Fähigkeit, offenbar ohne Schwierigkeiten bei helllichtem Tage und in aller Öffentlichkeit in den Jack and Hammer zu kommen und im Spiegel sichtbar zu sein.

In diesem hatte Melrose ihn zunächst erblickt, als Giopinno, das grelle Tageslicht im Rücken, hereinkam und seine Silhouette hoch dramatisch im Türrahmen auftauchte, den vor ihm Vivian Rivington durchschritten hatte.

Franco Giopinno blieb dort stehen und zündete sich eine Zigarette an, die er einem goldenen Etui entnommen hatte. Falls es eine Pose sein sollte, war sie jedenfalls höchst wirkungsvoll. Die Konturen seines Gesichts schienen wie bei einer Skulptur gemeißelt, kaum von menschlichem Fleische zu sein.

»Wenigstens«, sagte Diane von ihrer aller Lieblingstisch am Fenster aus, »raucht er.«

»Aber was«, fragte Joanna Lewes, ortsansässige Liebesgeschichtenschreiberin, »trinkt er?«

Schwungvoll förderte Trueblood sein Geldmäppchen zu Tage, klatschte einen Schein auf den Tisch und sagte: »Einen Fünfer, dass er Campari-mit-Limone nimmt.«

Melrose zog eine Zehnpfundnote hervor, die er mit den Worten hinknallte: »Einen ganz, ganz, ganz, ganz, ganz trockenen Sherry. Ein Glas Staub.«

Joanna legte einen Zwanziger hin. »Gin Tonic.«

Diane bedeckte die beiden Geldscheine ihrerseits mit einem Zehner. »Definitiv ganz, ganz, ganz, ganz trocken, aber Martini« – sie überlegte – »mit Olive, *on the rocks*. Obwohl Gott allein weiß, wieso man Wodka mit Wasser verdünnen sollte.«

Selbst Theo Wrenn Browne, gewöhnlich nicht Bestandteil ihrer Tischrunde und gewöhnlich sicherlich kein Wettbruder (es kostete schließlich Geld), puhlte umständlich zwei Pfundstücke aus seinem Kleingeldbeutel und legte sie hin. »Rotwein, vermutlich Burgunder.«

»Theo«, sagte Diane. »Das sind nur zwei Pfund.«

»Es ist auch nur Rotwein.«

»Wir *kaufen* aber nicht, wir *wetten*«, sagte Joanna.

Mit gesenkter Stimme meinte Diane: »Jedenfalls versteht er sich zu kleiden.«

Damit hatte der Graf zwei der Demorney'schen Kriterien für »amüsanter Gespiele« erfüllt. Es stimmte: Er verstand sich tatsächlich zu kleiden. Sein Anzug war aus so feinem Zwirn, dass es einem in den Fingern juckte und man fast zwangsläufig hinfassen musste. Er war aus einem zarten, weichen Grau in der Farbe der Asche, die von Dianes Zigarettenende herunterhing.

»Am-*am*, am-am, am-*am*«, murmelte Diane.

»Armani, Armani, Ar-*man*-i«, murmelte Trueblood.

»Er kommt«, flüsterte Browne. »Nicht hinstarren!«

Theo guckte daraufhin sonst wohin, als sähe er dieses Fleisch gewordene Armani-Wesen nicht, das sich nun rasch auf sie zubewegte, ein aschener Engel, dessen Gegenwart Vivian völlig zu entgehen schien, die nun ebenfalls schnurstracks auf den Tisch zusteuerte.

Allerdings stellte sie ihn vor, und sogar recht kultiviert. Ihre Nervosität und Zurückhaltung konnte man der armen Vivian kaum verdenken; sie hatte wegen dieses Mannes im Lauf der Jahre viel durchmachen müssen.

Da noch ein Stuhl fehlte, zog der Graf schwungvoll einen her und stellte ihn neben den von Vivian an den Tisch. Etwas Smalltalk über Italien und Venedig überbrückte die paar Augenblicke, die Dick Scroggs brauchte, um sich zur Bestellungsaufnahme an ihren Tisch zu bewegen.

»Bloß einen Sherry«, sagte Vivian.

Und der Graf? »Pellegrino.«

»Sie meinen, das sprudelige Zeug?«, fragte Scroggs. »So was Mineralwasserartiges?«

Giopinno nickte.

Als Scroggs sich zum Gehen wenden wollte, fragte Diane: »Mit was?«

»Pardon?« Das Lächeln des Grafen war eine Spur herablassend.

»Pellegrino mit *was*?«

»Mit nichts. Ich trinke immer *aqua minerale*. Ist gesund.«

Beim Anblick von Dianes Gesichtsausdruck ließe sich diese letzte Äußerung durchaus in Zweifel ziehen. Melrose hoffte, dass sie nicht ins Koma gefallen war und der Ausdruck nur aufgesetzt war, wie der Ausdruck wilden Argwohns, den Keats einst Cortez zugeschrieben hatte, oder vielleicht wie der meerwärts gerichtete Blick im Gesicht der Hardy'schen Heldin, *vom Anblick verklärt*.

Denn genau das bedeutete »Wasser« natürlich für Diane – das Meer, einen Fluss, etwas, in dem man schwamm, auf dem man mit dem Boot fuhr, an dessen Ufern man sich erging. Man konnte sich damit waschen, die pedikürten Zehen hineinstippen, den Blumen ein Schlückchen davon gönnen. Sogar für Tee und

Kaffee erfüllte es seinen Zweck, die daraufhin aufhörten, »Wasser« zu sein.

Das Einzige, was man mit Wasser nicht machte – man trank es nicht. Dieser Regel handelte der Graf nun zuwider, indem er das sprudelnde Zeug unbeschwert in das hohe Glas goss, das Dick Scroggs ihm gebracht hatte, und es hinunterstürzte.

Alle starrten auf das Geld auf dem Tisch.

Man hätte eine Stecknadel fallen hören können.

Heute fand Melrose' zweite Begegnung mit Vivians Zukünftigem statt.

»Wo ist denn unsere Viv?«, erkundigte Trueblood sich bei Franco Giopinno, während sie um den Fenstertisch im Jack and Hammer herumsaßen.

Giopinno lächelte wissend und voller Besitzerstolz. »Nach London gefahren.« Der Rauchfaden, den er ausstieß, war so dünn wie sein Lächeln. »Um sich um ihr Kleid zu kümmern.«

»Ach«, sagte Diane. »Dann trägt sie also nicht das von ihrer Mutter?«

Nicht nur Giopinno, auch Trueblood und Plant hoben fragend eine Augenbraue.

Diane blies einen drachenwürdigen Rauchschwall in die Luft. »Na, von der verrückten Maud.«

Am ganzen Tisch gingen die Brauen ein Stückchen höher.

»Na, sie hat Ihnen aber doch sicher von ihrer Mutter erzählt.«

»Nein. Nein, hat sie nicht«, erwiderte Giopinno.

Als sowohl Trueblood als auch Plant eilfertig in dieses »Nein« einstimmten, warf Diane ihnen einen ätzenden Blick zu, als wäre sie schon Leuten mit kürzerer Leitung begegnet. »*Sie beide* wollen mir doch nicht erzählen, Sie wüssten über Vivians Mutter nicht Bescheid.« Dies sagte sie auf eine so langsame, Idioten belehrende Art, dass beide sich den Schweiß der Verwirrung von der Stirn wischten und beteuerten. Ach ja, natürlich. Traurige kleine Geschichte, das.

»Und wie lautet diese traurige kleine Geschichte?«, erkundigte sich Giopinno.

»Ach, es ist nur, es gibt da in der Familie so eine Erbanlage, dieser Wahnsinn, der aber seltsamerweise nur bei den Frauen ausbricht«, sagte Diane, um Vivian aber sogleich – und fälschlicherweise – vom Verdacht der Verrücktheit bei den Damen Rivington freizusprechen. »Das soll aber nicht heißen, dass Vivian –«

Großspurig schaltete Trueblood sich ein: »Aber natürlich nicht, nein, Viv-Viv doch nicht. Ich würde mich nicht dazu versteigen, zu behaupten, die kleine Episode letztes Jahr hätte irgendwas mit der Mutter oder so zu tun gehabt.«

»Episode?«

»Ach, lassen wir das doch«, sagte Diane. »Da war doch nichts.«

»Absolut nichts. Kaum der Rede wert. Ich weiß gar nicht, wieso Sie es überhaupt zur Sprache bringen, Diane. Ich meine, es ist doch immerhin Vivians Sache –«

»Reden wir einfach nicht mehr drüber«, sagte Melrose. »Da war doch sowieso nichts.«

Franco Giopinno musterte sie nacheinander mit eisigem Blick. »Es gibt wahrscheinlich in jeder Familie einen gewissen Grad an Wahnsinn. In meiner ganz bestimmt.« Er entschuldigte sich und ging zur Theke hinüber, wo Scroggs ihm offenbar den Weg zum stillen Örtchen erklärte.

»Na, das ist ja heiter«, sagte Trueblood. »In meiner ganz bestimmt! Wie arrogant, wie albern.«

»Dann können sie sich ja zusammenhocken und gemeinsam verrückt werden. Zum Brüllen!« Melrose sah Giopinnos elegant gewandete Gestalt in den düsteren Gefilden von Scroggs' Hinterzimmern verschwinden.

Diane warf Melrose einen strafenden Blick zu. »Vivian, mein Teuerster, ist gar nicht verrückt. Also wirklich, Sie beide.«

»Trotzdem – eine glänzende Idee, Diane.«

Aus irgendeiner Tasche hatte Trueblood einen Bleistiftstummel und einen alten Umschlag gezogen. »Wir müssen eine Liste anlegen.« Trueblood liebte Listen. »Eine Liste mit all dem, was dem alten Draculetti Angst einjagen könnte. Also« – er beugte sich umständlich über das Stück Papier –, »Geld ist ja ein berühmter Angsteinjäger. Das kann ich schon mal hinschreiben.« Er schrieb es hin. »Okay, was noch?«

»Besitz«, sagte Melrose.

Trueblood zögerte einen Takt lang. »Aber wäre das denn nicht mit Geld schon abgedeckt? Das gehört doch zu Vermögen.«

»Ja, aber nicht zum flüssigen. Da ist zunächst ihr Haus – das bringt auf dem heutigen Markt vielleicht eine Million ein, ist aber kein verfügbares Bargeld.«

Trueblood brummte zustimmend. »Okay, ›Besitz‹ habe ich jetzt als eine Art Untergruppe unter ›Geld‹ gelistet.«

Diane drehte sich eine neue Zigarette in ihre Elfenbeinspitze und sagte: »Gefährten. Freunde und Gefährten.«

Trueblood runzelte die Stirn. »Aber das sind doch wir.«

»Seien Sie doch nicht albern, Marshall. Damit meine ich jeden möglicherweise unpassenden Umgang. Heute Abend könnten Sie beide ja schon mal anfangen und mit ihm essen gehen. Irgendwo, wo es ganz scheußlich ist, das dürfte hier in der Gegend ja nicht schwer fallen.«

»Wir drei, meinen Sie. Sie doch auch.«

»Melrose, ich habe nicht die Absicht, ›irgendwo‹, wo es ganz scheußlich ist, essen zu gehen. Nein, nein, das müssen schon Sie beide machen –« Sie tippte mit dem Fingernagel an ihr Glas. Das tat sie sonst immer erst, wenn sie nachgeschenkt haben wollte; demnach dachte sie also offenbar angestrengt nach. »Wir teilen es uns auf: Sie beide übernehmen ›Freunde und Gefährten‹, und ich übernehme ›Geld und Besitz‹.« Sie richtete sich noch mehr auf. »Psst. Da kommt er.« Sie flüsterte. »Also, denken Sie dran, heute Abend geht es zum Essen irgendwohin, wo es scheußlich ist.«

»Scheußlich« war vermutlich der nahe liegendste Begriff, wenn man das Blue Parrot beschreiben wollte, Trevor Slys zirka zwei Hektar messende Mojave- oder Saharawüste. Auf dem knallbunten Schild an der Northampton Road war ein verräucherter Raum zu sehen mit Bauchtänzerin, dunkelhäutigen, turbangeschmückten und goldkettchenbehängten Kerlen in einer Szenerie, die wohl Tanger darstellen sollte. Das Schild wies den durstigen Reisenden über ein schmales Schottersträßchen, an dessen Ende sich etwas erhob, das man für eine Fata Morgana halten konnte: ein leuchtend blaues Gebäude inmitten von Stoppelgras und sandbedecktem Kies.

Die sengende arabische Sonne hinter sich lassend (so zumindest musste es sich für den Grafen angefühlt haben), betrat Franco Giopinno die kühleren Gefilde des Pubs, wo er zunächst stehen blieb und das Kamel anstarrte.

Trueblood versetzte ihm einen kleinen Stoß in die Rippen. »Schlau, was? Sly ist wirklich ein Ausbund an Phantasie.«

»Sly, schlau? Sie verwirren mich, guter Mann.«

»Trevor Sly ist der Besitzer.«

»Ist der Besitzer denn Ausländer?«

»Wenn Sie Todcaster als Ausland betrachten.«

Daraufhin Melrose: »Tun bestimmt viele, kann ich mir denken.« Er überflog die Speisekarte auf der Tafel, die in der Bauchregion des Pappkamels angebracht war. Das Gleiche wie immer. Ein halbes Dutzend unaussprechlicher nahöstlicher oder litauischer Speisen. Er war nur mit einer vertraut, das reichte.

Trueblood sagte: »Das Blue Parrot liegt zwar weitab vom Schuss –«

Der Graf stieß ein verächtliches Lachen hervor. »Das kann man wohl sagen.«

»– ist aber Vivians Lieblingsrestaurant.«

»Das kann ich mir *nicht* vorstellen.«

Melrose, der das Kamel inzwischen sich selbst überlassen hatte, stand nun an der Theke. »He! Ihr beiden!« Er winkte sie herüber. »Wir wollen doch bestellen, bevor er die Küche dichtmacht.«

Der Graf gesellte sich zu Melrose und wies mit einem erstaunten Blick auf die Uhr darauf hin, dass es erst halb sieben war.

»Sly ist Exzentriker, der macht mit dem Essen um sieben Schluss.«

Wiederum höchstes Erstaunen beim Grafen. »Das ist aber sehr früh zum Abendessen. Muss dieser Sly dann die Kamele füttern?«

Melrose und Trueblood keuchten vor Lachen. Nur mit »Keuchen« ließen sich die schnaufenden, hechelnden Geräusche beschreiben, die sich ihren Kehlen entrangen. Das Gelächter war so gekünstelt, dass Melrose nur staunte, was dieser Mensch sich alles vormachen ließ.

Dann hatte Trevor seinen kantigen Auftritt; mit eckigen Schulterblättern teilte er den Perlenvorhang, der klimpernd hinter ihm zusammenschlug, und rieb seine dürren, schwieligen Hände mit der heuchlerischen Bittstellergeste aneinander, die Melrose bei ihm schon kannte. Diese Neigung zur Ehrerbietigkeit schmierte sozusagen sämtliche Glieder seines hoch aufragenden Gestells. Er war das Inbild von aufgesetzter Unterwürfigkeit.

»Meine Herrn, meine Herrn, was für eine Ehre.« Seine Hände

rieben unablässig aneinander. »Mr. Trueblood, Mr. Plant und –?«
Sly hob eine zuckende Augenbraue, während er den Grafen
musterte, der daraufhin den Kopf unmerklich neigte und seinen
Namen nannte.

Er sprach ihn, dachte Melrose, fast so gekonnt aus wie Diane,
wobei er die ersten beiden Silben mit einem Hämmerchen
haute, sodass sie wie Dschi-ipp-*piin*-o klangen, fast mit einem
ungebrochenen *Dschipp*-Laut.

Und als wollten die Götter heute auch ihren Spaß haben,
stellte Sly nun die einfühlsame Frage: »Wie geht's denn Miss
Rivington? Miss Rivington zu sehen ist ja immer ein Vergnügen.«

Zur Abwechslung begrüßte Melrose einmal Trevor Slys Bemühen, seinen Zuhörer davon zu überzeugen, dass das höchste
der Gefühle in der ganzen englisch-arabisch-sprechenden Welt
ein Drink und eine Mahlzeit im Blue Parrot sei, und war froh
um Slys Neigung, durch die ständige Erwähnung angeblicher
Bekannter Eindruck zu schinden (»Tony Blair hat die Abzwei-
gung nur knapp verfehlt; ich muss unbedingt das Schild anders
aufstellen«). Vielleicht hatten sie Vivian tatsächlich einmal hierher geschleppt, doch hatte ihr das eine Mal zweifellos gereicht.
Melrose hatte nie ganz begriffen, wie Sly es schaffte, das Etablis-
sement weiter zu betreiben, da er jedes Mal, wenn er hier gewesen war, nie mehr als ein bis zwei andere Gäste gesehen hatte.

»Von dem Kibbi Bi-Saniyyi ist aber doch noch was da, oder?«,
fragte Melrose und wandte sich zu dem Grafen hinüber. »Das
müssen Sie nehmen«, sagte er und klammerte sich mit der Hand
an Giopinnos Schulter fest. Er und Trueblood hatten den Grafen
heute schon ausgiebigst geklammert, gestoßen und gerüttelt.

Trevor Sly hatte ihnen das Bier gezapft – ein Cairo Flame für
den Grafen, trotz dessen Präferenz für Pellegrino. Trueblood
hatte insistiert. »Grundgütiger Himmel, Sie erwarten doch

nicht etwa, dass unsere alte Zechkumpanin Vivian hier Mineralwasser schlürft!«

Nachdem Melrose ihm mitgeteilt hatte, dass sie ihm einen ausgeben wollten, hatte Sly sich ein Schlückchen Cognac genehmigt und saß, die Beine wie Efeu um die Stuhlbeine gerankt, auf dem Barhocker. Nun sagte er: »Darauf hat's heute schon einen richtigen Ansturm gegeben, Mr. Plant.« An den Grafen gewandt, meinte er: »Sie müssen wissen, das ist die Spezialität des Hauses –«

Wenn im Haus nie jemand *war*, wie konnte die Küche dann einen Ansturm auf irgendetwas verzeichnen?

»– doch ich bin mir sicher, eine Portion Kibbi Bi-Saniyyi kann ich zusammenkratzen – weil Sie's sind, Mr. Giopinno.« Sly sprach es so aus, dass es sich auf Geronimo reimte.

»Zusammenkratzen« war so ziemlich das Einzige, was sich mit Kibbi Bi-Saniyyi anstellen ließ.

Mr. Giopinno meinte, er würde zu Gunsten von Mr. Plant oder Mr. Trueblood auf seine Portion verzichten, doch wischten die beiden sein großzügiges Angebot achtlos beiseite.

»Nein, nein«, wehrte Trueblood ab. »Das müssen Sie kosten; es ist Vivians Lieblingsgericht, sie macht es inzwischen auch selbst, nachdem sie von unserem lieben Trevor das Rezept bekommen hat.«

Weil Trevor aussah, als ob er etwas entgegnen wollte, redete Trueblood rasch weiter.

»Miss Rivington wird bald heiraten, Mr. Sly, und *hier* ist der Glückliche!« Er boxte Giopinno herzhaft in die Schulter.

Sly war völlig von den Socken. »Ach, ich hätte nie … na, das ist aber eine gute Nachricht, nicht wahr, meine Herrn? Und wann soll das freudige Ereignis denn stattfinden?«

»Nächsten Monat«, sagte Trueblood. »Am … zehnten Oktober, oder irre ich mich?«

Giopinno schien es ungern bestätigen zu wollen. »Wir dachten eigentlich an den fünfzehnten. Es gab da ein kleines Problem mit den Einladungen.« Sein Lächeln war etwas schwächlich.

Sly sagte: »Na, dann werden Sie ja wohl in Italien wohnen, nehme ich an? Wie romantisch!« Er saß wieder auf seinem Barhocker, nachdem er sich – auf Plants Aufmunterung hin – noch ein Gläschen Cognac eingeschenkt hatte, und erkundigte sich nun angelegentlich: »Und wo soll der Empfang stattfinden?«

»Warum nicht hier, Mr. Sly?«, schlug Melrose vor. »Da könnten sie auf dem Kamel einreiten!«

Bevor der Graf über ihre Absicht, in Italien leben zu wollen, ein aufklärendes Wort sagen konnte, schaltete Melrose sich ein: »Nicht ausschließlich in Italien, nein. Einen Großteil der Zeit werden sie direkt hier wohnen!« Dabei schlug er mit der Faust auf den Tresen, als wäre mit »direkt hier« tatsächlich »direkt hier« gemeint.

Zu seinem Pech hatte der Graf just in diesem Augenblick einen Schluck von Slys Cairo Flame im Mund und verschluckte sich prompt daran. Das Bier war an sich schon ein Höllengebräu; gepaart mit der Ankündigung, er würde von nun an immer Zugang dazu haben, wenn er »hier« lebte – war es die reine Hölle.

»In Italien verbringen sie also nur einen Teil des Jahres«, sagte Melrose. Es entsprach im Übrigen dem, was Vivian ihnen gesagt hatte. Die Wahrheit war ja so erleichternd, sinnierte er. Man brauchte sich nicht ständig neu zu vergewissern, sondern konnte immer vertrauensvoll und mit reinem Gewissen darauf zurückkommen. Melrose erhob das Glas, und Trueblood tat es ihm nach. »Also hoch die Tassen! Mr. Sly, fahren Sie das Kibbi Bi-Saniyyi auf.«

»Und noch ein Cairo Flame für unseren lieben Franco hier!« Melrose klatschte ihm wieder auf die Schulter.

66

Es war Diane Demorney hoch anzurechnen, dass sie zur Abwechslung einmal nicht darauf aus war, nur an ihren eigenen Vorteil zu denken. Auf Franco Giopinno hatte sie kein Auge geworfen. Mochte sie anfänglich vielleicht ein wenig verknallt gewesen sein, so löste sich dieses Gefühl zusammen mit dem San Pellegrino in Wohlgefallen auf. Er war zwar durchaus attraktiv, aber nicht so furchtbar amüsant, sogar ein wenig trocken, ein wenig zu nüchtern und (da war sich Diane sicher) ein wenig zu arm.

So deutlich wie die Nase in seinem wohl gemeißelten Gesicht trat die Tatsache zu Tage, dass es sich bei diesem Menschen um einen Mitgiftjäger handelte, mithin also einen Typ, dem Diane wohl kaum mit Missbilligung begegnen konnte, nachdem sie selbst ja lange ein solcher gewesen und von ihren drei wohl betuchten Ex-Ehemännern für ihre Mühen reichlich belohnt worden war.

O ja, sie erkannte die Zeichen, denn sie kannte sich selbst: kühle Reserviertheit, exzessive Gefallsucht, verbrämt mit einer gewissen Unnahbarkeit (als leicht zu kriegen durfte man sich schließlich nicht erweisen, oder?), vor allem jedoch – Zielstrebigkeit. Und zielstrebig war Giopinno weiß Gott. Kein Mann könnte es mit Vivian Rivingtons Wankelmütigkeit lange aushalten (die in der Tat eine *starke Hand* benötigte), wenn er nicht wüsste, dass ihm eine hübsche Belohnung winkte.

Am darauf folgenden Morgen saßen die beiden – Diane Demorney und Franco Giopinno – also in dem der Bücherei angegliederten kleinen Café. Marshall Trueblood hatte die Idee gehabt, »Latte at the Library« einzuführen, was ein umwerfender Erfolg und für die Bibliothekarin die Rettung gewesen war.

Sonst hätte das Geschäft wegen Kundenmangels zumachen müssen, während es jetzt nur so brummte.

Zwei Tische weiter saßen Trueblood und Plant. Darauf hatte Diane zuvor bestanden (außer Hörweite des Grafen natürlich): »Gehen Sie, oder setzen Sie sich woanders hin! Wenn wir alle an einem Tisch sind, sieht es doch nach Belästigung aus!« Die beiden saßen nun am Ecktisch und taten so, als würden sie in ein paar Leihbüchern schmökern.

Diane hatte ihrerseits einige behutsame Vorkehrungen getroffen. Eine davon war soeben eingetreten: Theo Wrenn Browne, der Besitzer der hiesigen Buchhandlung (der hinter der Büchereischließaktion gesteckt hatte). Als Diane sich frisch in Long Piddleton niedergelassen hatte, war ihr Theo Wrenn Browne mit seiner intriganten Art und seinem ätzenden Temperament, mit dem er die anderen Bewohner von Long Piddleton unablässig attackierte, noch recht amüsant erschienen. Doch dann war er rasch zu einem ziemlichen Langweiler mutiert, dessen ätzendem Temperament kein ätzender Esprit zur Seite stand.

Nun stand Theo also in der Tür zum Café und blickte auf seine typische, selbstgefällige Art um sich, als sähe er nicht recht, wo Diane und Giopinno saßen (obwohl es insgesamt nur sechs Tische gab). Theo wartete nämlich darauf, dass *sie ihn* sah. Es gab seinem aufgeplusterten Selbstwertgefühl Auftrieb, dass sie die Hand hob und ihn herüberwinkte. Als sie es tat, kam er herüber.

Theo hatte gesagt bekommen, der Graf hielte nach einer soliden Investitionsmöglichkeit Ausschau und sei vor allem an Büchern interessiert. »An einem Buchladen wie – ach, wie heißt er gleich – Waterstone's? Einer von diesen Discountläden.« Dies hatte der Graf gesagt, *genau das* hatte er gesagt, ohne sich über das Thema oder seinen Wunsch, einen Buchladen zu besitzen, weiter auszulassen. Sie hatten sich übers Lesen unterhalten, eine Tätigkeit, die Diane – und wie sie vermutete, er auch – tunlichst mied. Sie kam eigentlich darauf, weil er so viel darüber redete. Um ihn zum Schweigen zu bringen, brachte sie Henry James zur Sprache, sein *Bildnis einer Dame*. »Sie erinnern sich doch« – tat er natürlich nicht – »an diesen schrecklichen Zusammenprall der Kulturen? Und wie die süße junge Heldin den korrupten Europäern in die Klauen gerät?« Bei dem Thema geriet Diane richtig in Fahrt. »Und dann dieser absolut grässliche Ehegatte, den sie da hatte? Sie lebten übrigens in Venedig.«

Darin erschöpfte sich Dianes Kenntnis des Romans von Henry James auch schon. Und seines gesamten Werks. Es war schlicht und einfach eins jener Informationsschnipsel, die sie aus ihrer sparsamen Lektüre in Erfahrung brachte, um nie in die Verlegenheit zu geraten, viel lesen zu müssen.

Ach! Nachdem sie das aufs Tapet gebracht hatte, war Franco Giopinno aber mehr als nur ein bisschen erbleicht! Sie spielte sogar mit dem Gedanken, sich eingehender mit dem Werk dieses Autors zu befassen. Vielleicht war James ja ganz amüsant, wenn er einen derart beklommenen Ausdruck auf Giopinnos Gesicht zaubern konnte.

Theo holte sich an der Theke einen *caffé latte*, und Diane rief hinüber, er solle für Graf Giopinno doch noch einen Espresso mitbringen. Mit griesgrämiger Miene gab Theo die Bestellung auf. Espresso (dachte sie) war vermutlich das Einzige, was dem Grafen in den vergangenen zwölf bis sechzehn Stunden ein wenig Freude beschert hatte.

Theo stellte dem Grafen das Tässchen hin, Diane übernahm die Vorstellung, der Graf vollführte seinen kleinen Sitzdiener und sagte *grazie*, und Theo legte gleich mit seinem Buchladen los. Theo, fand Diane, besaß etwa so viel Raffinesse wie ein Stinktier, weshalb sie ihn auch ausgewählt hatte.

»Na, Mr. Giopinno, o Verzeihung, *Signore Giopinno*, Sie interessieren sich also für Bücher? Wie Sie wissen, hab ich hier im Ort den Buchladen, Wrenns Büchernest heißt er – ein kleines Wortspiel, haha, Sie verstehen! – na, jedenfalls hat der sich prächtig gemacht, hatte einen Umsatz von – warten Sie mal, einhundertundfünfzigtausend Pfund letztes Jahr, und für Ende dieses Jahrs sieht's sogar noch besser aus ...«

Und so weiter und so fort, während Giopinno – nun ja, gelinde erstaunt dreinblickte. Er besaß allerdings geschliffene Manieren und hätte nie im Leben ein gelangweiltes Gesicht gemacht.

Diane blendete Theo aus und sah verstohlen zu Melrose und Marshall hinüber, die ihre gespielte Lektüre hatten fahren lassen und sich so weit es ging zu ihrem Tisch herüberbeugten und horchten. Als sie eine blitzschnelle Bewegung quer über ihre Kehle machte, verschwanden sie sofort wieder hinter ihren Büchern. Marshall, stellte sie fest, las seines verkehrt herum. Lieber Himmel!

»... die Gegend hier gut und gern noch eins von Ihren Bücherkettengeschäften tragen könnte – damit mein ich nicht, wir bräuchten hier einen Dillon's, Gott behüte, nein – aber ein selbstständig geführter, großer Buchladen, das ist der Hit!«

Während Theo weiterlaberte, wartete Diane eigentlich darauf, dass Agatha auftauchte. Ihr hatte sie gesagt, der Graf interessiere sich für Immobilien, und ihr den Vorschlag gemacht, Vivians Haus als Beispiel heranzuziehen.

»*Was? Aber da wohnt Vivian doch drin.*«

»*Ach, wenn sie nach Venedig zieht, will sie es natürlich verkaufen.*«

Nun stand Agatha in der Tür zum Café, in Begleitung dieser anderen Frau, der Maklerin aus Cornwall. Umso besser. Diane winkte lächelnd hinüber.

Theo Wrenn Browne entschuldigte sich einen Moment, um

seine leere Tasse nachfüllen zu lassen. Er verabscheute Agatha, außer wenn sie ihm für seine Sache einmal nützlich sein konnte. Sein größte Sache war die Vertreibung von Miss Ada Crisp, damit er seinen putzigen kleinen Buchladen erweitern konnte.

Als fielen die Immobilienschnäppchen nur so vom Himmel, eilten die beiden Frauen zu dem Tisch hinüber und wurden Franco Giopinno vorgestellt. Der erhob sich höflich, deutete einen Handkuss an, setzte sich wieder und sah äußerst unglücklich aus.

»Also, Franco«, hub Agatha an, die sich noch nie groß mit Zeremoniell oder guten Manieren aufgehalten hatte. »Sie haben hier vor Ort eine ganz ausgezeichnete Fluktuation auf dem Immobiliensektor, sodass eine Investition durchaus ratsam ist. Vivians Haus zum Beispiel sollte man besser losschlagen als behalten. Es ist preislich recht weit oben angesiedelt und auch gar nicht praktisch mit diesem Reetdach, das ja dringend neu gemacht werden muss. In einem so kleinen Ort wie hier – hmm, sind solche Objekte nicht sehr gefragt, und wenn man Geld braucht –«

Ein Blick ins Gesicht des Grafen bestätigte die Richtigkeit dieser Annahme.

»– ist es doch am sinnvollsten, man verkauft und steckt das Geld in andere Objekte.«

»Ach Gott!« Theo Wrenn Browne kam mit seinem frischen Cappuccino zurück. »Immobilienbesitz stinkt doch heutzutage zum Himmel. Sie wollen keine Immobilien, Graf, was Sie wollen –«

»Verzeihung«, fiel ihm Esther ins Wort. »Sind Sie nicht Mr. Browne? Der Besitzer dieses hübschen kleinen Buchladens?«

Theo schäumte vor Wut. »Hübsch« und »klein« war nicht gerade das Image, das er hier vermitteln wollte. »Ich expandiere aber, muss ich ja wohl, bei der Menge an Kundschaft –«

»Wohin, wenn ich fragen darf?« Agatha schüttelte sich vor gekünsteltem Gelächter. »Ada Crisps Laden nebenan ist Ihnen doch durch die Lappen gegangen. Da hätten Sie eben den Prozess nicht anstrengen dürfen, dann stünden Sie jetzt nicht dumm da.«

In Anbetracht der Tatsache, dass es Agathas Prozess gewesen war, machte sich Diane so ihre Gedanken über die Kurzlebigkeit von Gedächtnissen und die Verteilung von Loyalitäten bei einigen Leuten hier.

Esther Laburnum knüpfte an das, was sie Theo gerade hatte sagen wollen, wieder an. »Sie irren sich, wenn Sie Grundbesitz für eine schlechte Investition halten; ist er nämlich nie. Man muss nur wissen, wie man es angeht.«

Wie bei allem, dachte Diane. Während sie einen Rauchschnörkel in die Luft blies, fiel ihr Blick plötzlich auf die Withersby, dieses entsetzliche Weib, die an der Theke lümmelte und der kleinen Alice Broadstairs die Hucke vollquatschte. Mrs. Withersby putzte gelegentlich hier im Café. Die passte doch haargenau in die Gefährten – *und* – Geld-Kategorie. Nun musste Diane nur noch zusehen, wie sie die Frau geschickt einpassen konnte.

Mrs. Withersby, beherzte Fürsprecherin ihres Rechtes auf ein Plätzchen genau da, wo Getränke und Rauchwaren konsumiert wurden, passte sich selbst ein. Schließlich saß eine neue Gestalt am Tisch, die sie eventuell um ein paar Gläschen anhauen konnte.

Als sie anrückte, sagte Agatha gerade: »Vivian könnte es doch so machen: Wenn sie erst verkauft hat, könnte sie sich ein oder zwei von den Häusern in der Sozialsiedlung kaufen, wo diese Withersbys wohnen.«

»Ruft da jemand nach mir?«

Ja, dachte Diane. *Der liebe Gott*. Sie machte kurz die Augen zu und schickte ein Dankgebet an Sankt Zufall. Seit Jahrzehnten hatte sie keinen Fuß mehr in eine Kirche gesetzt. Nur im Gemeindesaal von St. Rules einmal an einer Weinprobe teilgenommen. Nun fragte sie sich, ob sie mit ihrem Urteil gegenüber der Religion womöglich ein wenig vorschnell gewesen war. »Mrs. Withersby!« In ihrem ganzen Leben hatte sie nie mehr als zwei Worte zu dieser Frau gesagt. Nun hielt sie ihr ihr Zigarettenetui hin. »Ich möchte Ihnen Graf Franco Giopinno vorstellen.«

Nachdem sie sich vier von Dianes Zigaretten genommen hatte, musterte sie den Grafen von oben bis unten. »Weiß ich aber nich, ob Sie mich als Nachbarin woll'n.«

Giopinno, dessen weißer Teint noch weißer geworden war, stand auf, verbeugte sich vor den drei Damen und sagte: »Wenn Sie mich jetzt bitte entschuldigen wollen, ich muss dringend telefonieren – meine Mutter.« Während er seinen Mantel anzog, murmelte er irgendetwas von der Krankheit seiner Mutter und verflüchtigte sich sodann wie Rauch.

Diane empfahl sich und nahm bei Plant und Trueblood drüben Platz.

»Wo will er denn hin? Ist er tatsächlich *weg*?«

»Das möchte ich doch stark annehmen. Er müsse seine *Mutter* anrufen, also, ich bitte Sie, hat irgendwas gebrummelt von wegen, sie sei krank. Das ist ja dann wohl das Vorspiel zu seiner plötzlich dringenden Abreise.« Sie seufzte auf. »Na, das wäre dann also erledigt.«

Ihr war fast ein wenig traurig zu Mute, wie einem Kind, wenn das Lieblingsspiel zu Ende ist und es zum Essen gerufen wird.

67

Brian Macalvie erhob sich, als Morris Bletchley – ohne seinen Rollstuhl – in den blauen Salon kam, den Macalvie bis dahin mit einer alten Dame in Dunkelblau geteilt hatte. Sie sah aus, als hätte sie sich passend zum Seidenstoff des Polstersessels gekleidet, in dem sie saß. Nur einmal hatte sie das Wort an ihn gerichtet mit der Bitte, ihr den Sessel so hinzurücken, dass er zum Fenster zeigte. Er hatte es getan, und seither saß sie da und starrte hinaus. Gelegentlich bewegte sie die Lippen oder lächelte.

»Commander Macalvie«, begrüßte ihn Bletchley und schüttelte ihm die Hand.

»Ich wollte Ihnen noch sagen, was geschehen ist«, sagte Macalvie. »Wir haben die Person inzwischen in Gewahrsam genommen, die Sada Colthorp und Tom Letts *und* Chris Wells erschossen hat.«

»Constable Evans sagte es mir schon. Mich überrascht so leicht nichts, Mr. Macalvie, aber das hat mich doch umgehauen. Brenda Friel.« Er wies kopfschüttelnd auf einen mit schwerem blauem Samt bezogenen Queen-Anne-Ohrensessel. »Bitte setzen Sie sich.«

Nachdem er Bletchley gegenüber Platz genommen hatte, informierte ihn Macalvie über die drei Morde zwar nicht erschöpfend, aber doch ausführlich.

Moe Bletchley sagte: »Offensichtlich hat die Friel ja keine Skrupel zu töten. Wieso hat sie Chris dann nicht einfach umgebracht? Wieso noch der ganze Aufwand, damit es aussah, als wäre sie abgehauen?«

»Erstens weil Brenda sich dachte, wenn Chris Wells wieder hierher kommt, würden wir sie für den Mord an Sada Colthorp sofort festnehmen. Und zweitens – wollte sie eben nicht dazu gezwungen sein. Chris Wells war immerhin ihre beste Freundin. Ich weiß, es klingt nicht sehr wahrscheinlich, dass sie überhaupt noch in der Lage war, in solchen Kategorien zu denken, aber so sehe ich es.

Jedenfalls konnte Brenda sich nicht sicher sein, dass Chris tatsächlich eine Gefahr für sie darstellte. Chris wusste, dass Ramona an einer Komplikation im Zusammenhang mit Aids gestorben war. Chris wusste aber nicht, wer der Vater war, weil Brenda es nämlich selbst erst erfuhr, als Tom Letts etwas von Putney erwähnte. Brenda wusste zwar, dass Ramona in London gearbeitet hatte, aber nicht, dass sie für *Sie* gearbeitet hatte. Brenda dachte, wenn Tom Letts ermordet wurde, könnte Chris es sich zusammenreimen.

Allerdings glaube ich, dass Chris überhaupt nichts unternommen hätte. Sie war wohl eine zu gute Freundin, als dass sie mit ihrem Verdacht zur Polizei gegangen wäre. So schätze ich sie jedenfalls ein.«

Moe blickte bekümmert auf den Teppich zu seinen Füßen hinunter. »Der arme Johnny. Armer Junge.«

»Ja.«

Nachdem sie eine Weile schweigend dagesessen hatten, sagte Macalvie: »Da ist noch etwas, Mr. Bletchley, was Sie wissen sollten.«

Zögernd hob Moe den Kopf und sah Macalvie direkt in die Augen. »Sie wollen mir etwas über Noah und Esmé sagen. Sie haben noch etwas gefunden.« Er sagte es, als würde diese neue Erkenntnis über den Tod seiner Enkelkinder gleich wie ein Axtschlag auf seinen Kopf fallen, und erstarrte. »Sprechen Sie.«

Macalvie, der sich noch nie für einen Menschen gehalten hatte, der anderen Trost spenden konnte, war um Worte verlegen. »Es ist immer ein Rätsel geblieben. Es hat mich nie losgelassen. Ich habe den Fall auch nie abgeschlossen. Ich fürchte, wir werden uns nie ganz sicher sein. Trotzdem bin ich die Akte noch einmal durchgegangen und habe überlegt, ob Sie den Bericht des Gerichtsmediziners auch richtig verstanden haben.«

Moe Bletchley sah erstaunt zu ihm hinüber.

»Um das Ertrinken geht es. Noahs Schädel wies tiefe Schürfwunden auf, was darauf hindeutet, dass er ausrutschte und das Bewusstsein verlor. Esmé hat versucht, ihn zurückzuziehen, und wurde dabei selbst erfasst. Was ich damit sagen will, ist Folgendes: Noah kann gar nichts gemerkt haben, und Esmé ging sehr schnell unter. Ertrinken ist auf jeden Fall – wenn man schon sterben muss – nicht die schlimmste Todesart.« *Eine Lüge, eine gottverdammte Lüge*, dachte Macalvie und wandte den Blick von Bletchley ab, weil er sich sicher war, dass der alte Mann darin lesen konnte.

Moe war zwar ein aufmerksamer Beobachter, doch weil er etwas zu hören bekam, was er unbedingt glauben wollte, ging ihm trotz seines scharfen Verstandes die Beobachtungsgabe verloren. »Das heißt, dass sie nicht sehr gelitten haben, dass es ganz schnell ging.«

»Ja, Sir. Ich weiß nicht, ob Ihnen das wirklich hilft. Ich meine nur, das Schlimmste an der Erinnerung ist doch, sich das Entsetzen vorzustellen, das so ein kleines Kind sonst durchmachen würde.«

Moe hatte die Hände vors Gesicht geschlagen, Tränen drangen zwischen den Fingern hindurch. Statt einer Antwort konnte er nur nicken.

»Und Sie – Sie und Ihr Sohn – haben sich wahrscheinlich immer die Schuld zugeschrieben.« Macalvie beugte sich zu ihm hinüber und legte dem alten Mann die Hand auf die Schulter. »Sie waren aber nicht schuld, Mr. Bletchley. Keiner von Ihnen. Es war ein schrecklicher Unfall.« Und Macalvie sagte es noch einmal.

»Sie waren nicht schuld.«

Macalvie hatte überhaupt nie die Absicht gehabt, Morris Bletchley die Kassette sehen zu lassen. Das hatte er nur so gesagt, weil es die einzige Möglichkeit war, Brenda Friel dazu zu bewegen, sie herauszugeben.

Er stand an der Klippe oberhalb der Steinstufen und sah hinaus über stählernes Wasser und einen bleigrauen Himmel. Er stellte sich vor, dass dieser Anblick auf einen Besucher, der nichts von der Geschichte dieses Ortes wusste, sicher beeindruckend, ja schön wirkte. Die Bucht, dahinter das Meer, die zerklüfteten, abschüssigen Klippen hatten eine fast beruhigende Wirkung auf sein Gemüt. Was für ungeheuerliche Ereignisse sich hier auch abgespielt hatten – sie hatten keinerlei Spuren hinterlassen.

Noch nie hatte Macalvie Beweismaterial vernichtet. Seine Rechtfertigung – ja, rationale Erklärung – war, dass die Kassette, wenn überhaupt etwas, dann nur wenig für die Anklage gegen Brenda Friel hergeben würde. Nicht einmal gegen Simon Bolt, wäre er noch am Leben, oder Sada Colthorp würde sie viel nützen. Die Einzige, die auf Grund dieses Films verurteilt werden könnte, war die junge Frau, die den Kindern die Treppe hinuntergeholfen hatte, wobei Macalvie sich über ihre völlige Gleichgültigkeit gegenüber dem Risiko wunderte, das dieser Film für sie darstellte. Sollte sie gefunden und angeklagt werden, würde sie womöglich auf Strafmilderung plädieren und dafür die drei Mittäter verraten, von denen zwei allerdings bereits tot waren. Und die Anklage gegen Brenda Friel wegen Mordes an Tom Letts und Chris Wells war schon so beweiskräftig, dass der Vorsatz zur Verübung weiterer Morde ihrer Strafe nur ein weiteres Lebenslänglich hinzufügen würde.

Seine Sorge galt vielmehr den Bletchleys. Sie litten schon genug; warum sollten sie noch mehr durchmachen müssen, nur damit Brenda Friel eine dritte lebenslängliche Strafe bekam? Von solchen Filmen lebte die Regenbogenpresse. Eigentlich müsste es irgendein ungeschriebenes Gesetz geben, das unschuldige Hinterbliebene wie die Bletchleys schützte. Oder Maggie.

Wie um ihr Gewicht zu fühlen, hielt er eine der Kassetten in der Hand, holte mit dem Arm nach hinten aus und schleuderte sie, so weit er konnte, hinaus. Ebenso verfuhr er mit der anderen, sah sie sich umdrehen, einen Augenblick sich der Schwerkraft widersetzend in der Luft verharren und dann fallen.

Die Zeit verrann, während er reglos dort stand und einfach hinaussah. Grauer Himmel, graues Meer, graue Klippen. Es war erleichternd, auf eine Szenerie zu blicken, die sich dem Auge mit derart purer Gleichgültigkeit bot, ausdrucksloser als die ausdruckslosen Gesichter von Fremden. Es war einer dieser Altweibersommertage mit Augustwetter im September, wie man sie selten erlebt. Es war spät geworden, und er sollte eigentlich schon seit einer Stunde im Hauptquartier in Camborne sein. Doch er stand immer noch da, vom Anblick verklärt.

Es wurde allmählich warm. Macalvie zog seinen Mantel aus.